Zwanzig Jahre, nachdem seine Eltern beim Absturz ihres Buschflugzeugs starben, kehrt Kachemak Winkel, der inzwischen in Texas lebt, zum ersten Mal in seine Heimat, nach Caboose, Alaska, zurück. Seine Tante sollte sich um das einsam gelegene Haus der Eltern kümmern, doch offenbar ist sie trotz ihres damaligen Versprechens in der gesamten Zeit nicht einmal da gewesen. Als Kache sich auf den Weg dorthin macht, erwartet er eigentlich, nur noch morsche Balken vorzufinden. Zu seiner großen Überraschung trifft er dort jedoch eine junge Frau an, Nadia, die sich schon seit Jahren hier versteckt.
Aus der wechselnden Perspektive von Kache, seiner Tante und Nadia wird nach und nach enthüllt, welche Ereignisse in der Vergangenheit die drei miteinander verbinden, sie alle gefangen halten. Konfrontiert mit ihren Erinnerungen und Ängsten, lernen sie, sich aus diesen Fesseln zu lösen. Jeder muss seinen eigenen Weg finden, sich daraus zu befreien.
Ein atmosphärischer Frauenroman, eine außergewöhnliche Liebesgeschichte, die zeigt, wie Verzeihen und Verständnis und eine vertraute Landschaft Wunden heilen können.

Seré Prince Halverson ist freie Texterin und Autorin und lebt mit ihrem Ehemann in Nordkalifornien. Sie haben vier erwachsene Kinder. Im FISCHER Taschenbuch erschien ihr Bestseller ›Die andere Seite des Glücks‹.

Weitere Informationen, auch zu E-Book-Ausgaben, finden Sie bei www.fischerverlage.de

SERÉ PRINCE HALVERSON

Das Haus der gefrorenen Träume

ROMAN

Aus dem Amerikanischen von Helga Augustin

FISCHER Taschenbuch

Die Arbeit an dieser Übersetzung wurde durch den Deutschen Übersetzerfonds e.V. gefördert.

MIX
Papier aus verantwortungsvollen Quellen
FSC® C083411
FSC
www.fsc.org

Erschienen bei FISCHER Taschenbuch
Frankfurt am Main, Februar 2016

Die amerikanische Originalausgabe erschien unter dem Titel
›All The Winters After‹ by Sourcebooks Landmark, Naperville, Illinois.

Satz: Dörlemann Satz, Lemförde
Druck und Bindung: CPI books GmbH, Leck
Printed in Germany
ISBN 978-3-596-03207-5

Für Daniel, Michael, Karli und Taylor

COOK INLET
ALASKA, U.S.A.
N
W
E
S
ANCHORAGE
WILBUR
ALASKA
KACHEMAK BAY

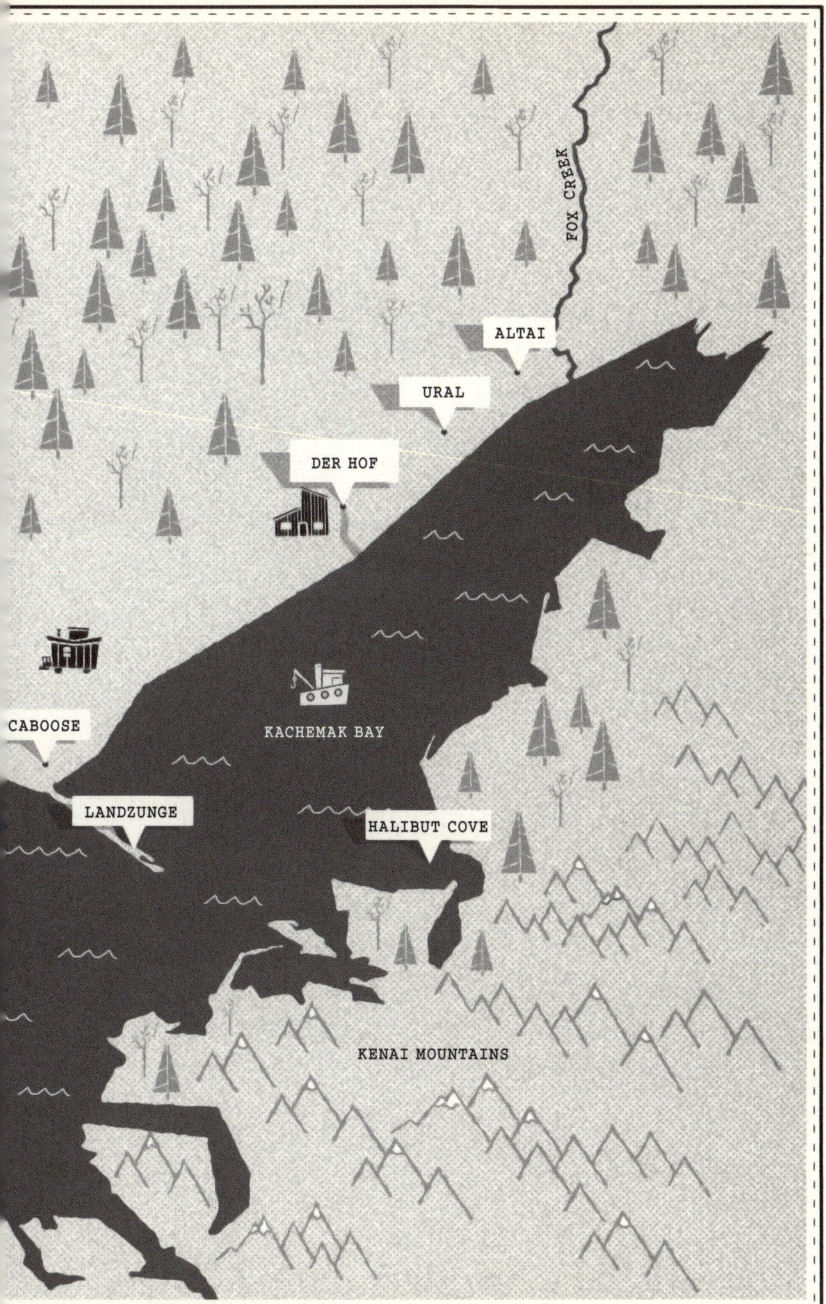
FOX CREEK
ALTAI
URAL
DER HOF
CABOOSE
KACHEMAK BAY
LANDZUNGE
HALIBUT COVE
KENAI MOUNTAINS

TEIL I

Frühling
2005

1

Dunkelheit senkte sich über die Blockhütte, und sie ging und holte das Messer, um wie jeden Abend kundzutun: Ich lebe, hier, heute, auf dieser Erde.

Hier.

Noch immer.

Sie nahm das Messer vom Regal und ritzte einen Strich in die Holztäfelung des Treppenhauses zwischen Küche und Vorratskeller. Die vielen in Gruppen angeordneten Striche, immer vier senkrecht, zweieinhalb Zentimeter lang, einer waagerecht mittendurch, bedeckten inzwischen einen Großteil der Wand. Man könnte gebündelte Kreuze darin sehen, aber für sie waren es keine Zeichen für Opfer und Tod, sondern Beweise dafür, dass sie existierte.

Es gab auch noch andere Markierungen im Holz, mit Datum versehen, am Türpfosten beim oberen Treppenabsatz. Diese Kerben kennzeichneten das Wachstum von Kindern, zwei in den vierziger und fünfziger und zwei in den siebziger und achtziger Jahren des letzten Jahrhunderts. Eines der Kinder war ziemlich groß geworden. Sie sah die Mutter vor sich auf dem Hocker stehen, wie sie über dem Kopf ihres Sohnes – der auf Zehenspitzen stand, um noch größer zu erscheinen – mit Bleistift einen Strich aufs Holz machte. Auch ihre freundlichen Sticheleien konnte sie beinahe hören, ihr Lachen. Beinahe.

Sechs Stufen weiter unten bohrte sie die Messerspitze in die Wand. Das abendliche Ritual war wichtig. Zwar lebte sie nicht mehr nach endlosen Regeln und Vorschriften, mit den dazugehörigen Objekten und Gesten und Gesängen, doch wollte sie auch nicht, dass die Tage einfach so dahinflossen, ohne Anfang und Ende – konturlos, unmarkiert. Deshalb las sie Abend für Abend ein Buch nach dem anderen. Sie folgte dabei der Reihenfolge, wie sie im Regal standen, hatte sie nach der ersten Lektüre falsch herum zurückgestellt, nach der zweiten wieder richtig herum und so weiter, doch mittlerweile griff sie nur noch nach ihren Lieblingsbüchern. Und tagsüber erledigte sie die anfallenden Arbeiten – Nahrungssuche, Auswerfen und Kontrollieren der Fischnetze, Aufstellen und Kontrollieren der Fallen, Garten bestellen, Haus in Ordnung halten, Hühner und Ziegen füttern, Einwecken, Pökeln und Räuchern – alles in einer festgelegten Reihenfolge, die sich nur mit dem Wechsel der Jahreszeiten änderte. Ihre Tage begannen stets mit einem Stups von der kalten Nase des Hundes, dann wurde ihre Hand freudig abgeschleckt, nicht einmal, sondern zweimal, was nicht nur guten Morgen hieß, sondern: Guten Morgen! Guten Morgen!

Dann gab es noch die Tage, an denen sie den Hund ignorierte und bloß die Küchentür entriegelte, damit er sie mit der Nase aufstieß und sich selbst hinausließ, und sie ging zurück ins Bett, wo sie liegen blieb. Düstere Morgen, die in düstere Tage übergingen und Wochen. In diesen Zeiten hatte sie nur unter Bergen von Decken das Gefühl, genug Substanz zu besitzen, um nicht fortgeweht zu werden; einzig ihr Gewicht hielt sie nieder und verankert in dieser Welt. Doch am Ende gewannen die Hartnäckigkeit des Hundes und ihre eigene Willensstärke die Oberhand, und sie zog sich selbst aus dem Sumpf heraus. Sie ging wieder ihrer Arbeit nach und zu den Büchern zurück, ritzte die fehlenden Tage in die Wand, damit sie nicht gänzlich verloren waren.

Es war erstaunlich, woran ein Mensch sich alles gewöhnen konnte – ein einsamer Mensch, Meilen und Jahre von anderen Menschen entfernt. Sie schob zwei weitere Holzscheite sowie ein Stück Kohle in den Holzofen und durchquerte den Raum, gefolgt von dem Hund. Sie war stets darauf bedacht, alles so zu belassen, wie sie es vorgefunden hatte, doch trug sie die fremden Hausschuhe, die im Laufe der Zeit die Form ihrer Füße angenommen hatten, und hinterließ so weitere Spuren, einen Fußabdruck, wie bedeutend oder unbedeutend das auch sein mochte.

Jetzt saß sie in dem Sessel mit dem verschlissenen karierten Bezug und nahm eine der vergilbten Zeitschriften von 1985 in die Hand. *Schönheitsoperationen – das neue Gesicht und der neue Körper haben ihren Preis*, stand auf dem Cover. »Ein neues Gesicht wäre nicht schlecht«, erzählte sie einmal mehr dem schwanzwedelnden Leo. Doch im Unterschied zu den Menschen in dem Artikel sagte sie das nicht wegen ihrer Falten (sie hatte keine) oder weil sie sich hässlich fand (sie war es nicht). »Dann wären wir viel freier, nicht wahr? Wir hätten ein anderes Leben.«

Sie schlug den Bildband *Die Stadt in der Bucht* auf und betrachtete ihr Lieblingsfoto mit der roten Brücke, die golden genannt wurde, und der Stadt dahinter, weiß wie die Berge der

Bucht hier. So ähnlich und doch so anders. Die weiße Stadt dort war voller Menschen, Menschen, Menschen. Die weißen Berge hier waren voller Schnee. »Und die Brücke«, sagte sie zu Leo und schloss das Buch, »die Brücke könnten wir auch gut gebrauchen.« Er legte den Kopf schief. In dem Moment hörte sie draußen ein Kratzen.

Ein Ast. Im Kopf verwahrte sie beschriftete Eimer, in die sie Geräusche fallen ließ: ein Ast, ein Elch, ein Wolf, ein Bär, ein Huhn, der Wind, herabfallendes Eis und so weiter. Leo spitzte die Ohren, aber erhob sich nicht. Auch er war an die verschiedenen Laute der Wildnis gewöhnt. Sie zog die Wolldecke fest um ihre Schultern und schlug einen Roman auf der Seite mit dem gepressten Vergissmeinnicht auf.

Ja, sie fand hier durchaus Behaglichkeit – sogar Kameradschaft. Wie konnte sie auch wahrhaftig allein sein, wenn draußen vor der Tür die Natur lärmte und zu ihren Füßen ein Hund wie Leo lag? Und nicht zu vergessen die Bücher. Sie war in die Köpfe von so vielen Männern und Frauen gereist, durch alle Epochen hinweg. Und sie hatte so viel Zeit zum ungestörten Denken, konnte über jede Wendung sinnieren, die ihre eigenen Gedanken nahmen. Zum Beispiel über die Wörter Armut und Anmut, die sich nur durch einen einzigen Buchstaben unterschieden und in ihrer Handschrift beinahe identisch aussahen, zumindest aber verwandt. Das empfand sie als tröstlich, und manchmal sogar als wahr.

Aber jetzt ein weiteres Geräusch, dann viele Geräusche, eindeutig Schritte, die zielstrebig auf das Haus zukamen. Leo legte die Ohren an, begann laut zu bellen und wild zu scharren. Sie erstarrte. All die Jahre hatte sie geprobt, was in so einem Fall zu tun war, und jetzt saß sie einfach da, das aufgeschlagene Buch in den zitternden Händen. Wo war das Gewehr? In der Scheune? Wie hatte sie nur so sorglos werden können?

Das Messer auf dem Bord im Treppenhaus. Sie sprang auf, holte es.Dann machte sie alle Lichter aus, packte Leo am Halsband, zerrte ihn von der Tür weg und die Treppe hinauf in den ersten Stock. Dort spähte sie aus dem Fenster, aber trotz Vollmond war niemand zu sehen. Sie zog das Rollo herunter, das wieder hochschnellte, riss es erneut nach unten. Mit aller Kraft zog sie an Leo, zerrte ihn mühsam zu sich unters Etagenbett und umfasste gerade seine Schnauze, als unten das unverriegelte Küchenfenster quietschend aufgeschoben wurde. Jemand rief etwas, eine männliche Stimme, doch Leos Jaulen und das heftige Pulsieren in ihren Ohren waren so laut, dass sie die Worte nicht verstand.

Er war es, da war sie sich sicher. Zitternd umklammerte sie das Messer noch fester und wünschte, sie hätte das Gewehr zur Hand. Aber sie war geschickt im Umgang mit Messern. Auch dessen war sie sich sicher.

2

Da saß er, Kachemak Winkel, ausgerechnet in einem Flugzeug, ausgerechnet auf dem Weg nach Hause. Endlich. Und ja, seine Fingernägel gruben Sichelmonde in den Kunststoff der Armlehnen, und die Knie seiner langen Beine bohrten sich in den Sitz vor ihm und ließen ihn zittern. Ein kleiner Junge drehte sich um und sah Kache durch den Spalt zwischen B3 und B4 an. Kache zeigte auf seine Beine und sagte: »Sorry, Kumpel. Kein Platz.« Aber er wusste, dass dies keine Erklärung für das nervende Vibrieren war.

»Flugangst?« Der Mann neben ihm blickte ihn über die Lesebrille und Zeitung hinweg fragend an. Er trug einen Tweedblazer und eine Jagdmütze, in denen er aussah wie ein gelehrter Elmer Fudd, aber mit Haaren, die unter den Ohrenklappen herausschauten. »Scotch hilft.«

Kache nickte. Seine Furcht hatte einen guten Grund, denn heute war der zwanzigste Jahrestag des Flugzeugabsturzes. Doch Angst vorm Fliegen hatte er seltsamerweise nicht, noch nie gehabt. Wenn Gott oder das Universum, oder wer immer dafür zuständig war, dieses Flugzeug vom Himmel herunterholen und in einem grausamen Akt von Ironie oder Analogie an einem Berg zerschellen lassen wollte, dann sei's drum. Alle Angst der Welt könnte daran nichts ändern. Nein, Kache hatte keine Angst vorm Fliegen. Er hatte Angst vor zu Hause. Und diese Angst hatte ihn zwei Jahrzehnte lang ferngehalten.

Er veränderte seine Sitzposition, stützte den Ellbogen auf die Armlehne am Fenster und fuhr sich mit dem Finger den Nasenhöcker, den er seit seinem achtzehnten Lebensjahr hatte, auf und ab. Das Flugzeugfenster umrahmte die Landschaft unten und gab ihm das vertraute Gefühl eines Bildschirms, auf dem jetzt irgendwo im Süden die Stadt Austin in Texas lag, für die meisten Bewohner Alaskas bloß ein Teil der »unteren 48«, also vom Rest Nordamerikas.

Fast zwei Jahrzehnte hatte er vor einem Computermonitor verbracht, durch unzählige Spalten mit einschläfernden Zahlen scrollend, war unzählige Male befördert worden, zu oft, wie sich gezeigt hatte. Und alles nur, um zu vergessen, was er zurückgelassen hatte.

Als die Firma ihn vor sechs Monaten entließ, ersetzte er den Computerbildschirm durch einen Fernsehbildschirm. Janie wollte, dass er sich nach einer neuen Arbeit umsah, doch er hatte den Discovery Channel entdeckt, der ihm den Beweis dafür lieferte, was er schon die ganze Zeit vermutete: dass auch die Welt jenseits von Bilanzen flach war. Flachbildschirm, siebenundvierzig Zoll, Plasma. Dieses Plasma wurde sein Lebenssaft. So viele Sender. Eine ganze Fernsehanstalt rund ums Essen. Er lernte, wie man einen Truthahn einpökelte, entbeinte, räucherte, bei großer Hitze briet. Ebenso Schweinebraten, Lammkeule, Rinderhochrippe.

Er erweiterte seine Interessen und wusste schon bald, wie

man Hundeflüsterer wird, Ordnung in seinen Badezimmerschrank bringt, Häuser kaufte und verkaufte und was man nicht anziehen sollte.

Dann stieß er auf den Heimwerker-Sender, und da blieb er hängen. »Wir Winkels«, hatte sein Vater gern gesagt, lange bevor es den Do-it-yourself-Sender gab, »sind geborene Heimwerker.« Jetzt endlich verstand Kache, wie man vieles selber machte. Das heißt, im Kopf war ihm alles vollkommen klar, aber, wie Janie ihn oft erinnerte, etwas theoretisch wissen und es praktisch können waren zweierlei Schuhe. Das vorausgeschickt, konnte er erklären, wie man ein altes Haus vom rissigen Fundament bis hinauf zu den feuergefährlichen Dachschindeln sanierte – elektrische Leitungen legte, Rohre installierte, Mauern verputzte und was immer noch dazugehörte. Er wusste, wie man eine Holzlaube baute, eine Küchenspüle setzte und wie man ganz bequem an einem einzigen Wochenende Schieferplatten für einen Weg verlegte. Er wusste sogar, wie man Alpakas züchtete und ihre Wolle zu den teuersten Socken der Welt verspann. Und damit nicht genug, er wusste, wie man ein Spinnrad baute. Sein Vater wäre stolz auf ihn gewesen.

Egal.

Denn wie er sein Leben zurückspulen konnte, wusste Kache nicht, wie die eine Sache ungeschehen machen, die ihn kaputtgemacht hatte. Seine Welt war tatsächlich flach, und er war über den Rand gestürzt und ausgestreckt auf dem Sofa gelandet, hatte die Stopptaste seines Lebens gedrückt, während die Fernsehbilder weiterliefen und die Stimmen ihm alles beibrachten, was er wissen musste – außer wie er seine Mutter und seinen Vater und Denny wieder lebendig machen konnte.

Der Junge in der Reihe vor ihm langweilte sich. Er steckte Actionfiguren zwischen den Sitzen durch und ließ sie auf den Boden vor Kaches Füße fallen. Ein Dutzend Mal hob Kache sie auf, doch dann kümmerte er sich nicht mehr um die Plastikkörper. Bald darauf legte der Junge den Kopf auf die Armlehne und schlief ein.

Bei Kaches erstem Flug hatte sein Vater ihn im Pilotensitz auf den Schoß genommen und ihm die Instrumente und Funktionen der Cessna 180 erklärt. »Hier haben wir das Variometer, das Altimeter und den Wendezeiger. Wie nennt man das hier, mein Junge?« Er zeigte auf den ersten Kreis voller Zahlen, doch Kache hatte sich keines der fremden Wörter gemerkt, die sein Vater gerade gesagt hatte.

»Eine Uhr, Daddy?« Sein Vater lachte und wiederholte mit freundlicher Stimme die richtigen Bezeichnungen so lange, bis er sie sich merkte. Das war Kaches einzige Erinnerung an einen geduldigen Vater. Wie fest verbunden er sich mit der Welt gefühlt hatte, dort in der warmen Geborgenheit auf dem Schoß seines Vaters, hoch über Land und Meer.

Warum war es ihm unmöglich gewesen, ein Flugzeug zu besteigen und nach Norden zu fliegen, auch nur für einen Besuch? Er versuchte, es sich vorzustellen: Tante Snag, Grandma Lettie und er, wie sie in ihrem Haus an dem plötzlich riesigen Tisch saßen, mit all den leeren Stühlen drum herum. Wie sie nachdenklich und mit einem Räuspern schließlich die Fragen herausbrachten, die ihnen auf der Seele lagen, und wie sie Dennys ewige Flachserei vermissten und die festen Ansichten des Vaters zu so ziemlich allem. Wer hätte je gedacht, dass ihm das alles einmal fehlen würde? Die ruhige Stimme seiner Mutter, ihr mitreißendes

Lachen, das so oft und unbeschwert erklungen war, dass er nie an sie dachte ohne ihr Lachen im Ohr.

Stattdessen hatte er, als er dann genug Geld verdiente, seiner Großmutter und Tante Snag Flüge nach Austin bezahlt, wo immer für genug Ablenkung gesorgt war. Wenn er sie beispielsweise mit dem Auto umherfuhr, hielt Grandma Lettie auf der Schnellstraße die Augen geschlossen und rief: »Allmächtiger!« Das aus dem Mund einer Frau, die geholfen hatte, in der Wildnis jenseits von Caboose Hunderte Morgen Land zu erschließen, die in einem selbstgezimmerten Blockhaus ohne Wasseranschluss Zwillinge geboren hatte – seinen Vater und Tante Snag –, die Bären und Elchen entgegengetreten war, als wären es Eichhörnchen und Kaninchen – diese Frau ertrug es nicht, wenn sie auf der Straße von einem Sattelschlepper überholt wurden. Aber die Wildblumen liebte sie. Auf einer Raststätte spazierte sie mitten hinein in ein Feld blauer Lupinen, löste ihren Zopf und wuschelte sich durch ihr weißes Haar, das wie eine einsame Wolke in all dem Blau schwebte, legte sich auf den Boden und sang sich das alte, große, hartnäckig schlagende Herz aus dem Leib. »Komm her, Kache!«, rief sie. »Sing mit mir, wie in alten Zeiten.«

Stattdessen hielt er die Arme verschränkt und schüttelte den Kopf. »Kennst du die verrückte Lady dort?«, sagte er zu Snag.

Damals war seine Großmutter noch im Vollbesitz ihrer körperlichen und geistigen Kräfte und einfach nur sie selbst gewesen, die Lettie, die er immer heiß und innig geliebt hatte. Alle paar Minuten sahen Tante Snag und Kache ihre Arme aus dem saphirblauen Meer schießen und Bienen verscheuchen.

Aber in den letzten Jahren war es mit Großmutters Gesundheit bergab gegangen, und Tante Snag wollte nicht ohne sie reisen. Als er an jenem Morgen mit Snag telefonierte, sagte sie, dass Letties Zustand sich rapide verschlechterte. »Und ich werde auch nicht jünger. Also beeil dich und komm nach Hause, oder die Menschen, die du zurückgelassen hast, werden dich nur noch in einer Urne erwarten, damit du sie von den Klippen hinabstreust zu den anderen.«

Er hatte zu viel Zeit verstreichen lassen. Zwanzig Jahre. Er war achtunddreißig und hatte nicht viel vorzuweisen, außer einer stocksauren und seit gestern Abend wohl auch verflossenen Freundin, einer netten Abfindung für die sechzehn Jahre, in denen er sich den loyalen Arsch aufgerissen hatte, und einem verdammt dicken Sparbuch – nichts davon würde Tante Snag oder Grandma Lettie auch nur im Geringsten beeindrucken oder nützlich sein.

Nach einem Zwischenstopp in Seattle, weiteren dreieinhalb Stunden und unzähligen schneebedeckten Gebirgszügen landete er in Anchorage, das Snag und Lettie abfällig Nord Los Angeles nannten. Trotzdem war es natürlich das Ziel ihrer regelmäßigen Shoppingtrips, und sie hatten auch nicht gezögert, sich einen Mitgliedsausweis von Costco zu besorgen, kaum dass die Großhandelskette dort einen Laden eröffnete. Im Bordmagazin stand, dass der Staat nur etwas über sechshunderttausend Einwohner hatte und zwei Fünftel davon in Anchorage lebten. Obwohl es Alaskas größte Stadt war, fehlten ihr also noch drei Millionen Menschen, um mit Los Angeles gleichzuziehen.

Er nahm das Pfützenhüpfer genannte Kleinflugzeug nach Caboose. Während des kurzen Flugs sah er unter sich insgesamt acht Elche zwischen den kahlen Birken und Schwarzpappeln der Kenaihalbinsel, zudem graugrüne Fichtenholzwälder, braune Wiesen mit Schneetupfern und türkisblaue Seen. Kurz darauf, wo das Cook Inlet mit der Kachemak Bay verbunden war – der Bucht, deren Namen er trug –, beschrieb das Flugzeug eine Kurve. In der Ferne erhoben sich die gewaltigen Kenai Mountains mit ihren zahllosen Gletschern und erstreckten sich bis zum Horizont.

Auf der anderen Seite der Bucht ragten die Vulkane Mount Illiamna, Mount Redoubt und Mount St. Augustine massiv, solide und träge in den Himmel. Aber der äußere Schein trog: Redoubt und Augustine brachen ungefähr alle zehn Jahre im Wechsel aus, um Dampf abzulassen, überzogen die Landschaft bis weit über Anchorage hinaus mit dichter Vulkanasche und verdunkelten den Himmel mit Ruß. Seine Mutter hatte immer gesagt, Alaska vergebe keine Fehler. Als Junge hatte Kache sich gefragt, ob die Vulkanausbrüche ein Ausdruck der aufgestauten Wut der Berge waren.

Dort war die von Fischerbooten gesäumte Caboose-Nehrung, eine in die Bucht ragende Landzunge an der Stelle, wo die alten Eisenbahnschienen endeten und noch immer der rostige, an Güterzüge gehängte rote Begleitwagen – Caboose genannt – stand.

»Siehst du das?«, hatte seine Mutter über den Motorenlärm der Cessna hinweg geschrien, als sie alle an jenem ersten Tag zusammen flogen, denn sein Vater hatte sich endlich den Traum vom eigenen Kleinflugzeug erfüllt. »Den langen Finger mit dem roten Fingernagel, der auf die Berge zeigt? Ich wette, die Erde ist stolz auf diese Berge und sorgt dafür, dass wir sie ja nicht übersehen.« Sie schob Kaches Locke unter die Mütze und strahlte übers ganze Gesicht. »Als wäre das überhaupt möglich! Sind sie nicht unglaublich?«

Es war schon immer ein atemberaubender Anblick gewesen, bei dem er jedesmal tief einatmete und vergaß, wieder auszuatmen, besonders dann, wenn die Wolken aufbrachen, wie jetzt gerade, und das Meer sich in all seinen leuchtend blauen und grünen Schattierungen vom reinen Weiß der Berge abhob. Er musste zugeben, nirgendwo auch nur etwas annähernd Vergleichbares wie diese Höhen oder Tiefen wilder Schönheit gesehen zu haben, selbst jetzt, wo gerade Frühlingsschmelze war, Alaskas hässlichste Jahreszeit.

Doch in diesem Moment raubte ihm die Aussicht mehr als nur den Atem. Vielleicht hatte seine Mutter unrecht gehabt; vielleicht war diese Landzunge der Stinkefinger der Welt, der ihm bedeutete, sich zu verpissen. Heute ähnelte der rote Fleck von Caboose mehr einer blutbefleckten Messerspitze als einem Fingernagel. So oder so, der Anblick versetzte ihm einen tiefen Stich ins Herz, als wollte er ihm noch vor der Landung den Rest geben.

3

Seit Kaches Anruf war Snag unaufhörlich in ihrem kleinen Haus zugange. Kache. Endlich hatte er eingewilligt, nach Hause zu kommen. In den frühen Stunden jenes Morgens hatte sie das klingelnde Telefon mit dem Läuten des Weckers verwechselt und immer wieder die Schlummertaste gedrückt, bis sie dann panikartig hochschnellte mit dem Gedanken: *Mom ist etwas passiert*. Aber nein, es war Kache, der aus Austin anrief. Seither bearbeitete sie jede Oberfläche mit Eimern von Reinigungsmitteln, saugte Katzenhaare und verstreutes Katzenfutter auf, hatte den Kühlschrank mit einer ofenfertigen Kasserolle gefüllt, einem Elchschmorbraten, und mit einem Rhabarberstreuselkuchen, und das Bett frisch bezogen.

Beim Blick in den nun absolut streifenfreien Spiegel fand Snag, dass sie selbst einem gut gemachten Bett ähnelte. Ihr Chenillekleid knitterte unterm Busen wie ein Bettlaken, das um zwei Daunenkissen herum festgesteckt war, die sich bei jedem Atemzug hoben und senkten. Aber trotz ihrer Fülle war sie flink, wischte jetzt über die Arbeitsplatte, räumte die Pfeffermühle weg und die Salatsoßenflasche mit Paul Newmans Konterfei in den Kühlschrank. Sie schloss die Tür.

Ein Bild von Kache kam ihr in den Sinn, wie er auf dem Küchenstuhl saß, den dunkel gelockten Kopf über die Gitarre gebeugt, dann genau diese Tür öffnete und vor dem Sortiment gekühlter Lebensmittel stand, wie vor einem Gott, dem man huldigen musste. Wie oft hatte sie ihm eine Ohrfeige verpasst und gesagt, er solle die verdammte Tür zumachen. »Tausendmal? Oder öfter?«

Seit sie ihre Mom im Altersheim untergebracht hatte, führte sie Selbstgespräche. Davor waren oft die einzigen Worte, die Lettie zur Unterhaltung beitrug: »Ist das so, Eleanor?« Doch das war immer noch besser gewesen als nichts.

Ihre Mom war die Einzige, die sie noch Eleanor nannte. Mit ungefähr neun Jahren, als sie das erste Mal ganz allein im Fluss geangelt hatte, war sie nach Hause gekommen, einen beachtlichen Lachs hochhaltend. »Guck mal, Daddy. Ich hab ganz allein einen Fisch gefangen.«

Ihr Daddy hatte gelacht und dem armen Fisch den Haken aus der Seite gezogen. »Eleanor«, sagte er. »Du hast ganz allein einen Fisch geangelt.« *Snagged.* Glenn, der genauso alt war wie sie und neidisch, weil er bis jetzt noch nie etwas gefangen oder geangelt hatte, nannte sie von da an Snag. Der Name setzte sich durch und blieb für alle Zeiten an ihr kleben. Die meisten Neuankömmlinge in der Stadt glaubten, er habe etwas mit ihrem Verkaufstalent zu tun. Denn das hatte sie wirklich. Wer immer Kosmetik von Mary Kay oder Jafra brauchte, Waschmittel von Amway oder aber ein neues Haus, rief Snag an.

Der Immobilienmarkt hatte es besonders gut mit ihr gemeint. Sie selbst wohnte lieber in einem schlichten Haus, schwärmte aber in höchsten Tönen vom Nutzen einer in den Boden versenkten Badewanne oder von Arbeitsplatten aus echtem Granit. Vor kurzem hatte sie aufgehört, Häuser zu vermitteln. Sie hatte genug verdient und wollte den Anfängern eine Chance geben. Geldverdienen war das Einzige im Leben, was Snag immer leichtgefallen war, und sie hatte kein Interesse, es damit zu übertreiben. Sie verkaufte zwar immer noch Produkte nach dem Schneeballsystem, aber hauptsächlich als Dienstleistung für die Einwohner von Caboose und weniger aus einem eigenem Bedürfnis heraus. Das Einzige, was sie nicht verkaufen konnte, war ihre Idee, das Stadtmaskottchen – den alten Begleitwagen, den Caboose, der am Ende der Nehrung stand – wieder in Betrieb zu nehmen. Doch jetzt war nicht die Zeit, sich damit zu befassen.

Sie stieg ins Auto und atmete tief durch. Kache. »Er wird mich umbringen, und ich kann es ihm nicht einmal verübeln.« Sie wischte sich mit dem Ärmel der Regenjacke über die Augen und stellte überrascht fest, dass er voll schwarzer Schmiere war. Nach Jahren hatte sie sich die Wimpern wieder einmal getuscht, zu Ehren von Kaches Heimkehr. Diese Sorte Maskara hatte sie an Küchentischen vorgeführt, mit einem Blatt Papier, auf dem sie die Wimperntusche verteilte, Wasser drauftropfte und es hochhielt, woraufhin das Wasser klar wie Gin auf den Tisch lief. Jetzt fuhr sie mit dem Finger unter den Augen entlang: Schwarz. Sie benetzte die Finger mit Spucke, wischte sich damit übers Gesicht, zog das zusammengeknäuelte Papiertaschentuch aus dem Ärmel und rubbelte heftig. Dann betrachtete sie sich im Rückspiegel. »Das hast du echt klasse hingekriegt.« Sie sah aus, als hätte ihr jemand Öl aufs Gesicht geschmiert. Bei allem Geschick, das sie in Reinigungsdingen an den Tag legte, hatte Snag manchmal das Gefühl, ihr größter gesellschaftlicher Beitrag war das Talent, alles zu versauen.

4

Auf dem kleinen Flughafen von Caboose erkannte Kache sie, noch bevor sie sich zu ihm umdrehte. Mit ihren ein Meter einundachtzig war Snag nicht zu übersehen. Langgliedrig wie er, kurzgeschnittene Haare mit mehr Grau als Schwarz. Sie war die Zwillingsschwester seines Vaters und sah ihm sehr ähnlich – tiefe Grübchen, große graue Augen –, deshalb hatte Kache sie immer schön gefunden. Ihr Rücken war jetzt breiter, und ihre Schultern hingen schlaff in der Jacke mit Kapuze. Sie fummelte an ihrem Ärmel herum, fuhr sich übers Gesicht. In jenem traurigen Frühjahr, bevor er wegging, hatte Kache sie oft weinen sehen, den Rücken ihm zugewandt, als könne sie ihn so vor all dem Kummer beschützen.

Er seufzte und stand einfach nur da, betrachtete ihren Rücken. Wie konnte es sein, dass man einen Ort vor zwanzig Jahren verlassen hatte, zwanzig Jahre lang weggeblieben war, und dann mit ein paar Schritten mittendrin in allem war, was man hinter sich gelassen hatte, wie bei einer lange trainierten Punktlandung?

»Tante Snag?« Er berührte ihren Arm, und sie fuhr herum.

»Kache! Du bist es wirklich.« Trotz ihrer Größe musste sie sich auf Zehenspitzen stellen, um ihre pummeligen Arme um ihn zu legen. »O Schätzchen, wie hübsch du bist! Lass dich anschauen! Deine Momma und dein Daddy wären so stolz auf dich.«

Er umfasste ihr weiches Gesicht, das nicht ganz so faltig war, wie er erwartet hatte, und ein wenig … schmutzig? Irgendeine Schmiere, und so wie er Snag kannte, war es eher Dreck als Make-up. Er lächelte. Sie sahen sich lange an. Es gab viel zu sagen, doch mehr als ein: »Komm, wir fahren zu Grandma«, brachte er nicht heraus.

Snag putzte sich die Nase, dann noch einmal. »Sie ist nicht sie selbst. Und ich hab es wirklich versucht, immer wieder, doch es wurde einfach zu viel. Aber das Heim ist ganz in Ordnung. Wirklich. Wir können auf dem Heimweg haltmachen.« Sie zog seinen Kopf zu sich herunter, wuschelte ihm durch die Haare, als wäre er acht Jahre alt und nicht achtunddreißig. »Du siehst gut aus, Kache Winkel, du bist zu Hause. Ist der Koffer dein einziges Gepäck?«

Er nickte. Er hatte die wenigen warmen Sachen eingepackt, die er noch besaß, zusammen mit dem alten, löchrigen grünen T-Shirt, das er niemals wegwerfen würde. *Nein, ich spiele nicht Basketball*, stand darauf, ein Geschenk von Denny, weil Kache es mit seinen knapp zwei Metern leid war, ständig danach gefragt zu werden. Und er hatte auch den Seidenschal dabei, das Einzige, was er von seiner Mutter mitgenommen und der noch Jahre später nach ihrem Parfüm geduftet hatte. Snag fragte ihn, wo seine Gitarre sei, aber er zuckte die Achseln, genau wie immer, wenn sie ihn in Austin danach gefragt hatte. Sie hob die Augenbrauen und öffnete den Mund, doch dann schluckte sie die Frage herunter, auch genau wie immer.

Selbst mitten im Winter wurde es in Austin nie so kalt wie hier. Im Auto rieb er die Hände aneinander, spürte das Ziehen und Loslassen von Widerstand und Kapitulation: Alles hier lockte ihn zurück, um ihn dann mit Erinnerungen zu erschüttern: Denny, der ihm in dem Spirituosenladen mit der noch immer orange blinkenden Leuchtreklame Bier gekauft hatte; seine Mom auf dem Weg mit ihm in die Notaufnahme, als er sich mit neun Jahren das Knie aufgeschlagen hatte. Derselbe Laden mit Eisenwaren und Anglerbedarf, in dem sein Dad sich stundenlang aufhielt, während Kache im Pick-up wartete und Liedtexte auf die Rückseite alter Briefumschläge schrieb, die im Handschuhfach lagen. Seine Mom bewahrte sie dort auf, um ihren Mund drauf zu drücken und den frisch aufgetragenen Lippenstift zu fixieren. Kache schrieb um die roten Lippenblüten herum.

Natürlich hatte sich auch einiges verändert, doch nicht genug, um diesen aufkommenden dumpfen Schmerz fernzuhalten.

Aber es war gerade Schneeschmelze. Der Frühlingsanfang gehörte hier zu den deprimierenden Jahreszeiten, wenn Schnee und Eis krachten, brachen, tropften, als würde die Erde schreien und Schlamm spucken, der bis ins dunkelste, dickflüssigste Blau des Cook Inlet und der Kachemak Bay hinabrann.

»Ich dachte, Janie würde mitkommen. Muss sie arbeiten?«, fragte Snag, wobei sie Kache einen Blick zuwarf. Er zuckte die Schultern. »Du bist furchtbar still. Für deine Verhältnisse«, fügte sie hinzu und suchte einen Sender im Radio, machte es aber schließlich aus. Es stimmte, Kaches Dad hatte ihn Babbel-Kachel genannt, aber das war sehr lange her. »Ah, eine Regenpause.«

»In Austin regnet's zu wenig. Ich hätte nichts gegen mehr Wolkenbrüche.«

»In ein paar Wochen wird dein Wunsch hier garantiert in Erfüllung gehen. Drück die Daumen, dass wir einen anständigen Sommer kriegen. Weil du ja ... na ja, du musst ja nicht zurück an die Arbeit. Du bleibst doch eine Weile, ja, Schätzchen?«

»Ein paar Wochen, denke ich.« Das hatte er jedenfalls geplant, wenn er es aushielt. In ein oder zwei Tagen würde es leichter werden. Er wollte Zeit mit Snag und Lettie verbringen. Sich den Dingen stellen, denen er sich stellen musste. Raus zum Hof seiner Eltern fahren. Snag hatte erzählt, eine nette Familie habe das Haus gemietet. Er wollte alles reparieren, was dort zu reparieren war, und für Lettie und Snag alles tun, was getan werden musste – alles zusammenhalten, stark genug sein, um sich mit allem zu konfrontieren, um in die Zukunft blicken zu können. Janie hatte recht. Das war schon lange überfällig.

Snag fuhr auf den Parkplatz eines Flachbaus aus Klinkerstein und Beton. »Sie ist sehr schwach geworden, Kache. Aber sie fragt nach dir. Je nachdem. An manchen Tagen ist sie klarer als die meisten von uns, an anderen umwölkt und manchmal schlicht zugeschneit.«

Er stieg aus und hielt die Glastür auf – an den Wänden der Eingangshalle eine rosa und grüne Blümchentapete sowie Gemälde von Fischottern, Papageitauchern und Bären. Er nickte anerkennend. »Nicht schlecht, wenn man bedenkt, wo wir hier sind.«

»Glaub mir, das ist wesentlich besser als das Dritte-Welt-Straflager in Spruce, das sie Altersheim nennen.« Ein Lächeln überzog ihr Gesicht. »Hallo, Gilly.«

»Das also ist Kache.« Eine Frau, wahrscheinlich etwas jünger als Snag, schüttelte ihm die Hand. »Sie sind also kein reines Hirngespinst von Snag und Lettie.« An ihrem bunten Kittel heftete ein Namensschild mit extragroßen Buchstaben. Sie hatte blaue Augen mit hübsch platzierten Krähenfüßen, die verrieten, dass sie viel lachte. »Hätte ich letzten Monat schon gewusst, dass Sie herkommen, hätte ich meine Tochter vielleicht zum Bleiben überreden können. Ich hatte ihr erzählt, wir hätten eine Wagenladung unverheirateter Männer hier, aber sie hat es nur ein paar Wochen ausgehalten. ›Mom‹, hat sie gesagt, ›ich gehe zurück nach Colorado, wo die Männer sich wenigstens rasieren.‹ Das und die Tatsache, dass die Leute sich beim Wettangeln im Kenai regelmäßig ihre Augenbrauen und Nasen mit den Haken piercen, hat ihre romantische Vorstellung von Alaska ziemlich zerstört.«

Snag berührte Kaches Gesicht. »Dreitagebart.«

Kache sagte: »Nicht zu ändern. Aber morgen ist er verschwunden.«

»Siehst du, Gilly? Da ist deiner Tochter wirklich was entgangen.«

Kache rieb sich übers Kinn. »Wahrscheinlich dauert es nicht lange, und ich weiß auch nicht mehr, wie man sich rasiert.«

Zwar war es hier »nicht-schlecht-wenn-man-bedenkt«, doch als er Snag den Flur entlang folgte, folgte ihnen auch der schwache Geruch von Urin, Medizin und Verfall, mit einem Hauch gekochten Wurzelgemüses.

Im Fernseher dröhnte ein alter Schwarzweißfilm, den er nicht kannte, die Rollstuhlreihen davor waren darauf ausgerichtet wie

Kirchenbänke. Grandma Lettie saß am Rand, mit der Nase in einem Buch. Was wörtlich gemeint war, denn das Buch lag aufgeschlagen in ihrem Schoß, und ihr Kopf hing so dicht darüber, dass sie es fast berührte. Ihr Haar war wie immer zu einem Zopf geflochten, doch er schien dünn und flaumig wie Gänsedaunen. Auf den Fotos von ihr als junger Frau hing er dick wie ein Tau bis zur Taille.

Kache kniete sich vor sie. Ein dünner Speichelfaden hing von der Mitte ihrer Oberlippe bis hinunter auf das Buch. Er wischte ihn mit dem Ärmel weg, während Snag ihm eines ihrer zerknitterten Papiertaschentücher reichte. »Granny?«

Sie hob den Blick, nahm ihn in Augenschein, und ihr Mund verzog sich zu einem Lächeln.

»Kachemak Winkel!« Das Lächeln verschwand. »Wo bist du gewesen?«

»In Texas, Granny.«

Sie schüttelte den Kopf. »Wo bist du gewesen?«

»Ich hab gearbeitet, Granny.« Seine Antworten klangen dürftig.

»Nein.« Sie begann zu wimmern und wandte sich laut flüsternd Snag zu: »Weiß er von dem Absturz?«

»Ja, Mom, er war hier. Erinnerst du dich nicht?«

»Aber er ist nicht gestorben.«

»Das stimmt.«

Wieder flüsterte sie und verkündete langsam, mit weit aufgerissenen Augen: »Er hätte auch mitfliegen sollen.«

Kache hatte einen Kloß im Hals. Snag umfasste seinen Ellbogen, strich eine weiße Strähne aus Letties mit Adern durchzogener Stirn. »Mom, Kache ist weg gewesen. Nur weg. Von hier«, sagte sie.

Grandma hob die Augenbrauen, nickte und rieb Kaches lange Hand zwischen ihren knochigen, fleckigen Fingern. »Natürlich, mein Schatz. Oh, aber …« Sie blickte über ihre Schulter und wieder zurück zu ihm. Ihre Stimme wurde höher, fast wie die eines Kindes. »Es war, als wärt ihr alle vier tot. Wenigstens haben wir dich jetzt wieder.« Sie hob seine Hand, bewegte sie im Takt jedes einzelnen Wortes auf und ab: »Und das ist sehr gut.«

»Danke, Granny.« Warum war er so lange weggeblieben? Warum war er zurückgekommen? Er war versucht, sich einen Rollstuhl zu schnappen, dem Typ in Hawaiihemd und Strickjacke die Fernbedienung zu stehlen, zum Heimwerker-Kanal zu schalten und vier weitere Jahrzehnte vorbeiflimmern zu lassen.

Stattdessen fuhr er mit zu Snags Haus. Auf den Ansturm von Erinnerungen gefasst, stellte er überrascht fest, dass Snag nicht ein einziges Möbelstück, nicht einmal Nippes oder ein Gemälde seiner Mutter behalten hatte. Seine sentimentale Tante Snag, die ihren Bruder geliebt und ihre Schwägerin verehrt hatte. Wo waren die ganzen Sachen geblieben? Es hätte keinen Sinn gehabt, alles zu verkaufen oder wegzugeben. Und als Kache sie bat, zusammen zum Hof rauszufahren, stellte sie sich taub und wechselte das Thema. Früher hatte sie immer gesagt, der Hof sei vermietet. Sie konnte doch unmöglich alles verkauft haben. Oder? Den Fischkutter seines Vaters hatte sie an Don Haley verscherbelt, das wusste er, aber alle vierhundert Morgen Land, ohne ihm ein Wort zu sagen? Es stimmte zwar, dass Kache ihr Vollmacht dazu erteilt hatte, damals, als er achtzehn war und nichts damit zu tun haben wollte. Aber das Haus hätte sie nicht verkauft, ohne es ihm zu sagen. Niemals.

Als er später am Nachmittag für sie zum Safeway-Supermarkt gefahren war, hatte er einen alten Freund seines Vaters getroffen, Duncan Clemsky. Duncan klopfte ihm auf die Schulter und schüttelte unentwegt seine Hand, während er redete. »Sieh einer an, Mister Großstadt. Ich muss immer noch an dich denken, wenn ich an der Straße vorbeifahre, die zum Hof deines Daddys führt. Aber so weit komme ich nur raus, wenn ich was ins Dorf der Russen liefern muss.«

»Die Altgläubigen akzeptieren jetzt Lieferungen? Die sind echt fortschrittlich geworden.«

»In Ural haben einige sogar Satellitenschüsseln. Langsam gehen sie in die Knie. Es dauert nicht mehr lange, und sie tragen hübsche, unbrauchbare Stiefel so wie deine.« Er nickte in Richtung von Kaches Füßen. »Irgendwann kann sich wahrscheinlich keiner mehr den Veränderungen entziehen.«

»Sieht so aus«, sagte Kache mit inzwischen rotem Kopf. Keiner konnte einem besser sagen, wo man hingehörte, als einer, der schon sein ganzes Leben in Alaska wohnte. Am liebsten hätte er Duncan gefragt, ob Snag das Land verkauft hatte, durfte sich aber nicht anmerken lassen, dass er – falls es zutraf – nichts davon wusste. Er wollte nicht, dass ein Gerücht in der Stadt die Runde machte, das dann wie ein Lachs auf dem Förderband der Konservenfabrik endete, also ohne Kopf und Schwanz und das Mittelstück bis zur Unkenntlichkeit bearbeitet.

»Du solltest dir ein paar richtige Stiefel besorgen, bevor dich die Leute hier für einen Touristen aus Kalifornien halten. Dachte, du kämst doch immerhin aus Texas, mein Junge.« Duncan schüttelte augenzwinkernd den Kopf. »Grüß deine Tante und Grandma von mir, ja?«

»Mach ich, Duncan. Und du grüßt Nancy und die Kids, ja?«

Das führte dazu, dass Duncan Clemsky ihm zehn weitere Minuten lang alles über seine fünf Kinder und sechzehn Enkel erzählte und Kache sieben Sekunden brauchte, um Duncan wissen zu lassen, was er in den letzten zwanzig Jahren getrieben hatte. »Na ja … hab viel gearbeitet.«

Auf dem Nachhauseweg beschloss Kache, Snag am Abend einfach zu fragen, ob sie den Hof verkauft hatte, falls sie nicht von selbst davon anfing. Einerseits hoffte er, dass sie ihn verkauft hatte, anderseits betete er zu Gott, dass dem nicht so war.

5

Kache räumte das Geschirr vom Tisch, und Snag füllte das Spülbecken mit so heißem Wasser, wie sie es gerade noch aushielt. Als Spülmittel wählte sie das von Shaklee, weil sie für Frühstück und Mittagessen das von Amway genommen hatte, und überlegte krampfhaft, wie in aller Welt sie Kache die Sache mit dem Hof erzählen sollte.

Sie starrte ihr Spiegelbild im Küchenfenster an, sah einen Feigling und eine eifersüchtige Schwester, was sich nun nicht länger verheimlichen ließ. Und so ordnete sie mit Blick auf ihr Gesicht die Geschichte im Kopf, legte sich die Worte im Mund zurecht: So habe ich es geschehen lassen. Es begann mit meinen guten Absichten, aber auch mit meinen Schwächen, und dann wurde aus dem Tag eine Woche und ein Jahr und ein Jahrzehnt und noch ein zweites. Ich wollte nicht, dass es so kommt, ich wollte es wirklich nicht.

Sie drückte noch mehr Spülmittel aus der Flasche, ließ das heiße Wasser über ihre aufgedunsenen Hände laufen und presste sie flach auf den abgestoßenen Emailleboden des Beckens, wo sie unter der Spüllauge verschwanden. Wenn sie doch nur klein genug wäre, um selbst ins Spülbecken zu klettern, und sich darin verkriechen könnte, einfach nur still zwischen den Gabeln und

Messern und Löffeln liegen, bis der Moment vorbei war und sie sich nicht länger ansehen musste, wer sie wirklich war. Manchmal, wenn sie in diese Richtung dachte, kam Ertrinken ihr gar nicht so schlimm vor. Besser, als so zu sterben wie Glenn und Bets und Denny. Sie fröstelte, obwohl ihre Hände und Arme in die flüssige Hitze getaucht waren.

Es hätte ihrem Andenken auf gewisse Weise Ehre erwiesen, wenn sie einfach das gemacht hätte, was alle von ihr erwartet hatten. Sich um das Haus und um Kache kümmern. Doch bei beidem hatte sie versagt.

»Tante Snag?« Er stand neben ihr, den gusseisernen Bräter mit der eingebrannten Soße vom Elchschmorbraten in der Hand. Bei Kache gab es nie Reste, selbst jetzt nicht, wo er ein erwachsener Mann war. »Ist alles in Ordnung? Soll ich das hier fertig machen, und du guckst noch den Rest der Nachrichten?«

»Nein … na ja … okay.« Sie trocknete die Hände am Geschirrtuch, doch nach ein paar Schritten drehte sie sich um. »Ich muss dir etwas sagen, Schätzchen, und es wird dir nicht gefallen. Du wirst richtig wütend auf mich sein, und ich kann dir das nicht einmal verübeln.«

»Du hast den Hof verkauft.« Eine Feststellung, keine Frage.

»Was?«, sagte sie, obwohl sie ihn sehr gut verstanden hatte.

»Du hast alles verkauft. Du hast den Hof verkauft.«

»Nein, Schatz, stimmt nicht. Ich hab ihn nicht verkauft.«

Er lächelte ansatzweise, ein trauriges, gequältes Hochziehen der Mundwinkel, während seine Schultern entspannt nach unten sanken. »Es ist wohl am besten, wenn ich hinfahre. Mir alles ansehe. Aber ich kann mir so schwer vorstellen, alles zum ersten

Mal wiederzusehen. Fährst du oft hin?« Noch immer dieser jungenhafte Ausdruck in seinem Gesicht. Er kam ihr nicht vor wie ein erwachsener Mann, der im Leben schon viel gesehen hatte. Doch Snag konnte nicht genau festmachen, was es war. Vertrauen? Verletzlichkeit?

Sie sagte: »Nicht oft, nein.«

»Nur, wenn etwas anliegt.« Das war nicht als Frage formuliert.

»Nein, nicht einmal das.« Sie holte tief Luft, suchte in der Schürzentasche und im Ärmel nach einem Taschentuch. »Ich war überhaupt noch nicht da.«

»In diesem Frühjahr?«

»Nein. Ich meine kein Mal. Noch nie.«

»Das ganze Jahr nicht?«

»Ja, Kache, das ganze Jahr nicht. Kein Mal. Noch nie. Ich war noch nie da, ich hab immer nur so getan. Ich hab's mir tausendmal vorgenommen, aber ich hab das Haus nie leergeräumt, nie deine Sachen rausgeholt, nie irgendwas eingelagert. Ich hab nie …«

Er stand da mit offenem Mund, fünf Minuten mindestens, wie Snag fand. »Moment mal. Du hast gesagt, du hättest es vermietet. Niemand war da, seit ich weggegangen bin? Nicht einmal die Fosters? Oder die Clemskys? Jack? Keiner von denen? Sie hätten bestimmt geholfen. Sie hätten darauf bestanden zu helfen.«

Snag lehnte am Unterschrank, brauchte eine Stütze, atmete tief ein und aus. »Begreifst du nicht? Ich habe behauptet, ich kümmere mich darum. Ich hab ihnen gesagt, ich hätte jemanden beauftragt … den Schnee wegzuräumen … das Dach zu flicken … Wasser durch die Rohre laufen zu lassen.«

»Ich verstehe nicht. Warum?«

»Inzwischen aus Scham. Ich war nicht mehr dort gewesen, seit du gegangen warst, habe weder die Pflanzen im Haus gegossen noch die Speisekammer leergeräumt – aber ich hatte nie vorgehabt, so verantwortungslos damit umzugehen.« Sie verstummte. Das Wasser tropfte in einem fort ins Spülbecken. »Ich hab einfach alles gelassen, wie es war. Ich hab's versucht, hab mich Dutzende Male auf den Weg gemacht, doch am Ende hab ich immer gekniffen und bin auf halber Strecke umgekehrt.«

Sie hatte erwartet, dass Kache schrie und sie anbrüllte, aber das tat er nicht. Er nahm sie in die Arme und drückte sie fest an sich. Und dort, in seinen Armen, hatte sie das Gefühl, nicht mehr ein bloßes Häufchen Scham zu sein. Aber Gnade hatte ihr ganz eigenes Gewicht. Mit sanfter Stimme sagte er ihren Namen und seufzte. »Du weißt, heute ist der Jahrestag, fast auf die Stunde genau um diese Zeit.« Sie nickte, wusste es, ohne daran zu denken, so wie ein Mensch weiß, dass er atmet. Er sagte, dass es in Ordnung war, dass er sie verstand, besser als ihm lieb war, denn er hatte mit dem gleichen Problem gekämpft, immer wenn es darum gegangen war, hierher zurückzukommen.

Sie war froh, den Satz, den sie sich zur Verteidigung zurechtgelegt hatte, nicht gesagt zu haben: Dass sie nämlich anfangs, vor langer Zeit, auf seine Rückkehr gewartet hatte, um mit ihm zusammen hinzugehen. Und genau das wollte sie jetzt: die Fahrt mit ihm zusammen durchstehen. Doch Vergebung oder nicht, er hatte sie schon längst wieder losgelassen, ihre Autoschlüssel genommen, gerufen: »Ich bin bald zurück. Warte nicht auf mich«, und fuhr bereits aus der Einfahrt, als sie flüsterte: »Warte.« Aber sie verstand ihn. Zwar hatte er großmütig reagiert, jedoch war ihr seine Bestürzung nicht entgangen, und jetzt brauchte er erst einmal Abstand von ihr. Ihn so aufgewühlt losfahren zu sehen machte ihr Angst. Die Reifen quietschten wie damals, als Kache noch ein Teenager war, als wären sie am Morgen nach dem Absturz aufgewacht, und die Zeit wäre stehengeblieben.

6

Auf einmal konnte Kache nicht schnell genug zum Haus kommen. Jetzt, wo schon so viel Zeit vergangen und sicher alles verfallen und verrottet war. Die Blockhütte, die Grandma Lettie und Grandpa T. R. Anfang der vierziger Jahre mit ihren eigenen Händen errichtet und in den Fünfzigern erweitert hatten. Die seine Mom und sein Dad weiter ausgebaut und schließlich in den Siebzigern in ein richtiges Haus umgewandelt hatten – das Haus, in dem Kache aufgewachsen war. Das er liebte und das der einzige Ort war, den er jemals Zuhause genannt hatte. Reduziert auf einen Haufen modriger Baumstämme.

Vermutlich würde er den Hof erst im Dunkeln erreichen. Zwar wurden die Tage schon wieder länger und würden in weniger als einem Monat bis Mitternacht dauern, aber das half ihm jetzt wenig. Er hatte keine Ahnung, ob der Mond voll oder bloß eine Sichel war, zu- oder abnahm. Ja, die Programme der Heimwerker-Sender kannte er in- und auswendig, aber den Nachthimmel hatte er schon lange aus den Augen verloren. Er griff unter den Sitz, wo Snag bestimmt eine Taschenlampe verstaut hatte, und legte sie neben sich. Um Benzin brauchte er sich keine Gedanken zu machen, er hatte erst heute Nachmittag vollgetankt und würde es locker zurück schaffen.

Immer gewahr, dass jederzeit Elche die Straße kreuzen konnten, brachte er den geteerten ersten Teil der Strecke schnell hinter sich. Hier standen die Häuser noch in Sichtweite voneinander, alle nach Süden ausgerichtet, um die Aussicht genießen zu können – den Horizont aus zerklüfteten Bergen, die sich über sechs Meilen entlang der Kachemak Bay erstreckten.

Kachemak. Ein problematischer Name, wenn man in dieser Stadt wohnte. In den ersten Schuljahren hatten ihn die Kinder damit aufgezogen, immer ein »Bay« dranzuhängen, wenn dem Lehrer bei der Anwesenheitskontrolle versehentlich der volle Name herausgerutscht war, statt der verkürzten Version, auf der er bestand – ausgesprochen wie Catch. Dann die Mädchen in der Highschool, die erröteten, ihn einen *Catch* – guten Fang – nannten und fragten, ob er einen Song für sie schreiben könnte. Oder die Jungen, die ihm Bälle aller Art zuwarfen und *Catch*, riefen, fang, immer gefolgt von *Das kannst du nicht*, *Catch*, womit sie absolut recht hatten.

Zuerst sagte seine Mom, er wäre nach der Bay benannt, weil es die schönste Bucht war, die sie jemals gesehen hatte, und er das schönste Baby, das ihr jemals unter die Augen gekommen war. Und wenn Denny protestierte, lachte sie und sagte: »Denny, ich würde dich niemals anlügen. Du hattest das süßeste verknautschte Rübengesicht überhaupt. Glücklicherweise bist du zu einem umwerfend hübschen Jungen geworden.«

Später, als Kache sechzehn war und sein Vater ihn für alt genug befand, ihm ein Geheimnis anzuvertrauen, verriet er Kache, dass das zwar stimmte, aber nicht die ganze Wahrheit war. Kache sei, erzählte sein Vater grinsend, auf einem Fischkutter in der

Bucht gezeugt worden. Die Sonne sei warm gewesen und die Fische träge – beides selten in Alaska. »Hat sich als fruchtbare Kombination erwiesen, stimmt's?« Er schlug Kache so fest auf den Rücken, dass er beinahe vornübergekippt wäre. »Denny wurde natürlich auf einer Campingreise in den Denali-Nationalpark gezeugt.« Kache sagte seinem Vater, dass er das gar nicht so genau hätte wissen wollen, danke vielmals.

Er fuhr in ein Schlagloch, und Schlamm spritzte über Motorhaube und Windschutzscheibe. Kache wusste, dass das Haus zu abgelegen und gut versteckt war und die Wahrscheinlichkeit gering, dass jemand zufällig darauf stieß. Die Altgläubigen wollten mit Häusern außerhalb ihres Dorfes nichts zu tun haben, und der tiefste Canyon-Einschnitt auf der ganzen Halbinsel wirkte zusätzlich abschreckend. Niemand mit gesundem Menschenverstand würde in den Canyon runterfahren. Der einzige andere Zugang neben ihrem fünf Meilen langen Privatweg war vom Strand aus, und das auch nur bei absolutem Niedrigwasser.

Höchstwahrscheinlich hatte das Haus so lange dem Schnee, Regen und Wind getrotzt, bis die Mauerritzen sich schließlich wie Schwämme vollsogen, das Dach einem Mulltuch glich, die Möbel mit Moos überwachsen und verrottet waren und die Bücher seiner Mutter ... All die Bücher. Ihre Gemälde und Quilts und Fotos. Die Fotos, die er nie gewollt hatte, jetzt wollte er sie, selbst die verwackelten Schwarzweißaufnahmen, die er mit fünf gemacht hatte, als er mit Dennys neuer Kamera einen ganzen Film verknipste und Denny gedroht hatte, ihn zu erwürgen.

Verdammt, Tante Snag.

Wo warst du? Wo warst du?

Selber verdammt, Winkel. Er schlug aufs Lenkrad, machte die Scheinwerfer an und beugte sich vor, als könnte er dadurch schneller ankommen.

Der geteerte Teil der Strecke endete, und die unbefestigte – in dieser Jahreszeit also matschige – Straße begann. Die Plastikflasche Aspirin zwischen den Sitzen rollte stetig klappernd hin und her. Diesen Teil des Wegs kannte er am besten, das Stück, das seinem alten blauen Schwinn-Fahrrad so vertraut war, dass es sicher den Weg allein nach Hause gefunden hätte, auch ohne dass jemand draufsaß.

Jetzt konnte er nicht mehr umkehren; der Sog nahm zu, war wie ein Magnet.

Er war nicht der Erste, der gegangen und wieder zurückgekehrt war. Selbst seinen Vater hatte es Mitte der sechziger Jahre hier weggetrieben, nach Vietnam, in einem Akt der Rebellion, vermischt mit dem verzweifelten Wunsch, einmal etwas anderes zu sehen als die allzu vertrauten Gesichter in Caboose, Alaska. Aber er war mit einer tiefen Verachtung für die Welt da draußen zurückgekommen. In ein paar wenigen, grauenhaften Jahren, sagte er, hatte er so viel über die menschliche Natur gelernt, dass ihm das für den Rest des Lebens reichte und er kein Interesse daran hatte, noch mehr zu erfahren.

»Danke nein, mir reicht die gute alte Natur mit einem Minimum an Menschen«, ließ er jeden gern wissen.

Doch dann hatte er Bets kennengelernt, und sie hatte seinen Glauben an die Menschheit wiederhergestellt, oder zumindest an die Frauen, und anstatt das Leben als unverheirateter

Einsiedler zu verbringen, wurde er ein Familienmensch. Er war sein eigener Herr und hörte auf niemanden (außer, wie allgemein bekannt, auf Bets), ernährte sich größtenteils von den Gaben des Meeres und der Natur und verdiente seinen Lebensunterhalt als Fischer. Sie hatten es geschafft, dass sie die Blockhütte zu einem richtigen Haus ausbauten, mit riesigen Fenstern zur Bucht und den Kenai Mountains. Über die Jahre hatte Bets ihm auf sanfte Weise einen Kompromiss nach dem anderen abgenötigt, überredete ihn zuerst zu einem Stromgenerator, und dann, nachdem das Elektrizitätswerk in Caboose sein Netz ausbaute, bekamen sie einen richtigen Stromanschluss, allerdings niemals eine Zentralheizung. Die stand als Nächstes auf ihrer Liste, hatte sie Kache anvertraut, kurz vor dem Cessna-Absturz.

Für Landeigner – so nannte man die Siedler, die nach dem Homestead Act von 1863 legal Land in Besitz nahmen – wie für alle Farmer war es sinnvoll, eine große Familie zu haben, die ihnen bei der Arbeit half. Aber Lettie und A. R., und später Bets und Glenn, hatten nur jeweils zwei Kinder. Glücklicherweise war Denny, wie vorher sein Vater Glenn, fähig, die Arbeit von drei oder vier strammen Kerlen zu erledigen. Kache hingegen war in dieser Hinsicht eine Enttäuschung, und seinem Vater fiel es schwer, ihn das nicht tagtäglich spüren zu lassen.

Plötzlich trat ein Elchbulle zwischen den Fichten hervor, und Kache bremste und blieb stehen. Der Elch überquerte vor ihm die Straße, mit jedem Schritt der langen Beine den Matsch vor sich herschiebend, und verschwand schließlich im Erlengebüsch. Kache fuhr weiter und bog in die Privatstraße zum Hof ein, wo er allerdings schnell rechts ranfuhr. »Straße« war eine sehr optimistische Bezeichnung, ein matschiger Pfad, blockiert von umgefallenen Fichten und Birken und wild wucherndem Gebüsch traf es da eher. Er nahm die Taschenlampe, was sich ebenfalls als optimistisch erwies, denn das Licht war matt, die Batterie so gut wie leer. Tante Snag sollte eigentlich immer gute Batterien drin haben, aber er hätte die Lampe vor der Fahrt checken müssen. Er hatte keine Lust, im Dunkeln durch die mit Elchen und Bären bevölkerte Gegend zu laufen, zumal die Tiere jetzt bei Frühlingsanfang der schlimmste Hunger quälte.

Sein Mobiltelefon war unbrauchbar; kein Netz. Es wäre gescheiter umzukehren, zurück in die Stadt zu fahren und morgen wiederzukommen. Aber sein Dad, seine Mom, Denny – sie alle schienen so nahe: Ein Klaps auf seinem Rücken, ein Arm um seine Schultern, so real wie seine kalten Füße, und beides ließ ihn frösteln. Er roch das Feuer ihres Holzofens, als hätten sie ihn all die Jahre brennen lassen. Überall um ihn herum sagten sie seinen Namen in allen Variationen und Tönen, schmerzhaft klar: »Kache, Schatz?« »Oh, Kaa-achemak, da ist ja mein Pinkelbruder …« »Hast du mich verstanden, Sohn? Du sollst aufpassen!« Er hörte ihre Schneemobile, obwohl es keinen Schnee gab, obwohl es sie gar nicht gab. Er glaubte nicht ans Himmelreich, aber hier stürmten Erinnerungen auf ihn ein, und vielleicht noch mehr. Wenn ihre Seelen ihn beobachteten, irgendwie, von irgendwoher, wollte er ihnen dann nicht beweisen, dass mehr aus ihm geworden war, als alle ihm zugetraut hatten? Aber stimmte das denn? Nein. Ein Stadtjunge, Zahlenknecht, zum Stubenhocker mutiert, der schöne Stiefel trug und vergessen hatte, dass man mit einer schlichten Taschenlampe kaum Eindruck schinden konnte. Dennoch. Falls sie warteten, dann seit zwanzig Jahren, und er wollte sie keinen einzigen Tag länger warten lassen.

Er stiefelte durch den Matsch, sank ein, stolperte, bis der volle Mond sich hinter den Bergen erhob wie ein hilfreicher Nachbar, der gerade zur rechten Zeit sein goldenes Licht großzügig über den kobaltblauen Himmel schickte. In der Ferne heulte ein Wolf, ein langgezogener einsamer Ton. Der Duft von Fichten, Matsch und Meer machte ihn glauben, auch Rauch zu riechen, denn hier waren immer alle diese Düfte zusammengekommen. Selbst im Sommer hatte ein Feuer im Ofen gebrannt.

Kache sah die umgefallenen Bäume deutlich auch ohne Taschenlampe, und er ging, so schnell es die matschgetränkten Städter-Stiefel zuließen – bis zur letzten Wegbiegung, wo er stehenblieb und sich innerlich gefasst machte auf das, was vor ihm lag.

In dem Moment, auf der Straße stehend, die keine Straße mehr war, tief durchatmend mit wild schlagendem Herzen, traf ihn die Erkenntnis wie ein Schlag. Der vertraute Geruch. Die Fichte, der aufgeweichte, lehmige Boden, das Meer: ja, ja, ja. Aber der Holzrauch? Er war zu stark, zu real, um ein Produkt seiner Einbildung zu sein. Hier roch es definitiv nach verbranntem Holz, und sogar nach Kohle.

Langsam umrundete er die letzte Biegung, sah das Haus durch die Äste der Fichten, nackten Birken und Pappeln. Da stand es, kein trauriger Haufen Stämme, sondern groß und stolz in warmes Licht getaucht.

Was?

Wer?

Aus dem Schornstein stieg Rauch schnurgerade nach oben, als höbe das Haus seine Hand. Als kennte es die Antwort.

7

Kache stand da und starrte das Haus an. Der kalte Schlamm durchdrang seine Stiefel bis auf die Socken. Das Haus starrte zurück, so wie er es sich immer vorgestellt hatte, hell erleuchtet, inmitten der zehn Morgen gerodetem Land.

Wer zum Teufel?

Schwitzend, den Blick weiter aufs Haus gerichtet, flackerte ein verrückter Hoffnungsschimmer in ihm auf. Und wenn er wirklich geträumt hatte, wirklich geschlafen und jetzt aufgewacht war, um sein früheres Leben fortzuführen? Vielleicht war ja nichts und niemand verloren? Vielleicht war nur er verlorengegangen.

Seit zwei Minuten fühlte er sich lebendiger als in den zwei Jahrzehnten zuvor. Vielleicht war er verzaubert gewesen und der Zauber an diesem Jahrestag schließlich gebrochen. Die Mystik und Synchronizität hätten seiner Mom gefallen.

Er schüttelte den Kopf, klopfte sich selbst auf die Ohren. Was er jetzt brauchte, war gesunder Menschenverstand. Sein Dad hätte ihn ordentlich zusammengestaucht, weil er ohne Tante Snags .22er losgefahren war. Sie hing im Wintergarten, und sosehr Kache Schusswaffen hasste und auch noch nie eine benutzt hatte, wusste er doch, dass es wahnwitzig war, sich unbewaffnet dem Haus zu nähern, allein schon wegen des Lichts und Rauchs. Sein Dad hatte immer gesagt, es spiele keine Rolle, dass man zum linken Flügel der Liberalen gehörte. Wenn man ganz allein in der Wildnis Alaskas unterwegs war, brauchte man ein Gewehr.

Seine Füße setzten sich trotzdem in Bewegung, in Richtung seines Elternhauses, seines alten Zimmers. Wer zum Teufel?

Drinnen bellte ein Hund. Ein Schatten huschte über das Fenster. Ein Rollo ging runter, schnellte wieder hoch, flink wie ein Augenzwinkern, und dann war es wieder unten. Das zweite Rollo ging runter. Als das gedämpfte Licht dahinter erlosch, blieb nur die Dunkelheit, die er von Anfang an erwartet hatte.

Er drückte sich mit dem Rücken an die alte Vorratsscheune, atmete mehrmals tief ein und aus und versuchte, seine Gedanken zu ordnen, die sich ständig in die Quere kamen. Es wäre besser, zurückzufahren und bei Tageslicht mit einem Gewehr wiederzukommen. Clemsky anzurufen, Jack O'Connell, ein paar andere. Er leckte sich über die Handfläche, wischte einen kleinen Kreis auf der schmutzigen Scheibe neben seinem Kopf frei und sah hindurch. Drinnen war es dunkel, und nur undeutlich erkannte er die Umrisse des alten Ford Pick-up seines Vaters. Sogar den hatte Tante Snag hiergelassen und vermutlich noch am gleichen Tag hergefahren, an dem sein Dad ihn nahe der Rollbahn geparkt hatte. Sie hätte ihn benutzen sollen. Das wäre sinnvoll gewesen.

Der Hund drehte jetzt durch, bellte ohne Unterlass. Kache drückte sich gegen die Seitentür der Scheune; sie war unverschlossen und ging sofort auf. Er tastete sich die Wand entlang, fühlte eine Schaufel, eine Hacke, eine Harke und entschied sich für die scharfkantige Platthacke. Besser als nichts.

Draußen huschte er hinter ein verbeultes Metallfass, dann hinter einen Lachsbeerbusch und weiter zur Hintertür, drehte am Knauf. Die Tür war verschlossen, was ihn nicht überraschte. Geduckt ging er vor zum Küchenfenster, erinnerte sich, dass man es nicht verriegeln konnte, und schob es auf. Ein Knie auf den Sims gestützt, hievte er sich hoch, ließ die Hacke in den Raum gleiten und sprang hinterher, landete mit einem dumpfen Knall.

Sofort stoppte das Bellen, nur noch Jaulen und Knurren waren zu hören. Kache stellte sich vor, dass eine Hand die Hundeschnauze umfasste. Er zog den Kopf ein, um sich kleiner zu machen, und schlich durchs Zimmer, bis er dann dachte: Aber das ist doch mein Haus. Ich bin nicht unrechtmäßig hier eingedrungen. Das hatte er vergessen und sich wie ein Dieb verhalten, anstatt wie der Eigentümer. Er richtete sich kerzengerade auf, die Hacke in der Hand, als würde er allein durch die veränderte Körperhaltung die Sichtweise desjenigen ändern, der sich im ersten Stock befand.

Jaulen, Knurren. Kache konnte seine eigene Angst riechen, und der Hund roch sie natürlich auch. Er fuhr mit der Hand über die blau geflieste Arbeitsfläche zum Lichtschalter, knipste ihn an. Nichts hatte sich verändert. Wie immer wärmte der Holzofen den großen Wohnraum, der ursprünglich aus vier kleinen Zimmern bestanden hatte, deren Wände seine Mom und sein Dad herausgerissen hatten. Die alten Möbel standen an ihren alten Plätzen. Die Gemälde seiner Mutter hingen noch an den dicken, rissigen Wänden. Die Fotos der ganzen Familie – Babyfotos, Hochzeitsfotos, Weihnachtsfotos – standen aufgereiht auf dem Klavier. Er fuhr mit dem Finger über den Deckel; staubfrei. Spiele und Bücher füllten die Regale. Kache berührte das Kreppband, mit dem seine Mutter den kaputten Falz der Scrabble-Schachtel repariert hatte. Er kämpfte gegen den Drang, die Hacke hinzuwerfen, sich zu übergeben, wegzulaufen.

Von oben wieder Knurren. »Hallo«, stieß Kache hervor, lauschte. Nichts. »Hallo?«

Dann überkam ihn Wut, und er schoss die Treppe hinauf. »Antworten Sie! Antworten Sie!« Er stieß alle Türen auf und knipste die Lichter in den Schlafzimmern an. Sie wirkten wie Totenschreine. Alles war so, wie sie es verlassen hatten. In seinem Zimmer hing an der Wand noch immer das vergilbte Poster von Double Trouble, Stevie Ray Vaughan gesund und lebendig. Als wäre weder sein Helikopter noch das Flugzeug von Kaches Familie jemals abgestürzt. Als würde Kache noch immer unten im Stockbett schlafen und davon träumen, auf der Bühne Gitarre zu spielen.

Unter dem Bett bellte der Hund wie ein Maschinengewehr, kratzte mit den Krallen über den Holzboden. Kache hielt die Hacke vor sich. »Wer ist da!« Ein Arm schoss hervor, mit der Hand den Griff von Dennys Jagdmesser fest umklammernd. Doch alarmierender als die Hand mit dem Messer war der Arm, der im Paisley gemusterten Ärmel seiner Mutter steckte. Der Bluse, die Kache und Denny ihr zum Geburtstag in Anchorage gekauft hatten und die sie als die eleganteste, am perfektesten sitzende Bluse auf der ganzen Welt bezeichnete, ein Modestatement, das sich in die Wildnis von Alaska durchgekämpft hatte. »Mom?«, flüsterte Kache begleitet von Hundegebell. »Mom?«, etwas lauter, mit Tränen in den Augen.

Die Hundeschnauze kam unter dem Bett hervor und wurde am Halsband sofort zurückgezerrt. Eine Huskymischung. Kache ging in die Hocke, versuchte das Dunkel mit den Augen zu durchdringen. »Mom? Bist du das?«

Das Messer verschwand, dann erschien wieder die Hand, diesmal leer. Nicht die Hand seiner Mutter. Die Finger gespreizt, drehte sie sich um und drückte ihre Handfläche auf den Boden. Ein blonder Kopf erschien, und dann ein Gesicht, das ihn ansah. Nicht das Gesicht seiner Mutter. Mehr sah er nicht. Es gehörte nicht seiner Mutter, und dieser neue Kummer zwang ihn in die Knie.

Mom.

Minuten später erst wurde ihm bewusst, dass der Hund noch immer bellte und dieses andere Gesicht, das nicht seiner Mutter gehörte, ihn flehentlich ansah. Und obwohl er es hasste, weil es nicht seiner toten Mutter gehörte, sah er jetzt, dass es das Gesicht einer Frau war, rund, mit flehenden blauen Augen und einem Mund, aus dem Worte kamen.

»Kachemak? Bist du das? Du bist nicht tot?«

8

Es hatte bisher nur einen Besucher gegeben, und das war Jahre her.

Kachemaks Erscheinen traf sie so unvorbereitet, dass ihr Herzschlag zum Strand hinunterraste und der Rest von ihr dastand und wartete.

Er sah älter aus, das Gesicht war kantiger als auf den Fotos. Doch er hatte noch immer das gleiche lockige Haar, nur kürzer, und die gleichen dicken Augenbrauen. Auch seine Größe – auf sämtlichen Fotos überragte er den Rest der Familie – verriet ihn. Er bat sie, den Hund zurückzuhalten, was sie tat, dann schob sie sich unter dem Bett hervor, die Arme wacklig wie Ohrenquallen. Sie steckte die zitternden Hände in die Taschen und versuchte, tapfer und selbstbewusst zu wirken.

Trotzdem war sie dankbar, dass er es war. Sie wusste, dass Kache, wie er von seiner Familie genannt wurde, eine freundliche Natur hatte. Doch sie wusste auch, dass ein Mann freundlich erscheinen und trotzdem brutal sein konnte. So schwankte sie zwischen Misstrauen und dem Wunsch, ihn wie eine Mutter zu halten – auch wenn er zehn Jahre älter war als sie.

Die ganzen Jahre hatte sie sich einen Jungen vorgestellt wie Niko, nicht einen Mann wie Wladimir. Und all die Zeit hatte sie geglaubt, er wäre tot. Sie hatte es selbst herausgefunden, und Lettie hatte es bestätigt. »Du kannst ruhig hierbleiben. Sie sind alle tot«, hatte sie gesagt und mit den Fingern geschnippt. »Und der Himmel weiß, dass sie nie wieder zurückkommen.«

Nadia hatte gefragt: »Ist es beim Jagdausflug passiert?«, weil sie im Kalender und anderswo Hinweise darauf gefunden hatte. Als Lettie genickt und den Finger auf die Lippen gelegt hatte, war eine einzige Träne über ihre schrumpelige Wange gelaufen, und Nadia fragte sie nie wieder. Beide folgten sie einer unausgesprochenen Übereinkunft, die Nase nicht in die Angelegenheiten der anderen zu stecken und bestimmte Themen auszusparen.

Doch jetzt stand Kache vor ihr, älter, ein erwachsener Mann, der »Mom« zu ihr gesagt hatte. Dann lebte Elizabeth auch noch?

»Wer sind Sie?«, fragte er.

Sie schüttelte den Kopf. Sie hätte vorhin nichts sagen dürfen, sondern so tun sollen, als verstünde sie kein Englisch. Doch sie hatte sich schon verraten.

»Hören Sie – kennen Sie mich?«, sagte er. »Sie haben mich beim Namen genannt. Dachten Sie, ich wäre tot? Kenne ich Sie?«

Wieder schüttelte sie den Kopf, ging in dem kleinen Zimmer auf und ab, strich über Stuhl, Lampe, Bett. Wenn sie umherlief, konnte sie ihn gelegentlich von der Seite ansehen und musste nicht ungeschützt vor ihm stehen. Die Jahre waren nicht spurlos an ihm vorübergegangen, doch er wirkte noch immer jugendlich, und dann diese großen dunklen Augen. Obwohl Lettie bestimmte Themen gemieden hatte, wusste Nadja viel über den jungen Kachemak: ein begabter Musiker, ein linkischer Teenager, der sich auf dem Hof fehl am Platz fühlte und erbitterte Kämpfe mit seinem Vater austrug, für den er eine große Enttäuschung war, dessen Mutter ihn aber verstand und daran glaubte, dass er seinen Weg gehen würde. Nadia wusste, wann er seinen ersten Zahn verloren hatte (mit sechseinhalb Jahren), wann er sein erstes Wort gesagt hatte – Moo, für Moose, Elch (mit zehn Monaten). Wie er geweint hatte, als seine Mutter ihm *Wilbur und Charlotte* vorlas.

»Können Sie aufhören rumzulaufen?«

Sie blieb stehen, stand unter dem Licht der Lampe, er starrte sie an, und sie starrte auf ihre Hausschuhe. Die Hausschuhe seiner Mutter. Er wusste nichts – rein gar nichts – von ihr, nicht einmal ihren Namen. All die vielen Jahre namenlos, unbekannt. Nur Lettie kannte sie, und Lettie war sicher gestorben. Nadia hatte Angst zu fragen.

»Wie heißen Sie?«, fragte Kache. »Um irgendwo anzufangen.«

Leo stieß einen langen Seufzer aus und legte den Kopf auf die Pfoten, spürte wohl, dass die Gefahr vorüber war. Wie konnte ein Hund sich so schnell an die Gegenwart eines anderen Menschen gewöhnen?

Sie straffte die Schultern, atmete tief ein und nannte ihren Namen. »Nadia.« Am liebsten hätte sie Kachemak geschüttelt und gerufen: ICH BIN NADIA!, doch sie blieb ruhig, stumm, aufrecht.

Er hielt ihr seine große Hand hin. »Ich bin Kache.«

Sie ließ die Hände in den Taschen und den Blick auf den Boden gerichtet, obwohl sie ihn gern umarmt hätte, getröstet. Sie probte die Worte im Kopf, bewegte die Lippen, sprach sie dann aus, ohne aufzublicken: »Ihre Mutter lebt noch?«

»Nein. Sie ist vor langer Zeit gestorben.«

Sogleich verschwand die neue Hoffnung. »Warum fragen Sie dann, ob ich Ihre Mutter bin?«

»Mein Bruder und ich haben ihr die Bluse geschenkt.« Sie spürte, wie sie errötete. »Ich hatte kurz den Kopf verloren. Sie haben mir eine Höllenangst eingejagt. Und ich weiß immer noch nicht, wer Sie sind.«

Sie hob den Blick, sah, dass er die Arme verschränkte und eine gebieterische Haltung einnahm, und blickte wieder zu Boden. Jetzt musste sie etwas sagen. Das war ein Gespräch. Sie sprach mit dem Jungen, den sie für tot gehalten hatte, in dessen Bett sie schlief, dessen Hosen sie trug, immer mit Gürtel und die Beine hochgerollt. Sie hatte mit sich selbst gesprochen, mit Leo, den Hühnern, Ziegen, Möwen und Kanadakranichen, mit den verwilderten Katzen, mit allen lebenden Wesen, getrieben von der Angst zu vergessen, wie man sprach. Sie hatte mit keinem Menschen mehr gesprochen, außer mit Lettie, vor vier Jahren. Doch jetzt redete sie mit jemandem, noch dazu auf Englisch, was sich aber ganz natürlich anfühlte, weil sie die ganze Zeit nur englische Bücher gelesen hatte.

»Nadia.« Sie nickte, als er den Namen sagte, als gefiele er ihm.

Ihr Name, er wirbelte durch sie hindurch, und sie ließ den Kopf hängen. Tränen rollten über ihre Wangen, ein Schluchzer entkam ihrem Mund, und noch einer. Sie weinte nicht oft. Wozu auch? Doch jetzt stand sie hier und weinte für jeden Tag, den sie nicht geweint hatte.

»Was ist? Ich tue Ihnen nichts, weinen Sie nicht …«

Doch sie konnte nicht aufhören. Sie war so allein gewesen, so ganz allein, zu viele Jahre, und jetzt änderte sich alles. Hier war jemand, den sie kannte, der ihren Namen kannte und wusste, dass sie lebte, jemand, der ihr vielleicht half – oder sich gegen sie wenden würde.

Kache berührte ihren Arm, und sie schreckte zusammen. Er machte einen Schritt zurück und sagte wieder: »Keine Angst, ich tue Ihnen nichts.«

Ihr Atem ging keuchend, durchbrochen von Worten, gestotterten Worten in Russisch, zu laut, fast geschrien: »Я Надя! Я Надя«! Я Яадя Я умер, когдамнебыловосемнадцать.« *Ich bin Nadia! Ich bin Nadia! Ich bin mit achtzehn Jahren gestorben.*

9

Snag lag im Bett, wartete auf das Knirschen des Schotters unter den Reifen ihres Autos, wollte sich keine Sorgen machen und machte sich doch welche. Und wenn Kache nicht wieder zurückkommen würde? Wenn er schnurstracks zum Flughafen gefahren und in den nächsten Flieger gestiegen war? Hoffentlich nicht. Es war so schön, ihn wieder zu Hause zu haben, obwohl er alle ihre Gespenster mitgebracht hatte, die jetzt krachend in ihr Zimmer einfielen, den Kopf über sie schüttelten und flüsterten, wie enttäuscht sie von ihr waren, dass sie kein einziges Mal zurück zum Hof gefahren war, nicht einmal, um wenigstens die Fotoalben zu holen.

Aber das eine Foto hatte sie. Sie zog die Schublade des wackligen Nachttischs auf und schob den Minzefußbalsam von Jafra beiseite. Ihren Kunden hatte sie von der Tube in ihrem Nachttisch erzählt. »Einfach jeden Abend die Füße damit einreiben, und sie werden zart wie ein Kinderpopo.« Wobei sie genaugenommen nie sagte, dass sie selbst das auch benutzte. Niemand hatte ihr jemals über die Fußsohlen gestrichen, und das würde sich wohl nie mehr ändern. Unter dem noch unbenutzten Fußbalsam lag ein Gezeitenkalender, und darunter ein Foto, eingeschlagen in Stoff mit verblassten rosa Rosen. Danach hatte sie gesucht. Vorsichtig wickelte sie das Foto aus und knipste das Licht an, obwohl man es auch im Mondlicht gut erkennen konnte.

Bets am Fluss: groß und schlank, in schmalen, bis über die Knöchel reichenden Hosen à la Audrey Hepburn, einer ärmellosen weißen Baumwollbluse und weißen Turnschuhen. Ihr Haar war auf dem Kopf zu einer Krone aus weichen, schwarzen Locken zusammengebunden. Sie hatte rote Lippen und durchstochene Ohrläppchen, was Snag eigentlich unmöglich fand, aber an Bets hatte es schön ausgesehen; sie trug die silbernen Tropfenohrringe von ihrer mexikanischen Großmutter, passend zu den silbernen Armreifen an ihren zarten Handgelenken.

Snag erinnerte sich daran, wie sie ihr das Skin-So-Soft-Spray von Avon gegeben hatte, das alle liebten, weil Moskitos es hassten. Mit dem Verkauf des Sprays an Touristen hatte Snag einen Firmenrekord aufgestellt. Wenn Bets sich die Flüssigkeit auf die Arme sprühte und verrieb, hatte ihre Haut geschimmert und so wunderbar zart ausgesehen.

Bets sah anders aus als alle, denen Snag in Caboose oder sogar in Anchorage jemals begegnet war. Snag fand, dass Bets Jorgenson, halb schwedisch und halb mexikanisch, das Beste beider Nationalitäten in sich vereinigte. Sie war ihres Jobs als Lektorin in New York City überdrüssig geworden und hatte einen Zug und dann eine Fähre genommen, um ihre Tante Pat und ihren Onkel Karl zu besuchen, die damals in Caboose lebten. Und Pat und Karl hatten Snag gebeten, ihre Nichte einmal zum Angeln im Fluss mitzunehmen.

An jenem Tag schien Bets – offensichtlich fasziniert von dem

Schauspiel – zufrieden, Snag einfach nur zuzusehen, und so bot Snag ihr eine echte Show. Denn in einem herrschte große Einigkeit, nämlich dass Snag zu den besten Fliegenfischern auf der ganzen Halbinsel gehörte.

Bets hatte geseufzt, das Kinn auf die Fäuste gestützt und gesagt: »Es ist wie ein Ballett. Nur besser.« Sie fischte eine lange Zigarette aus ihrem roten Lederetui, zündete sie mit einem ebenfalls roten Feuerzeug an und sagte, sie habe noch nie ein Mädchen – oder einen Jungen – gesehen, das eine Fliege so tanzen lassen konnte. »Die Fische scheinen ihren Hunger zu vergessen und nur hochzuspringen, um mitzutanzen.« Sie sah Snag noch lange zu, studierte jede ihrer Bewegungen, auch als Snag schon ihren Lieblingsköder zurück an die Weste geheftet und den letzten Saibling in den Eimer geworfen, ihre Kamera aus dem Rucksack genommen und ebenjenes Foto von Bets gemacht hatte, das sie jetzt in der Hand hielt: Bets auf einem großen Felsen sitzend, die Beine an den Fesseln übereinandergeschlagen, die dunkle Sonnenbrille nach oben auf die Haare geschoben und das breiteste, heiterste Lächeln im Gesicht, das Snag je gesehen hatte. Diese Aufnahme war eine Woche und zwei Tage, bevor Glenn aus Fairbanks zurückkehrte, entstanden, als auch er sich Hals über Kopf in Bets verliebte.

10

Die Frau warf den Kopf zurück, schrie in einer fremden Sprache und rannte, den Hund hinter sich her zerrend, ins Bad. Und verschloss die Tür. Kache presste sein Ohr daran und bat sie herauszukommen, doch sie antwortete nicht.

Unten an der Flurgarderobe hing sein alter grüner Daunenanorak mit dem Mount-Alyeska-Skiabzeichen am Kragen, das seine Mutter drangenäht hatte. Er zwängte sich mit seiner dünneren Jacke hinein.

Ins Freie. Frische Luft. Atmen. Das Mondlicht zeichnete eine breite Spur entlang der glasklaren Bucht, wie ein gelber Ziegelsteinweg, der lockte, ihm zu folgen. Stattdessen machte er sich durch den alten Schnee und frischen Matsch der Wiese auf zum Fußpfad. Er ging schnell, und kleine Dampfwolken markierten seinen Atem wie die Wolken, die manchmal aus den Vulkanen auf der anderen Seite vom Cook Inlet aufstiegen.

Er selbst könnte jeden Moment ausbrechen.

Er könnte schreien.

Was glauben Sie eigentlich, wer Sie sind? Das ist MEIN Haus. MEINE Kleidung. Die Bluse MEINER Mutter.

Wie lange war sie schon hier, aß, badete, schlief und atmete in seinen Erinnerungen? Und wer sonst noch alles? Wie viele Menschen hatten sein Zuhause zu ihrem gemacht?

An der größten Biegung öffnete sich der Pfad nach links, und dort, nur fünf Schritte weiter, fiel der Canyon steil ab. Er ging keinen Schritt weiter, zitterte, teils wegen der Kälte, teils wegen der Kindheitsängste.

In die Stille hinein rief eine Sperbereule ihr *ki ki ki*, und der Canyon beantwortete Kaches Tirade mit Gegenfragen.

DEIN Zuhause?

Dir war doch das alles hier schnurzegal, jeder Meter Land und jeder Stamm vom Blockhaus.

Hast du mal nachgedacht? Diese fremde Frau ist vielleicht der einzige Grund, dass DEIN Zuhause überhaupt noch existiert?

Kache schüttelte so heftig den Kopf, dass seine Gedanken in Bewegung kamen. Es war offensichtlich nicht der Canyon, der so mit ihm sprach. Um sich zu versichern, tat er, was alle schon tausendmal getan hatten, wenn sie an dieser Stelle des Pfads angekommen waren.

Über die dunkle, gewaltige Erdspalte hinweg schrie er: »HALLO?«

Und der Canyon antwortete wie immer: »Hallo …? Hallo …? Hallo …?«

11

Die Haustür fiel zu, seine Schritte hallten – klack, klack – die Verandastufen hinunter. Nadia schob die Gardine beiseite und sah ihn die Wiese überqueren. Wohin ging er? Sie machte Licht im Bad und starrte ihr Spiegelbild im Medizinschrank an. Ihre Haare waren zerzaust von der Flucht unters Bett, sie zog das Gummiband heraus und bürstete sie. Leo legte sich zu ihren Füßen.

Nadia berührte mit den Fingerspitzen ihre Lippen. »Hallo«, sagte sie zum Spiegel. Ihre Stimme zitterte. Alles an ihr zitterte. Ihr Hals brannte vom Schreien, doch jetzt schrie sie nicht mehr. Sie stellte sich vor, ihr Spiegelbild wäre Kachemak, und hielt ihre Augen davon ab, auszuweichen. Mit Pflanzen und Tieren zu sprechen war eine Sache, aber eine Unterhaltung mit einem Menschen zu führen – einem Mann –, war etwas ganz anderes.

»Ich habe Angst.« Nein. »Ich bin okay. Okay. Ich gehe jetzt.«

Sie hob das Kinn, legte sich die Hand aufs Haar.

»Danke, dass ich hier wohnen durfte.«

Ihre Augen wurden zu Schlitzen. »Bleib weg oder ich bring dich um.« Sie stemmte die Fäuste auf die Hüften. »Scheißkerl. Fahr zur Hölle, du Scheißkerl.«

Aber Elizabeth war Kachemaks Mutter. Die freundliche,

kluge Elizabeth. Und das war ihr Sohn, ihr Kache. »Es tut mir leid. Ihre Mutter ist nicht schlecht. Ihre Mutter ist sehr gut. Ihre Grandma ist sehr gut.« Sie berührte ihren Hals. »Kache? Bitte? Sind Sie auch noch ein guter Mensch?«

12

Im Osten erhob sich die Sonne hinter den Bergen und warf lachsfarbenes Licht auf die Gebirgskette, über die Bucht und sogar durch die großen Fenster ihres Wohnzimmers, in dem Kache mit der Frau namens Nadia Löwenzahntee trank. Er saß auf dem alten Futon und sie auf dem rot-weiß karierten Stuhl seiner Mutter. Sie schwiegen, hatten beide nicht geschlafen, so dass nur das Knistern des Feuers die Stille durchbrach. Sie verbrannte Kohle und Holz, die in verbeulten Kupfereimern neben dem Ofen lagerten. Die Kohle hatte sie bestimmt am Strand aufgesammelt, so wie früher seine Familie. Es roch nach Zuhause.

Ein Holzscheit platzte laut knallend, und beide schreckten zusammen. *»Bozhe moi!«* Sie schlug die Hand vor ihren Mund, den Blick noch immer gesenkt. »Sorry.«

Moment mal – diese Sprache, ihr Akzent – russisch?

Eine Altgläubige?

In der Mittelstufe hatte Kache in Gemeinschaftskunde eine Hausarbeit über die Dörfer der Altgläubigen geschrieben. Diese religiöse Sekte war aus einer Gruppe Emigranten hervorgegangen, die sich während des Großen Schisma im 17. Jahrhundert von der russisch-orthodoxen Großkirche abgespalten hatte und später, während der russischen Revolution, im eigenen Land verfolgt worden war und zuerst nach China, dann nach Brasilien und dann nach Oregon floh. In den frühen sechziger Jahren des 20. Jahrhunderts kam eine kleine Gruppe Altgläubiger – die den Einfluss der Gesellschaft auf ihr Leben und ihre Kinder fürchtete – auf die Kenaihalbinsel und ließ sich weit hinter der Endstation der Eisenbahnlinie nieder, also noch hinter Caboose, das damals Herring Town hieß. Dort steckten sie ihren Claim auf Hunderte Hektar Land jenseits des weitläufigen Besitzes der Winkels ab.

Am Anfang wurden die Altgläubigen von allen bemitleidet. Eine Frau erlitt schwere Brandverletzungen bei dem Versuch, ihre Tochter zu retten, die im Feuer starb. »Die überleben hier keinen zweiten Winter«, prophezeiten die Einheimischen der kleinen Schar langbärtiger Männer und kopftuchtragender Frauen. Doch dann wurde ein kleines Mädchen geboren, und die Gläubigen sahen in dem winzigen neuen Leben ein ermutigendes Zeichen Gottes. Im Frühjahr begannen sie zu fischen und Bäume zu fällen. Sie bauten Holzhäuser und strichen sie in Blau, Grün und Orange. Weitere Altgläubige kamen aus Oregon nach, und gemeinsam errichteten sie eine Kuppelkirche. Doch irgendwann gab es auch unter ihnen religiöse Differenzen, und die striktesten Mitglieder der Gruppe spalteten sich ab und zogen noch tiefer in die Wälder hinein. Beiden Gruppierungen war gemeinsam, dass sie abgetrennt vom Rest der Welt lebten, sich über das Gesetz stellten und nur die eigenen Zeremonien vollzogen, die seit dem 17. Jahrhundert unverändert geblieben waren und als gottgegeben galten. Kaches Dad hatte einmal erzählt, dass sie in den siebziger Jahren viele Fischereivorschriften ignorierten, so dass die Fischer oft den Altgläubigen die Schuld gaben, wenn sie ein schlechtes Jahr hatten.

»Das sind doch ewig Gestrige«, hatte Freida – die Bridgepartnerin seiner Mom – eines Abends über den Tisch gezischt.

Seine Eltern widersprachen entschieden, seine Mom hatte jedoch andere Bedenken. »Ich fürchte nur, dass sie so tief in ihrer Tradition verwurzelt sind, dass sie keinen Begriff von Gleichberechtigung haben. Ich habe gehört, dass die armen kleinen Mädchen mit dreizehn Jahren verheiratet werden.«

Freidas Mann, Roy, erwiderte: »Ich sag dir, wo ich Gleichberechtigung will, und zwar draußen auf dem Wasser.«

Seine Mom antwortete: »Ich frage mich, wie die jungen Dinger klarkommen.«

»Gott kann ihnen ja helfen, wo sie sowieso nichts anderes machen als beten«, sagte Roy.

Eine altgläubige Frau würde niemals einen Fuß außerhalb ihres Dorfes setzen, außer sie musste in der Stadt etwas erledigen. Da sind Grandmas Häkeldecke, die vielen Fotos, die Zeitschriften von 1985 und davor. Sogar der Bierdeckel von Rainier Beer. Nichts ist verändert. Es kam ihm vor, als säße er im Jahr 1985 mit einer Frau von 1685 zusammen – sofern sie überhaupt eine Altgläubige war. *Und wenn sie Gift in den Tee gemischt hatte?* Kache stellte die Tasse ab. *Und wenn der Tee mich nicht umbringt, kommt sicher gleich ihr Mann und erschießt mich.*

Kache hatte noch unendlich viele Fragen, doch durch das Chaos in seinem Kopf brach sich eine Verzweiflung Bahn, die ihm die Kehle zuschnürte. Wenn er jetzt sprach, würde er wahrscheinlich in Tränen ausbrechen. Denn plötzlich durchlebte er jenen Tag noch einmal: Er saß im Wohnzimmer – ein wenig überdreht, Gitarre spielend und müde von der vielen Arbeit, die er erledigt hatte, nicht nur seine eigene, sondern auch Dennys, quasi als Entschuldigung – und wartete darauf, dass die drei die Auffahrt hochkamen und durch die Tür traten mit ihren Geschichten vom Wochenende. Sein Dad zunächst unwirsch, doch sobald er sah, dass Kache nicht nur seine häuslichen Pflichten erfüllt, sondern auch die Trümmer von dem schlimmen Streit beseitigt und seine Zimmertür repariert hatte, ja sogar unten am Strand das Fischnetz geleert hatte, wäre alles verziehen.

O Gott.

Der Hund lag noch immer zu Nadias Füßen und beobachtete ihn. Ein Husky mit noch einem anderen Einschlag, vielleicht von einem Alaskan Malamute … mit großen, braunen, loyalen Augen.

»Wie heißt Ihr Hund?«

Langes Schweigen, dann flüsterte sie: »Leo.« Leos Ohr richtete sich auf und drehte sich in ihre Richtung. »Interessieren Sie sich für Astrologie oder Literatur?«, fragte er, hauptsächlich um sich selbst zu erheitern.

Doch zu seiner Überraschung sagte sie: »Tolstoi. Beinahe ich hätte ihn Anton genannt.«

Seine Mom wäre stolz auf sie. »Sie haben einen guten Geschmack. Also …« Er lächelte. »Ich denke, wir haben beide bewiesen, dass wir den anderen nicht umbringen wollen.« Er nahm die Teetasse und roch daran. »Obwohl ich unsicher bin, ob ich Ihrem Tee traue.«

Sie senkte das Kinn. »Ich würde nicht vergiften.«

Er schenkte ihr ein weiteres Lächeln, doch auch das blieb unerwidert. »Gut zu wissen. Ein paar Fragen habe ich aber.«

»Ja.« Sie legte die Hände auf die Knie ihrer Jeans – seiner alten Jeans, um genau zu sein, denn er erkannte den Flicken, den seine Mutter auf das rechte Knie genäht hatte. Denny und er hatten seine Mutter gern damit aufgezogen, dass sie Flicken auf Flicken nähte.

»Wie lange sind Sie schon hier?«

Sie betrachtete ihre Hände, als hätte sie sie gerade erst entdeckt, und ließ einen Moment verstreichen, bevor sie sie mit gespreizten Fingern vorstreckte.

»Zehn Tage?«

Sie schüttelte den Kopf.

»Zehn Monate?«

Wieder nein.

»Zehn Jahre?«

Nicken.

»Wie alt sind Sie?«

»Ich bin achtundzwanzig Jahre alt.« Bei diesen Worten stiegen ihr wieder Tränen in die Augen, und sie wischte sie schnell weg.

»Kennen Sie meine Tante Snag?«

Sie schüttelte den Kopf.

»Sind Sie mit Ihren Leuten gekommen? Wo ist Ihre Familie?«

»Ich habe keine.«

»Wer wohnt noch hier?«

Sie schüttelte den Kopf, wieder und wieder.

»Aber Sie sind doch nicht schon die ganze Zeit allein hier. Erzählen Sie mir, wer sonst noch in meinem Haus gewohnt hat.«

Sie hielt sich die Ohren zu.

Kache holte tief Luft und senkte die Stimme. »Hören Sie, ich bin nicht wütend. Ich bin verwirrt.« Schließlich hob sie den Blick, sah ihn aber nicht direkt an. »Ich weiß nicht, wer Sie sind«, fuhr er fort, »und wer sonst noch gleich mit einem Gewehr in der Hand durch die Tür gestürzt kommt.«

»Ich bin allein.«

»Sind Sie vielleicht eine Altgläubige?«

Sie nickte wieder, ein langsames Auf und Ab des Kopfes.

»Aus einem Dorf? Mit großer Familie? Vielen Kindern? Aber Sie tragen kein langes Kleid.«

Auf einmal stand sie auf, auch der Hund erhob sich und folgte ihr zur Treppe.

»Warten Sie, Nadia, bitte. Ich brauche mehr Antworten.«

Sie drehte sich um, flüsterte: »Ich kann nicht.« Sie war groß und kräftig, hatte die Jeans hochgerollt und einen Gürtel umgebunden. Als sie ihm wieder den Rücken zuwandte, sah er, dass die Haare, die sie am Abend zuvor zusammengebunden hatte, wie ein goldener Vorhang bis über ihre Taille reichten. Die Altgläubigen-Frauen, die er in der Stadt beim Einkaufen gesehen hatte, bedeckten ihr Haar immer mit einem Kopftuch.

Er ließ sie und den Hund nach oben gehen. Die Tür zu seinem alten Zimmer fiel ins Schloss.

Nichts wies darauf hin, dass sonst noch jemand hier lebte. Nur noch seine eigene Familie – und die war allgegenwärtig, wo immer er hinsah. Er ging durchs Haus, immer wieder aufs Neue verblüfft, dass vieles noch genauso war wie früher. Entlang der Wände die Bücher seiner Mutter, ordentlich nebeneinander wie die Reihen eines Kornfelds, obwohl einige Bücher auf dem Kopf standen und andere in kleinen Stapeln im Zimmer verteilt lagen. Im Badezimmer Artikel von Amway und Shaklee. Seine Mom war eine gute Kundin von Snag gewesen, während sein Dad sich beschwerte, dass die Produkte ihren Haushalt dominierten, denn sie standen in Fünferreihen hintereinander in der Scheune, der Vorratskammer und in den Schränken. So wie es aussah, waren es genug für mindestens zwanzig Jahre.

Er drehte den Wasserhahn auf. Die Rohre schienen in Ordnung zu sein. Im Vorratsraum lagerten Gartengemüse, Rhabarber- und Beerenmarmelade, getrocknete Pilze, Lachs und Fleisch in Einmachgläsern. Tomatensoßen, Suppen, Sauerkraut, Relishes. Kräutertöpfe auf der Fensterbank neben dem alten Küchentisch. Er ging hinunter in den Kartoffelkeller, wo Kisten voller Kartoffeln, Zwiebeln und Rotkohl standen sowie etwas Trockenfisch und -fleisch hingen. Beinahe eine ganze Wand war übersät mit eingeritzten Strichen. Er zählte sie nicht, doch es schienen genug zu sein für zehn Jahre. Oder viele Tote. Im alten Eisschrank ihrer Familie waren Fisch und Fleisch eingefroren. Getrocknete Kräuter hingen von der Decke.

Irgendjemand musste ihr dabei geholfen haben, das hätte sie nie alles allein geschafft. Und wer bezahlte die Stromrechnung?

Er ging die Treppe hinauf ins Erdgeschoss und nach kurzem

Zögern weiter in den ersten Stock. Es war ja sein Haus. Er durfte sich hier umsehen. Doch vor dem Zimmer seiner Eltern zögerte er erneut, jetzt allerdings aus einem Gefühl der Ehrfurcht, wie beim Betreten einer Kirche oder eines Museums. Alles in diesem Haus – jede noch so kleine Kleinigkeit – war von dieser Nadia sorgsam gepflegt und mit großem Respekt behandelt worden.

Der Quilt, den seine Mutter selbst genäht hatte, war noch immer über das Bett gebreitet. Als kleiner Junge hatte er mit seinen Matchboxautos auf den Mustern, die für ihn Straßen waren, Rennen gefahren. Bis einmal ein Rad in einer Naht hängen blieb und ein Stück Stoff abriss, woraufhin seine Mutter diesem Spiel ein Ende setzte. Jetzt ließ er sich auf dem Bett nieder, fuhr mit der Hand über die Decke, bis er die Stelle fand, wo die Füllung frei lag. Nicht einmal dieses Zimmer lag unter einer zentimeterdicken Staubschicht, wie er es erwartet hatte. Er öffnete den Schrank und sah ihre Kleidung, die schweren Jacken seines Vaters und die Schuhe mit den Gehfalten im Leder, die rote Daunenjacke seiner Mutter. Alle hatten gesagt, seine Mutter konnte tragen, was sie wollte, sie sah immer schick aus, sogar in rein praktischen Sachen. Ihn selbst hatte Mode nie interessiert, aber seine Mutter stach immer aus der Menge heraus.

»Mom«, flüsterte er. »Mom. Mom. Mom.« Er steckte die Nase in ihren Pullover und atmete tief ein, konnte sie allerdings nicht mehr darin riechen. Aber auf der Kommode stand eine Flasche White Linen. Er machte sie auf, und sofort war seine Mutter wieder präsent. Als er einmal mit Janie Weihnachtseinkäufe machte, hatte er das Parfüm auf einem Regal entdeckt, die Testflasche genommen und daran gerochen – was er sofort bedauerte.

Denn die Verkäuferin nahm ihm die Flasche ab und sprühte das Parfüm auf einen weißen Papierstreifen, der wie ein Lesezeichen aussah, und reichte ihm diesen. Er hatte die Papiererinnerung an seine Mutter auf den Ladentisch gelegt und war gegangen. Doch jetzt drückte er auf den goldenen Sprühkopf der Flasche und versprühte den Duft seiner Mutter ins Zimmer.

Himmelherrgott. Es führt kein Weg an der Trauer vorbei.

Selbst wenn man ihr den Rücken zukehrte und sich standhaft weigerte, ihre Rufe zu hören, plagte sie einen immer weiter und forderte ihr Recht ein. Und sie konnte warten, bewegte sich keinen Schritt voran. Trauer war ein verdammter Schuldeneintreiber und niemals ganz zufrieden. Sie tauchte wie aus heiterem Himmel auf und forderte mehr Beachtung.

Auch im Schlafzimmer waren die Wände voll von den Büchern seiner Mutter. Er hatte gewusst, dass sie gern las, aber dass sie in einem Haus lebten, das andere möglicherweise als Bibliothek klassifizieren würden, war ihm nicht klar gewesen. Bevor sie seinen Vater kennenlernte, hatte sie in New York in einem Verlag gearbeitet. Sie war bereitwillig hierhergezogen, sogar begeistert, und hatte ihre Designerklamotten und Hunderte Bücher in diesen entlegenen Teil der Welt mitgebracht.

Am Fußende des Bettes stand noch der große alte Überseekoffer. Den hatte sie immer verschlossen gehalten, mit ihren Tagebüchern darin, aber jetzt war er nicht mehr verschlossen, denn die Messingzungen zeigten in seine Richtung. Er hob den knarrenden Deckel hoch. Leer, wie erwartet, denn er erinnerte sich, dass Snag ihn wenige Tage nach Erhalt der Nachricht ausgeräumt hatte. Kache hatte mit verquollenen Augen in seinem

Zimmer gesessen und sie verschwommen zwischen dem Zimmer seiner Eltern und dem Pappkarton im Flur hin- und hergehen sehen. Sie hatte die Notizhefte stapelweise vom Koffer zum Karton getragen, wobei sich einmal der Draht der Spiralbindung in ihrer Strickjacke verhakte und das Heft an der Jacke hängen blieb, als sie die anderen in die Truhe legte. Es hatte einen orangeroten Deckel, und Kache hatte sich vorgestellt, eine Königskrabbe hinge an ihr. Sie hatte es erst gemerkt, als er sie darauf aufmerksam machte. Snags eigene Augen waren so voller Tränen, dass sie den Draht immer weiter in die Jacke hineindrehte, anstatt ihn herauszudrehen, bis Kache sie schließlich von dem Heft befreite. Er reichte es ihr und schloss dann leise die Tür, damit Snag der einzigen Weisung seiner Mutter Folge leisten konnte, nämlich die Hefte zu verbrennen, sollte ihr jemals etwas zustoßen. Wenigstens das hatte Snag gemacht.

Im Bad schnäuzte Kache sich die Nase, spritzte sich kaltes Wasser auf die Augen und presste sich eine ganze Minute lang ein Handtuch ins Gesicht. Die weiße Rasierschale aus Emaille, das Rasiermesser und der Rasierpinsel seines Urgroßvaters lagen noch immer im Regal. Solche Familienerbstücke hatte seine Mutter geliebt. Sie konnte ja nicht ahnen, dass eines Tages das ganze Haus ein Museum voller Erbstücke sein würde.

Er klopfte an die Tür seines Zimmers. »Ich fahre jetzt los und kann nicht genau sagen, wann ich wiederkomme. Es wäre schön, wenn Sie dann bereit wären, mit mir zu reden.«

Der Hund jaulte auf, aber Nadia sagte nichts.

13

Die Haustür fiel zu, und Nadia stieß einen Seufzer aus, so endlos und zittrig, dass sie sich fragte, wie lange sie schon die Luft angehalten hatte. Aus dem Schlafzimmerfenster beobachtete sie, wie er mit großen Schritten in Richtung Straße ging. Er sah eher wie ein Teenager aus als wie ein Mann, noch immer schlaksig und langgliedrig, die Bewegungen noch immer etwas unsicher.

Sie ließ sich auf den Schreibtischstuhl fallen, müder als an Tagen, an denen sie viele Stunden lang Holz gehackt und geschleppt hatte, eine Müdigkeit, die in ihrer Brust begann und ihren Kopf umhüllte. Sie versuchte, logisch zu denken. Obwohl sie das Gefühl hatte, ihn durch die Geschichten in den Tagebüchern zu kennen, war er doch nicht mehr der Mensch, der in diesem Haus aufgewachsen war. Er hatte, anders als Nadia, sein Leben gelebt. Er war fortgegangen, hatte Dinge getan. Wahrscheinlich hatte er eine Frau, Kinder, einen Beruf. Er war Musiker, oder vielleicht Musiklehrer.

Er wirkte … verwirrt, aber grundsätzlich freundlich. Sie wollte ihrem Instinkt vertrauen, war älter und weiser geworden. Anscheinend hatte er noch nicht entschieden, was er mit ihr machen sollte, und sie stellte sich vor, wie er hin und her überlegte, an jeder Wegbiegung seine Überlegungen wieder verwarf.

Würde er mit der Polizei zurückkommen und sie verhaften lassen? Würde er in ihr Dorf fahren und Fragen stellen? Würde er mit Vorräten zurückkommen? Oder mit Lettie, falls sie noch lebte? Er hatte sie nicht erwähnt, und Nadia befürchtete schon lange, dass Lettie gestorben war. Seit ihrem letzten Besuch trauerte sie um sie, als Lettie ihr ganze zwei Wagenladungen mit Vorräten mitgebracht hatte, und Leo, der damals noch ein Welpe war.

Vielleicht würde Kache seine Frau mitbringen, um mit ihr, Nadia, zu reden. Aber wenn er ins Dorf ging … und wenn Wladimir seinen Charme spielen ließ und Kache dazu brachte, ihn hierher mitzunehmen? So wie er ihren Vater und die anderen eingewickelt hatte?

Sie sollte verschwinden. Sie zwang sich aufzustehen, und Leo stellte sich ebenfalls auf, wedelte mit dem Schwanz, wartete auf ihren nächsten Schritt.

In den Jahren, seit Lettie nicht mehr kam, hatte Nadia ein paarmal versucht, von hier wegzugehen. Sie war zum Strand runtergegangen und hatte das inzwischen verblasste orangefarbene Kanu der Winkels vollgepackt. Leo war hineingeklettert und hatte ganz ruhig dagesessen, aber als sie dann einstieg und lospaddelte, war seine Vorahnung greifbar gewesen. Und irgendwann hatte sie immer der Mut verlassen – wo sollte sie auch hin? Dann drehte sie um und paddelte zurück, wobei Leos Ohren stets schlaff herabhingen, so als hätte man ihn gescholten. »Es tut mir sehr leid. Ich bin so ein Feigling, Leo.«

Andere Male war sie zur Straße hinaufgelaufen, um in die Stadt zu gehen und dort zu fragen, wer Tiere gegen eine neue Autobatterie und einen Anlasser tauschte. Sie wollte Hühner anbieten, eine Ziege, was immer gewünscht wurde. Doch sobald sie hörte, wie in der Ferne ein Pick-up heruntergeschaltet wurde, war sie hinter den Büschen in Deckung gegangen. In ihrer Vorstellung saß Wladimir am Steuer, und das reichte, um alle ihre Pläne zu vereiteln. Dann, auf dem Weg zurück zum Haus, verschwand langsam sein Gesicht, und sie sah stattdessen das freundliche Antlitz ihres Vaters, der Autoteile für seinen Pick-up kaufen wollte, und dann das ihrer Mutter, ihrer Schwestern, ihrer Brüder – alle um viele Jahre jünger, als sie inzwischen waren. Doch sie konnte unmöglich wissen, welche Spuren die Zeit in ihren Gesichtern hinterlassen hatte.Die Schuldgefühle trieben sie zurück ins Haus der Winkels, zurück ins Bett, bis der Hunger ihrem Selbstmitleid ein Ende setzte und sie zwang, sich um den Garten, die Fischnetze oder Fallen zu kümmern.

Sie ging hinunter in das leere Wohnzimmer. Trotz Leo, der ihr an den Fersen klebte, war die Leere seit Kaches Abfahrt noch größer geworden. Sie nahm die Schnauze des Hundes in die Hand. »Ich hätte nicht so abweisend sein sollen, sagst du?« Sie zupfte an seinem Ohr. »Aber es war so schwer, oder? Er mit all den Fragen, die wir nicht beantworten können?«

Leo knurrte missbilligend, legte sich neben den Holzofen. »Du willst, dass er zurückkommt? Wie Lettie?«

Wie Lettie.

Vor all den Jahren war Nadia den ersten Frühling über im Haus geblieben, ohne dass sich eine Menschenseele gezeigt hatte. Sie hatte von Fisch und Muscheln gelebt sowie den Pflanzen, die sie auf ihrer Nahrungssuche fand: Meersalat und Algen vom Strand, Liebstöckel, dünner Strandwegerich und gelbe Gauklerblumen vom Land. Sie fing viele Kaninchen. Dann hatte es einmal eine Woche lang geregnet, und sie war Pfifferlinge sammeln gegangen. Schon bei der Vorstellung, wie sie die Pilze in dem Wein sautierte, den sie im Keller entdeckt hatte, mit wildem Knoblauch und ein wenig Fett vom Tannenhuhn, das sie am Vortag geschossen hatte, war ihr das Wasser im Mund zusammengelaufen.

Aber als sie dann mit dem vollen Korb zum Haus zurückkam, spürte sie sofort, dass jemand da war. Sie hatte sich hinter dem alten Klohäuschen versteckt, den Rücken an die Holzwand gedrückt, und geglaubt, ihr Herz an das Holz schlagen zu hören.

Auf der vorderen Veranda rief eine Frau: »Wer immer Sie sind, Sie haben unerlaubt mein Grundstück betreten, aber ich habe nicht vor, Sie zu erschießen. Sie können sich also ruhig zeigen.«

Nadia drückte sich noch fester an das Häuschen. Es waren bestimmt die Eigentümer. Dabei hatte Nadia gehofft, dass sie vielleicht nie wieder zurückkamen, denn seit sie vor Monaten das Haus entdeckt hatte, war niemand da gewesen. Wobei das Merkwürdigste die Anzeichen waren, dass seit über einem Jahrzehnt keiner mehr hier wohnte. Die Kalender, die Zeitungen und die Illustrierten – alles endete im Mai 1985.

»Kommen Sie schon. Im Gegensatz zu dem, was Sie vielleicht denken, bin ich froh, dass Sie hier sind«, rief die Stimme. »Sie scheinen sich gut um alles zu kümmern. Ich mache uns etwas zu essen und hoffe, Sie leisten mir in der Küche Gesellschaft.«

Irgendwann hatte Nadia dann angefangen zu frieren, und sie bekam Hunger. Es roch nach Fleisch und etwas Süßem, Köstlichem, und nach dem Rauch vom Holzofen. Da sie es sich nicht leisten konnte, länger zu warten und groß über die Konsequenzen nachzudenken, durchquerte sie den Garten und ging, ohne zu zögern, die Treppe zum Eingang hoch. Sie klopfte an die Tür, was sich seltsam anfühlte, und als dann eine alte Frau mit weißem Zopf aufmachte, hielt Nadia ihr den Korb mit Pfifferlingen hin, wie damals die Nachbarn bei einem Feiertagsessen in ihrem Dorf.

Die Frau lächelte, ihre Falten waren wie die Landkarte eines langen Lebens. Sie schob den Zopf nach hinten auf den Rücken, dankte Nadia und nahm den Korb entgegen.

Sie sagte: »Du armes liebes Mädchen. Ich hoffe, du isst gern selbstgemachte Rindfleischsuppe mit Gemüse und Brot und Kekse mit Schokoladenstückchen.«

Die Handballen auf die Augen gedrückt, hatte Nadia genickt.

»Mach dir keine Sorgen, hörst du? Glaub mir, niemand wird dich hier belästigen oder verjagen.«

Und Lettie hatte ihr Wort gehalten.

Wenn Kachemak doch nur wie seine Großmutter wäre. Aber offensichtlich hatte sie ihre »Nicht-Einmisch-Gene«, wie Lettie es nannte, nicht an die nächste Generation weitervererbt.

Denn Kachemak hatte schon mehr Fragen gestellt als Lettie bei ihren vielen Besuchen. Und Nadia hatte bereits beschlossen, von hier wegzugehen, irgendwohin. Irgendwie.

14

Snag musste Nicole Hughes anrufen, damit sie sie zur Versammlung des Cabooser Gemeinderats mitnahm. Kache war letzte Nacht nicht zurückgekommen, weshalb Snag kein Auge zugetan hatte. Aber heute Morgen hatte er sie von seinem Handy aus angerufen und gesagt, dass alles okay sei und sie sich keine Sorgen machen solle. Als sie nach dem Haus fragte, hatte er nur gesagt, sie würden später reden, und aufgelegt.

Snag putzte den ganzen Morgen, auch das, was sie schon vor seiner Ankunft geputzt hatte, denn Putzen beruhigte ihre Nerven. Dieses Mal jedoch nicht. Alles kam vom Kurs ab, als hätte die Erde sich aus ihrer festen Umlaufbahn um die Sonne befreit und beschlossen, Richtung Jupiter abzuhauen, mit einem Abstecher zum Mars.

Eigentlich müsste sie zum Hof fahren. Doch sie hatte ihren Wagen nicht, was bedeutete, dass jemand sie hinbringen müsste. Das wiederum würde heißen, dass der- oder diejenige ihre unglaubliche Verantwortungslosigkeit entdeckte, woraufhin es in Caboose höchstens fünfundvierzig Minuten dauern würde, bis die Stadt und die umliegenden Gemeinden die ganze beschämende Geschichte erfuhren.

Davon abgesehen, müsste sie unbedingt zur Gemeinderatsversammlung gehen. Sie war Wortführerin einer Initiative, die darum kämpfte, dass der Zugverkehr nach Caboose wiederaufgenommen wurde. Das Ganze hatte sich ewig hingezogen, doch schließlich gaben die Eisenbahngesellschaft und auch das Verkehrsministerium grünes Licht, und die Sanierung der Schienentrasse begann. Doch jetzt stritten die Bewohner der Stadt über ein wichtiges Detail.

Vor langer Zeit, als Caboose noch Herring Town hieß und sich mit *Endstation* den perfekten Slogan auf die Fahnen schrieb, hatte der Hering-Boom die Eisenbahn in die Stadt gebracht, und die Eisenbahn die Menschen, die die Heringe auf die Züge beförderten – alle waren glücklich, und alle knieten abends nieder und dankten dem lieben Gott für den reichlich vorhandenen Hering. Aber dann, wie so oft, wenn des Guten zu viel getan wird, setzte Überfischung der Heringindustrie ein ebenso schnelles Ende, wie der Boom sie seinerzeit hatte aufblühen lassen. Da war der Niedergang der Stadt besiegelt. Die Eisenbahngesellschaft krönte Wilbur, Alaska, zur Endstation ihrer Bahnlinie, ungefähr fünfundsiebzig Meilen weiter nördlich. Aus irgendeinem nicht nachvollziehbaren Grund wurde ein Begleitwagen – der Caboose – am Ende der Nehrung zurückgelassen, dieser viereinhalb Meilen langen Landzunge, die wie ein langer Finger auf die Berge gegenüber der Bucht zeigte.

Etwa fünfzig Jahre nach dem Verschwinden der Heringe hatte jemand die Idee, den Namen der Stadt zu ändern, denn sie weiterhin Herring Town zu nennen war, als würde man die Mojavewüste als Badeort vermarkten. Nach einer Abstimmung wurde die Stadt offiziell in Caboose umbenannt. Und da sie nicht länger die Endstation der Bahnlinie war, brauchten sie einen neuen Slogan, woraufhin, laut Snag, irgendein Idiot einen echten Knaller reimte: *See the Moose in Caboose*. Wow. Das war nun wirklich ein tolles Alleinstellungsmerkmal. Elche – Moose – gab es in Alaska und in weiten Teilen Kanadas hinter jeder Kurve. Nicht gerade eine werbewirksame Besonderheit, mit der man prahlen konnte.

Und so hatte Snag einen Plan ausgeheckt, wie sie die Eisenbahngesellschaft dazu bringen konnte, den Zug als Touristenattraktion wiedereinzusetzen und so auch den alten Slogan wiederauferstehen zu lassen, der dann ja passte. Caboose war eine der hübschesten Städte in Alaska. Obwohl sie zugeben musste, dass die Bewohner Alaskas die Bezeichnung »hübsch« in Bezug auf Städte ziemlich großzügig verwendeten. Caboose selbst war eine typische Grenzstadt mit meist hässlichen Häusern, die je nach Bedarf und ohne großen Plan aus dem Boden gestampft worden waren. Aber jedermann sagte, dass die Lage in der von Bergen gesäumten Bucht nicht einfach nur eine der schönsten in ganz Alaska war, sondern in der ganzen Welt. Jeden Sommer fielen die Touristen wie Heuschrecken ein, auf der Straße stauten sich die Wohnmobile bis hinauf nach Anchorage. Also ein enormer Verkehr, schlecht für die Umwelt und eine echte Herausforderung für die Nerven der Einheimischen wie auch der Touristen. Und so hatte Snag es geschafft, die Zugverbindung nach Caboose zurückzubringen. Halleluja, nicht wahr?

Falsch. Jetzt, wo die Sanierung der Schienentrasse begonnen hatte, regten sich alle über das Schicksal des Begleitwagens – des Caboose – auf, dem Stadtmaskottchen, das gegenwärtig am Ende der Nehrung stand und ein Minimuseum mit Fotos und Artefakten der ersten Pioniere Alaskas beherbergte.

Snag wollte, dass der Original-Caboose restauriert und seiner ursprünglichen Bestimmung gemäß ans Ende des Zuges gehängt wurde, nur dass darin jetzt Pionier-Memorabilien und Souvenirs ausgestellt und verkauft werden sollten. Eine tolle Geschichte, zusätzliche Publicity – genau wie die Stadt, der einmal alle den Rücken gekehrt hatten, sollte auch der alte Begleitwagen wiederauferstehen und eine zweite Chance bekommen. Jahrelang festgesessen, und dann endlich wieder in Bewegung. Sie konnte die Werbebroschüren schon im Schlaf schreiben. Doch dann hatte sich ein Haufen Leute wegen der Idee in die Haare gekriegt.

»Der Caboose bleibt da, wo er ist. Unsere Stadt wurde danach benannt.«

»Der Caboose«, erinnerte Snag, »wird immer noch zweimal am Tag genau da stehen. Aber er wird einen Nutzen haben, genau wie sein Namensvetter. Er wird wieder zum Leben erweckt, genau wie unsere Stadt. Kommt schon, Leute. Wir kaufen einen neuen Caboose und stellen ihn dahinten hin, und das Original übergeben wir wieder seiner ursprünglichen Bestimmung.«

Aber langsam wurde ihr klar, dass sie die einzige Verfechterin dieses Vorhabens war. Snag, der Marv Rosetter bescheinigt hatte, sie könne den Inuit Eiswürfel verkaufen, war es bislang nicht gelungen, die Einwohner von Caboose von dieser sich selbst anbietenden Lösung des Problems zu überzeugen. Noch ein Grund, warum sie an der Versammlung teilnehmen musste.

Aber Nicole Hughes ging nicht ans Telefon. Genauso wenig

wie Suz Clayton, und bei Melanie Magee war besetzt – vermutlich rief gerade eine der anderen bei ihr an, dachte Snag. Sie waren natürlich alle aufseiten des Caboose-Museumswagens. Und sie hatten Anruferkennung. Snag sah sie geradezu vor sich, wie sie in ihren Küchen standen und ihre Nachricht, ob sie sie vielleicht mitnehmen könnten, mithörten, während sie sie auf dem Anrufbeantworter hinterließ. Sie hätten genauso gut »Nein, niemals!« in den Hörer schreien können.

Sie zog die Jacke an und auf der Veranda ihre Stiefel und machte sich auf den Weg zur Gemeindeversammlung. Doch beim Gehen dache sie an Kache. Wieder. Wo war er? Besuchte er Lettie? Die hatte keine Ahnung, dass der Hof leerstand. Jedesmal wenn Lettie hinfahren wollte, hatte Snag gelogen und gesagt, er wäre vermietet und die Mieter wollten nicht gestört werden. Oder dass die Straße zu schlecht war und sie steckenbleiben würden. Dass sie vielleicht nächste Woche fahren würden, nächsten Monat, nächsten Sommer.

Einmal, als sie schon nicht mehr selbst fahren konnte, war Lettie zu Fuß aufgebrochen, doch glücklicherweise hatte Snag sie auf der Rückfahrt vom Weihnachtstreffen zufällig entdeckt. Winter, es war zwei Uhr nachmittags, dunkel und kalt. »Mom! Was hast du dir nur dabei gedacht?«

Doch Lettie hatte nicht geantwortet. Sie hatte einfach den Kopf abgewandt und aus dem Autofenster gesehen.

Jetzt, anstatt nach links Richtung Gemeindehaus zu gehen, bog Snag nach rechts auf die Willow Road ein und marschierte zum Old-Folks-Altersheim. Sie musste Kache zuvorkommen und mit Lettie sprechen, bevor er es tat.

15

Lettie schloss wieder die Augen. Wenn die Schwestern und Snag sie doch endlich einmal länger als zehn Minuten in Ruhe ließen, damit sie sich ihren Erinnerungen hingeben konnte, die so deutlich waren, als würde sie die Vergangenheit noch einmal durchleben.

Heute Morgen wanderten ihre Gedanken ganz weit zurück in die Zeit, als ihre Idee von Alaska geboren wurde. Sie hatte sich wie eine Ehebrecherin gefühlt, aber natürlich nicht im üblichen Sinn. Sie ging fremd mit einem Land. Verfluchtes Land. Es hatte ihr seinen Namen zugerufen, zuerst ganz leise, *Alaska*, ein sanfter Hauch in ihrem Nacken beim Aufhängen der Wäsche. Und dann hörte sie ihn überall. Er beherrschte sie. Alaska, *Alaska*, sagte der Besen. *Alaska?*, fragten die Hühner. Sie hatte ein Foto in der Tasche – von irgendeiner Bergkette gegenüber einer Bucht – und nahm es so oft heraus, dass es sich an den Rändern schon rollte. Nachts, wenn A. R. schlief, laut und schwer, lag sie wach und träumte feuchte, bemooste Träume, die alle ineinanderflossen. Kompakte, üppige Träume, die sie in den Morgen trugen, atemlos und mit einem Gefühl, das wohl Sehnsucht war.

A. R. wollte es ihr ausreden. »Ein Winter«, sagte er, »und du kommst mit fliegenden Fahnen zurück nach Kansas, küsst den trockenen, rissigen Boden und nennst ihn ein Geschenk des Himmels. Trotz der Wirtschaftskrise und allem.«

Nein, Alaska war ganz allein Letties Idee gewesen.

Der Mann, der ihnen ihre Farm für kaum mehr als ein Trinkgeld abgekauft hatte, war es auch gewesen, der ihnen von dem Hof im Norden erzählte. Lettie verstand es als Wiedergutmachung, weil er wusste, dass sie mit dem Geld, das er ihnen bezahlt hatte, nirgendwo sonst auch nur ein Schlammloch kaufen konnten. »In Herring Town kriegen Sie kostenlos Land«, hatte er ihnen erzählt. »Genau wie vor langer Zeit im Westen, aber in Alaska gibt es keine Indianer – na ja, jedenfalls keine kampfbereiten.«

Er hatte ihr das Foto gegeben. »Sie stecken einfach das schönste Stück Land ab, das Sie je in Ihrem Leben gesehen haben«, sagte er. »Bäume und Wiesen, Seen und Berge und das Meer. Es gibt Elche und Beeren, Fische und Muscheln, und die Kohle am Strand wartet nur darauf, von Ihnen aufgesammelt zu werden. Dort hat noch keiner etwas von einer landesweiten Wirtschaftskrise gehört.«

Nachdem sie die Farm und das meiste ihrer Habe verkauft hatten und zu ihrem Onkel Fred in die Wohnung in der Stadt gezogen waren, schlich A.R. nur noch trübsinnig durch die Gegend. Er wurde ein missmutiger Mensch, dessen Träume geplatzt und begraben waren. Dabei war die Farm nicht einmal sein eigener Traum gewesen, sagte sie ihm eines Morgens vorsichtig, als er noch im Bett lag und eine Zigarette nach der anderen rauchte. »Die Farm war der Traum deines Vaters.« Und dann, in einem der seltenen emotionalen Momente zwischen ihnen, umfasste sie seinen Arm so fest, dass sich ihre Fingernägel in sein Fleisch bohrten.

»Ich glaube«, sagte sie mit Tränen in den Augen, »ich glaube, du brauchst deine eigenen Träume.« Er sah sie an, verblüfft und offensichtlich ebenso erstaunt über ihre Tränen wie sie selbst. Sie stand auf, starrte in die Ecke ihres kleinen, vollgestopften Schlafzimmers und versuchte es zu erklären, wenn auch nur sich selbst. »Es ist wie mit der Religion. Du kannst Religion nicht erben. Ich denke, das gilt auch für Träume.«

A. R. war ein schicksalsergebener Mann. Hätte er auch nur geahnt, was in ihr vorging, hätte die Eifersucht ihn zerrissen, da war Lettie sich sicher. Denn der Ort – von dem sie nur gehört und den sie nur auf einem einzigen Foto gesehen hatte – hatte so vollkommen von ihr Besitz ergriffen, dass sie kaum noch an etwas anderes denken konnte. Eines Nachts erwachte sie aus einem Traum, der eigentlich ein Albtraum war, was sie aber seltsamerweise nicht so empfand. Denn anstatt Angst zu bekommen, verspürte sie eine Freiheit, die sie mehr ängstigte als jemals ein Albtraum zuvor. In dem Traum war A. R. gestorben. Lettie weinte. Doch sie verließ die Beerdigung, bevor sie vorbei war, hievte ihre Koffer in den Wagen eines Zugs Richtung Norden und sprang leichtfüßig hinterher. Frei.

Am nächsten Morgen riss sie das Foto in Stücke. Die Schnipsel fielen wie Schnee aus ihren Händen. »Es reicht«, sagte sie laut. Sie summte beim Wäscheaufhängen vertraute Melodien und versuchte, die Sonne auf ihren Armen zu genießen, so wie früher, bevor dieser ganze Nonsens begonnen hatte.

Doch der Nonsens ließ sie einfach nicht in Ruhe. In einem erbärmlichen Akt der Verzweiflung flehte sie A. R. an, aus Angst vor jenem Traum, in dem er gestorben war, und vor ihrer eigenen … ob das Leidenschaft war?

Als er schließlich einwilligte, war das kein allmählicher Prozess. Er ließ einfach los. »Also gut. Wir ziehen nach Alaska.« Und als jemand, der es gewohnt war, mit aller Kraft zu ziehen, landete sie auf dem Hintern.

»Was, zum –«, sagte er, hielt ihr die Hand hin und half ihr wieder hoch.

Sie konnte nicht antworten, lachte, weinte, lachte.

»Woher kommst du, Frau?«, fragte er und klopfte ihr den Staub ab. »Und was in aller Welt hast du mit meiner Lettie gemacht?«

Als sie ihre Stimme wiederfand, sagte sie: »Danke, danke, danke!«, bedeckte sein Gesicht mit Küssen und verspürte ihm gegenüber eine Zärtlichkeit wie schon lange nicht mehr.

Jeder andere Mensch hätte ihr über die nächsten Jahre unzählige Male mit der Faust gedroht und sie verflucht, weil sie ihn an so einen Ort verpflanzt hatte. Doch nicht A. R. Nicht ein einziges Mal hörte sie ein: *Das habe ich dir ja gleich gesagt.*

Es fing schon mit jener gefährlichen Bootsfahrt an, als sie die sogenannte Inside Passage verließen und Lettie einerseits Angst hatte, dass sie beide sterben würden, andererseits auch fürchtete, nicht zu sterben, dass der Tod nicht kommen und sie beide aus diesem tobenden Meer retten würde.

Doch überlebten sie die Fahrt irgendwie und landeten irgendwo. Der Ort hieß Herring Town. Sie wateten durch eisige Wellen, hielten ihre Koffer über dem Kopf, weil die Wellen nach ihnen griffen wie Kinder, die um ein Geschenk bettelten. Am Ufer waren schon Leute, ein Mann, eine Frau und – sie zählte sie – zehn Kinder. Zehn! Die Newberrys. Alle hatten runde Gesichter und runde Augen, doch ihre Körper waren dünn und muskulös. Alle bis auf das Baby, das herrlich mopsig war, und das Kleinkind, das – als die Sonne durch die Wolken brach und alles in Farben tauchte – nichts trug außer einer orangefarbenen Schwimmweste und einer Kuhglocke. Es lief mit prallen Beinchen am Strand entlang, und seine Füße patschten auf dem feuchten Sand.

Frank Newberry hatte von den Rosses aus Anchor Point erfahren, die es wiederum vom Cousin des Nachbarn von Onkel Fred, Beck Patten, wussten, dass Lettie und A. R. mit der Salty Sally auf dem Weg nach Herring Town waren. Seit drei Tagen beobachteten die Newberrys die Bucht und warteten auf die Ankunft von Lettie und A. R.

Margaret Newberry klammerte sich an Lettie wie an eine lange verloren geglaubte Schwester. Sie strich ihr übers Haar, über den inzwischen derangierten Dutt, den sie vor Tagen hochgesteckt hatte. In einem anderen Leben. Lettie hielt die Luft an, als Margaret sie, nur wenige Zentimeter von ihrem Gesicht entfernt, anblickte. Sie wusste, dass sie nach Erbrochenem und noch Schlimmerem stank, aber Margaret schien das nichts auszumachen.

Margaret versicherte ihr wieder und wieder, dass es eines Tages eine Zugverbindung nach Anchorage geben werde, und eine Schule. Auch einen Laden, ein Postamt. Und schon bald eine Kirche.

Anscheinend verstand Margaret nicht, dass Lettie solche Zusicherungen nicht brauchte. Eine Kirche? Ein bloßer Blick aufs Wasser, das je nachdem, was Sonne und Mond so vorhatten, von Blau zu Grün zu Rot zu Rosa wechselte, keine hohen Wellen mehr schlug, sondern wie ein Spiegel in der Sonne lag, mit Tausenden hüpfenden und tanzenden Lichtflecken – wenn also ein bloßer Blick aufs Wasser genügte, um die Stimme Gottes zu hören: Es werde Licht! Warum sollte da irgendjemand zur Anbetung Gottes in ein dunkles Blockhaus gehen?

Am liebsten hätte Lettie ihre verschmutzten, stinkenden Kleider ausgezogen, ins Feuer geworfen und mit nur einer Kuhglocke um den Hals im eisigen Wasser geplantscht.

Später, als die jungen Frauen von Herring Town sich höflich zurückzogen, sich um den Sears-Katalog scharten und nach ihren Kindern schauten, halfen die Männer den beiden Neuankömmlingen, ihren Claim abzustecken. Lettie kicherte über die schnäbelnden Papageitaucher mit dem seltsam hakenförmigen, orangenen Schnabel und den gleichfarbigen Füßen, und weinte, als sie das erste Mal den einsamen Schrei eines Eistauchers hörte. Ihr Herz sprang mit den Lachsen im Fluss; beim Anblick der Silberstreifen im klaren Wasser wurde ihr zum ersten Mal der unsichtbare Strom ihres eigenen Lebens bewusst.

Eines Nachts zog sie A.R. zu sich heran, öffnete seine Hose und streifte sie nach unten, noch bevor er zu schnarchen aufgehört hatte. Eigentlich war sie nicht so eine Frau, ganz bestimmt nicht. Sie war eine Dame, wenn auch eher unauffällig. Doch

Alaska war kein Land für Damen, das hatten die Männer in Kansas schon zu A. R. gesagt, und dann sogar die Männer auf dem Boot. Sie küsste A. R. auf den Mund, und mit einem Schnauben stoppte sein Schnarchen. Und dann sagte er ihren Namen, so wie er ihn in den vergangenen Monaten immer gesagt hatte, mit einem Fragezeichen dahinter. »Lettie?«, aber dann: »Lettie!«

Sie wollte ihm etwas abgeben von ihrer ... war es Fülle? Ja, etwas sprudelte aus ihr heraus und ergoss sich über sie. Er sollte es auch erfahren, spüren.

»Jetzt ... jetzt ... jetzt«, sagte sie, wölbte ihren Rücken und dachte, wenn A. R. nur tief genug in sie eindrang, würde er diese Fülle in ihr berühren und ein Stück davon abbekommen.

Auch der Duft des Landes drang in sie ein. Ein feuchter, rauchiger, salziger Duft nach Fichtennadeln, den sie mochte. Er haftete in ihren Haaren, in ihren Kleidern und an ihren Fingerspitzen.

Sie arbeitete schwerer, als sie jemals auf ihrer alten Farm gearbeitet hatte, Seite an Seite mit A. R. und den übrigen Männern aus dem Dorf. Lettie unterschied sich von den anderen Frauen – was schon bald alle erkannten. Doch anstatt Zwietracht und Eifersucht, erwuchs aus diesem Unterschied gegenseitiger Respekt. Lettie hatte keine Kinder. Und Lettie war nicht nach Alaska gekommen, um ihrem Mann in einem Akt selbstloser Unterwerfung bei seiner Suche beizustehen. Alaska war Letties eigene Suche.

Suche. War das das richtige Wort? Ja, entschied sie. Suche und auch Frage. Alaska war ihre Frage. Die eine, die sie stellen musste. Dabei war sie nie eine Frau gewesen, die viel gefragt hatte. Ihr Leben war eine Abfolge ordentlich aneinandergereihter, bequemer Trittsteine. Sie hatte einen nach dem anderen betreten, nie einen übersprungen oder umgedreht, nie einen hochgehoben, um zu sehen, was darunter sein könnte. Sie hatte sich gewissermaßen nie die Hände schmutzig gemacht. Und dann gab es plötzlich keinen nächsten Trittstein mehr. Sie und A. R. bekamen keine Kinder. Auch das hatte sie nie wirklich in Frage gestellt, sondern meistens versucht, nicht drüber nachzudenken. Sie war einfach hocken geblieben und hatte sich mit der Farm und A. R. beschäftigt.

Bis sie das Foto sah.

»Mom? Bist du wach?« Wieder Snag. Snag, die immer versuchte, sie ins Heim zurückzuholen, wo Lettie doch einfach nur auf ihrem Stück Land bleiben wollte.

Ah, das Land. Ihr und A. Rs. Traum, es einmal ihren Kindern und Kindeskindern weiterzuvererben. Sie musste mit Kache reden, ihm sagen, was sie getan hatte, und ihn dazu bringen, dass er hinfuhr und nachsah, ob Nadia noch da war. Alles war möglich, das arme Mädchen konnte fortgegangen oder, schlimmer noch, tot sein. So tot und fort wie A. R. selbst.

Nur dass er da war, so nah wie ihre eigene Hand, in ihrer Erinnerung lebte.

16

Auf der Fahrt versuchte Kache, alles irgendwie im Kopf zu ordnen. Er hatte die ganze Nacht kein Auge zugetan. Kein Löwenzahntee dieser Welt würde jetzt helfen, er brauchte einen doppelten Americano. Er brauchte Antworten. Er brauchte einen Plan. Ein Plan wäre gut.

Das Wetter konnte sich in alle möglichen Richtungen entwickeln – die großen grauen Wolken um die Gipfel überlegten noch, ob sie Ärger machen sollten, aber die Sonne war aufgegangen und schien, als wollte sie sagen: Hey, beruhigt euch, der Tag gehört mir.

Kache hatte nicht vor, Nadia der Polizei zu übergeben. Okay, sie hatte zehn Jahre lang unerlaubt auf seinem Grundstück gelebt, aber sie hatte es auch vor dem Verfall bewahrt. Was wiederum bedeutete, dass es vor ihrer Ankunft ein ganzes Jahrzehnt leergestanden hatte. Zehn Winter, in denen niemand Wasser durch die Leitungen hatte laufen lassen, den Schnee vom Dach gefegt oder verhindert hatte, dass die Spitz-, Wühl- und anderen Mäuse Einzug hielten. Ausgeschlossen. Entweder log Nadia oder Snag, oder irgendein anderer seltsamer Mensch hatte sich im Haus versteckt und war vielleicht immer noch da, was wiederum Nadia zur Lügnerin machte.

Trotzdem würde er sie nicht anzeigen. Er würde sie nur bitten, sich eine andere Bleibe zu suchen, ihr sogar dabei helfen. Wenn sie wirklich nicht zurück in ihr Dorf wollte, gab es bestimmt Leute in der Stadt, die ihr im Tausch gegen Kinderbetreuung oder Hilfe im Haushalt ein Zimmer überließen. Dann würde er vor seiner Rückkehr nach Austin das Grundstück so weit auf Vordermann bringen – sie hatte zwar alles so gut wie möglich in Schuss gehalten, aber einiges musste bestimmt gemacht werden –, dass es an einen Viehzüchter oder jemanden, der viel Land brauchte, vermietet werden konnte. Er und Snag würden sich gemeinsam darum kümmern. Der Zeitpunkt war gekommen, die Sachen, die ihnen etwas bedeuteten, an sich zu nehmen und den Rest zu verkaufen. Das wäre gut und richtig. Das hatte auch der Therapeut gesagt, zu dem Janie ihn einmal geschleppt hatte: »Sich auf eine Heimreise zu begeben ist heilsam, und die Auseinandersetzung mit der eigenen Vergangenheit erschafft eine Ganzheit und die Fähigkeit, nach vorne zu blicken.« Kache hatte das nicht hören wollen und es einen Haufen wohlklingendes Psychogelaber genannt. Aber vielleicht war ja doch etwas dran.

Er hielt bei einem orange-blauen Drive-in-Kaffeewagen, *The Caboose Cuppabrews*, und kühle Luft wehte in sein offenes Fenster, als ein etwa elfjähriger dunkelhaariger Junge seine Bestellung aufnahm.

»Bist du nicht ein bisschen jung für einen Kaffee-Barista?«

Der Junge zuckte die Achseln. »Ein Bar – was?«

Irgendwo hinter dem Jungen lachte eine Frau. »Hier oben lernen wir sie früh an, Sir. Er ist mein Sohn, wir umgehen einfach die lästigen Arbeitsschutzgesetze.«

»Marion?«

»Ja?« Sie beugte sich herunter, und er blickte ihr ins Gesicht. Sie hatte immer noch die gleichen dunklen Augen und hohen Wangenknochen, trug ihr Haar immer noch offen mit einem Mittelscheitel. Sie hatte sich kaum verändert. »Kache? Nie im Leben!« Sie beugte sich noch weiter aus dem Verkaufsfenster heraus, wobei Kaffee über ihr Handgelenk schwappte. »Aua! Mist. Sorry. Warte, fahr ja nicht weg.« Sie verschwand aus dem Fenster und überließ es dem Jungen, den verschütteten Kaffee aufzuwischen. Der schüttelte den Kopf, ein irgendwie elterliches Lächeln im Gesicht.

Marion kam von der Rückseite des Verkaufswagens zu ihm gelaufen. Sie beugte sich zum Autofenster hinein und hatte die Arme um Kaches Hals gelegt, bevor er die Tür öffnen konnte. »Ich dachte schon, die würden dich als Geisel dabehalten, bis wir endlich zugeben, dass Texas doch größer ist als Alaska. Hat sich Letties Zustand verschlechtert?«

Er gestikulierte ein Schwer-zu-sagen. »Meine Tante glaubt, der Tod steht vor ihrer Tür. Grandma ist verwirrt, aber für eine achtundneunzig Jahre alte Frau …«

»Du musst unbedingt meinen Großvater begrüßen. Erinnerst du dich an Leroy? Es geht ihm gut, solange sie ihn im Flur angeln lassen. Mein Ex sagt, er hat den besten Angelplatz auf der ganzen Halbinsel, direkt im Oberstübchen. Lettie war bis vor kurzem noch vollkommen klar im Kopf. Wie lange bleibst du?«

Er zuckte die Schultern. »Weiß ich noch nicht.«

»Bist du mit jemandem zusammen?« Sie lächelte ihr altes Marion-Lächeln.

»Bis vor zwei Tagen war ich das. Und du?«

Sie schwenkte die Hand, soso. »Singst du noch?«

Er schüttelte den Kopf. »Du?«

»Natürlich. Und spielen?«

Wieder schüttelte er den Kopf.

»Das ist ein Scherz, oder? Du musst unbedingt ins Spit Tune kommen. Wir spielen immer noch ein paar Abende die Woche. Mike, Chris, Dan – wir alle. Bring deine Gitarre und deine tolle Stimme mit. Rex wird Räder auf der Theke schlagen, wenn er dich sieht.« Sie wandte sich ihrem Sohn zu. »Ian, das ist Kache. Er spielt teuflisch gut Gitarre und hat eine Stimme, von der mal ein Spitzenreporter gesagt hat, sie vereinige ›Wunde und Wunder‹ in sich.«

Kache lachte. »Gibt es so etwas wie einen Spitzenreporter in Alaska?«

Hinter ihm warteten jetzt mehrere Autos. »Haha. Ich muss arbeiten, aber fahr ja nicht wieder weg, ohne mir alles von dir zu erzählen. Ich bin jeden Morgen hier, außer Weihnachten, Neujahr und Ostern. Im Ernst, ich lasse keine Entschuldigung gelten, okay?«

Er lächelte. »Großes Pfadfinderehrenwort«, sagte er und fuhr los.

»Du bist doch ausgestiegen bei den Pfadfindern!«, rief sie ihm hinterher.

Wow. Marion hatte ein Kind. Marion sang noch. Die Band war immer noch zusammen.

Sein altes Elternhaus, ein Museum seiner ersten siebzehn Lebensjahre. Und seine alte Freundin, die noch in der Band spielte.

Dann konnte er auch gleich die komplette Reise zurück in die Vergangenheit machen. Er bog Richtung Spit Tune ab, um Rex zu besuchen. Seit seiner Ankunft hatte Kache schon mehr Leute getroffen als in den ganzen letzten Jahren in Texas. Janie wäre geschockt.

Noch vor zwei Tagen hatte er in der Kuhle gelegen, die er für immer in sein und Janies Sofa gesessen hatte, und sich vom vertrauten stahlgrauen Licht des Fernsehers einlullen lassen. Auf seiner Brust hatte Charlotte, die Katze, geschnurrt und geschlafen. Bei der Werbung hatte er die Lautstärke runtergedreht und die wehmütigen Gitarrenriffs in d-Moll gehört, die die warme Austin-Luft aus dem Restaurant auf der anderen Straßenseite zusammen mit dem Geruch von Grillfleisch zu ihm herübertrugen. Gleich würde eine weitere Heimwerker-Sendung anfangen. Er sollte jetzt aufstehen – Steh auf und geh – und den Fernseher ausstellen, doch er tat es nicht. Er ließ Charlotte schlafen.

Jeden Schritt eines jeden Projekts hatte er lebhaft vor Augen. Mit einer Version seiner eigenen Hände schaffte er jede Aufgabe, doch es waren Hände mit Schwielen, die sich selbstbewusst und mit der Sicherheit der Erfahrung bewegten. Nicht die Jungenhände, über die sein Vater sich lustig gemacht hatte. »Erklär mir das mal, Sohn«, hatte er gesagt, »wie kann es sein, dass dieselben Finger, die Gold auf der Gitarre spinnen, mit einem Hammer in der Hand zu Schwimmflossen werden?«

Aber einiges von dem, was sein Vater ihm beizubringen versucht hatte, war zu guter Letzt doch noch auf fruchtbaren Boden gefallen, wenn auch nur durch eine Art TV-Osmose.

Janie war im Dachgeschoss ihrer Wohnung, cremte ihren Körper ein, puderte ihr Gesicht, kämmte ihr Haar. Irgendwann musste er einmal mehr für sie empfunden haben. Wenn er jetzt seine Gefühle einordnen müsste, würden sie in die Kategorie liebevolle Zuneigung fallen. Sie waren zusammen verreist, hatten guten Sex. Er war zu ihr in die Wohnung gezogen. Sie hatten zusammen gekocht, gelacht, Filme angesehen und einander ein paar Geheimnisse anvertraut. Und doch kam es ihm vor, als hätte er diese Beziehung in einem verschwommenen, zusammenhanglosen Traum erlebt.

Mit klackenden Schritten kam sie die Treppe herunter und blieb in der Küche hinter ihm stehen.

»Willst du wirklich nicht mitkommen?«, fragte sie noch einmal.

Er hob Charlotte behutsam von der Brust, stützte sich auf den Ellbogen und sah zu ihr hin. Janie stand mit vorgeschobener Hüfte und verschränkten Armen – in letzter Zeit ihre bevorzugte Körperhaltung – im Dunkel der Küche. Charlotte sprang vom Sofa und strich um Janies Knöchel. »Nein, danke.«

Er setzte sich auf, wandte ihr das Gesicht zu, mit schmerzendem Rücken vom vielen Liegen, den Arm auf der Rückenlehne des Sofas, um ihr zu zeigen, dass er sich bemühte und aufmerksam war. Sie knipste das Licht an. Sie hatte ihr Haar locker hochgebunden, so wie er es besonders gern mochte, und trug ein Kleid, das er noch nie an ihr gesehen hatte. »Du siehst hübsch aus«, sagte er. »Wirklich schön.«

Sie lächelte nicht, sondern verlagerte ihr Gewicht und ließ die Arme zu beiden Seiten sinken, die Handflächen zu ihm. »Du könntest dich ja mal selbst überraschen und ein bisschen Spaß haben.«

Wie sollte er ihr erklären, dass das unmöglich war? »Mir ist gerade nicht danach.«

Den Blick weiter auf ihn gerichtet, verkniff sie sich gnädigerweise die Fragen: *Hast du dich heute auf einen Job beworben? Hast du bei irgendeinem nachgefasst? Hast du wenigstens deine Tante zurückgerufen? Es ist wirklich mehr als ironisch, dass du den ganzen Tag Do-it-yourself-Sendungen guckst und selbst niemals etwas tust.*

Als sie sich abwandte, flatterte der Saum ihres Kleides kaum merklich. Sie sagte: »Ich komme spät nach Hause«, und schloss die Tür energisch, aber ohne Knall. Sie knallten nie Türen. Sie schrien sich auch nie an. Sie waren seit drei Jahren zusammen und hatten höchstens hitzige Debatten geführt, die aber niemals überkochten, sondern immer nur leicht köchelten, bis sie schließlich knochentrocken verdampften.

Kache stand auf, um etwas zu essen. Er streckte sich, die Muskeln vom langen Liegen verspannt, die Rückenwirbel eine Aneinanderreihung von Haken und Blei.

Janie machte den Verlust seiner Arbeit für das Tief verantwortlich, in dem er sich seit sechs Monaten befand. Seine Firma war aufgekauft worden, und er hatte eine großzügige Abfindung erhalten, einen goldenen Fallschirm, wie sie es nannten. Aber für einen goldenen Fallschirm war er definitiv zu jung. Dann vielleicht ein silberner? Nein, nicht einmal das. Seiner war aus Blech, er hatte den Blech-kann-deinen Arsch-nicht-retten-Fallschirm bekommen.

Es war nicht einmal so, dass er das Geld brauchte. Er hatte gut investiert und lebte bei weitem bescheidener, als er musste. Es gab einfach nichts, was er gern machen würde. In der Stille ihrer Küche bestrich er eine Brotscheibe mit Erdnussbutter. Das schaffte er gerade noch.

Sein Job war die Maskerade gewesen, die Janie die Sicht auf das Offensichtliche versperrt hatte: Dass er seit zwei Jahrzehnten schlief. An jenem gottverdammten Tag hatte sich ein unerbittlicher Nebel auf ihn niedergesenkt und nie wieder gelichtet, weder als er ins College ging (das er mit Hilfe einer beträchtlichen Menge Marihuana bewältigte) noch in seinem Job als Buchhalter eines kleinen Hightech-Unternehmens. Damals hatte er mit dem Gras aufgehört, sich aber jahrelang hinter den Zahlen versteckt, ohne dass jemand merkte, dass er nie ganz … da war. Sie ließen es gelten, dachten wahrscheinlich, er sei einfach nur distanziert, still. Alle, einschließlich Janie, haben sein Verhalten als Charakterzug eines Zahlenfreaks hingenommen.

Allerdings hatte auch niemand in Austin ihn vor dem Flugzeugabsturz gekannt. In einer Zeit, als er Songs schrieb und Gitarre spielte, zu viel redete, leidenschaftlich diskutierte und »gefühlsbetonter war, als ihm guttat«, wie manche sagten. Bei seiner Arbeit in der Firma hatte er sich im Schwarz und Weiß der Zahlen verloren – die starren Spalten und Diagramme waren sein fester Kokon gewesen. Mathe wurde seine neue Musik, aber ohne Emotionen, wofür er dankbar war. Immerhin war er kein »fauler, nichtsnutziger Rock 'n' Roller« geworden.

Was Rex, im Gegensatz zu Kaches Vater, enttäuscht hatte.

17

Das Spit Tune war eines der ältesten Gebäude auf der Landzunge. Es hatte das Feuer 1918 und das Erdbeben an Karfreitag 1964 überstanden. Der Fußboden war mit Erdnussschalen und Sägemehl bedeckt. Signierte Geldscheine aus der ganzen Welt hingen an Decke und Wänden, und als Kache zur Highschool ging, hatte er sich immer vorgestellt, es wäre genug, um ihr erstes Album zu finanzieren. Jetzt wusste er, wie naiv das war. Erstens war es auch zwanzig Jahre später gar nicht so viel Geld, und zweitens hatte Rex, dem das Spit schon immer gehörte, gern betont, dass er auf jeden schießen würde, der versuchte, auch nur einen einzigen Schein herunterzunehmen. »Ich würde dich nicht schlimm verletzen«, hatte er gesagt. »Vielleicht einfach nur einen oder zwei Finger wegpusten, damit du nie vergisst, dass man sich an Vorschriften halten muss.«

Allerdings war Rex selbst keiner, der diesem Gebot sklavisch folgte. Kache, Marion, Chris, Dan und Mike waren noch lange nicht volljährig, als sie anfingen, in der Bar zu spielen. Und manchmal hatte Rex ihnen sogar Bier ausgegeben, wenn sie versprachen, nichts zu verraten.

Aber jetzt war Rex nicht da, und den jungen, bärtigen Barkeeper, der sagte, Rex mache Urlaub in Phoenix, hatte Kache noch nie gesehen. Er setzte sich trotzdem an die Bar und trank einen Kaffee.

»Kann ich Ihnen was Stärkeres anbieten?«

»Noch nicht. Was dagegen, wenn ich den Kanal wechsle?«

Der Barkeeper reichte ihm die Fernbedienung. »Ein Freund von Rex darf hier alles.« Kache fand den Heimwerker-Sender, in dem gleich seine Lieblingssendung lief: Die Vater-und-Sohn-Show *Das Haus, das Jack und Jack junior bauen*. Die Moderatoren trugen den Werkzeuggürtel tief auf den Hüften, so wie früher Kaches Vater und Denny, und pflegten einen ähnlich kameradschaftlichen Umgang. Als sie ihm jetzt geduldig vorführten, *Wie man eine Feuerstelle baut*, spürte er ein leichtes Brennen an der Stelle zwischen Herz und Bauch.

Die Moderatoren taten so, als glaubten sie an Kache, sogar der Vater, Jack senior. Vom Bildschirm sprachen sie mit großer Zuversicht auf ihn ein, dass er, Kachemak Winkel, es tatsächlich hinbekommen konnte; dass er alles im Leben hinbekommen konnte, wenn er es nur wollte. Er könnte wieder und wieder beweisen, dass sein Vater unrecht hatte. Er wollte, dass sein Vater unrecht hatte; dass er seit 1985 tot war, spielte dabei keine Rolle. Kache hatte sich nie gewünscht, dass er tot wäre. Er sollte nur total unrecht haben.

Er wusste, es war verrückt, sich so verzweifelt nach der Anerkennung und dem Verständnis eines toten Mannes zu sehnen. Und doch war es so.

»Die Schlappschwänze in Hollywood denken, sie könnten uns Männern in Alaska erzählen, wie man die Dinge selber in die

Hand nimmt. Ich würde gern mal sehen, wie sie eine Fuchsfalle bauen oder einem Bär das Fell abziehen, hab ich recht, mein Freund?«

Ein großer, kräftig wirkender Mann setzte sich weiter hinten auf einen Barhocker. Kache hatte ihn nicht einmal hereinkommen hören. »Sie klingen wie mein Vater«, sagte Kache. »Und wie mein Bruder.«

»Tatsächlich? Die beiden klugen Herren würde ich gern einmal kennenlernen.« Er lächelte freundlich, ein neckisches Funkeln in den Augen.

»Geht nicht. Sind beide tot.«

»Tut mir leid. Mein Papa auch. Und meine Mama.«

Kache nickte. »Meine auch.«

»Wie?« Der Mann bedeutete dem Barkeeper, Kache ein Bier zu bringen.

»Flugzeugabsturz.«

»Das ist bitter.«

»Und Ihre?«

»Ein Bär.«

»Eine Bärenattacke? Das ist wirklich bitter.« Kache nahm einen Schluck Bier. »Waren Sie dabei?«

Der Mann nickte und sagte, dass er aber nicht verletzt worden war. »Jedenfalls keine sichtbaren Wunden. Sie wissen, wovon ich rede, mein Freund.« Das wusste Kache. Auch wenn er ihn nicht unbedingt als »Freund« bezeichnen würde, spürte er doch eine seltsame Verwandtschaft mit ihm, da sie das gleiche Schicksal teilten. Der Mann hatte einen russischen Akzent, war aber glattrasiert und trank Bier in einer Bar. Also kein Altgläubiger. Kache war mit vielen Russen aufgewachsen und fragte sich jetzt, ob es vielleicht Leute gab, die sie beide kannten. Aber als er ihn darauf ansprach, erzählte der Mann, er sei nach einer weiteren schiefgegangenen Ehe gerade aus North Slope hergezogen und wohne in einer alten Jagdhütte. »Das hier ist der einzige Ort in der Stadt, wo ich hingehe, wegen der Musik und um ein Bier zu trinken. Alles andere mache ich selber. Nicht wie diese heuchlerischen Dummköpfe.« Er zeigte mit seinem Bier zum Fernseher. »Ich brauch niemanden. Hab es satt zu glauben, die Ehe könne mich ändern. Stimmt nämlich nicht. Funktioniert nicht. Und Sie? Mit einer schönen Frau zusammen?«

Da die Antwort auf diese Frage einer komplizierten Erklärung bedurfte, schüttelte Kache nur den Kopf und wandte sich wieder dem Fernseher zu. Aber schon bald waren seine Gedanken zurück bei Janie.

Ein paar Tage nach dem Abend, als sie sich mit Freunden getroffen hatte und er zu Hause geblieben war, hatte er einen Lichtschein im Gästezimmer gesehen und war hineingegangen. Janies Computer war noch an. Janie ließ nie ihren Computer an. Sie arbeitete bei einem Energieversorger und schaltete nicht nur jedes elektronische Gerät aus, sondern zog auch alle Stecker aus sämtlichen Apparaturen und technischen Spielereien mit Stand-by-Funktion. Seit einiger Zeit saß sie stundenlang am Computer, und manchmal hatte Kache sich gefragt, ob sie vielleicht eine Internetliebschaft angefangen hatte. Verstehen würde er das.

Er hätte das Ding einfach ausstellen sollen. Aber allein die

Tatsache, dass er Neugier empfand, gab ihm einen seltenen Energieschub, und so erweckte er mit einem Mausklick den Bildschirmschoner in Janies Lieblingsfarben Braun, Beige und Blaugrün zum Leben.

Auf einem Spruchband am oberen Rand stand: *Tatkräftiges aus unserem tatenfrohen Heim – Willkommen auf meinem Blog*.

Seine Mom hatte so gewissenhaft Tagebuch geführt, als wäre es ein religiöser Akt. Aber warum jemand sein Privatleben im Internet ausbreitete, würde er nie verstehen. Unter dem Spruchband erstrahlte in hellem Sonnenlicht ein Wohnzimmer mit riesigen Fenstern, die von Gardinen flankiert wurden, wie sie seine Mutter aus Baumwolle genäht hatte. Die waren wieder modern? Das hätte ihr bestimmt gefallen.

> Hallo Blogger!
> Dieses Wochenende hat Mr Tatkraft große Pläne. Er will für das alljährliche Lū'au-Fest in ein paar Wochen eine Terrasse aus alten Backsteinen bauen. (Vielleicht gibt es Spanferkel? Blumenketten? Sogar Poi?) Ich hab wirklich keine Ahnung, wo er seine Energie hernimmt. Dabei hat er schon einen absolut mörderischen Job!

Mr Tatkraft?

> Aber er besteht auf Do-it-yourself, und warum sollte ich ihn davon abhalten? Schnurzpiepe, heute gehen wir erst mal zu einer Dinnerparty bei unseren lieben Freunden.

War das einfach irgendein Blog, oder war das jemand, den sie beneidete? War sie in Mr Tatkraft verknallt? Warum sonst sollte sie so etwas lesen? Das war genau die Art zu reden, über die sie sich gern lustig machte.

> Hoffe, ihr habt alle ein tatkräftiges Wochenende. Und checkt hier am Montag die Fotos von unserem neuen Terrassen-Projekt. Wie ich Mr Tatkraft kenne, ist dann bestimmt schon alles fertig. (Und ich belohne ihn mit einer meiner wunderbaren Massagen!)
> Tschaui,
> Janie

Janie? Welche Janie? Er hatte Janie noch nie *Tschaui* sagen hören. Oder *schnurzpiepe*. Ganz zu schweigen von der Tatsache, dass nichts davon mit ihrem Leben zu tun hatte.

Am rechten Rand grinste ihn eine Comicfigur an. Sie hatte Janies lange dunkle Haare und braune Augen.

> Hier klicken, um mehr über mich zu erfahren:
> Hi, ich heiße Janie. Ich bin Expertin für alternative Energie.

Na ja, so konnte man ihre Arbeit in der Inkassoabteilung eines Energiekonzerns wahrscheinlich auch nennen. Sie hatte modernen Tanz studiert und wollte Tänzerin werden, so wie er Musiker werden wollte; das Scheitern, das ihnen gemeinsam war, hatte etwas Gespenstisches. Und obwohl sie es beide still ertrugen, war es doch immer da, so gegenwärtig wie die Kuhle im Sofa.

Ich bin mit Mr Tatkraft verheiratet, einem erfolgreichen Musiker und Finanzchef. Für mich ein echtes Universalgenie. Wirklich. Es gibt nichts, was er nicht kann. Wir haben zwei wunderbare Kinder, die ich Mäuschen und Häschen nenne, und, ehrlich? Meistens läuft alles rund. Feste arbeiten und Feste feiern ist unser Motto. Checkt hier regelmäßig den Stand unserer Do-it-yourself-Projekte, Kochrezepte, Erziehungsratschläge, Mal- und Tapeziertipps und Bastelvorschläge sowie Tipps, wie man mit Tatkraft das Glück in Ehe und Familie erhält.

Er musste aufhören zu lesen, den Computer ausmachen –

»Kache? Was zum –?« Janie stand in der Tür, einen Stöckelschuh in jeder Hand.

»Tut mir leid. Das war nicht meine Absicht«, sagte er und fuhr mit dem Cursor zum X, um den PC runterzufahren.

»Oh, das hat mit der Arbeit zu tun. Ich bin zurückgekommen, um ihn – Hier, lass mich mal …«

»Janie.« Er richtete sich auf, nahm ihr einen Schuh ab und hielt ihre Hand, winzig in seiner so riesigen. »Tut mir wirklich leid. Aber was ist das? So was wie eine zweite Persönlichkeit?«

Ihr Gesicht lief rot an, und Sekunden später auch ihr Hals. Er fühlte sich schlecht und wünschte, er hätte den Computer ausgemacht, bevor sie entdeckte, was er entdeckt hatte.

»Nein, es ist nicht so, wie du denkst, ich bin kein – ich habe einfach nur rumgespielt.«

»Wer ist Mr Tatkraft? Soll ich das sein? Oder mein böser Zwilling? Der in diesem Szenario dann wohl ich wäre.«

»Nein, nein, das ist bloß Quatsch. Ich schäme mich echt. Es hat angefangen, als ich ... mir war total langweilig, verstehst du?«

»Mein Gott, du musstest dir ein komplettes Leben erfinden? So schlimm ist es?«

Sie blickte hinunter auf ihre Zehen, als wüssten die vielleicht die Antwort. »Wir könnten das ändern, Kache, wenn du es versuchen würdest.«

Ihre Schultern sackten nach unten, und ein paar Tränen tropften auf ihre perlmutt lackierten Zehennägel. Er nahm sie in die Arme, sie war so klein ohne die Stöckelschuhe, und er war so groß, dass er sich tief hinabbeugen musste, um sie zu halten. »Das werde ich. Ich werde mich mehr anstrengen.«

Der Hauch ihrer gedämpften Stimme berührte seinen Arm, als sie sagte: »Das sagst du jedesmal, aber ändern tut sich nichts. Ist bloß 'ne faule Ausrede.«

Er richtete sich auf und sah sie an. »Moment mal. Kannst du wirklich massieren?«

Sie lächelte weder, noch sagte sie etwas. Er seufzte. »Ich bin wirklich 'ne faule Socke.«

»Du bist bestimmt nicht so oft befördert worden, weil du eine faule Socke bist.«

»Ich bin gefeuert worden.«

»Gekündigt. Buy-out. Umstrukturierung. Das ist etwas anderes. Du warst der Kopf der Firma.«

»Wohl kaum. Ich hatte Glück, mehr nicht. Aber der Gig ist vorbei. Nein, Janie, wenn's darum geht, wirklich etwas zu erreichen, bin ich kompetent wie ein Musiker, der die falsche Note erwischt. Deshalb auch Mr Tatkraft. Mein Dad hätte den Typ gemocht.«

Sie trat einen Schritt zurück, boxte ihn mit ihrer kleinen, geballten Hand einmal fest auf die Brust. »Dein Vater ist seit zwanzig Jahren tot. Sie alle sind tot. Jahrestage sind schlimm, das hab ich kapiert. Aber das geht jetzt schon seit Ewigkeiten so. Kache, du bist nicht gestorben.«

Sie nahm ihm den Schuh ab, zog beide wieder an, balancierte zuerst auf dem einen, dann auf dem anderen Tänzerinnenbein, den Blick beharrlich auf ihn gerichtet. Er stand da, die Hände in den Hosentaschen, spürte, wie der Druck ihres Schlages auf seiner Brust abklang. Ihre Unterlippe zitterte.

Sie hatte laut und schnell gesprochen. »Nein. Weißt du was? Vergiss es. Wir sind fertig miteinander. Ich hasse mich für meinen gruseligen Blog. Himmelherrgott, ich brauche ein richtiges Leben. Verpiss dich und komm nicht wieder zurück.« Sie ging und warf die Tür so heftig zu, dass der Boden bebte. Ihre letzten Worte kamen von der anderen Seite: »Und WACH VERDAMMT NOCHMAL AUF!«

»Hören Sie mir zu, mein Freund? Sie schlafen nach einem Bier ein? Soll ich Sie nach Hause fahren?« Kache konnte sich nicht erinnern, was er dem Mann erzählt hatte. Hoffentlich hatte er nicht laut geredet. Aber der Mann lächelte ihn an. Etwas an ihm erinnerte Kache an Denny. Diese angenehme Vertrautheit. Die Fähigkeit, mit jedermann zu reden. Kache war so müde, weil er letzte Nacht wegen der Hausbesetzerin nicht geschlafen hatte, und hätte nichts dagegen gehabt, nach Hause gefahren zu werden. Aber er musste zum Altersheim, Lettie besuchen und Snag alles erzählen. Er dankte dem Mann für das Bier und sagte, er hoffe, ihn einmal wiederzusehen.

Der Mann rief hinter ihm her: »Wenn ich Sie nächstes Mal sehe, ist alles gut. Sie finden schöne Frau! Nicht wie ich. Sie leben glücklich und zufrieden bis an Lebensende!«

18

Anstatt zu packen und zu gehen, wie sie es vorgehabt hatte, folgte Nadia ihrer allmorgendlichen Routine. Sie fütterte die Hühner und Ziegen, die ihre Nervosität teilten. Gewöhnlich bekam sie bei der Arbeit einen klaren Kopf, doch heute Morgen nicht. Sie verschob das Melken auf später und brachte die Eier ins Haus.

In dem leeren Wohnzimmer war Kache noch immer anwesend. Sie sah, wie er sich mit dem Zeigefinger über den Nasenhöcker strich, die Sachen im Zimmer betrachtete, tief in Gedanken versunken. Sie nahm ein Foto von ihm vom Klavier. Und richtig: da hatte er noch keinen Höcker auf der Nase.

Sie kochte Disteln und trank den Sud zur Beruhigung, ließ heißes Wasser in die Badewanne ein, holte einen Holzstuhl aus der Küche, schloss die Badezimmertür und klemmte den Stuhl unter den Knauf. Das Shirt zog sie zuerst aus, dann die Jeans, bis sie schließlich nackt in dem Dampf stand und sich mit der Birkenrute leicht abklopfte – zur Beruhigung, wie ihre Mutter es immer getan hatte, als Nadia jung war und von einem Albtraum aus dem Schlaf gerissen worden war. Dann legte sie sich in die Wanne, die Ohren unter Wasser, und badete in den Echos der tröstenden Stimme ihrer Mutter, dem Gelächter ihrer Schwestern und Brüder und dem Sprechgesang ihres Vaters, der mit vom braga – dem Wein – geschwängerter dunkler Stimme das alte Testament rezitierte.

Ihre Familie hatte früher einmal in einem kleinen Dorf namens Ural gelebt, etwa dreißig Autominuten von der Straße entfernt, die zum Hof der Winkels abbog. Sie war in einem liebevollen, wenn auch strikt religiösem Elternhaus aufgewachsen, in einer abgeschiedenen, engen Gemeinschaft ebenso religiöser Freunde. Dort lebte auch ein Junge namens Nikolaus, den sie seit ihrem achten Lebensjahr liebte. Alle wussten, dass sie und Niko heiraten würden, sobald sie dreizehn war.

Aber kurz vor ihrem dreizehnten Geburtstag spaltete ein überraschender Konflikt das Dorf. Einige Altgläubige wollten einen Bischof zum Leiter der Kirche ernennen. Doch das war in einer Glaubensgemeinschaft, die Hierarchien ablehnte, nicht erlaubt. Bislang hatte ein *Nastoyatel* genügt, also ein Mann aus dem Dorf, der freiwillig Gemeindeaufgaben übernahm. Nadias Eltern waren strikt gegen einen Bischof. Für sie und neunzehn weitere Familien stand das im Widerspruch zu einer wahrheitsgetreuen Auslegung des Christentums. In Russland waren bei dem Versuch, die Reinheit ihrer Religion zu bewahren, viele Menschen umgekommen, und für sie war ein Kompromiss gleichbedeutend mit Verunreinigung. So jedenfalls dachten ihre Eltern und einige der anderen, obwohl sie in der Minderheit waren. Sie entschieden sich, die Gemeinde zu verlassen und noch tiefer in die Wildnis zu ziehen, um dort ein neues Dorf zu gründen, das sie Altai nennen wollten.

Nikos Familie blieb, und so auch Niko, wofür Nadia Verständnis hatte. Wenn doch die Spaltung nur zwei Monate später stattgefunden hätte, dann wären sie und Niko verheiratet gewesen und sie hätte auch bleiben können! Doch unverheiratet musste sie ihrem Vater noch gehorchen, und der bestand darauf, dass sie mit ihnen ging. Früher hatte er Niko wie einen Sohn geliebt, doch jetzt hatte er nur noch Geringschätzung für ihn übrig.

»Ich will, dass meine Tochter und meine zukünftigen Enkel reinen Glaubens sind. Sonst hätten deine Mama und ich auch in Oregon bleiben können, wo die Welt in unsere Seele dringt. Verstehst du das, Nadi?«

Nein, das verstand sie nicht.

Ob sie einen Bischof ernannten oder nicht, war ihr vollkommen gleichgültig. In Wahrheit – einer Wahrheit, die sie keinem anvertraute, nicht einmal Niko – wusste sie nicht einmal, ob sie überhaupt an irgendetwas von ihrer Religion glaubte. Sie wusste nicht, ob sie an Himmel und Hölle glaubte. Und ganz bestimmt glaubte sie nicht, dass es eine Rolle spielte, ob man sich mit drei oder mit zwei Fingern bekreuzigte oder gar nicht. Sie glaubte nicht, dass Frauen lange Röcke und Kopftücher tragen mussten, und Männer lange Bärte. In der Stadt hatte sie Frauen in Hosen und mit unbedecktem Haar gesehen, und Männer mit glattrasiertem Gesicht. Der Himmel war nicht aufgebrochen, um sie mit Blitzen zu töten. Die Welt, über die die Erwachsenen nur mit Abscheu sprachen, interessierte Nadia.

Sie glaubte an die Berge und das Wasser und die Bäume und die Tiere. Sie glaubte an Niko.

In dieser Zeit der Zwietracht innerhalb der Gemeinde hatte

sie mit ihrer Schwester einmal Heidelbeeren gepflückt. Niko hatte sie fortgezogen, und sie waren in den Wald geschlüpft. Er sagte: »Wir werden einen Weg finden, um zusammen zu sein.« Er küsste sie heftig, Tränen in den grünen Augen. »Bestimmt. Das verspreche ich dir, Nadi.«

Der Tag der Abreise kam, und trotz der Differenzen nahm man freundschaftlich und in gutem Einvernehmen Abschied voneinander. Alle bis auf Nadia, das sonst so wohlgefällige Kind. Sie musste von ihrem Vater und ihren Brüdern mit Gewalt mitgezogen werden, wobei sie weder schrie noch weinte oder etwas sagte, sondern kratzte und um sich trat, bis ihr Vater sie mit den Worten »Nadi, Nadi. *Nado privyknut*« zur Räson brachte: *Man muss sich daran gewöhnen*. Ihr lebenslanges Diktum.

Jetzt stieg sie aus der Wanne, trocknete sich ab und zog saubere Sachen an, wobei ihr erneut bewusst wurde, dass es nicht ihre eigenen waren. Vor der Badezimmertür wurde sie von Leo begrüßt, als käme sie gerade von einer langen Reise zurück.

19

Als Kache im Old-Folks-Heim eintraf, stellte Schwester Gilly ihn noch einigen Mitarbeitern vor und sagte, in Richtung von Letties Zimmer zeigend: »Heute geht es ihr richtig gut.«

Auf dem Weg dorthin machte der Flur eine Kurve nach links, hinter der er in einer Nische einen Einheimischen im Rollstuhl sitzen sah, der seinen rechten Arm in ausladenden Bewegungen auf und ab schwenkte und mit der linken Hand in die Luft griff, die er dann quasi zu sich zog.

Gilly sagte: »Das ist Leroys Angelplatz, und man sollte besser keinen Wäschekorb oder Wagen mit Speisen darauf in die Nähe stellen. Er will jeden Morgen genau an diese Stelle gerollt werden.«

Leroy. Marions Großvater. Kache beugte sich zu ihm hinunter und sagte: »Hallo, Mr Tilloko. Schön, Sie wiederzusehen. Ich bin Kache Winkel und war vor vielen Jahren mit Ihrer Enkelin zusammen.« Leroy nickte und warf Schnur und Blick weit über Kaches Kopf ins Nirgendwo. Leroy war einmal ein kräftiger Mann gewesen, stoisch und furchteinflößend. Aber das war 1985 und viele Jahre her. Damals war Leroy Bürgermeister, und Kache überlegte, wie er seiner Enkelin am geschicktesten an die Wäsche gehen konnte.

Lettie saß in ihrem Zimmer im Bett mit einem dicken Kissen im Rücken und las. Die Gardinen waren aufgezogen, und so bot das Fenster einen phantastischen Ausblick auf die schneebedeckten Berge jenseits der aufgewühlten Bucht. Das Wasser glitzerte im Schein der blassgelben Sonne, die sich durch eine Ansammlung silbriger Quellwolken brannte. Auf der Frisierkommode stand eine Skyline aus Familienfotos. »Hallo, Grandma Lettie«, sagte er. »Ich bin's, Kache.«

Sie klappte das Buch zu. »Du bist mein Enkel, Kache, du musst dich nicht vorstellen, auch wenn du ewig gebraucht hast, dich auf den Heimweg zu machen. Komm her, Schatz. Nimm mich in die Arme.«

»Ich bin ja so froh, dich zu sehen.« Er hielt sie nah an sich gedrückt, ihr Kopf verschwand fast in der Größe seiner Hand. Allem Anschein nach hatte Lettie das Gespenst, das bei seinem letzten Besuch in ihrem Rollstuhl kauerte, daraus vertrieben und war zurückgekommen.

»So so, da bist du also«, sagte Lettie in seine Brust, dann entzog sie sich seiner Umarmung und sah ihn an. »Du siehst gut aus. Ein bisschen müde um die Augen, aber nicht schlecht für einen alten Kerl.«

»Danke, ich nehm's als Kompliment. Wo ist Tante Snag?«

»Drückt sich wohl irgendwo hier rum.«

In dem Moment erschien Snag in der Tür, vor sich einen Wagen mit einem vollen Tablett darauf. »Mom, ich drücke mich nicht rum. Manche Menschen nennen es helfen. Oh, hallo Kache«, sagte sie eher steif. Ihr Blick schoss zwischen ihm und Lettie hin und her.

»Ich bin gerade erst gekommen«, sagte Kache, um sie zu beruhigen.

Snag bereitete Toast und Tee für Lettie zu, und Kache dankte ihr für den Toast, den sie ihm anbot. »Also Mom«, sagte Snag, »ich muss mit dir über etwas reden.«

Lettie faltete die Hände und legte sie auf den Bauch. »Schieß los.«

Noch immer mit dem Rücken zu ihnen, schob Snag die Sachen auf dem Tablett umher. »Es geht um den Hof.«

»Tante Snag, das müssen wir doch nicht jetzt besprechen.« Kache trat zu ihr und stupste sie mit dem Ellbogen sanft in die Seite, schüttelte den Kopf und trug den Tee zu Lettie.

»Wirklich geschickt, Kache. Ihr beide haltet euch wohl für superklug«, sagte Lettie. »Eleanor, fahr fort, womit du angefangen hast. Setzt dich und sag mir, was dich beschäftigt.«

Snag sah Kache kurz an, setzte sich gehorsam auf den Stuhl neben Letties Bett und griff nach ihrer Hand.

»Guter Gott«, sagte Lettie. »Wer ist denn jetzt gestorben?«

»Niemand ist gestorben, Mom. Es geht nur um den Hof.«

»Warte, Tante Snag. Es sieht dort lange nicht so schlimm aus, wie du denkst. Nicht annähernd.«

»Kachemak, lass Eleanor sprechen. Ich habe das Gefühl, es gibt da etwas, das ihr schon eine ganze Weile auf der Seele brennt.«

»Mom?« Snag atmete tief durch. »Ich lüge dich seit langer Zeit an.«

»Tante Snag.« Kache schüttelte den Kopf. »Hör auf. Ist schon gut.«

»Nein, es ist nicht gut, Kache. Ich hab etwas Schlimmes getan und muss es meiner Mutter sagen, also halt jetzt deine Zunge im Zaum und gib mir eine Chance dazu.«

»Das Haus ist in gutem Zustand«, sagte er ihr. »Es sieht alles wirklich super aus.«

»Natürlich ist es in gutem Zustand«, sagte Lettie. »Dein Großvater und ich haben es mit unseren eigenen Händen gebaut. Und zwar für die Ewigkeit, um es an die nachfolgenden Generationen weiterzuvererben. Daran erinnert ihr zwei euch doch noch, oder?«

Beide nickten nachdrücklich.

»Aber Mom, ich – Kache, was meinst du damit, es ist in gutem Zustand?«

»Ich meine, dass sein Zustand hervorragend ist.«

»Unmöglich.«

»Eleanor. Kachemak. Ihr zwei glaubt doch nicht etwa, ich lasse es von den Elementen zerstören? Nach allem, was A. R und ich auf uns genommen haben, um es zu bauen, und dann haben Bets und Glenn es vergrößert und instand gehalten. Nur weil ihr zwei wegen eurer eigenen Dämonen zwanzig gottverdammte Jahre ferngeblieben seid? Ihr könnt doch nicht wirklich geglaubt haben, dass ich einfach dasitze und zugucke, wie mein Lebenswerk verrottet?«

Snag starrte Lettie eine gefühlte Ewigkeit an. »Du wusstest es?«

»Natürlich wusste ich es. Na ja, zuerst hatte ich nur so eine Ahnung, aber dann bin ich hingefahren und hab gesehen, dass meine Ahnung mich nicht getrogen hat. Pächter, dass ich nicht lache. Wir haben eine Menge zu reden, Eleanor. Aber jetzt bist du erst mal dran, Kache. Ich will wissen, wie es meiner lieben Nadia geht?«

Snags Mund klappte auf, und sie presste sich die Hand an die Stirn. »Deiner lieben Nadia? Wer zum Teufel ist Nadia?«

»Die Altgläubige, die sich im Haus einquartiert hat«, erklärte Kache.

Lettie zeigte mit dem Kinn auf ihn. »Mein lieber Junge, du meinst sicher die äußerst gewissenhafte Hausmeisterin, die unseren Arsch gerettet hat.«

»Okay, ja, das meine ich.«

»Jemand lebt da?«

»Nun … die Antwort lautet Ja«, sagte Kache. »Ein klares Ja.«

20

Und so kam es, dass Kache von seinem Besuch auf dem Hof berichtete, Lettie von Nadia erzählte und Snag sich die Augen wischte und erleichtert, aber auch mit schlechtem Gewissen, die Nase schnäuzte. Offenbar war Lettie seit dem ersten Winter heimlich zum Haus gefahren, hatte Wasser durch die Rohre laufen lassen, wenn die Temperatur stark abgefallen war, und war sogar die Leiter zum Dach hochgestiegen, um es vom Schnee zu befreien. Bei der Vorstellung, wie ihre alte Mutter sich Sprosse für Sprosse mit dem Besen in der Hand zum Dach hochschaffte, stiegen Snag wieder Tränen in die Augen. Allerdings war Lettie noch bis vor wenigen Jahren fitter als sie alle gewesen, zumindest was ihren Tatendrang betraf, womit sie offensichtlich eine Menge kompensierte. Sie erzählte, dass sie sich nur die ersten zehn Jahre um die Instandhaltung des Hauses gekümmert hatte, weil ja dann diese Nadia gekommen und geblieben war und sich um alles kümmerte. Nadia hatte erzählt, dass sie sich vor dem Klan der Altgläubigen versteckte, was Lettie aber nicht weiter ausführte. Sie sagte nur, dass Nadia in der Zeit, seit Lettie sie kannte, sich nie auch nur einen Schritt vom Grundstück entfernt hatte.

»Bist du sicher, Mom? Das klingt wirklich merkwürdig.«

»Sie ist nicht merkwürdig, sie ist klug und verantwortungsvoll, und ich vertraue ihr vollkommen.« Lettie verschränkte die dünnen Arme.

Wie eine Monsterwelle rollte Eifersucht in Snags Magengrube. War die Altgläubige eine Ersatztochter für Lettie geworden? Jemand, der offensichtlich das tat, was Snag nicht fertigbrachte – sich um das Grundstück kümmern, das Lettie so liebte? Selbst Kache schien sich mehr Gedanken um die Frau zu machen als darum, dass sie seit zehn Jahren unbehelligt dort wohnte. Worüber sich Snag aber nicht beschwerte, sie war ja nicht dumm. Diese Fremde, diese Altgläubige, hatte das Haus vor dem Verfall bewahrt. Außerdem hatte Snag selbst auch einmal eine Altgläubige hier am Strand getroffen. Jedenfalls glaubte sie, dass es eine Altgläubige war, aber das war vor über fünfzig Jahren.

»Es sieht ganz so aus, als sollte ich schnellstens rausfahren und die Frau kennenlernen«, sagte Snag.

Doch Kache erwiderte: »Sie braucht etwas Zeit. Und sie hat das Grundstück wirklich nie verlassen, Granny?«

»Nein, jedenfalls soviel ich weiß. Bevor ich krank wurde, hab ich sie regelmäßig mit Vorräten versorgt. Das letzte Mal, als ich da war, hab ich ihr Klopapier und Zahnpasta und was sonst noch alles für mindestens ein Jahrzehnt mitgebracht. Aber jetzt überroll sie nicht gleich, Snag, sie ist nicht an Menschen gewöhnt.«

»Und keiner von euch beiden findet das merkwürdig?«

Beide blieben die Antwort schuldig.

»Mom? Warum hast du mir nichts davon erzählt?«

»Weil sie mich darum gebeten hat, Eleanor. Und ich habe ihren Wunsch respektiert. Es schien ihr wichtig, und außerdem ist sie ziemlich autark.«

Snag wollte noch mehr Einzelheiten erfahren, aber Lettie reagierte zunehmend verwirrt und quasselte bloß noch von wer weiß was. Hätte sie eben noch das Land regieren können, glaubte sie jetzt, Eisenhower wäre noch Präsident.

»Kache, kannst du dafür sorgen, dass sie die Pillen in dem kleinen Papierbecher nimmt? Ich bin gleich wieder zurück.«

Snag verschwand, um noch heißes Wasser für den Tee zu holen, und traf dabei auf Gilly. »Schätzchen, was ist los? Alles okay mit deiner Mom?« Die unendlich großmütige und mitfühlende Gilly war wahrscheinlich der freundlichste Mensch in ganz Caboose.

Snag schüttelte den Kopf, merkte dann aber, dass das die falsche Antwort war, und nickte heftig. »Mom geht es gut. Ein bisschen verwirrt, wie immer, wenn sie müde ist.« Doch ihre Stimme versagte, was ihren Zustand noch mehr verriet. Sie hatte das Gefühl, gleich würde sich ihr Kopf vom Hals lösen und den Korridor hinunterrollen. »Ich bin komplett durcheinander, aber Mom geht's gut.«

»Willst du darüber sprechen?« Schon Gillys Stimme hatte eine beruhigende Wirkung. Vermutlich sank der Blutdruck ihrer Patienten, sobald Gilly sich mit ihnen unterhielt.

»Das ist wirklich total nett von dir, Gilly, aber ich weiß ja, wie man dich hier auf Trab hält. Meine Geschichte ist zweimal so lang wie die Cabooser Landzunge, und wenn du sie kennst, willst du wahrscheinlich nichts mehr mit mir zu tun haben. Und das würde ich nicht verkraften.«

»Quatsch. So schlimm kann es gar nicht sein.« Sie umfasste beide Seiten des Stethoskops, das um ihren Hals hing. »Ich sag dir was. Donnerstag hab ich frei, dann können wir uns auf einen Kaffee oder Drink oder sonst was treffen, und du erzählst mir alles. Oder wir spazieren die Landzunge entlang – zweimal –, und du erzählst mir die Geschichte, und dann gehen wir einen trinken, wenn du willst.«

Snag hatte ganz bestimmt nicht vor, Gilly Sawyer wissen zu lassen, was für eine pflichtvergessene Tante und Tochter sie war, nickte aber trotzdem.

21

Sobald Snag gegangen war, öffnete Lettie die Augen und ergriff Kaches Hand. »Hör zu«, flüsterte sie. »Die rosa Pille schmeißt du weg. Wenn ich die nehme, vergesse ich meinen eigenen Namen. Aber keiner von denen hört mir zu. Wenn mein Herz nicht mehr will, dann will es eben nicht mehr. Ich bin achtundneunzig Jahre alt. Ich will lieber noch ein paarmal selbständig essen können, als noch zehn Jahre leben, in denen mir der Sabber aus dem Mund trieft und ich mich für Katherine Hepburn halte. So schön sie auch war.«

»Aber Granny, hast du mit den Ärzten darüber gesprochen?«

»Ich hab's versucht. Alle sind überzeugt, dass ich die verdammte Pille brauche. Manchmal kann ich sie verschwinden lassen, aber meistens muss ich sie schlucken, weil die Schwestern so lange im Zimmer bleiben und sich das blöde Ding dann auf meiner Zunge auflöst. Diese Pillen machen mich fertig. Bitte, Kache, hilf mir, dass ich die nicht mehr nehmen muss.«

Kache wollte nichts tun, was sie gefährdete, aber der Unterschied zwischen ihrem Zustand gestern Abend und heute war enorm. Natürlich wollte sie die Pille nicht nehmen. Offensichtlich hatte sie auch zuvor schon welche verschwinden lassen, ohne gleich zu sterben. »Also gut. Aber ich rede mit Gilly und den Ärzten darüber, okay?«

Letties Griff um seine Hand wurde noch fester. »Ich glaube, ihr Job ist es, mich so lange am Leben zu halten, bis ich irgendeinen Guinness-Weltrekord breche. Ich will nicht länger leben, als für mich vorgesehen ist. All die vielen Medikamente. Guck nur, acht Pillen. Acht! Das ist lächerlich. Wenn ich die Wahl habe zwischen meinem Kopf und meinem Herzen, oder Niere oder Lunge – die scheinen sich in letzter Zeit abzuwechseln –, entscheide ich mich für meinen Kopf, und zwar jederzeit.« Sie gab ihm die rosa Pille und schluckte den Rest. »Siehst du? Ich benehme mich doch ziemlich gut. Aber jetzt erzähl, wie geht es Nadia? Alles in Ordnung mit ihr?«

»Ja, scheint so. Aber sie will nicht mit mir reden.«

»Wart's ab, sie braucht Zeit. Ich kenne nicht die ganze Geschichte, aber sie ist ein ganz liebes Mädchen und sehr fleißig. Ich wollte sie überreden, in die Stadt mitzukommen und bei mir zu wohnen, aber das wollte sie nicht. Sie hat das Grundstück nie verlassen. Kache, sie ist kein Hasenfuß, aber irgendjemand hat ihr weh getan, und zwar schlimm. Versprich mir, dass sie wohnen bleiben kann.«

»Findest du nicht, wir haben unseren Teil schon dazu beigetragen, Granny? Und dass es besser für sie wäre, in der Stadt zu leben als so alleine?«

»O nein. Glaub mir, ich wünschte, ich würde selber auch noch da wohnen.«

»Aber du hast Familie und Freunde. Sie braucht Menschen um sich.«

»Offensichtlich nicht. Wie zum Teufel willst du denn wissen, was sie braucht, Kachemak Winkel?«

»Ich dachte nur – wäre es nicht besser, jemanden zu finden, der das Land nutzt? Könnte uns Steuern sparen.«

»Papperlapapp. Du und Snag, ihr habt sicher genug Geld. Nein. Versprich es mir, Kache. Schmeiß sie nicht raus. Ich hab einen Dauerauftrag für das Cabooser Stromwerk eingerichtet, ich hab sie immer mit Vorräten versorgt –« Plötzlich ließ sie seine Hand los, schloss die Augen und fing an zu schnarchen.

In dem Moment kam Snag herein und zog gleich die Decke bis unter Letties Kinn. »Arme Mom, sie hat heute Morgen nicht geschlafen, und das braucht sie.« Kache ließ die rosa Pille in seiner Jackentasche verschwinden.

Als Kache dann Snag nach Hause fuhr, fragte er, ob er ihren Pick-up noch ein paar Tage behalten könnte. Sie hatte nichts dagegen, wollte aber wissen, wie er die Frau in ihrem Haus einschätzte. »Hältst du sie für vertrauenswürdig?«

Er zuckte die Schultern. »Sie wohnt schon seit Ewigkeiten da, wahrscheinlich ganz allein. Und das Haus sieht noch haargenau so aus, wie wir es zurückgelassen haben. Man könnte glauben, Mom, Dad und Denny wären gerade erst rausgegangen.«

Snag machte große Augen. »Wirklich?«

»Wirklich.«

»Das kann ich mir überhaupt nicht vorstellen.«

»Es ist … ich weiß nicht … komisch … und irgendwie tröstlich … gespenstisch … und richtig traurig.«

Sie nickte, hörte nicht auf zu nicken. »Willst du mir damit sagen, dass du bald wieder abreist?«

Er bog in ihre Einfahrt und schob den Schaltknüppel auf Parken. »Nein. Jedenfalls nicht in den nächsten Wochen. Ich wollte dich fragen, ob du mir hilfst, das Haus so weit herzurichten, dass wir es vermieten können, aber Gram sagt Nein. Sie ist absolut dagegen und will, dass Nadia bleibt.«

»Nach allem, was wir in den letzten zehn Jahren gemacht – oder nicht gemacht – haben, sollten wir ihr wohl ihren Willen lassen, zumindest im Moment.« Kache sah das zwar ein, wusste aber trotzdem nicht, ob es wirklich richtig war.

»Ich hoffe nur, dass Lettie sich nicht irrt, was sie betrifft. Aber du siehst ziemlich fertig aus.«

Kache gab zu, dass er nicht geschlafen hatte. Als Snag ihm vorschlug, mit reinzukommen und sich kurz aufs Ohr zu legen, willigte er ein und wachte erst am späten nächsten Morgen auf.

Noch am selben Nachmittag fuhr Kache zu Safeway, um Batterien für die Taschenlampe zu kaufen. Aber plötzlich überkam ihn eine überraschende Anwandlung von Großzügigkeit, was dazu führte, dass er alles Mögliche in den Einkaufswagen packte, als wäre für die nächsten vierundzwanzig Stunden eine Naturkatastrophe vorhergesagt. Er versuchte sich vorzustellen, was jemandem gefallen würde, der seit zehn Jahren ganz allein und so gut wie von der Gesellschaft abgeschnitten lebte. Achtundzwanzig war sie, hatte sie gesagt. Im Laden sah er altgläubige Frauen mit Kindern im Einkaufswagen, immer paarweise, mit langen hellen Kopftüchern und gegürteten Kleidern. Irgendwie wirkten die Altgläubigen schon fast welterfahren, jedenfalls verglichen mit Nadia, die allerdings keine Anstalten gemacht hatte, ihren Kopf zu bedecken, und offensichtlich keine Probleme damit hatte, seine alten Jeans zu tragen. Er hätte die Frauen gern gefragt, ob sie Nadia kannten, ließ es aber lieber bleiben.

Stattdessen kaufte er Erdnussbutter und Erdbeersorbet und Eis. Er kaufte viele Tüten Chips und mehrere Pfund Wurstaufschnitt, Hartkäse, Brie und Schinken. Er kaufte Apfelsinen, Äpfel, Bananen, Weintrauben, Mandeln, Rosinen und Batterien sowie einen Stapel Magazine und eine Zeitung. Er kaufte Müslipakete, salziges Knabberzeug und Mädchendinge wie Lavendelbadeschaum, Körperlotion sowie Toilettenpapier und Zahnpasta – falls Letties Vorräte zur Neige gingen. Er überlegte sogar, Tampons zu kaufen – Gott allein wusste, wie oft er deshalb für Janie in den Laden geeilt war –, fand aber, dass das dann doch zu weit ging. Er kaufte Zahnbürsten und vier verschiedene Tafeln gute Schokolade. Doch halt, er brauchte etwas fürs Abendessen. Einen guten Wein und Bier. Sie trank wahrscheinlich keinen Alkohol, aber er brauchte definitiv einen Drink. Er kaufte Salatsoßen, knuspriges Brot und Steaks in Styroporschalen, die mit Klarsichtfolie umwickelt waren. Obwohl – vielleicht aß sie gar kein Fleisch, auf dem ein Preisschild klebte.

Gut möglich, dass sie die gleichen Grundsätze wie sein Vater hatte.

»Wir gehen auf die Jagd, aber nicht zum Spaß, Sohn«, hatte sein Dad über den lauten Traktor hinweg geschrien, als sie den toten Elch nach Hause schleppten. Herbst. Himmel und Bucht hatten die Farbe von Zinn, und auf dem Boden lagen schon über dreißig Zentimeter Schnee. Kache war dreizehn, vielleicht vierzehn Jahre alt. »Das hier ist kein kleines Liedchen, das du auf deiner Gitarre ausprobierst. Nach dem Motto: wenn's nicht funktioniert, probier ich was anderes. Hier geht es um Leben und Tod.«

»Weil du dich bewusst dafür entschieden hast, so zu leben. Aber weißt du was?: Eine Stunde von hier gibt's einen Safeway. Da kann man Steaks kaufen.«

Sein Dad hatte auf die Bremse getreten, Kache seitlich vom Traktor runtergezogen und nach hinten gestoßen, wo ihn der Elch flehentlich aus Augen mit langen Wimpern anstarrte. Sie hatten diesen Bullen mit einem gebrochenen Bein gefunden, und sein Vater fand, das sei der perfekte Zeitpunkt für Kache, seinen ersten Elch zu erschießen. »Das ist kein Mord, Sohn, das ist Gnade.« Kache hielt das Gewehr in Schulterhöhe und kniff ein Auge zu. Er zielte auf einen Fleck am Kopf des Elchs, der zu kämpfen aufgehört und den Blick auf Kache gerichtet hatte. Oder besser gesagt, in Kache hinein, denn dieser Blick aus den Augen des Bullen schien tief in Kaches Seele einzudringen. Er versuchte zu schießen, schloss sogar die Augen, aber konnte sich nicht überwinden abzudrücken. Der Wald um ihn herum verstummte reglos, wartete. Schließlich fluchte sein Vater, packte das Gewehr, das Kache hatte sinken lassen, und schoss dem Elchbullen direkt zwischen die Augen. Kache zwang seine Tränen zurück und wünschte wieder einmal, so wie Denny zu sein.

»Sieh ihn dir an. Damit du weißt, wo dein Essen herkommt.« Die dunklen Augen seines Vaters strahlten eine ungeheure Intensität aus, als hätten sie die Lebenskraft des Elches aufgesogen und mit seiner eigenen vereinigt. »Das Leben eines gesichtslosen, auf einer Styroporschale in Plastik eingewickelten Etwas weiß man nicht zu schätzen. Vollgepumpt mit Chemikalien. Benutz dein Hirn, Kache.« Diese Aufforderung fand Kache makaber, wo sein Vater dem Elch gerade ins Hirn geschossen hatte und der seins jetzt nicht mehr benutzen konnte. »Es gibt mehrere Wege, sein Leben zu leben«, hatte Kache geantwortet, als sie wieder auf dem Traktor saßen.

Sein Vater wischte sich die Haare mit der behandschuhten Hand aus der Stirn. »Ich bitte dich lediglich darum, sachlich fundierte Entscheidungen zu treffen.«

»Du bittest mich lediglich darum, alles auf deine Weise zu tun. Auf geheiligte Glenn-Winkel-Weise.«

Der Traktor fuhr abrupt los und ruckelte nach Hause, wo er seinem Vater half, den Flaschenzug aufzubauen und die Spreizstange für den Elch. Kurz darauf hing das fast sechshundert Pfund schwere Tier an den Hinterbeinen mit dem Kopf nach unten, gehüllt in das Schweigen zwischen Vater und Sohn. Zuerst häuteten sie die Beine, legten das weiße Fett unter dem Fell frei, und zogen dann den Kadaver weiter nach oben, um mit dem Häuten der Flanken fortzufahren. All das geschah schweigend. Kache kniete in dem rosa gefleckten Schnee und versuchte, die Handgriffe seines Vaters nachzumachen, hochkonzentriert, um ja keinen Fehler zu machen, der ihn wieder aufregen könnte. Als der Elch fertig gehäutet war, schloss Kache die Augen, denn sein Vater trennte den Kopf ab, genau am letzten Wirbel am Schädel. Dann nahm er die Säge, setzte sie kurz unterhalb der wie ein V gespreizten Beine des Tieres an und arbeitete sich nach unten vor, sägte die Vorderseite in zwei perfekte Hälften, die sich schließlich wie die Flügel einer Tür öffneten. In der Mitte stand sein Vater und begann, mit gedämpfter Stimme zu sprechen, aber seine Worte waren deutlich zu verstehen.

»Der Bursche hier hat ein großes Herz. Religion hat mich nie interessiert, aber das hier kommt dem Betreten eines Beichtstuhls sehr nahe. Hier versteht man, was Opfer bedeutet. Genau an dieser Stelle, Sohn, überprüfe ich mein eigenes Herz auf Unwürdigkeit. Hier bitte ich um Vergebung, nicht Gott, wohlgemerkt, sondern Gottes Kreatur.« Als Kache ihm nicht antwortete, sägte sein Vater weiter.

Nadia konnte ja ein Eichhörnchen fangen oder einen Hasen aus der Gefriertruhe auftauen und essen, wenn sie das Fleisch aus dem Laden nicht wollte. Im Pick-up summte er ein Lied, das er mit Marion und seiner Band gesungen hatte – die Worte wusste er nicht mehr –, als ihm auf halber Strecke zum Hof einfiel, dass der Weg ja nicht bis zum Haus führte. Wie hatte er in seinem Kaufrausch Safeway halb leerkaufen und das vergessen können? Er hatte ein Auto voller Lebensmittel und einen zwei Meilen langen Fußmarsch vor sich. Verdammt. Ob das alte Quad noch fuhr? Es war einen Versuch wert. Er drehte um und fuhr zur Tankstelle, wo er den Pick-up volltankte und den Benzinkanister füllte, den Snag im Wagen stehen hatte. Er musste sich beeilen, sonst würde die ganze Eiscreme schmelzen, bevor er ankam – obwohl die Gefahr hier wesentlich geringer war als in Austin.

22

Nadia schleifte das orangefarbene Kanu von der Klippe oberhalb des Strandes zum Wasser, wo Leo schon bei den drei Kisten mit Proviant und Kleidung wartete. Ihr war durchaus bewusst, dass die Kleider Kache gehörten und man das als Diebstahl betrachten konnte, aber sie würde nicht wegpaddeln mit nur ihrem baumwollenen *sarafan* im Gepäck.

Leo saß winselnd im Bug des Kanus und starrte sie an. Sie ruderte los, mit unbekanntem Ziel. Der Wind in der Bucht würde im Laufe des Tages zunehmen und die See schwer werden – kabbelig, wie Lettie es genannt hatte. Nadia wusste, dass kabbelig schnell tödlich werden konnte. Was das Paddeln in der Bucht betraf, war sie abergläubisch. Sie hatte einmal so getan, als hätte das Wasser sie getötet, und fragte sich stets, ob es sich irgendwann dafür rächen würde. Als sie jetzt das Paddel hob, fiel eine Reihe Tropfen auf die graugrüne Wasseroberfläche, die in Nadias Augen eine Wortkette bildeten: *Dann sorg doch dafür … dass es stimmt*.

Die Küste entlang nach Nordosten zu fahren bedeutete, sich ihrem alten Dorf zu nähern, und Richtung Südwesten lag Caboose. Beide Optionen waren inakzeptabel. Sie konnte quer über die Bucht zur anderen Seite paddeln, aber das waren vierundzwanzig Meilen, und dazu fehlte ihr der Mut. Sie saß da und schaukelte mit den Wellen auf und ab. Die Paddel ruhten in ihrem Schoß und auf dem Kanurand. Sie erwiderte Leos starren Blick, dem dieses Szenario recht vertraut war.

Den ganzen Morgen über hatte sie die Worte ihres Vaters im Kopf: *Nado privyknut. Man muss sich daran gewöhnen.* Wie oft hatte sie das gehört während ihrer Kindheit, und wie oft hatte sie sich dagegen gewehrt? Aber Tatsache war, dass sie als Erwachsene hauptsächlich damit beschäftigt war, sich an eines zu gewöhnen: ohne jeden menschlichen Kontakt zu leben. Für die meisten Menschen waren die Tage mit dem Lärm und den Unterhaltungen anderer angefüllt, ihrem Drängen, Zerren und Wirbeln. Mit Husten, Kauen, Winde ablassen. Singen, Schreien, Lachen, Flüstern. Jeden Tag ihre Entscheidungen und Wünsche, ihr Starrsinn – ihre Ansichten, Leiden, Bedürfnisse, Feiern, Krankheiten –, alles gleichzeitig, manche rangen um den Sieg, andere gaben lieber nach, fanden Zufriedenheit im Nehmen oder Geben. Das war der Tanz der Menschen miteinander, Nadia wusste nur, wie man alleine tanzte. Niemanden bitten, niemandem gehorchen, niemanden berühren.

Nado privyknut.

Und sie hatte sich daran gewöhnt. Sie hatte sich ihrer einsamen Umgebung angepasst, aber zu welchem Preis? Akzeptieren, das hatte sie gelernt, löschte den Traum von einer anderen Welt. Aber nicht akzeptieren? Wohin führte das? Dass man wegging.

Müsste man immer weggehen?

Sie nahm die Paddel und wendete das Kanu Richtung Ufer, ruderte an einem dicken Bündel Seetang vorüber.

»Ich bin Nadia. Ich lebe hier allein zehn Jahre.« Leo legte den Kopf zur Seite. »Bitte stellen Sie mir nicht so viele Fragen. Es ist schwer für mich, darüber zu reden. Danke. Schön, Sie kennenzulernen. Es tut mir leid, dass Ihre Mama und Ihr Papa und Ihr Bruder gestorben sind. Das muss Sie sehr traurig machen.«

Sie würde warten.

Sie würde warten, um zu sehen, ob Kachemak Winkel zurückkam, was er zu sagen hatte. Ob er sie bat, zu gehen oder seine Bedingungen zu akzeptieren.

Und dann würde sie entscheiden, woran sie sich gewöhnen konnte – und woran nicht.

23

Kache rief, doch weder die Frau noch der Hund gaben einen Ton von sich. Musste er sie jetzt jedes Mal überreden, unterm Bett hervorzukommen, wenn er das Haus betrat? Er legte die Eiscreme und Pizza in die Gefriertruhe, stellte die Gallone Milch und die anderen verderblichen Lebensmittel in den Kühlschrank und ging hinaus zu der kleinen Vorratsscheune. Er wollte nachsehen, ob das Quad noch existierte, damit er die anderen Lebensmittel nicht auch noch hertragen musste.

Und da war sie. Nadia. Draußen im Garten, mit zwei Kanadakranichen, langbeinigen, großen, prähistorisch aussehenden Vögeln mit roten Gesichtsmasken. Für Kache seit jeher geheimnisvolle Wesen. Er verharrte, beobachtete sie, traute sich kaum zu atmen. Die Vögel stießen laute, kreischende Rufe aus, schlugen mit den Flügeln, hüpften und drehten sich im Kreis, und Nadia, unglaublich, machte es ihnen gleich. Sie hatte ihren langen Hals gestreckt, drehte sich springend im Kreis, kreischte sogar. Die Vögel tanzten nicht nur miteinander, sie tanzten mit ihr.

Wer war diese Frau? Sie tanzten und tanzten wie zu Musik – dem Stück von Strawinsky, das seine Mutter immer auf dem Klavier gespielt hatte –, neigten die Köpfe und umflatterten einander. Es war viel zu intim, seltsam und schön, um zuzusehen, doch Kache konnte sich nicht abwenden.

Lettie glaubte, dass jemand Nadia weh getan hatte. Aber wer? Wer hätte das gekonnt? Und obwohl Kache bewegungslos dastand, rührte sich etwas in seinem Inneren. Natürlich konnte sie bleiben. Und natürlich würde er selbst länger als zwei Wochen bleiben: so lange wie nötig, um ihr zu helfen, welche Hilfe auch immer sie brauchte.

Schließlich flogen die Kraniche davon, und Nadia sah ihnen winkend hinterher. Kache schlich geduckt aus der Scheune und ging leise den Weg entlang bis hinter die Biegung. Dort wartete er noch eine Minute, dann kam er laut pfeifend zurück, kickte Steine vor sich her und tat, als käme er gerade an. Aber sie war nicht mehr im Garten.

Er fand das Quad dort, wo es immer gestanden hatte, in der kleinen neueren Vorratsscheune zwischen dem Traktor und Dennys Land Cruiser. Fahrzeuge gab es hier offensichtlich genug.

Er füllte den kleinen Tank mit Benzin, und nach mehreren Versuchen sprang der Motor an. Nachdem er den Lenker mit einem alten Leinensack umwickelt hatte, fuhr er rückwärts aus der Scheune hinaus. Der Hund kam angerannt, und Nadia näherte sich ihm mit einem Eimer in der Hand. Weil er fürchtete, dass der Motor nicht wieder ansprang, wenn er ihn ausmachte, rief er ihr über den Lärm hinweg zu: »Lebensmittel sind im Kühlschrank, ich fahre zurück zum Pick-up, um den Rest zu holen. Mit dem Wagen schaffe ich es nicht bis hierher. Was ist in dem Eimer? Muscheln?« Sie schüttelte den Kopf und hielt den Eimer so, dass er hineinsehen konnte. »Milch?«

Sie nickte, die Augen gesenkt.

»Sie haben eine Kuh?«

»Ziegen.« Sie zeigte auf die weiter weg liegende, große Scheune, und als er die Augen zusammenkniff, entdeckte er dahinter ein paar Ziegen. Die hatte er gestern Abend weder gesehen noch gehört, doch er konnte sich schon denken, wie sie hierhergekommen waren – Lettie liebte Ziegen.

»Oh. Ich habe Kuhmilch gekauft, aber die schmeckt Ihnen sicher nicht.«

Bei ihrem Tanz mit den Vögeln war sie vollkommen entspannt gewesen, doch jetzt fragte sich Kache, ob sie wusste, wie man einen Menschen anlächelte. Oder ihm in die Augen sah. Er nickte kurz, ließ den Motor aufheulen und machte sich auf den Weg zur Straße.

Obwohl Nadia so zurückhaltend war, freute er sich schon darauf, ihr all seine Einkäufe zu präsentieren. Und fragte sich, was ihr wohl ein richtiges Lächeln entlocken könnte. Die Eiscreme? Die Schokolade? Aber vielleicht wollte sie das alles gar nicht. Vielleicht bevorzugte sie Ziegenmilch, Wildbret und Wildbeeren, genau wie sein Dad.

Es waren die Illustrierten und die Zeitung, nach denen sie griff. Zwar ohne wirklich zu lächeln, aber eindeutig begeistert.

Da sie zuvor Tolstoi und Tschechow erwähnt hatte, musste sie zumindest Russisch lesen können. Fast hätte er sie gefragt, ob sie auch Englisch lesen konnte, aber sie sagte: »George Bush ist wiedergewählt als unser Präsident? Bill Clinton hatte ihn geschlagen, ja? Dann hat er noch einmal kandidiert?«

Er starrte sie an. Sie wartete, bis er schließlich sagte: »Das ist der jüngere George Bush. Sein Sohn. Es ist seine zweite Amtszeit. Sie haben einiges verpasst. Hat Lettie Ihnen jemals eine Zeitung gebracht?«

Jetzt endlich lächelte sie, sah ihm sogar in die Augen, die eigenen voller Fragen. »Dann lebt Lettie noch?«

Er nickte.

»Ich habe mir Sorgen gemacht. Ich hatte Angst zu fragen. Mehrere Jahre war sie nicht hier. Und nein, sie hat nie solche Nachrichten von der Außenwelt mitgebracht. Sie dachte, das macht es noch schwerer für mich. Und ich habe nie danach gefragt.« Sie griff sich an den Hals und stand auf. Die Zeitung und Zeitschriften ließ sie auf dem Tisch liegen.

»Wo haben Sie englisch sprechen und lesen gelernt?«

»In der Schule. Der Englischunterricht war eines der wenigen Zugeständnisse an die Außenwelt.«

»Sind Sie hungrig?«

»Ich habe noch nie so viele verschiedene Lebensmittel an einem Ort gesehen. Für nur zwei Menschen?«

»Ich wusste nicht, ob noch mehr versorgt werden müssen.« Er wartete, doch sie sagte nichts. »Ich weiß nicht, wie Sie hierhergekommen sind und wo Ihre Familie ist. Lettie sagt, Sie hätten unser Grundstück nie verlassen. Stimmt das? Zehn Jahre lang?«

»Es ist schwer, darüber zu sprechen.«

»Okay. Aber ich weiß nicht, wie ich mich verhalten soll. Lettie vertraut Ihnen und will, dass Sie hierbleiben, so viel steht also schon einmal fest.« Sie legte den Kopf schief, wartete. »Wir können uns später einen Plan überlegen, jetzt bin ich am Verhungern. Ich habe ein Huhn und Steaks gekauft. Haben Sie Lust auf etwas davon?«

»Wenn ich die Milch weggestellt habe, mache ich eine Suppe. Sie können mitessen, wenn Sie wollen.«

»Lassen Sie mich etwas für Sie machen, dann müssen Sie nicht noch groß in der Erde buddeln. Wie wäre es mit Steak und Salat? Ofenkartoffeln?«

Sie sagte nicht Ja, aber auch nicht Nein. Kache fing an, das Essen vorzubereiten.

24

Ich habe noch nie einen Mann kochen sehen. In meinem Dorf ist das nie passiert.«

Kache gefiel, dass Nadia ihm etwas von sich erzählte, verkniff es sich aber, gleich nachzuhaken. »Na ja, ›kochen‹ ist wohl etwas übertrieben, aber ich kann etwas Essbares auf den Tisch bringen.«

»Es ist zu viel, was Sie kaufen.«

Er sah die vielen Lebensmittel und die anderen Vorräte mit ihren Augen. Im Geschäft hatte er sich wie ein Weihnachtsmann im Frühjahr gefühlt, doch jetzt kam er sich vor wie ein adrenalingetriebener Superkonsument.

»Aber Lettie hat Ihnen auch Vorräte gebracht.«

»Nicht so viele verschiedene Lebensmittel, weil ich einen Garten habe und fische und jage. Heißt das, Sie gehen weg und kommen nicht wieder, wie Lettie?«

Er antwortete nicht. Während er das Essen zubereitete, machte sie Platz in Kühlschrank und Vorratskammer.

»Wer soll das alles essen?«, fragte sie, als er die Teller mit den Steaks in der Hand hielt.

»Wir zwei. Kein Problem.«

Sie schüttelte heftig den Kopf und murmelte etwas auf Russisch.

Nachdem er die Steaks, die Kartoffeln, den Salat und das Brot auf den Tisch gestellt hatte, bat er sie, sich zu setzen. »Wein?«, fragte er und war überrascht, als sie nickte. Sie sahen sich nicht an, sondern starrten aufs Essen. »Sie haben bestimmt ein Gebet, das Sie aufsagen«, bemerkte Kache. »Ich möchte nicht, dass Sie meinetwegen Ihre Regeln brechen.«

»Ich habe meine Dankbarkeit.« Sie nahm Gabel und Messer und schnitt ein Stück Steak ab. »Ich breche die Altgläubigen-Regeln jeden Tag. Ich esse von selben Tellern wie Sie. Das ist nicht erlaubt. Sie sind kein Altgläubiger. Getrenntes Geschirr. Und kein Gebet mit Ihnen. Das ist nicht erlaubt. Wein? Wir dürfen nur *braga* trinken, selbstgemachter Wein aus Beeren. Heute? Mittwoch? Fastentag. Milchprodukte und Fleisch sind nicht erlaubt. Bitte, geben Sie mir den Schmand? Und den Bacon?« Sie lächelte wieder, hatte schöne Zähne. Wie konnte sie so gute Zähne haben, ohne zum Zahnarzt zu gehen?

Er lachte und reichte ihr Schmand, Bacon, Schnittlauch und Salat. »Mir scheint, das hier ist nicht Ihr erster Kontakt mit der weltlichen Lebensweise.«

»Als ich herkam, habe ich diese Entscheidungen getroffen. Ich habe gelesen, ich habe Videofilme auf dem Recorder gesehen, wie Lettie es mir gezeigt hat. Ich habe meinen eigenen Glauben gemacht.« Während sie sprach, hielt sie die Gabel mit dem Stück Steak in der Hand. »Jetzt esse ich, ja?« Sie steckte das Fleisch in den Mund und aß alles genüsslich, ohne zu reden, nahm einen Nachschlag und sogar noch einen winzigen zweiten. Es war schön, sie mit so viel Lust essen zu sehen. Janie war eine mäkelige Esserin und ließ immer einen Rest auf dem Teller zurück.

Nadia hatte offensichtlich keinen Hunger gelitten. Sie hatte Hühner und Ziegen und im Sommer noch einen Gemüsegarten – einen großen angesichts der Einmachgläser in der Vorratskammer. Und dem Inhalt der Gefriertruhe nach zu urteilen, wusste sie auch mit einer Angel und einem Gewehr umzugehen.

Trotzdem schien ihr das Rib-Eye-Steak und der Salat zu schmecken, und sie verschlang die Ofenkartoffel mit einer großen Portion Schmand und Bacon. Kache lehnte sich auf dem Stuhl zurück und sah zu, wie ihre Gabel vom Mund zum Teller zum Mund wanderte, froh über den Effekt, den das Essen auf ihre Unterhaltung hatte. Einmal stieß sie einen lauten Rülpser aus, ohne ihm auch nur einen entschuldigenden Blick zuzuwerfen, und aß sofort weiter, was er eher erfrischend als empörend fand. Als sie fertig war, trank sie einen Schluck Wein und sagte: »Danke für dieses Essen. Ich werde es nie vergessen«, was für ihn ein bisschen wie ein Gebet klang, so wie sie *Essen* und *vergessen* betonte. Einen Augenblick lang blickte sie ihm direkt in die Augen und lächelte. Das dritte Lächeln, das sie ihm geschenkt hatte.

Er bestand darauf abzuwaschen, und sie ging hinunter zum Strand, um Schwertmuscheln auszugraben.

Kache ließ Wasser in das Spülbecken laufen und fing an, dasselbe weiße Geschirr mit den blauen Blumen zu spülen, das er unzählige Male für seine Mutter abgewaschen hatte. Hinter dem Wasserhahn lag das Geschenk, das er seiner Mutter einmal zum Muttertag gemacht hatte, ein schweinförmiges Schneidebrett, dunkelgrün gestrichen, mit orangefarbener Schnauze, großen blauen Augen und farblich passenden blauen Wimpern; auf seinem Rücken saß ein Vogel, der Versuch eines Drittklässlers, die Schwarzkopfmeise zu malen, die er einmal dabei beobachtet hatte, wie sie Fliegen von ihrer Kuh pickte.

Über dem Schneidebrett, auf einem Regal, befanden sich das Einweckglas mit Muscheln und Glasstücken, die seine Mom gesammelt hatte, die mundgeblasene Glaskugel eines japanischen Fischers, ein Stück Treibholz in der Form eines W, das Denny gefunden hatte. Jedes einzelne dieser Objekte – alltäglicher Schnickschnack, mit dem er aufgewachsen war – kam ihm jetzt wie Gold vor.

Eine Triade kleiner Silbervasen enthielt getrocknete Wildblumen, Vergissmeinnicht und Strand-Platterbse, vermutlich Nadias eigene bescheidene Relikte vom letzten Sommer. Hinter all den Andenken gaben blank geputzte Fensterscheiben den Blick frei auf die Veranda und die gelbbraune Lichtung dahinter, die sie Wiese genannt hatten und die an einigen Stellen noch immer mit schmutzigem Schnee bedeckt war. Eine schwangere Elchkuh schälte dort Borkenstreifen von einer Birke. Das Land fiel leicht ab zum Wald, wo er Nadia sah, die zum Anfang des Weges ging, der zur Schlucht und weiter zum Strand führte. In ihren Gummistiefeln und mit dem Eimer und langen Gewehr schien sie sich so wohl zu fühlen wie eine Städterin mit Handtasche und Regenschirm. Leo hüpfte neben ihr umher. Vor ihnen das ständig wechselnde Bild, jetzt eine dunkle, graugrüne Bucht am Fuße pfirsichfarbener Berge, die noch das letzte Tageslicht des violetten Himmels in sich aufsaugten. Kache wäre am liebsten mitgegangen – er war noch kein einziges Mal am Strand gewesen –, aber er wollte ihr auch Raum lassen. Es musste seltsam für sie sein, ihn um sich zu haben, überhaupt jemanden um sich zu haben. Fast so seltsam wie für ihn, hier zu sein, in derselben Küche, demselben Haus. Alles war wie früher, nur dass eben nichts wie früher war.

Aber er war hier, und nicht allein. Das Alleinsein, das Nadia wohl kannte, konnte er sich nicht einmal vorstellen. Es gab Dinge, die er gern wissen würde, aber er lernte gerade, Geduld zu haben. Er würde sie nicht mit Fragen bombardieren, wollte sie nicht dazu treiben, sich in ihrem Zimmer zu verkriechen. Als er das Besteck mit klarem Wasser spülte, hatte er wieder ihr Lächeln vor Augen.

Seine Mutter hatte viel gelächelt, es war Teil ihrer strahlenden und unleugbaren Schönheit. Das Lächeln fiel ihr immer leicht, und ein Aufblitzen ihrer perfekten weißen Zahnreihen machte es schwer, nicht zurückzulächeln. Vielleicht hatte sich Kache deshalb immer zu Frauen hingezogen gefühlt, die gern ihre Zähne blitzen ließen. Angefangen hatte es mit einem Poster, das Denny ihm geschenkt hatte – und das noch immer in seinem Zimmer hing – und Farrah Fawcett im roten Badeanzug zeigte (freilich waren es nicht nur die weißen Zähne, die Kaches pubertäre Phantasie anheizten). Marion lächelte gern, Janie auch, genauso wie die meisten Frauen, die er gekannt hatte.

Aber das Lächeln, das Kache gerade schätzen lernte, war anders: ein scheues, seltenes Lächeln, das sich als Geschenk darbot. Das gab es nicht umsonst, das musste man sich verdienen. Nadias Gesichtsausdruck war ängstlich, wachsam. Doch hin und wieder schien ihr Lächeln darin auf wie ein Sonnenstrahl, der sich entschlossen einen Weg durch die Fichten- und Espenzweige bahnte, und er würde am liebsten die Augen schließen und den Kopf zurücklegen, um sein Gesicht in dieser unerwarteten Wärme zu baden.

Mit einem Kopfschütteln verscheuchte er die alberne Phantasie, die hart an der Grenze zur Gefühlsduselei lag. Sie hatte zehn Jahre lang allein gelebt. Zehn Jahre. Sie war seltsam … und wahrscheinlich verheiratet und was sonst noch alles. Außerdem lief sie in den alten Kleidern seiner Mutter herum. Freud ließ grüßen.

Er und Janie hatten sich gerade erst getrennt. Schon davor hatten sie einen vollen Monat keinen Sex mehr gehabt, und er gab sich wegen eines Lächelns diesen lächerlich blumigen Betrachtungen hin. Herr im Himmel, er sollte sich umgehend vor den Fernseher pflanzen, um seinen Emotionen Einhalt zu gebieten. Es war wieder wie in der Pubertät, als er jeden einzelnen Gedanken, der ihm durch den Kopf schwirrte, fühlte.

Er stellte den letzten Topf in den Geschirrständer und überlegte gerade, ob er die Sachen abtrocknen oder sie abtropfen lassen sollte, als ein Gewehrschuss die Luft zerriss und das Fensterglas schepperte. Und dann noch einer. Jagte Nadia? Er sah aus dem Fenster, doch die Elchkuh war verschwunden. Nein. Sie würde keine schwangere Elchkuh töten. Oder doch? Und auch keinen anderen Menschen? Oder sich selbst? Würde sie das tun?

Sein Herz schlug wie wild, als er die Stiefel anzog. Er hatte hier noch nirgends ein Gewehr gesehen und auch noch nicht danach gesucht. Er rannte zur Vorratsscheune, blieb in der Tür stehen und ließ den Blick über die Wände gleiten, während die Zeit verstrich.

25

Nadia war auf dem Weg zum Strand, Eimer und Muschelschaufel klapperten, Leo folgte ihr, vorbei an dem leeren orangefarbenen Kanu, das sie gestern noch mit Vorräten vollgepackt hatte. So viele verschiedene Gefühle in zwei Tagen. Und jetzt diese Freundlichkeit von einem Mann? Kein Wunder, dass sie sich schon lange nicht mehr so müde gefühlt hatte wie jetzt. Trotzdem, als Kache die Muscheln erwähnte, war ihr eingefallen, dass sie Ebbe hatten, und sie wollte den Eimer füllen, um etwas zurückzugeben. Das Abendessen war reichlich und befriedigend gewesen, und obwohl das Fleisch im ersten Moment seltsam schmeckte, hatte sie immer wieder ein Stück abgeschnitten. Es war befremdlich, um diese Jahreszeit Salat und frische Tomaten zu haben, und auch die schmeckten anders als die im Sommer aus ihrem Garten. Kache hatte sogar Bacon gebraten und ihn kleingeschnitten auf die Ofenkartoffel verteilt. Sie kannte Bacon, Lettie hatte ihr ein paarmal welchen mitgebracht, den sie dann immer lange im Mund behielt, wegen des rauchigen Salzgeschmacks.

Da er darauf bestand, das Geschirr zu spülen – es war sonderbar, einen Mann kochen und spülen zu sehen –, hatte sie die Gelegenheit ergriffen und gesagt, sie würde weggehen und in ein paar Stunden zurück sein. Wie unbehaglich sie sich in seiner Gegenwart fühlte, und wie es sie erschöpfte. Ja, manchmal war sie sehr einsam gewesen und hatte sich nach einem Gesprächspartner gesehnt. Aber Einsamkeit ließ ihren Gedanken freien Lauf, sie konnte ungestört in viele Richtungen denken – in den langen Winternächten, wenn sie ihre Bücher las, ihre Schallplatten hörte oder ihre Videofilme ansah. All diese Dinge hatte sie schon bald nach ihrer Ankunft als ihre eigenen betrachtet, nur dazu da, ihren Durst nach Wissen und Gesellschaft zu stillen. Doch als Kache in ihr Leben getreten war, hatte sich ihr Blickwinkel verändert. Es war das Erbe seiner Familie, das sie übernommen hatte, als wäre es das ihrer eigenen.

Sie legte das Gewehr auf ein trockenes Stück Treibholz und begann, den Sand nach kleinen verräterischen Vertiefungen abzusuchen, in die sie dann die zylinderförmige Schaufel so schnell und tief wie möglich hineinstieß, herausholte und auskippte. Leo beschnüffelte das Sandhäufchen, und siehe da: eine Muschel. So machte sie weiter, die Schaufel tief und schnell in den Sand stoßend, wie ihre Eltern es ihr beigebracht hatten, als sie ein kleines Mädchen war und die ganze Familie zusammen den Strand abgesucht hatte.

Ihre Familie war den anderen auf dem Pfad gefolgt, der erst kurz davor mit einer Machete geschlagen worden war und der zu dem Stück Land führte, auf dem sie ihr neues Dorf gründen würden. Nadia umklammerte den Stein, den Niko ihr heimlich in die Tasche ihres *sarafan* gesteckt hatte. Die glatte, kalte Oberfläche fühlte sich warm in ihrer Hand an, und wenn gerade niemand hinsah, holte sie ihn heraus und betrachtete ihn. Er hatte die

Form eines Herzens und einen weißen, geschlossenen Kreis in der Mitte.

In diesem Moment fasste sie den Entschluss wegzugehen. Sie würde heimlich zu ihm zurückkehren und ihn heiraten, bevor ihre Mutter oder ihr Vater etwas dagegen tun konnten. Vielleicht würde der neue Bischof die Trauung vornehmen. Etwa einen Monat, nachdem sie sich in ihrem neuen Dorf, das nur aus ein paar primitiven provisorischen Hütten und einem Dutzend Zelten bestand, niedergelassen hatten, packte sie ihre Kleider zusammen, versteckte die Tasche unter ihrer Pritsche. Sie wartete, bis ihre Mutter und ihr Vater, ihre Brüder und Schwestern den nächsten anstrengenden Trip in die Stadt unternahmen, um Vorräte zu kaufen. Der Tag musste mit dem niedrigsten Stand der Ebbe zusammenfallen, damit sie am Strand weit genug hinter ihnen laufen konnte, ohne gesehen zu werden. Sie wartete drei weitere Wochen. Niko fehlte ihr so sehr, dass sie sich fragte, ob er wie beim Abschied Tränen in den Augen hatte, wenn er jetzt an sie dachte.

Sie gab vor, Bauchschmerzen zu haben, die ihre Mutter mit Zitronensaft und Salz behandelte. Nadia blieb im Bett, bis sie gegangen waren, wartete noch einen Moment, weil ihre Mutter immer irgendetwas vergaß, und als dann genug Zeit verstrichen war, machte sie sich auf den sieben Meilen langen Weg zurück nach Ural, zurück zu Niko. Die Sommertage hier waren wie lange weiche Teppiche aus Licht, genug Licht, um den Weg in einem Tag zu schaffen. Sie hatte nur ein paar ihrer Lieblingskleider im Gepäck und die Hoffnung auf die Vergebung ihrer Eltern. Bestimmt würden sie mit ihren Freundinnen aus dem Dorf an der *devichnik* teilnehmen und sicher auch zur *svadba* kommen, der Woche vor der Hochzeit, um alles vorzubereiten, die Aussteuer und handgewebten Gürtel und Kleider. Sie würden sie küssen und umarmen und sie und Niko in ihr Dorf einladen und schon bald ihren neuen Enkel in der Familie willkommen heißen. Wie hoffnungsvoll und glücklich sie auf diesem langen Fußmarsch gewesen war! Sie läutete mit der Glocke, um Bären fernzuhalten, und es klang für sie wie tausend Kirchenglocken, die die Liebe der Jungvermählten verkündeten.

Obwohl sie gute Wanderschuhe trug, taten ihr die Füße weh, als sie den Anfang des Wegs hinauf zum alten Dorf erreichte. Sie wünschte, sie könnte ein Bad nehmen, bevor sie ihn wiedersah. Doch sie marschierte weiter, den herzförmigen Stein in der schwitzigen Hand, und stellte sich seinen Gesichtsausdruck vor, wenn er die Haustür öffnete und sie erblickte. Seine Augen ein sanftes Flussgrün, umrahmt von blonden Wimpern; die Grübchen, die bald nicht mehr zu sehen sein würden, weil er einen Bart bekam und alle ihn deswegen hänselten. Wie konnte er ohne die Grübchen weiterhin so charmant sein?, fragten die Männer. Er war siebzehn, fast achtzehn. Im letzten Jahr war er mehr und mehr zum Mann geworden. Aber einem gutherzigen Mann, einem klugen.

Und noch etwas: Bei einem Schulausflug waren er und Nadia einmal ein paar Minuten allein auf dem Pfad zurückgeblieben. Allein! Und Niko hatte die Regeln gebrochen. Er hatte sich vor sie gestellt, ihr Gesicht mit beiden Händen umrahmt und sie mit dem Selbstbewusstsein eines erwachsenen Mannes so lange geküsst, bis sie das Gefühl hatte, ihre Beine würden gleich unter dem langen Rock nachgeben. »Das«, hatte er geflüstert, »ist nur der Anfang von dem, worauf wir uns freuen können.« Dann nahm er ihre Hand und zog sie weiter den Pfad entlang. Hätte er das nicht getan, würde sie wahrscheinlich noch heute dort stehen und versuchen, ihre Beine zum Gehen zu bewegen, anstatt einfach in der Erde zu versinken.

Die Freude, ihn bald zu sehen, schmerzte jetzt mehr als ihre Füße, aber dieser Schmerz beschwingte sie. Fast hüpfte sie nun. Fast bis ins Dorf. Noch hatte die Dämmerung nicht eingesetzt, doch die Sonne stand tief, und es war etwa elf Uhr. Die meisten Dorfbewohner würden noch auf sein, es war kein Tag, an dem gefastet und gebetet wurde. Im Sommer mussten sie das Tageslicht bis zuletzt ausnutzen und viel von ihrer Arbeit erledigen.

Aber sie arbeiteten nicht. Aus dem Dorf drang Lachen und Musik zu ihr, sie feierten. Nadia lächelte, sie würde alle ihre Freunde auf einmal sehen; sie würden sie freudig empfangen, Freudentränen würden rollen. Sie war von weither gekommen, um zu ihnen zurückzukehren. Setz dich, Nadia. Iss! Trink! Und sie würden ihr Teller mit *pelmeni* und *koulebiaka* und einen Krug mit kaltem Wasser bringen. Nikos Gesicht würde stolz strahlen. Er würde ihre Hände in seine nehmen.

Sie wischte sich mit dem Schal über Stirn und Kinn, drückte die Schultern nach hinten und lächelte. Niko hatte immer gesagt, sie hätte das schönste Lächeln im ganzen Dorf.

Doch als sie die Tür vom Gemeindezentrum öffnete, nahm niemand Notiz von ihr. Alle Blicke waren auf Niko und Katarina in der traditionellen Hochzeitstracht gerichtet, die an einem langen Tisch saßen, die Hände ineinander verschränkt. Katarina, die auch ein umwerfendes Lächeln besaß, trug bereits den *shashmura* auf dem Kopf und die zwei Zöpfe einer verheirateten Frau, anstatt des einzelnen Zopfs, den Nadia noch immer hatte.

Obwohl es schon so viele Jahre her war, zog sich ihr Herz zusammen, als wäre es gerade eben erst passiert – als wäre sie dreizehn Jahre alt und Niko und Katarina säßen vor ihr, händchenhaltend und glücklich. So glücklich. Nadia konnte ihre lächelnden Gesichter sehen, während sie nach Schwertmuscheln grub, flink, um sie zu erwischen, bevor sie noch tiefer im Sand verschwanden. Der Wind fegte ihr die Kapuze ihrer Jacke vom Kopf und zerrte an ihren Haaren. So hatte sie Ural verlassen, das Dorf, in dem sie aufgewachsen war, und dann hatte sie Altai verlassen. Das waren ihre beiden ersten Aufbrüche in ein anderes Leben gewesen, und keiner davon hatte zu ihrem Glück geführt. Man könnte sogar sagen, dass ihr letzter Aufbruch zu ihrem Tod geführt hatte.

Leo sprang von seinem Platz bei einem Loch auf, ging in Habachtstellung und bellte. Zweige knackten, und etwas brach lautstark durchs Gebüsch. Ein Elch? Wieder ein Krachen, ein gedämpftes Grunzen. Neben Leos Gebell und dem Wind war es schwer zu identifizieren. Es klang wie ein Bär. Ja, ein Bär. Sie ergriff das Gewehr und richtete es gen Himmel, drückte ab, wobei der Kolben hart gegen ihre Schulter prallte. Sie presste die Waffe fester an die Schulter und schoss noch einmal, konnte den Bär aber noch immer nicht sehen. Doch die Geräusche wurden schwächer, verflüchtigten sich in Richtung Canyon.

Stille, nur der Wind und die Möwen waren zu hören.

Auf dem Weg zurück zum Haus bekam sie Magenkrämpfe, und eine lähmende Hitze stieg in ihr auf. Gekrümmt erbrach sie sich in einen Lachsbeerbusch. Sie war das Essen aus dem Supermarkt nicht gewohnt, hatte das Problem schon früher gehabt, nach Letties ersten Besuchen. Nadia würgte und spie das Dinner aus, von Kache so wohlmeinend zubereitet, würgte und übergab sich so lange, bis nichts mehr kam, Hals und Nase brannten und die Augen tränten. Leo lief jaulend auf und ab. Schließlich nahm sie eine Handvoll Schnee von einer der wenigen Stellen, wo er noch nicht geschmolzen war, kratzte die schmutzverkrustete obere Schicht ab und aß etwas davon. Mit dem Rest rieb sie Gesicht und Hände sauber und bekam gleich wieder rosige Wangen. Sie wollte Kache gegenüber weder schwach noch verletzlich erscheinen. Aber sie wollte ihn auch nicht kränken, nachdem er eine so opulente Mahlzeit zubereitet hatte.

»Nadia?« Der Klang seiner Stimme ließ sie zusammenfahren. »Ist alles in Ordnung?«

Sie drehte sich zu ihm um. Er stand schwer atmend da, ein Gewehr der Winkels unbeholfen von sich weghaltend. Leo hatte sie nicht gewarnt, dafür schnüffelte er jetzt schwanzwedelnd an seinen Beinen, als wolle er sagen: *Er ist unser Freund. Das ist ein Mann, der uns ein Steak gebraten hat.*

»Ja, alles in Ordnung.« Sie stellte sich so, dass er den Busch mit dem Erbrochenen nicht sehen konnte.

»Ich hab Gewehrschüsse gehört.«

»Ich dachte, ich hätte einen Bär gehört.«

»Sie haben auf einen Bär geschossen?«

»Nein, ich hab in die Luft geschossen, um Bär zu verjagen. Sehen konnte ich ihn aber nicht.«

»Sie haben mir einen höllischen Schreck eingejagt.«

»Ihre Familie hat niemals mit Gewehr geschossen?«

»Doch, natürlich. Ich … okay. Gut. Aber was ist jetzt? Sie sind krank.«

Sie schüttelte den Kopf.

»Ich hab gesehen, wie Sie sich übergeben haben. Sie sind aber nicht … oder doch? Sind Sie schwanger?«

Ihre Kinnlade klappte herunter.

»Geht mich nichts an. Ich weiß. Natürlich. Entschuldigung.«

»Wenn ich schwanger bin, das ist die Auferstehung des Messias. Oder wie sagt man? An dem Tag friert die Hölle zu?«

»Oh. Okay, hab verstanden. Sind Sie krank? Soll ich Sie zum Arzt bringen?«

»Nein. Ich brauche keinen Arzt. Nur einmal in vielen Jahren hat Lettie mir Arzneimittel gebracht. Meistens mache ich sie selbst. Igelkraftwurz ist gut für Kopfschmerzen, Ingwerknolle gut für Magen. Pickles auch.«

»Müssen Sie sich oft übergeben?«

»Nein.«

»Dann war es mein Essen.«

Wieder schüttelte sie den Kopf. So viele Fragen. »Nein, nicht Ihr Essen. Tut mir leid.« Sie zögerte. »Die Lebensmittel sind mir ungewohnt. Ihr Essen war sehr gut.«

»Oje. Mir tut es leid. Daran hab ich überhaupt nicht gedacht.«

»Ist okay. Mir geht es gut jetzt.« Und als Beweis nahm sie den

Eimer und das Gewehr und marschierte los, gefolgt von Leo. Kache ging neben ihr, redete und redete und fragte, bis sie zum Haus kamen, wo sie sich entschuldigte und in die Küche ging.

Dort tat sie die Muscheln in ein Sieb, spülte sie ab und schwenkte sie vorsichtig.

»Jetzt haben Sie auch wieder Farbe im Gesicht. Es geht Ihnen besser?«

»Ja, habe ich doch gesagt. Mir geht es gut. Morgen mache ich Essen.«

»Ich bin zum Essen eingeladen?«

Sie sah ihn kurz an, dann wieder die Muscheln. »Natürlich. Aber ich bin nicht in der Position einzuladen. Ich bin der Gast.«

Nach einer kurzen Pause sagte er: »Das sehe ich anders.«

Sie verlagerte ihr Gewicht von einem Fuß auf den anderen, schwenkte weiter das Sieb mit den Muscheln. »Wie sehen Sie es?«

»Ich bin mir nicht sicher.« Er sagte, er würde am nächsten Tag wiederkommen und nachsehen, in welchem Zustand der Pick-up ist, und auch die Straße freiräumen.

Sie deckte die Muscheln mit einem feuchten Geschirrtuch ab. »Der Pick-up braucht Batterie und Anlasser.«

»Was Sie nicht sagen.«

Sie sah ihn über die Schulter hinweg an, dann machte sie den Kühlschrank auf und stellte die Muscheln hinein. »Sie verwirren mich. Das sage ich.«

»Ist nur so ein Ausdruck. Dann wissen Sie auch, wie es unter einer Motorhaube aussieht?«

Achselzuckend stieß sie einen langen Seufzer aus. Sie war

müde. Sie konnte keine einzige Frage mehr beantworten, und sie würde ihm sicher nicht erzählen, wie ratlos sie einmal unter dem Auto gelegen hatte. Glücklicherweise sagte er nur noch gute Nacht und dass er am nächsten Tag zurückkäme, ging zur Tür hinaus und verschwand.

Sie lehnte an der Tür und lauschte dem ungewohnten Geräusch des aufheulenden Quadmotors auf der Straße, und dann war es wieder still – ihre alte, gewohnte Stille mit dem Knarren, Knacken und Geheul und dem Tipptapp von Leos Pfoten auf dem Holzboden.

26

Gilly stand hinter dem Empfangstresen, winkte und rief Snag zu, dass Lettie in ihrem Zimmer war und las. Aber als Snag dann hinkam, schlief Lettie mit dem aufgeschlagenen Buch in der Hand. Snag wollte unbedingt mit ihr sprechen, doch seit Lettie ihnen verraten hatte, dass sie all die Jahre zum Hof rausgefahren war, hatte Snag sie bei ihren Besuchen immer schlafend angetroffen. Sie machte sich Sorgen, dass ihre Mom sich langsam aus dieser Welt verabschiedete, aber alle anderen, Gilly und Kache eingeschlossen, fanden, dass ihr Verstand klarer war denn je und ihre Demenz eher besser als schlimmer wurde. Anscheinend erwischte Snag bloß immer einen schlechten Zeitpunkt.

Sie sank in den Sessel. »Dann bleibe ich jetzt einfach hier sitzen und warte.« Sie lauschte dem Atem ihrer Mutter; sie atmete seit achtundneunzig Jahren. Snag wusste, dass sie sich glücklich schätzen konnte, ihre Mutter so lange zu haben, und trotzdem konnte sie sich ein Leben ohne sie nicht vorstellen. »Was soll ich denn ohne dich machen?«

Lettie öffnete ein Auge. »Vielleicht fängst du mal an, dein eigenes Leben zu leben.«

»Und was soll das heißen?«

»Eleanor, warum in aller Welt sitzt du an einem so herrlichen Tag hier und guckst einer alten Frau beim Schlafen zu?«

»Weil ich mit dir reden will. Über den Hof und die russische Frau und Kache und einfach über alles. Ich will mich entschuldigen, weil ich nicht rausgefahren bin. Dass ich dich all die Jahre angelogen habe.«

»So sehe ich das gar nicht. Ich bin deine Mutter. Und ich bin diejenige, die sich bei dir entschuldigen muss.«

»Wofür das denn?«

Lettie hievte sich auf die dünnen, von Adern durchzogenen Arme. Snag schüttelte das Kopfkissen auf und half ihr, sich aufzusetzen. »Na ja, was das Lügen betrifft, könnte man sagen, ich hab's genauso gemacht. Ich hab die Karten nicht auf den Tisch gelegt, weil ich wollte, dass du zu mir kommst und mit mir sprichst. Es ist genau wie früher, als du klein warst. Glenn ist aufgestanden und allein losgelaufen, und du hast auf deinem Hintern gesessen und warst glücklich, mit deinen süßen Händchen zu spielen oder was immer ich dir gegeben hatte. Du hattest einfach nicht den Drang, selbst auf Entdeckungsreise zu gehen. Hätte ich dich da sitzen lassen, würdest du wahrscheinlich immer noch da sitzen. Aber ich hatte angefangen, hübsche Gegenstände zu sammeln und dir vor die Nase zu halten, bis sie das Licht einfingen und deine Aufmerksamkeit erregten. Wenn ich gemerkt habe, dass dich ein Gegenstand fesselt, hab ich ihn außer deiner Reichweite gelegt und dann immer weiter weggeschoben, bis du schließlich auf allen vieren hingekrabbelt bist und dich eines Tages endlich auf die Füße hochgezogen hast.«

»Dann hab ich einfach spät angefangen zu laufen, aber was hat das mit jetzt zu tun?«

»Ich hätte dich mehr schubsen müssen, Eleanor.«

»Wolltest du etwa, dass ich für den Senat kandidiere?«

»Natürlich nicht. Senat, so ein Quatsch. Nein, ich hätte dich zur Wahrheit schubsen müssen. Dass du nicht so viel darauf gibst, was die Leute von dir denken. Meine liebe, schöne Eleanor.« Lettie streckte die Hand aus und fuhr ihr übers Haar, wie sie es früher getan hatte, als Snag noch klein war.

»Mom, ich weiß nicht, wovon du redest«, log Snag abermals.

»Doch, das weißt du. Weil ich es seit deinem vierzehnten Lebensjahr vermutet und dann ohne jeden Zweifel gewusst habe, als du einundzwanzig warst. Ich verstehe zwar immer noch nicht richtig, warum du nicht zum Hof rausfahren konntest, aber ich habe meine Theorie. Ich will nur, dass du glücklich bist, Eleanor.« Snags Herz dröhnte jetzt so laut in ihren Ohren, dass sie Mühe hatte, etwas zu hören. »Wir können nicht ändern, wen wir lieben«, fuhr ihre Mom fort, »aber wir können ändern, wie wir leben. Und du hast gelebt, als hättest du das Flugzeug zum Absturz gebracht. Und als jemand, der mehr Zeit auf dieser Erde verbringt, als er es verdient, und dem Tod ins Auge blickt, sage ich dir hier und jetzt, dass das Leben viel zu kurz ist für so einen Nonsens.«

Endlich war es raus. Lettie hielt Snags Herz in der Hand, drehte es in diese und jene Richtung, bis es das Licht einfing und ein Strahl in Snags Auge fiel. Da lag es nun in all seiner pulsierenden Herrlichkeit, ihr eigenes altes Herz, in der Hand ihrer Mutter und gerade so weit weg, dass sie nicht drankam. Sie fühlte sich verletzlich wie das dicke Kleinkind, das sie einmal gewesen war, und konnte doch die Worte noch immer nicht aussprechen. Aber sie konnte laufen, und das tat Snag jetzt, sie stand auf und lief auf ihren eigenen zwei Beinen zur Tür hinaus.

Und prallte mit Gilly zusammen, die, einen Pappbecher mit Letties Pillen in der Hand, gerade ins Zimmer kommen wollte. Die Pillen rollten über das fleckige Linoleum. Die beiden Frauen krabbelten auf allen vieren auf dem Boden und suchten so lange, bis sie alle Pillen wieder beisammen hatten.

TEIL 2

Das Land der Mitternachtssonne und der verlorene Sohn 2005

27

Und so ging es weiter, aus den zwei Wochen, die Kache ursprünglich bleiben wollte, wurden vier, und dann war es schon Ende Juni. Sie waren übereingekommen, dass er morgens Lettie besuchte, dann zurückkam, um Nadia bei der Arbeit zu helfen, und nach dem Dinner zu Snag fuhr, um bei ihr zu übernachten. An manchen Tagen war Nadia herzlich und gesprächig, an anderen schweigsam oder verschwand sogar stundenlang. Wenn er zu viele Fragen stellte, beendete sie die Unterhaltung, indem sie ging, oder sie sagte ihren Standardsatz: »Es ist schwer, darüber zu sprechen.« Aber insgesamt hatte Kache das Gefühl, dass sie sich allmählich wohler fühlte in seiner Gegenwart, und er war gern dort, wie er überrascht feststellte.

Immer wenn er in den Kartoffelkeller hinunterging, fuhr er mit dem Finger über die Wand und checkte Nadias neuesten Strich. Er hatte ihr einen aktuellen Kalender von 2005 mitgebracht, *Zwölf Künstler malen Alaska*, und in der Küche aufgehängt. Doch das hielt sie nicht davon ab, weiter ihre dicken Striche ins Holz zu ritzen, jeden Tag einen neuen. Die Striche von etwa zehn Jahren – ungefähr dreitausendsechshundertfünfzig. So viel Zeit und so viele Geheimnisse steckten darin. Würde sie noch einmal zehn Jahre bleiben, und dann noch weitere? Und was würde sie tun, wenn es keinen Platz mehr an der Wand gab? Würde sie ihre Striche in die Küche ritzen, das Wohnzimmer, die Treppe hinauf zu den Schlafzimmern?

Und wie lange würde er noch bleiben, wo seine zwei Wochen längst vorbei waren? Solange sie Hilfe brauchte, hatte er sich am Anfang gesagt. Aber es zeigte sich schnell, dass es genau umgekehrt war und Nadia ihm half, denn sie wusste, wie man alles selbst machte, und er wusste so gut wie nichts. Ähnlich wie in alten Zeiten mit seinem Dad, nur dass Nadia viel gnädiger und geduldiger war, wenn sie ihm etwas erklärte. Und – das musste Kache zugeben – er gab sich wesentlich mehr Mühe als damals. Außerdem stellte er zufrieden fest, dass die zahllosen Stunden vor dem Heimwerker-TV nicht gänzlich unnütz gewesen waren. Wenn er einen Hammer oder Schraubenzieher hielt, wurden seine Hände nicht mehr zu Flossen. Zumindest nicht immer. Okay, er hatte einen blauen Daumennagel und auf dem Dach einen falschen Schritt gemacht, was ihm Angst einjagte, sich aber im letzten Moment festhalten können. Greg Barrow hatte Ersatzteile für den Pick-up von Kaches Dad besorgt, und Kache hatte es nach mehreren Versuchen geschafft, sie einzubauen und den Wagen wieder zum Laufen zu bringen. Er hatte die Straße geräumt und, mit Nadias Hilfe, ein halbes Dutzend weitere Projekte abgeschlossen, von denen er nie gedacht hätte, dass er sie jemals in Angriff nehmen würde – oder es zumindest nie wirklich gewollt hatte.

Das wärmere Wetter hatte auch den letzten Schnee weggeleckt und den Matsch in festen Boden verwandelt. Die Tage wurden in einem Tempo länger, als würden sie wie weiche Sahnebonbons an beiden Enden auseinandergezogen. Er hatte vergessen, wie es war, nach draußen zu gehen, um das Auto zu waschen, und, wenn man wieder reinging, erst beim Blick auf die Uhr zu merken, dass es schon fast Mitternacht war. In Alaska herrschte eine jahreszeitliche Bipolarität, die man nicht ignorieren konnte. Der Sommer bestand aus fünfzehnstündigen Arbeitstagen, an denen er von einer Energie durchströmt wurde, die nonstop zwischen der Sonne und diesem Flecken Erde hin und her floss und ihn auf ihrem Weg in beide Richtungen mitriss. Erstaunt bemerkte Kache, wie er sich von einem alaskischen Clark Kent in Flanellhemd und Wollsocken, der in eine Decke gehüllt am Lagerfeuer saß, in Superman, sein Strumpfhosen tragendes Alter Ego, verwandelte. Fast spürte er den Umhang im Rücken flattern, wenn er die Schubkarre zum Garten rollte. Er hatte das Wunder des Wandels in dieser Jahreszeit vergessen, in der nichts blieb wie es war. Die Welt um ihn herum veränderte sich wie im Zeitraffer. Gestern noch zitterten die Zweige nackt an den Bäumen, heute waren sie mit Knospen übersät. Wenn er lange genug stillstand, könnte er den Knospen beim Wachsen zusehen, wie sie aufbrachen und sich entfalteten, ihre Blüten der warmen Sonne zuwandten.

Entlang der Terrassen oberhalb der Bucht machten Feuerbüsche ihrem Namen alle Ehre, verwandelten die Abhänge in ein purpurrotes Farbspektakel. In diesem Land, in dem alles groß und majestätisch ist – die Berge, die Adler und Gletscher, die Bären und selbst die Moskitos, die die Alasker als ihren Staatsvogel bezeichnen –, schoss überall die winzige, blassblaue Staatsblume aus dem Boden, jenes zarte himmelfarbene Vergissmeinnicht mit der stecknadelkopfgroßen gelben Mitte, als hätte die Sonne ein Stück ihrer selbst geopfert, um jede einzelne mit einem heiligen Tropfen Licht zu weihen.

Es war offensichtlich, dass der Ort ihn in Bann zog. Nein, gemahnte er sich, der Ort im Sommer zog ihn in Bann. Er konnte sich kaum noch an die grauen Stürme erinnern, die die meiste Zeit der Schneeschmelze hindurch tobten und sie zwangen, endlose Tage frierend und in Regenkleidung umherzulaufen.

Aber ein guter Sommer hatte begonnen, und meistens strahlte die Sonne am Himmel. Es schien, als hörten die Vögel niemals auf zu singen – gerade wetteiferten eine Einsiedlerdrossel und ein Goldhähnchen um den Solopart. Und Nadia war ständig in Bewegung und immer auf Nahrungssuche. Bücken, pflücken, greifen, graben, zupfen und rupfen. Körbe, Netze, Säcke, Beutel, Taschen, Rucksäcke – alle gefüllt und ausgeleert und wieder gefüllt. Sie kannte sämtliche Namen, den Verwendungszweck, die Rezepte. Sie war weise und kenntnisreich, langweilte sich nie, und nichts war nur Gewohnheit. Und dann ihre ungebremste Entdeckerfreude. Sie fand einen Pilz und war aufgeregt, als wäre es ihr allererster, konnte aber andererseits so viele Informationen darüber herunterleiern, um damit einen Pilzführer zu füllen.

Sie hatte eine Saatgutsammlung – für Kohl, Grünkohl, Eichblattsalat, Zwiebeln, Kartoffeln, Brokkoli, Karotten, Rhabarber. Und für Blumen: Stiefmütterchen, Ringelblumen, Goldruten und Kapuzinerkresse. Sie weigerte sich, mit in die Stadt zu kommen, aber als Kache eines warmen, frühen Nachmittags mit Kürbiskernen, Eichelkürbis- und Zucchinisamen zurückkam, lächelte sie ihr bislang schönstes Lächeln.

Sie stellte die Hacke zur Seite und nahm die Tüten in die Hände. »Das habe ich immer gewollt, um einen riesigen Kürbis zu züchten«, sagte sie.

»Damit er sich auf wundersame Weise in einen Pferdewagen verwandelt und Sie von hier wegbringt?« Er hatte angefangen, den Hasendraht oben auf dem Zaun zu erneuern, der wahrscheinlich von Elchen heruntergerissen worden war.

»Nein. Damit ich ein gruseliges Gesicht reinschneiden und ihn mit Kerzen drin auf die Veranda stellen kann.«

Er grinste. »Für die vielen hundert Kinder hier draußen im Nirgendwo, die an Halloween von Tür zu Tür gehen.«

Sie schüttelte den Kopf und gab ihm die Samentüten zurück. »Ich habe Fotos in der Illustrierten Ihrer Mutter gesehen. Die Halloweenkürbisse und verkleideten Kinder. Die haben mir gefallen. Ich hatte so etwas nie gesehen.«

»Na ja, viele Leute halten Halloween für einen Feiertag des Teufels. Sie sind religiös aufgewachsen, sind Ihnen solche Bräuche wichtig?«

Sie sah ihn lange an, sagte schließlich: »Kache. Ich habe den Teufel gekannt. Ein Kürbis? Der macht mir keine Angst.« Sie wandte sich ab und fuhr fort, den Erdboden zu bearbeiten.

Trotz der mittäglichen Sonne lief ihm ein Schauder über den Rücken. »Also gut, dann züchten wir eine Kürbislaterne in Alaskagröße.«

»Werden Sie noch hier sein und beim Schnitzen helfen, falls er groß genug wird?«

Es war das erste Mal, dass Nadia ihn nach seinen Plänen fragte. Doch er hatte keine und wollte eigentlich so weitermachen wie bisher. Wahrscheinlich musste er bald nach Austin fliegen, um ein paar Dinge zu erledigen – sein Auto verkaufen und die restlichen Sachen abholen, die noch bei Janie waren. Aber er musste nicht dort bleiben und sich auch keinen Job suchen. Er hatte genug Geld, um den Hof zu halten und die Steuern zu bezahlen. Vielleicht würde er irgendwo auf dem einhundertsechzig Hektar großen Grundstück ein paar Blockhütten bauen und an Touristen vermieten, aber weit genug weg von dem Haus hier, um ungestört zu bleiben. Doch das waren nur vage Ideen, einen richtigen Plan hatte er nicht.

Deshalb sagte er: »Ich denke ja, ich werde hier sein. Und wie sieht das bei Ihnen aus?«

»Ich bleibe so lange, wie Sie es mir erlauben.«

»Dann sollten wir vielleicht anfangen, uns zu duzen.«

Sie sah ihn an, nickte langsam. »Ja, sagen wir du.«

»Schön.«

Er wusste, dass sie das »Bleiben« wörtlich meinte, also keinen Fuß außerhalb des Grundstücks setzen würde. Er hatte ihr immer wieder behutsam vorgeschlagen, sie einmal mit nach Caboose zu nehmen, doch sie weigerte sich beharrlich. »Nadia, was ist, wenn du hier wegmüsstest? Wohin würdest du dann gehen?«

Sie straffte die Schultern und hielt die Hacke mitten am Stiel in der Hand. »Nach San Francisco.«

Die Antwort kam wie aus der Pistole geschossen. »Willst du nicht lieber einen Moment darüber nachdenken?« *Und wie willst du nach San Francisco kommen, wenn du nicht einmal die fünf Meilen bis zur Hauptstraße mitkommst, geschweige denn nach Caboose?* »Ich meine, du traust dich ja nicht einmal in unsere kleine Stadt.«

Er wusste, er hätte nicht wieder damit anfangen sollen, aber er konnte nicht anders. »Versteh mich nicht falsch«, fuhr er fort. »Du kannst so lange bleiben, wie du willst. Meine Familie weiß zu schätzen, was du getan hast. Aber willst du nicht auch mal etwas anderes sehen?« Er holte tief Luft und fragte dann: »Wohnt der Teufel, von dem du gesprochen hast, im Ort?«

Sie zog das Halstuch aus der Tasche ihrer Jeans – genaugenommen seiner Jeans – und wischte sich die Stirn ab. »Ich werde uns etwas zu Mittag machen«, sagte sie und ging.

Er hatte sie wieder zu sehr bedrängt. Offensichtlich machte ihr jemand so große Angst, dass sie nicht von hier fort wollte, was Lettie ja auch vermutete. Andererseits zeigte Nadia großes Interesse an der Welt und freute sich meistens über die Dinge, die er ihr jeden Tag mitbrachte: die Tageszeitung oder Illustrierte und Vorräte – Benzin für die motorbetriebenen Werkzeuge seines Vaters, Samen, verschiedene Lebensmittel zum Ausprobieren. Und obwohl sie darauf beharrte, Ziegenmilch zu mögen, und ihm den köstlichen Käse servierte, den sie herstellte, hatte er sogar eine Milchkuh mitgebracht, die sie Mooze nannten. Sie hatte sich an die meisten Lebensmittel aus dem Laden gewöhnt und schrieb ihm sogar eine Wunschliste. Aber außer, dass sie einmal San Francisco erwähnt hatte – San Francisco? Wirklich? –, schien sie fest entschlossen, ihr Leben in der Abgeschiedenheit zu verbringen. Er konnte ihr somit nur dabei helfen, so autark wie möglich zu sein – sie also lediglich dabei unterstützen, sich selbst zu versorgen, wie sie das sowieso schon lange tat. Es war also keine echte Aufgabe für ihn.

Wenn er sie schon nicht in die Welt mit hinausnehmen

konnte, wie viel von der Welt konnte er dann zu ihr hereinbringen? Zum Beispiel einen Computer, zumal die Halbinsel inzwischen größtenteils Internetanschluss hatte. Kabelfernsehen. (Wobei ihm seine eigene Sucht da zu denken gab. Dann vielleicht doch nur den alten Videorecorder durch einen DVD-Player ersetzen?) Heutzutage war es möglich, mit der ganzen Welt vernetzt zu sein. Nadia besaß ein großes Wissen, nicht nur, wie man allein auf einem Hof überlebte, sie hatte auch alle Bücher gelesen, alle Filme angesehen und alle Alben angehört, die es hier gab. Sie hatte viel Zeit gehabt und sie gut genutzt.

Er streifte die Arbeitshandschuhe ab und ging zum Haus, um ihr bei der Zubereitung des Mittagessens zu helfen, wollte aber kein Wort mehr über Caboose verlieren.

Die Fenster standen offen, und beim Betreten der Veranda empfing ihn die Stimme von Neil Young. Sie legte oft eine Platte auf, wenn sie von der Arbeit draußen reinkamen. Der Sound der alten Lieder verstärkte seinen Eindruck noch, in eine Zeitreise ein- und auszusteigen. Zumal der kratzige Klang der Schallplatten bei ihm die Assoziation weckte, das Leben würde sich im Kreis drehen, und man brauchte die Nadel nur in eine bestimmte Rille zu setzen, um seine Lieblingstage wieder aufleben zu lassen.

Drinnen hatte Nadia den Tisch schon gedeckt. Er zog die Stiefel aus und stellte sie neben ihre.

Beim Händewaschen überkamen ihn gleichzeitig Hunger und Müdigkeit. Er sank auf den zweiten Stuhl am Tisch und dankte Nadia für das Mittagessen – ein Lachssandwich und selbstgemachte Kartoffelchips. Obgleich sie zugab, auch die

Chips von Lay zu mögen, die er mitgebracht hatte, bestand sie darauf, weiter ihre eigenen zu machen, die auch er stattdessen bald aß.

Neil Young schmachtete »*Old Man* …« In einem seiner fröhlichen Momente hatte sein Dad einmal eine erstaunlich gute Neil-Young-Imitation zum Besten gegeben. Danny hatte an genau diesem alten Tisch aus Fichtenholz gesessen, die Nase im *Farmers-Almanach*, und Mom hatte im rotkarierten Sessel, auf ihren Füßen sitzend, Tagebuch geschrieben. Das Kaminfeuer knisterte und sprühte Funken. Alle waren müde; alle waren satt. Es war Spätherbst, und sie hatten schwer geschuftet, um noch vor dem Frost die ganze Ernte einzuholen und die letzten Heuballen in die Scheune zu bringen. An dem Tag hatte sogar Kache hart gearbeitet, was sein Dad vielleicht sogar registriert hatte – oder auch nicht. Aber sein Dad war gutgelaunt, schenkte sich und Bets einen Scotch on the rocks ein, prostete ihr zu und setzte sich in Strümpfen auf seinen Stuhl. Glenn Winkel war ein attraktiver Mann gewesen. Kleiner und stämmiger als Kache, glich er in Größe und Statur Denny, mit dunklem, überwiegend glattem Haar, das aber in einer Welle auf die Stirn fiel. Er war glattrasiert und trug Koteletten.

»*I'm a lot like you* …«, sang er mit Neil. »Hey, Kachemak. Ich hab dich kaum erkannt mit den leeren Händen. Wo ist deine Gitarre, Sohn?«

Kache zuckte die Achseln, misstraute diesem plötzlichen Interesse an seiner Musik. Aber sein Vater lächelte, und seine Augen leuchteten, und dann stand er auf einmal vor Kache und hielt ihm seine Gitarre hin. Kache konnte sich nicht erinnern, dass sein Dad sie jemals zuvor angerührt hatte. »Kannst du diesen Song für mich spielen? Kannst du das?«

Kache nickte, nahm die Gitarre. Es war das erste und letzte Mal, dass sein Dad ihn gebeten hatte, etwas zu spielen, und Kache spielte und spielte, mit all der Leidenschaft, Liebe und Konzentration, die er aufbringen konnte.

Kache war so versunken in die über zwanzig Jahre alte Erinnerung, dass er, zurück in der Gegenwart, seine alte Gitarre wie einen Geist vor sich schweben sah. Er schreckte zusammen. Nadia stand da und hielt sie ihm hin. Die Gitarre, nach der er absichtlich nicht gesucht hatte, seit er zurückgekehrt war. »Spielst du bitte? Kannst du diesen Song für mich spielen?«

Er riss ihr die Gitarre aus der Hand. *Kannst du diesen Song für mich spielen?* Wie bitte?

Hör auf, mich zu verarschen, wollte er sie anschreien, doch er sagte stattdessen: »Soll das ein Witz sein?«

Ihre Augenbrauen schossen in die Höhe, und sie presste die Hand aufs Schlüsselbein. »Nein. Das ist nicht zum Lachen.«

»Wo hast du die gefunden? Warum bittest du mich, dieses Lied zu spielen?« Er musste sich zusammenreißen, um sie nicht anzubrüllen.

»Kache, warte. Ich entschuldige mich.«

»Reicht es nicht, dass du in meinem Haus lebst? Musst du auch noch in meinem verkorksten Kopf leben?«

»Ich wollte dir nicht Schmerzen machen. Ich –«

Den Rest hörte er nicht mehr, denn er hatte sich die Gitarre unter den Arm geklemmt, seine Stiefel gepackt, die Haustür hinter sich zugeschlagen, die Stiefel angezogen, ohne sie zuzuschnüren, und war viel zu schnell davongebraust. Hatte er überreagiert? Doch auf der ganzen Fahrt zu Snag zitterte er wie ein Birkenblatt im Sturm.

Aber Nadia konnte davon gar nichts wissen, und kurz darauf kam er sich bereits wie ein Idiot vor, sie auf diese Weise zurückgelassen zu haben. Und dann noch die Angst, dass er den Verstand verlor. Seine Gitarre stand am Boden vor dem Beifahrersitz, halb zu ihm gedreht, als würde sie ihn beobachten und gleich mit ihrer eigenen Version von »Hello Old Friend« loslegen.

»Hör auf«, flüsterte Kache zu niemandem. »Bitte. Hör einfach auf.«

28

Nach einer weiteren frustrierenden Gemeinderatsversammlung fuhr Snag ins Spit Tune, wo sie mit Gilly verabredet war. Snag bestellte ein Bier und Gilly einen rosa Drink namens Cosmo, von dem Snag noch nie gehört hatte. »Du weißt schon«, erklärte Gilly, »Sex and the City.«

»Das hat so rein gar nichts mit meinem Leben zu tun, dass ich mir wie eine Heuchlerin vorkäme, wenn ich so was bestellen würde.«

Gilly lachte und schob Snag ihren Drink hin, damit sie ihn probierte. Er war süß und lecker, und als Snag das sagte, ging Gilly zur Bar und bestellte bei Rex, dem Besitzer, einen weiteren Drink. Ein breitschultriger Mann, der an der Bar saß, beugte sich zu Gilly hin und flüsterte ihr etwas ins Ohr. Obwohl Snag nicht hören konnte, worüber sie sich unterhielten, sah sie Gilly den Kopf schütteln und lächeln. Der Mann sah gut aus, zumindest im Dämmerlicht der Bar. Snag verspürte einen kleinen Funken Eifersucht in ihrer Brust aufflackern, den sie sofort auslöschen musste. Gilly? Unmöglich. Sie hatte sich zwanzig Jahre lang verboten, irgendetwas für irgendwen zu empfinden, denn die zwanzig Jahre davor hatte sie nichts als Eifersucht verspürt. Zwanzig Jahre verzehrende Eifersucht, gefolgt von zwanzig Jahren Reue.

Nicht gerade ein erfülltes Leben. Und sie wusste, dass das kleine Stück brennende Kohle – denn in Minuten war aus dem Funken Kohle geworden – die ihr verbleibenden Jahre zerstören konnte. Sie war jetzt fünfundsechzig und hatte Glück, wenn ihr noch zwanzig Jahre blieben. Und die wollte sie nicht mit Eifersucht und unerwiderter, unmöglicher Liebe verplempern. Gilly war zehn Jahre jünger als Snag und stand eindeutig auf Männer. Thema beendet.

Gilly kam mit dem rosa Drink für Snag zurück, den Snag mit geschlossenen Augen mehr oder weniger auf ex trank, damit die brennende Kohle ein für alle Mal gelöscht wurde.

Als sie die Augen wieder öffnete, sah sie zuerst das angelaufene Bierglas neben sich und dann die gutherzige Gilly ihr gegenüber – eine neue Freundin und weiter nichts, so helfe ihr Gott. Snag stieß einen Seufzer der Erleichterung aus.

Gilly musste das für einen genussvollen Seufzer gehalten haben, denn sie sagte: »Ich sehe, dass der Drink dir schmeckt.«

Snag nickte und zeigte mit dem Kopf zu dem Mann an der Bar. »Ein Bewunderer?«

Gilly zuckte die Achseln. »Nicht mein Typ.«

Snag hob die Augenbrauen, aber Gilly führte das nicht weiter aus, und so berichtete Snag ihr von der Gemeindeversammlung, in der alle darauf beharrt hatten, dass der Herring-Town-Begleitwagen weiter am Ende der Eisenbahnschienen stehenblieb. »Der arme alte Caboose steht schon seit Jahrzehnten da, ein armseliges Museum mit Relikten seines früheren Lebens. Warum will keiner, dass er wieder nützlich ist und fährt?«

»Entschuldige, dass ich das jetzt frage, Snag, aber warum

kann der alte Caboose nicht einfach dort bleiben, und wir lassen einen neuen bauen – eine Reproduktion des alten? Dann wären alle glücklich und zufrieden.«

»Ich nicht. Es geht ums Prinzip. Der Caboose stimmt mich traurig.«

»Traurig?«

»Ja. Traurig. Macht es dich denn nicht traurig? Eine längst vergangene Ära, eine ganze Stadt, die vom Fischfang gelebt hat, und dann bricht wegen Habgier alles plötzlich zusammen, und die Stadt geht fast mit unter.«

»Aber eben nur fast. Sie hat durchgehalten und sich neu erfunden.«

»Exakt! Und das ist genau der Grund, warum ich den alten Caboose wieder fahren sehen will.«

»Ich fürchte, ich kann dir nicht ganz folgen. Man könnte auch sagen, dass der Caboose sich neu erfunden hat – als ein Museum.«

»In einem Museum geht es um die Vergangenheit, nicht um die Zukunft.«

»Aha.«

Ohne Gilly anzusehen, nahm Snag noch einen Schluck ihres City-Sexy-Drinks. »Okay, da gebe ich dir recht«, erwiderte Gilly. »Aber das ist es nicht, was in letzter Zeit so an dir nagt.«

Rex kam und stellte eine Schale mit Erdnüssen auf ihren Tisch. »Dein Freund wollte dir einen Drink spendieren, aber ich hab gesagt, du bist verheiratet, und da hat er aufgegeben. Komischer Kerl, selbst gemessen an Alaska-Maßstäben.«

»Ach ja?«, sagte Snag. »Wie meinst du das?«

»Er ist ein Landstreicher. Sagt, er hätte eine Hütte am See, ohne Strom und so. Ein Russe.«

»Ein Altgläubiger?«

»Nein, ganz und gar nicht. Er hatte einen Job oben in Prudoe Bay und war mal mit einer Einheimischen verheiratet, aber das ist eine Weile her und hat nicht funktioniert. Jetzt ist er wieder hier und lebt als Einsiedler, wie er sagt. Kommt nur her, um fernzusehen oder wenn die Band spielt. Ich wollte euch zwei holde Maids nur wissen lassen, dass ich auf euch aufpasse.«

»Danke, Rex«, sagte Gilly. »Heißt das auch, dass du uns die nächste Runde spendierst?«

»Um Himmels willen, nein. Das kann ich mir nicht leisten.« Er grinste, warf sich das Geschirrtuch über die Schulter und ging zurück zur Bar.

»Rex«, sagte Snag. »Immer für einen Klatsch zu haben. Vermutlich hat er den Typ vergrault, weil er selber ein Auge auf dich hat.«

Gilly schüttelte den Kopf. »Nee, Rex nicht. Der ist seit Urzeiten, als es hier noch Dinosaurier gab, in Tilde Miller verliebt. Also, Snag, endlich sitzen wir hier, obwohl du es wirklich geschafft hattest, mir drei Donnerstage hintereinander abzusagen.«

»Ich weiß schon gar nicht mehr, was mich an dem Tag so aufgeregt hat, als du mir angeboten hast, mal zu reden.«

Gilly steckte sich lächelnd eine Erdnuss in den Mund. »Ich denke schon, dass du das noch weißt.« Gilly konnte einen sogar freundlich der Lüge überführen und weigerte sich auf sanfte Weise, irgendeinen Mist serviert zu bekommen.

Snag spürte, wie sie errötete, und war froh über das düstere

Licht in der Bar. »Vermutlich hast du recht, aber es fühlt sich nicht mehr so dringend an.«

»Snag, wenn du nicht willst, musst du mir nichts erzählen. Aber mir zum Beispiel hilft es, über bestimmte Dinge zu reden. Das Leben ist manchmal ziemlich verwirrend, und Reden kann helfen, es zu entwirren. Und bisweilen kann es uns sogar richtig befreien.«

»Das hört sich zwar schön an, aber auf die Vergangenheit trifft das nicht zu. Reden kann vergangene Fehler nicht ungeschehen machen. Nichts kann das. Und schon gar nicht, wenn diese Fehler für geliebte Menschen die Weichen so gestellt haben, dass sie unweigerlich ins Unglück führten.«

Die Bar war jetzt so gut wie leer, Gillys Bewunderer war gegangen, und nur der alte Johnny Mathis-Ja-das-ist-mein-richtiger-Name saß mit seinem Sohn am Ende der Theke, den Blick auf den Fernseher geheftet. Es war noch früh, und die Band würde erst in zirka vierzig Minuten spielen.

Snag musste weg. Sofort. Sie stand auf, aber Gilly hielt sie am Arm fest und zog sie zurück auf den Stuhl, so dass Snag drauf plumpste. Sie starrte auf ihre Hände. Sie mochte ihre Hände mit den schön geformten Nagelbetten und dem goldenen Hochzeitsring ihres Vaters am Mittelfinger. Es waren Hände, die etwas zustande brachten. Jetzt legte Gilly ihre Hand darauf und wartete.

Seit Kache zurückgekommen war, hatte Snag das Gefühl, an ihren Geheimnissen zu ersticken. Und jetzt saß Gilly ihr gegenüber, mit sorgenvollem Blick in den Augen und gespitzten Ohren – selbst ihre baumelnden Ohrringe schienen sie aufzufordern, endlich etwas zu sagen. Und das tat sie dann auch: »Ich hoffe, du sitzt gut, Gilly. Du bist mir eine gute Freundin, und es ist wirklich schön, dich zu kennen. Aber du wirst mich gleich nicht mehr kennen wollen, und das ist auch in Ordnung, ich verstehe das. Und jetzt kommt's: Ich war in meine eigene Schwägerin verliebt. Zweiundzwanzig Jahre lang bin ich ihr wie ein junger Hund überallhin gefolgt. Echt erbärmlich. Ich hatte mir sogar zurechtphantasiert, dass mein eigener Bruder ins Gras beißt und sie mir ihre Liebe gesteht. Und dann ist ihm genau das passiert. Und nicht nur ihm, sondern auch der schönen Bets und meinem süßen kleinen Neffen Denny. Und ich bin schuld.«

Snag musste sich mit aller Kraft zusammenreißen, um nicht aus der Bar zu stürmen. Augenblicke vergingen. Hinter der Bar klirrten leere Gläser, im Fernseher kam ein Werbespot für eine Kreuzfahrt, und Snag wünschte sich auf das Schiff mit den Fremden in die Tropen, nur fort aus der Bar, wo sie Gilly gerade ihre Sünden gebeichtet hatte. Doch Gilly hatte nicht einmal ihre Hand zurückgezogen, drückte sie jetzt sogar und sagte: »Das ist eine tragische Geschichte, aber das Tragischste daran ist, dass du dir selbst die Schuld für das schlechte Wetter an jenem Tag vor zwanzig Jahren gibst. Du bist eine sensible, fürsorgliche, starke Frau, Snag. Aber es tut mir leid, dir zu sagen, dass deine Gedanken keine Macht über das Wetter haben.«

»Das verstehst du nicht.«

»Doch, ich verstehe das. Besser als du glaubst. Und ich verstehe auch, dass die Liebe zu deiner Schwägerin nicht dazu geführt hat, dass das Flugzeug am Berg zerschellt ist. Das kann ich dir sogar garantieren.«

»Aber du warst ja nicht einmal da. Das ist noch nicht alles, ich – «

»Die Einzelheiten will ich gar nicht wissen, die interessieren mich nicht. Ich weiß, dass du bei dem Absturz nicht einmal in dem Flugzeug gesessen hast. Flugzeuge stürzen überall ab, aber in Alaska besonders oft. Hör endlich auf, damit zu rechtfertigen, dass du dein Leben nicht lebst. Und zwar sofort.«

Snag atmete aus. Ein und aus, immer wieder. Noch nie im Leben hatte sie ihr Geheimnis jemandem erzählt, und jetzt hatte sie es einer Frau anvertraut, die sie nicht einmal besonders gut kannte. Es stimmte zwar, dass sie nicht alles erzählt hatte, doch genug, um den Damm zu brechen. Tränen rannen ihr übers Gesicht, aber außer Johnny, Bobby und Rex gab es keine Zeugen, und die drei verfolgten gebannt das Golfspiel im Fernsehen. Gilly ging zur Theke, um noch zwei Drinks zu holen, und brachte ihr einen Stoß Servietten mit, damit sie die Tränen im Gesicht abwischen konnte.

Dann trafen langsam die Konzertbesucher ein, und die Musiker bauten ihre Instrumente auf der Bühne auf. Snag winkte Marion Tilloko zu, Kaches früherer Gesangspartnerin und Freundin. Marions Großvater war im selben Altenheim wie Lettie, nur drei Zimmer neben ihr. Gilly winkte auch.

Snag beugte sich vor und sagte: »Ich bin kein einziges Mal auf dem Hof gewesen, nur die paar Mal direkt nach dem Absturz. Meine Mom und Kache habe ich immer beschwindelt.«

»Sind sie deswegen wütend auf dich?«

Snag schüttelte den Kopf. »Es grenzt zwar an ein Wunder, aber nein, sie sind nicht wütend.«

»Dann gibt es nur noch eines.«

»Und das wäre?«

»Befreie dich aus dem Gefängnis, in das du dich vor zwanzig verdammten Jahren selber gesperrt hast.«

29

Snag hatte Kache einen Zettel hingelegt: *Bin im Spit Tune, wo heute Abend die Band spielt. Komm doch auch hin!* – und Kache damit zusätzliche Qualen bereitet. Die Band, nicht irgendeine Band, spielte noch immer in derselben alten Bar, in der Rex damals ignoriert hatte, dass die Bandmitglieder noch minderjährig waren und keinen Alkohol trinken durften. Sie würden einmal ganz groß rauskommen. Das hatten sie immer gesagt; alle in der Stadt hatten es gesagt, sogar der Zeitungsreporter aus Anchorage. Aber das war, bevor Kache die anderen sitzenließ.

Wie konnte ein Mann seine Leidenschaft so einfach aufgeben? Wie konnte er der Sache, die ihm außer der Familie das Wichtigste auf der Welt gewesen war, einfach den Rücken kehren? Es war eine seltsame Erleichterung gewesen, ohne die Gitarre nach Austin zu gehen. An genau den Ort, wo er ursprünglich nichts anderes machen wollte als Musik, Musik – mit einem Musik-Stipendium von der University of Texas in Austin. Allerdings war man an der Uni dann nicht gleich bereit, ihm stattdessen ein Stipendium für Betriebswirtschaftslehre zu geben. Erst als Kache auf seinen exzellenten Schulabschluss verwies – nicht nur in Musik, sondern auch in Mathe, Naturwissenschaften und Englisch, und auf seine Arbeit als freiwilliger Helfer im Einheimischen-Dorf sowie sein hervorragendes Ergebnis beim Aufnahmetest –, gaben sie ihm ein volles BWL-Stipendium. Aber nur aufgrund einer streng geheimen Umverteilung der Mittel, wie es hieß. Diese Hürde hatte er also genommen. Aber dann gab es noch die vielen anderen in einer Stadt, die für ihr überreiches Musikangebot in so ziemlich jeder Bar und an jeder Straßenecke bekannt war. Dazu kamen die vielen Festivals überall in der Stadt – South by Southwest und Austin City Limits, um nur zwei zu nennen – und dass er Leute wie Shawn Colvin und Steve Earle und John Prine – seine Helden – einfach so im Restaurant sah, wo sie mit Freunden zu Mittag aßen, oder in einem Antiquariat oder in einer Apotheke, wo sie sich die Tür in die Hand gaben.

Aber damit setzte er sich lieber auseinander als mit den Gefühlen, die ihn überfielen, wenn er selbst Musik machte. Das hatte er in den ersten Wochen nach ihrem Tod zu Hause versucht. Aber die Musik ließ ihn immer wieder jene letzte schlimme Nacht durchleben.

In jener Nacht hatte sich Kache in sein Zimmer zurückgezogen, die Tür abgeschlossen und laut Gitarre gespielt, um seinen Vater zu übertönen, der schrie und an die Tür hämmerte und drohte, sie einzutreten. Das hatte er dann schließlich auch getan, war ins Zimmer gestürmt und hatte sich dicht vor Kache aufgebaut. Kache spielte immer weiter, in der Nase Scotch und die Zwiebeln vom Auflauf, den Tante Snag mitgebracht hatte. Er hatte seinen Dad schon früher betrunken gesehen, aber nicht oft und nicht so schlimm wie jetzt. An jenem Abend hatten alle drei Erwachsenen ihre verbalen Hemmungen fallenlassen, und schließlich war sein Vater ausfällig geworden. Nach den üblichen Vorwürfen wegen Kaches Unfähigkeit und Faulheit hinsichtlich der Arbeiten auf dem Hof ging es am Ende wie immer um seine Musik, als sähe er darin eine persönliche Beleidigung und die Ursache für alles Übel der Welt. Da spielte es auch keine Rolle, dass Kache ausgezeichnete Noten in der Schule hatte und gute Musik machte; wichtig war nur, dass er zu Hause nicht hart genug arbeitete.

»Du gottverdammter fauler Sack! Du aufgeblasener kleiner Wicht, schließ nie wieder deine Tür vor mir ab, hast du mich verstanden?« Kache antwortete nicht. »Hast du mich verstanden?«

Kache hatte innerlich gezittert, doch sich cool gegeben. »Nein. Ich verstehe dich nicht. Ich werde dich nie verstehen.«

Sein Vater hatte ihn an den Haaren gepackt und etwas getan, was er nie zuvor getan hatte: Er schlug ihm ins Gesicht. Wie ein Springbrunnen spritzte Blut aus Kaches Nase, und obwohl er sich dagegen wehrte, füllten seine Augen sich mit Tränen, und in seine Hand tropfte das Blut.

Kache sagte, was er nie zuvor gesagt hatte. »Ich hasse dich. Geh doch einfach los und töte irgendwas, erschieß deine Tiere, und lass mich in Ruhe.«

Snag stieg über die kaputte Tür, rief: »Bets, hol Eiswürfel!«, und stauchte Glenn zusammen, der daraufhin von ihm abließ. »Was ist los mit dir, hast du dich plötzlich in ein Monster verwandelt?«, schrie sie ihn an. Doch selbst Tante Snag, die Kache nie zuvor betrunken gesehen hatte, lallte. Sie hob Kaches Lieblingsshirt (was sie aber nicht wissen konnte) vom Boden, das Blaze-Foley-T-Shirt, das Marion ihm letzten Sommer von einem Konzert in den »Unteren 48«, wie man in Alaska alle Staaten südlich von ihnen nannte, mitgebracht hatte. Snag drückte ihm Blaze Foley unter die stark blutende Nase. Kache schloss die Augen und wünschte, Denny wäre hier, doch der war mit seiner Freundin ausgegangen. Nichts davon wäre passiert, wenn Denny zu Hause gewesen wäre. In Dennys Gegenwart hätte sein Dad es nie gewagt, Kache anzufassen. Kache konnte immer noch kaum fassen, dass es tatsächlich dazu gekommen war.

Dann hatte sich seine Mutter über ihn gebeugt, ihm die Haare aus dem Gesicht gestrichen und gesagt: »Tut mir leid, Schatz, das tut mir so leid. Das ist nicht dein Dad, das sind die Drinks«, aber auch ihr Atem roch nach Scotch. Warum hatten sie sich alle so betrunken? Was als gemütliches Abendessen mit Snag begonnen hatte und dann mit einer Runde Scrabble hätte weitergehen sollen, war zu einem Streit im Alkoholrausch eskaliert. Selbst später, als er im Bett lag, vollgepumpt mit Schmerztabletten, die seine Mutter nach ihrer Knieoperation nicht mehr gebraucht hatte, hörte er weiter Schreie und Weinen. Er hängte die Tür so gut es ging wieder ein, was mit seinem benommenen Kopf und mangelndem handwerklichen Geschick eher schwierig war, nagelte sie zu und weigerte sich, herauszukommen. Denny hätte es vielleicht geschafft, ihn aus seinem Zimmer und nach unten zu locken, aber Denny war nicht nach Hause gekommen, sondern hatte bei seiner Freundin übernachtet.

Am nächsten Morgen bat sein Vater ihn durch die geschlossene Tür hindurch um Verzeihung, aber Kache ignorierte seine Bitten, übertönte sie mit Gitarrenmusik. »Es tut mir so leid, Sohn. Das hätte ich nicht tun dürfen. Kachemak? Bitte, verzeih mir.«

Die Haustür schlug zu. Er hörte auf zu spielen. Die Schritte seiner Eltern auf der vorderen Veranda. Der Schotter knirschte. Leise machte er das Fenster auf und lauschte. Die Jagd- und Angelausrüstung wurde hinten auf die Ladefläche gepackt, Türen wurden knarrend geöffnet.

Sein Dad sagte: »Er wird sich schon wieder beruhigen.«

»Vielleicht sollte ich bei ihm bleiben.« Das waren die letzten Worte, die er aus dem Mund seiner Mutter gehört hatte.

»Manchmal braucht ein Mann Raum, Bets. Geben wir ihm den. Komm, Schatz, Denny wartet schon darauf, dass wir ihn abholen.«

Eine Tür schlug zu, der Motor heulte auf, und dann warf Kache einen verstohlenen Blick hinaus. Seine Mutter sah zu seinem Fenster hoch, und er wollte sich zeigen und ihr winken, rufen, dass sie warten sollten. Aber er blieb hinter der Gardine stehen und sah zu, wie auch sie in den Wagen stieg und die Tür zuzog. Es wäre so leicht gewesen, sie aufzuhalten. Die Zeit, die er gebraucht hätte, um seine Sachen zu packen und damit ihre Abfahrt zu verzögern, hätte alles geändert. Aber er rief nicht, dass sie warten sollten. Er sah zu, wie der Pick-up wendete, Schotterstaub aufwirbelte, zur Straße fuhr und aus seinem Blickfeld verschwand.

Das war es, was Kache bei jedem seiner Versuche, wieder Gitarre zu spielen, all die Jahre gehört hatte: Sein Dad schrie, sein Dad drohte, Kache sagte, ich hasse dich, ich hasse dich, geh los und töte irgendwas, seine Mom tröstet, sein Dad entschuldigt sich, und dann fallen die Türen zu, der Wagen heult auf und fährt ohne Kache los, um Denny abzuholen. Denny, der große Bruder, der sich immer für ihn eingesetzt hatte.

Er fuhr sich mit dem Finger über den Nasenrücken. Er musste neue Saiten kaufen. Die Vorstellung machte ihn nervös. Er saß in Snags Gästezimmer auf dem Bett, die Gitarre in der Hand. Ob das Geschehen jenes Abends noch immer aufleben würde, wenn er spielte, wusste er nicht.

Wenn er sich beeilte, konnte er es vor Ladenschluss zu Jeff's Music schaffen und die Saiten kaufen. Oder er konnte Snags Fernseher anmachen, sich aufs Sofa legen, *Das Haus, das Jack und Jack junior bauen* gucken und es für heute gut sein lassen. Er hatte wirklich schon genug geschuftet.

30

Im Laufe des letzten Monats hatte Nadia aufgehört, ihren Weggang zu planen, und freute sich im Gegenteil jeden Morgen auf Kaches Ankunft. Doch heute hatte sie vielleicht ihre Freundschaft zerstört.

Seit Kache das erste Mal hier aufgetaucht war, war sie nicht mehr einer ihrer liebsten Freizeitbeschäftigungen nachgegangen. Was einmal nur ihr allein zu gehören schien und ihr geholfen hatte zu überleben, fühlte sich jetzt, wo er hier war, wie Diebstahl an. Selbst wenn er abends fort war und die Versuchung groß, widerstand sie.

Doch ihr unterliefen immer wieder Fehler. Gespräche waren noch immer eine Herausforderung für sie, und obwohl sie sich danach sehnte, war sie hinterher stets erschöpft und verwirrt – wie viele der Gedanken in ihrem Kopf sollte sie in Worte fassen und aussprechen und sie durch die Luft in Kaches Ohren schicken? Was war gut für ihn zu wissen? Was würde ihm unnötigen Schmerz bereiten? Was sollte sie besser für sich behalten?

Elizabeth hatte die Tagebücher nur für sich selbst geschrieben, das konnte Nadia aus dem Inhalt schließen. Trotzdem hatte sie sie so oft und so gründlich gelesen, dass es ihr teilweise schwerfiel zu unterscheiden, welches Elizabeths Gedanken waren und welches ihre eigenen. Kache die Gitarre zu geben und ihn zu bitten, diesen Song zu spielen, war dumm gewesen, und vielleicht würde er jetzt nie wieder zurückkommen. Genau wie Lettie.

Und so fand Nadia, weil sie sich nach Kaches Gesellschaft sehnte und nicht mehr unbedacht Kaches Mutter zitieren durfte, dass sie noch einmal einen Blick in die Bücher werfen sollte, um ihr Gedächtnis aufzufrischen. Sie setzte sich in Elizabeths und Glenns Wandschrank zwischen alte Stiefel und Hausschuhe und die Säume schwerer Mäntel auf den Boden und holte ihre drei Lieblingstagebücher aus dem Pappkarton, den sie vor langer Zeit hier entdeckt hatte. Sie verließ sich darauf, dass Leo bellen würde, wenn der Pick-up in die Straße einbog, schlug ein Tagebuch auf und las:

> Der segensreiche Sommer ist endlich da, und ich habe hundertmal mehr Energie als im Winter. Es gibt viel zu tun, aber ich muss erst einmal achtzehn Stunden lang die Sonne auf Armen und Haaren und Rücken spüren. Der Garten quillt über, der Kohl ist riesig, die Sonnenblumen sind größer als mein Gesicht. Gladiolen! Stiefmütterchen! Rosen! Die Bohnen wachsen in den Himmel und können sich bald um einen Stern ranken. Und so ist es auch bei Denny und besonders bei Kache, die Kerben im Türpfosten müssen beinahe wöchentlich auf den neuesten Stand gebracht werden.

»O Elizabeth«, flüsterte Nadia. »Ich habe dich vermisst.«

Und dann das:

Wir sind eine Familie der Extreme, verlassen uns aufeinander in einem Land der Extreme. Wir bewegen uns in einem Zustand ständiger Wachsamkeit: ob es Veränderungen im Meer und am Himmel gibt, ob enorme Geweihe oder riesige Tatzen zwischen den Erlen hervorbrechen oder ob erneut die verschiedenen Persönlichkeiten aufeinanderprallen. Wir sind ein Bär, ein Elch, ein Wolf, ein Adler und wohnen alle unter diesem kleinen Dach, der Illusion von Schutz inmitten all dieser Pracht.

Jetzt überlegte Nadia, wer Kache in diesem Szenario gewesen sein mochte. Sie konnte sich ihn als Elch vorstellen, als Adler oder sogar als Wolf. Wie hatte seine Mutter ihn gesehen? Leo bellte, und Nadia stopfte die Tagebücher schnell zurück in den Karton, kam aus ihrem Versteck hervor und lief die Treppe hinunter. Aber durch das Fenster erblickte sie nur die Elchkuh und ihr Kälbchen, die jeden Tag durch den Garten spazierten. Keine Spur von Kache, obwohl es schon später Morgen war. Und wenn er ihr nicht verzieh?

Sie hatte sich ausgemalt, dass sie beide zusammen zum Strand gingen und die Fischnetze leerten, was zu zweit viel einfacher war. Aber sie konnte nicht noch länger warten, und ganz bestimmt sollte sie sich nicht im Wandschrank verkriechen, wo draußen die Sonne gerade so großzügig ihre Gaben verteilte, wie eine Kelle mit warmer Butter, die sich aus dem niedrigen Himmel in alle Winkel ergoss. Und diese gleißende Helligkeit. Wenn sie doch nur eine große Kiste hätte und etwas von diesem Licht für den Winter einfangen könnte, wenn die hellen Stunden rar waren, und sie dann den Deckel heben und sich vom Licht wärmen lassen könnte. Aber genau das hatten Elizabeths Worte vollbracht.

Zwei Lachse, vier Kabeljau, drei Seesterne und vier Seeanemonen. Ein halbes Dutzend Taschenkrebse, alle etwas kleiner als gesetzlich erlaubt. Aber das überprüfte sowieso niemand. Nadia ließ die Krebse trotzdem wieder frei – die größeren hatten ohnehin schmackhafteres Fleisch – und richtete ihr Augenmerk auf Lachse und Kabeljau. Sie blickten sie misstrauisch an, zappelten, dann lagen sie ruhig da, reglos bis auf die atmenden Kiemen. Was jetzt kam, mochte sie nicht, und sie hätte sie am liebsten zurück ins Wasser geworfen. Aber dann schlug sie mit großer Kraft einmal auf jeden Fisch drauf, und es war vorbei.

Sie erkannte sich in jedem Fisch wieder, der in ihrem Netz festhing, in jedem Kaninchen, das in ihre Falle ging, jedem Huhn, dem sie den Hals umdrehte, jedem Tannenhuhn, das sie schoss. Im Leben dieser Tiere war sie der Wladimir.

Er war in Altai, ihrem neuen Dorf, erschienen und hatte erzählt, aus der Gemeinschaft in Oregon zu kommen, wo die Welt immer stärker in ihr Leben eindrang. Er jedoch wollte die Freiheit haben, Gott in der reinen Weise der alten Tradition anzubeten. Aber das entpuppte sich nur als eine schöne Geschichte. Wladimir betete nur sich selbst an.

Seit den Differenzen, die zur Spaltung der alten Dorfgemeinschaft geführt hatten, waren zwei Jahre vergangen. Zwei Jahre, seit Niko, ohne zu zögern, Katharina geheiratet hatte. Nadias Eltern hatten sie nicht zu einer Heirat gedrängt. Außerdem gab es sowieso keine Interessenten, denn sie war das älteste der Kinder in ihrer kleinen Gemeinschaft. Und sie hatte sich von Niko so verraten gefühlt, dass sie die Vorstellung, überhaupt jemals zu heiraten, vollständig begrub und sich stattdessen ihren Studien widmete. Doch das alles änderte sich nach der Ankunft von Wladimir.

Am Anfang hatte ihr nur seine enorme Anziehungskraft Angst gemacht. Alle im Ort schwärmten für ihn, selbst die Männer, deren es nicht viele gab. Seine starken Arme und Beine halfen, den Häuserbau zu beschleunigen, der sich sowieso schon viel zu lange hinzog. Es machte nichts aus, dass er schon weit über dreißig und unverheiratet war – obwohl Nadia auch dieser Geschichte misstraute. Seine Augen hatten die Farbe von Schwertlilien, und seine Zähne strahlten blütenweiß, sogar vor dem Hintergrund frischgefallenen Schnees. Seine Nase war kräftig, aber nicht zu groß, und selbst die ebenen Flächen seines Gesichtes strahlten Stärke und Weisheit aus. Sein Bart wirkte wie eine Einladung, sich anzuschmiegen.

Im ganzen Dorf herrschte Aufregung. Endlich! Ein Ehemann für Nadia. Wenn man genau hinhörte, flüsterte es sogar der Wind in den Bäumen. *Endlich! Endlich!* Denn Nadia, inzwischen fast sechzehn Jahre alt, galt als sitzengeblieben. Eine alte Jungfer.

Wenn sie mich doch jetzt sehen könnten, dachte sie. Wenn sie mich doch jetzt sehen könnten.

Denn jetzt las sie Bücher. In jenen Tagen im Dorf hatte Nadia viel Zeit mit Stickereien zugebracht, weil von den Frauen erwartet wurde, dass sie alle Handarbeiten meisterten. In den Wochen vor der Hochzeit füllten sie, ihre Mutter und ihre Geschwister eine Truhe mit aufwendig gewebten Gürteln, deren Tragen für die Altgläubigen Pflicht war, sowie mit schönen Bettlaken und Kopfkissen, Kleidern, Decken und Stickbildern für die Wände ihres neuen Heims. Wladimir kam, von den Männern begleitet, um die Truhe zu »kaufen«, ein altes Ritual, bei dem viel *braga* getrunken und viel gelacht wurde.

Auf ihrem Hochzeitsfest war Nadia so aufgeregt, dass sie nichts essen konnte. *Braga* floss in Strömen. Berge von *pelmeni* und *gruzdi y pyerog* und *katleti* wurden auf Tellern herumgereicht, der Duft von Fleisch, gefüllten Pilzen, Kartoffeln und Backwaren erfüllte den Raum. Aber sie knabberte nur an einem süßen *pryanikpraniki*.

Wladimir flüsterte, die Lippen an ihrem Ohrläppchen: »Du musst essen, ja? Wir werden beide Kraft brauchen.« Er zwinkerte und legte unterm Tisch die Hand auf ihren Oberschenkel. Obwohl der Rock dazwischen war, durchströmte sie die Wärme seiner Hand, als hätte er viel mehr berührt als nur ihren bedeckten Oberschenkel.

Aber in jener Nacht trank er zu viel, fiel ins Bett und fing sofort an zu schnarchen. Sie schlief in ihrem Brautkleid im Stuhl, aus Angst, sich ausziehen, falls er doch noch aufwachte. Sie berührte ihre Zöpfe, musste sich erst daran gewöhnen, zwei statt einen zu tragen.

Am nächsten Morgen sagte er kein Wort, und sie fragte sich, was sie falsch gemacht hatte. Sie bereitete ihm *kartoshka s echkam* – Kartoffeln mit Eiern – zu, und er schaufelte alles in sich hinein, ohne sie auch nur anzusehen, und verließ für den Rest des Tages das Haus.

Nadia stand den ganzen Nachmittag vor dem Spiegel. Hatte sie irgendeine Deformation, die ihr entgangen war, etwas, das zuerst Niko und jetzt Wladimir bemerkt und abgeschreckt hatte? Das musste das Problem sein, und sie lief zum Haus ihrer Großmutter. Ihre Baba hörte sich ihre Angst an und versicherte ihr, dass sie eine schöne, kluge Frau war und jeder Mann sich geehrt fühlen würde, sie zu heiraten. »Er hat sicher zu viel *braga* getrunken. Der Mann schämt sich, mehr nicht. Heute Abend tust du, als wäre nichts geschehen. Du machst Wladimir mein *galushki* zum Essen, bürstest dein schönes Haar und wendest ihm dein makelloses Gesicht zu – und er wird der glücklichste Mann im Dorf und weit darüber hinaus sein.«

Beim Abendessen sprach er freundlich mit ihr; der charmante Wladimir war zurück. Nach dem Abwasch zog sie das Nachtgewand an, das sie in der Hochzeitsnacht hatte tragen wollen. Wladimir näherte sich ihr sanft, küsste sie lange. Doch dann wandte er sich abrupt ab, schlug aufs Kissen, fluchte und schlief ein. So ging es mehrere Nächte. Langes Küssen – manchmal berührte er ihre Brüste –, doch dann hörte er plötzlich auf und schlief ein, oder er stand auf und verließ stampfend das Zimmer. Hatte man sie über Sex falsch informiert? Sie hatte jedenfalls mehr erwartet. Und wollte definitiv mehr.

In der fünften Nacht wandte er sich zwar wieder ab, nachdem er sie eine Weile geküsst hatte, doch dann griff er unters Bett und holte ein Jagdmesser hervor.

»Wir versuchen es so«, sagte er. »Es wird helfen.« Er hielt das Messer an den Ausschnitt ihres Nachthemdes und durchtrennte die blauen Bänder, die sie und ihre Mutter drangenäht hatten.

Angst und Schrecken durchfuhren Nadia, und ihr Mund öffnete sich zu einem lautlosen Schrei.

»Warum willst du schreien, meine Prinzessin? Ich bin dein Ehemann. Ich tue dir nicht weh.« Neckisch zwinkernd knöpfte er seine Hose auf, schien belustigt. »Ah, darauf habe ich mich gefreut. Sieh dir das gute Stück gut an, ja? Man nennt mich den Hengst. Ich wusste, dass ich es noch in mir habe. Brauche einfach nur eine kleine Requisite.«

Er grinste dümmlich und hielt ihr das Messer an den Hals. »Es tut mir leid, dass dein Verlangen all die Tage nicht gestillt wurde. Jetzt wirst du vergessen, dass du jemals auf mich warten musstest.«

31

Leo bellte, und Nadia, über das Fischnetz gebeugt, schreckte zusammen. Sie richtete sich langsam auf, in Gedanken schon bei dem Gewehr, das nur fünf Schritte weit weg lag. Sie rechnete damit, dass gleich ein Bär durch die Büsche brach und zum Strand kam. Manchmal stahlen die Bären Fische aus ihrem Netz und rissen dabei große Löcher hinein, die sie flicken musste. Aber sie sah nichts. Als Leo dann sein Bellen unterbrach und die Ohren spitzte, hörte sie Musik. Gitarrenmusik, oben am Pfad.

Kache tauchte aus dem Wald auf, spielte und bewegte sich wie einer jener Minnesänger auf Königshöfen, von denen sie gelesen hatte. Nadia konnte nicht anders als lächeln, und dann lachte sie laut – nicht über ihn, sondern aus Erleichterung, dass er nicht länger böse auf sie war. Aber auch wegen der Freude, die sich beim Singen auf seinem Gesicht ausbreitete. Die Beschreibung des Reporters, den Elizabeth einmal in ihrem Tagebuch erwähnt hatte, passte genau: Seine Stimme vereinigte wirklich »Wunde und Wunder«.

Er warf den Kopf zurück und sang:

»Nadia, du hast mich entwirrt.
Nadia, eindeutig du,
Nadia, unbestreitbar du,
Nadia ah ah … Nadia ah ah … Nadiaaah …«

Er streckte die Arme aus, hielt die Gitarre am Hals fest und schüttelte sie.

»Zwanzig Jahre! Zwanzig Jahre lang ist es niemandem gelungen, mich so lange von meiner Nabelschau abzubringen, dass ich wieder spielen konnte. Und du hast nichts weiter getan, als mir bei einem bestimmten Herzensbrecher-Song die Gitarre zu reichen. Ich schwöre, du besitzt übernatürliche Kräfte.« Er wartete, dass sie etwas sagte. Nie zuvor hatte er so viele Worte auf einmal gesprochen. Er fuhr fort. »Ich danke dir. Tut mir leid, dass ich so ein Idiot war. Ich bin ausgeflippt, aber ich kann nicht fassen, wie schnell alles wieder da ist. Meine Finger stolpern zwar übereinander, aber sie wissen, wo sie hinmüssen, und sind einfach nur außer Form.« Er beugte sich vor, um den Eimer mit den Fischen zu begutachten. »Wow. Sieht aus, als hättest du viel zu tun. Ich dachte mir schon, dass ich dich hier unten finde, aber ich war davon ausgegangen, dass wir Muscheln suchen müssen. Komm, wir essen gleich hier am Strand, machen ein Feuer und grillen den Lachs.« Er streifte seinen Rucksack ab. »Sieh mal, ich hab Bier und grüne Bohnen und Brot dabei.«

Wie schnell seine Stimmungen wechselten! Und endlich sah sie auch die unbändige Freude, die Elizabeth beschrieben hatte. Er schnatterte schneller als ein Eichhörnchen, und sie erwartete schon fast, dass er einen Baumstamm hinaufflitzte, von einem

Ast zum nächsten sprang und sie dann zu einem Abendessen aus Pinienkernen einlud.

Stattdessen reichte er ihr ein Bier und fing an, Treibholz und Kohle fürs Feuer zu sammeln, seinen neuen Song mit allen Versionen ihres Namens summend. Den hatte sie schon lange nicht mehr ausgesprochen gehört, und gesungen noch nie. Die Bestätigung ihrer Existenz machte sie ein wenig stolz. Warum rangierte Stolz unter den Sünden ganz weit oben, immer gefolgt von dem unvermeidlichen Fall? Warum war Stolz überhaupt eine Sünde? Ein bisschen Stolz schien ihr etwas Gutes zu sein, man straffte die Schultern, hob das Kinn und hatte das Gefühl, noch mehr von sich selbst geben zu wollen, um zur Verbesserung der Welt beizutragen … oder zumindest zur Verbesserung des Lebens eines Mannes namens Kachemak Winkel.

Er zog ein Feuerzeug aus dem Rucksack, ein Grillgitter, ein Messer – obwohl sie selbst eines dabei hatte, um die Fische zu säubern. Beim Anblick des Messers in seiner Hand zuckte sie zusammen, doch es war eine körperliche Reaktion, keine emotionale; sie wusste inzwischen, dass sie vor Kache keine Angst zu haben brauchte. Er öffnete seine Flasche Bier und stieß mit ihr an. »Auf … was?«

»Was?« Sie legte den Kopf zur Seite und wartete.

»Ich weiß nicht, wie ich es nennen soll.«

»Was?«

»Das – das!« Er ergriff ihren Arm, aber nicht so, wie Wladimir es getan hatte, sondern mit einer fast kindlichen Aufgeregtheit. »Es ist seltsam. Traurig. Aber ich habe das Gefühl, wir könnten einander helfen. Wenn du dazu bereit bist.«

»Ich verstehe nicht.«

»Ich habe überlegt … Du bringst mir weiter bei, was ich tun muss, um hier alles in Schuss zu halten, und ich bringe einen Computer mit und richte uns einen Internetzugang ein. Auf diese Weise kannst du überall hingehen und alles sehen, ohne von hier wegzumüssen. Du weißt natürlich schon sehr viel, hast mehr Bücher gelesen, als ich jemals lesen werde. Aber draußen in der Welt gibt es noch so viel, es wird dich umhauen.«

Dass sie genau das wollte, konnte er nicht an ihren Augen ablesen, weil sie ihn wortlos anstarrte. Sie hatte Angst, in die Stadt zu gehen, ja sogar nur bis hinauf zur Hauptstraße. Aber die Welt sehen? Wenn sie irgendwie von diesem Stück Land weggehoben und unter Umgehung der Straße und der Stadt auf der Golden Gate Bridge landen könnte – würde sie das wollen? Ohne zu zögern. Sie hatte keine Angst vor der Welt dort draußen. Sie hatte Angst vor Wladimir. Sie hatte Angst vor dem Schmerz, den sie ihrer Familie zufügen würde, wenn ihre Eltern entdeckten, dass sie sie all die Zeit angelogen hatte. Sie war lebendiger denn je, jetzt, in diesem Moment, wo sie an einem Strand vor einem Feuer stand und mit Kache auf … was? … anstieß.

»Ja«, sagte sie schließlich.

»Ja zu …?

»Dem Computer. Dem Internetz. Zu allem, das würde mir gefallen. Und natürlich will ich dir alles erklären, was ich über dieses Land weiß. Es ist mir eine Ehre.«

»Okay, dann stoßen wir also nicht einfach nur an, sondern beschließen unseren Deal. Den müssen wir aber mit einem Handschlag besiegeln.«

»Handschlag? Oh, verstehe, die Hände schütteln, ja?«

Er hielt ihr die Hand hin, und sie ihm ihre, und ihre beiden Hände verharrten so lange in der Luft, bis er ihre ergriff – wie seltsam es war, sich zu berühren, Haut an Haut – und so lange heftig schüttelte, bis sie wieder lächelte.

Nachdem sie gegessen hatten, folgten sie Leo auf dem Pfad, doch der lief nach rechts anstatt nach links, und deshalb gingen sie den längeren Weg nach Hause, am Canyon entlang. Sie liebte den Canyon. Es war ein extrem tiefer, zerklüfteter Einschnitt ins Land, und manchmal stand sie einfach nur da, starrte hinunter und versuchte sich vorzustellen, wie er entstanden war. Ein Gletscher? Ein Erdbeben? Ein Meteorit? Elizabeth hatte oft über diesen Canyon geschrieben, den größten und tiefsten auf der Halbinsel. Er war mysteriös und überwältigend, aber auch gefährlich und hatte Elizabeth Albträume verursacht.

Kache sagte: »Komm her, Leo. Lass ihn nicht so nah an den Rand gehen.«

Nadia wusste, warum er das sagte, und obwohl sie sich nicht sorgte, rief sie Leo bei Fuß, und er trottete neben ihr her, als sie am Canyon entlanggingen.

»Als Kind«, begann Kache, »hatte ich einen Hund, der Walter hieß. Es war ein toller Hund, der nur einen Fehler hatte: Er jagte Vögel und Schmetterlinge. Er hüpfte und rannte, als wollte er mit seinen hundert Pfund fliegen lernen. Ihm dabei zuzusehen war total lustig. Er war alles auf einmal, pure Freude, Entschlossenheit und Frustration. Wir alle haben den Hund geliebt.« Kache blieb stehen, atmete tief durch. »Eines Tages, ich war zehn Jahre alt, ging ich mit ihm diesen Weg hier entlang. Er fing an, einen Schmetterling zu jagen, und ich hab mir nichts dabei gedacht. Er jagte ihn … er jagte ihn über den Rand des Canyons hinaus. Ich sah, wie er sprang, und als ich zum Rand lief, fiel er noch immer. Er fiel in den Abgrund, ein winziger schwarzer Tropfen. Ich rannte los und holte meinen Dad. Er kam mit mir, sah mit mir hinunter und legte den Arm um mich. Aber er weigerte sich, zu ihm hinunterzugehen. Es war zu gefährlich. Er und Mom erzählten mir, dass Walter wahrscheinlich okay sei und froh und munter weiter unten im Canyon lebte, als wäre ich noch so jung, dass ich das glauben würde.« Er strich sich mit der Hand über den Kopf. »In der nächsten Nacht habe ich mich heimlich weggeschlichen und wollte allein runtergehen, aber ich wusste, dass ich es nicht lebend schaffen würde. Ich habe mir niemals verziehen, dass ich nicht runtergegangen bin, und meinem Dad auch nicht. Ich bin sicher, Walter war sofort tot, als er unten aufschlug, aber trotzdem … allein die Möglichkeit, dass er mit kaputten Knochen da unten lag und gelitten hat, verfolgt mich immer noch.«

Nadia wusste, dass sie besser schwieg, konnte sich aber nicht ganz zurückhalten und sagte: »Hast du jemals überlegt, ob dein Vater vielleicht doch hinabgestiegen ist, um deinen Hund zu holen?«

Kache schüttelte den Kopf. »Er war unerbittlich. Außerdem hätten sie es mir gesagt. Ich hab dann aufgehört, ständig davon zu reden.«

»Du warst ein Junge, ja? Und wenn dein Hund tot war, oder zumindest dem Tod nahe, was ziemlich sicher ist, wie wir beide wohl heute wissen – deine Eltern, sie haben vielleicht geglaubt, dich vor der Wahrheit zu schützen. Kannst du dir das vorstellen?«

Kache schüttelte wieder den Kopf. »Nein, sieh dir doch das Gefälle an. Mein Dad war ein tougher Mann, aber kein erfahrener Kletterer. Vielleicht braucht man sogar Seile, um ganz nach unten zu kommen. Wahrscheinlich wäre sogar ein Such- und Rettungstrupp nötig gewesen. Inzwischen ist mir das klar. Ich war mein ganzes Leben lang aus so vielen Gründen wütend auf ihn, und oft war es bestimmt gerechtfertigt. Aber in diesem Fall vielleicht nicht.«

»Dann bist du wegen Walter nicht mehr wütend auf ihn?«

Kache ging weiter Richtung Haus, Nadia und Leo folgten ihm. »Ein paar Jahre später kam ein Song von Heart raus, ›Dog and Butterfly‹. Ein richtig großer Hit, der ständig im Radio gespielt wurde, aber meine Mutter hat jedesmal den Sender gewechselt, wenn er kam. Damals gab es nicht viele Sender, und manchmal lief er auch auf dem anderen, dann hat sie das Radio ausgestellt. Das war eine Erinnerung, die wir alle vergessen wollten.« Kache beugte sich runter, rubbelte Leo zwischen den Ohren, sah zu Nadia auf und lächelte. »Aber weißt du was?« Ihm stockte die Stimme, und er schüttelte den Kopf. »Der Hund ist schließlich doch geflogen.«

32

Snag stand auf der Stufe vor der Eingangstür, die Hand am Geländer. Leise Gitarrenmusik drang aus dem Haus. Das waren die sonderbarsten Wochen, die sie je erlebt hatte, und sie wurden immer sonderbarer. Sie kam sich vor wie ein Stein in einer Steinschleuder, der immer weiter nach hinten gezogen wurde. All die Spannung, das Ziehen und der Widerstand – sie würde sich bald Snap nennen müssen.

Aber was sie hörte, ließ ihr Herz höher schlagen: Kache hatte wieder zur Gitarre gegriffen. Er spielte. Sie drückte das Ohr an die Tür und lauschte. Die Musik wirkte wie eine Massage ihrer Schläfen, Schultern und Arme. Selbst ihr Griff um den Türknauf wurde lockerer. Was für ein Talent dieser Junge hatte. Dieser Mann, gemahnte sie sich nicht zum ersten Mal, nicht Junge. Er war jetzt ein erwachsener Mann. Und sie war eine alte, müde, gestresste Frau, die sich plötzlich nicht mehr so müde und gestresst fühlte.

Wenn du glaubst, dich verstecken zu müssen,
Gebe ich dir meine Kleider und gehe nackt.
Wenn du keine Meile mehr laufen kannst,
Trage ich dich auf meinem Rücken.

Wenn du nicht ans andere Ufer kommst,
Lege ich mich nieder und bin deine Brücke.
Und wenn du alle Hoffnung und Träume verlierst,
Färbe ich den Himmel von vorne bis hinten.

Als die Musik aufhörte, wischte Snag sich über die Augen, trat die Schuhe auf der Matte ab und öffnete die Tür. Kache saß auf der Sofakante, die Gitarre noch auf dem Knie, und sprang jetzt auf – etwas verlegen, aber auch ein wenig erfreut, glaubte sie ihm anzusehen.

Sie löste die Schnürsenkel und stellte die Schuhe neben Kaches Stiefel. »Oh, schön«, sagte sie. »Ich hatte schon befürchtet, die herrliche Musik wäre nur eine alte Erinnerung, die sich in meinem Hirn wichtig macht. Aber es war real, Kache. Real.« Sie schloss ihn samt Gitarre in die Arme. »Es klingt, als hättest du nie aufgehört.«

»Danke, aber das stimmt nicht. Ich bin mehr als eingerostet. Aber ich gebe zu, dass es sich gut anfühlt.«

Sie setzte sich in den Schaukelstuhl beim Ofen. Die Katze sprang auf ihren Schoß. Es war gut, in ein warmes Haus zu kommen. »An den Song erinnere ich mich gar nicht, dabei ist er sehr schön.«

»Danke. Den bastle ich gerade erst zusammen. Wo warst du?«

»Oh, ich hab die Nachricht von gestern Abend einfach liegengelassen, weil ich wieder in der Bar war.«

»Wieder im Spit Tune?«

»Gilly spielt Therapeutin bei mir. Sie gibt mir gute Ratschläge, und die kosten mich bloß ein paar Sexy City oder wie der Drink heißt. Dann hören wir uns die Band an.«

»Wie spielen sie?«

»Ganz okay. Aber sie wären deutlich besser, wenn du mitspielen würdest.«

Er schüttelte den Kopf. »Ich verbringe schon meine Tage im selben Haus wie als Teenager. Wenn ich auch noch anfange, mit ihnen zu spielen, kriege ich wahrscheinlich wieder Akne und stehe stundenlang unter der Dusche.«

»Nu hör aber auf, Kache«, schnaubte Snag. Es war schöner als schön, ihn wieder spielen zu hören. Zudem schien er von Tag zu Tag unbeschwerter zu werden. »Apropos Haus, sollte ich nicht bald mal hinfahren?«

Er zupfte wieder eine Melodie auf der Gitarre, nur so als Hintergrundmusik für seine Gedanken. »Im Prinzip schon. Nur dass ... Nadia. Ich weiß, es klingt komisch, aber ich muss sie vorbereiten. Sie weiß zwar eine Menge, aber sie hat wenig eigene Erfahrungen. Ich besorge uns einen Internetanschluss.«

»O nein. Muss das Zeug jetzt wirklich auch noch den letzten Winkel dieser Welt erobern?«

»Ja, ich weiß. Aber es könnte Nadia wirklich helfen. Außerdem habe ich für uns beide gerade Mobiltelefone mit gutem Empfang gekauft.«

»Kache? Gehst du zurück nach Austin?«

Er erzählt ihr von Janies E-Mails, in denen sie freundlich nachfragte, was sie mit dem Wagen und seinen Sachen in der Garage machen sollte. Sie war lange geduldig gewesen, deshalb musste er einen Flug buchen, sein Auto verkaufen und sich um ein paar unerledigte Dinge kümmern.

»Ist das okay für Nadia? Soll ich in der Zeit nach ihr sehen?«

Kache lächelte. »Wie ich sie kenne, wird sie froh über die Ruhe und den Frieden sein. Ich gebe ihr deine Telefonnummer und frage sie, aber vermutlich will sie lieber alleingelassen werden. Lass uns nach meiner Rückkehr zusammen hinfahren – wenn sie bereit dazu ist. Granny hat auch schon nach ihr gefragt und will sie besuchen.«

»Mich hat sie nicht gebeten, sie hinzufahren.« Snag setzte die Katze auf den Boden. »Wahrscheinlich hat sie die Hoffnung aufgegeben, von mir mitgenommen zu werden. Außerdem bin ich nicht sicher, ob sie fit genug dazu ist.«

»Hat der Arzt jemals wegen der rosa Pille mit dir gesprochen? Oder Gilly? Ich glaube nämlich, dass sie die im Klo runterspült.«

»Das würde ich ihr nicht raten. Jedenfalls nicht, wenn sie leben will. Das ist die neue Blutdrucktablette.«

»Tante Snag?« Er legte die Gitarre neben sich aufs Sofa. »Warum bist du eigentlich nie raus zum Hof gefahren?«

Sie wählte ihre Worte mit Bedacht. »Das hat wohl viele Gründe. Und du? Wolltest du einfach alles vergessen?«

»Wenn ich den Abend davor nicht mit Dad gestritten hätte – und dann am nächsten Tag, als er sich mehrmals entschuldigt hat und ich nicht mit ihm reden wollte … Wäre ich da nicht so ein Arschloch gewesen, ich glaube, Dad hätte das Flugzeug besser im Griff gehabt, selbst in der dicken Wolkendecke.«

Snag starrte Kache an. Wie bitte? Er hatte sich die ganzen Jahre schuldig gefühlt? »O Schätzchen.« Sie brachte die Worte kaum heraus. »Schätzchen, das war nicht deine Schuld, das musst du mir glauben.«

Doch Kache sagte nichts mehr, nahm einfach nur seine Gitarre und spielte.

Snag ging in ihr Zimmer und zog Schlafanzug, Morgenrock und Hausschuhe an. Das soeben Gehörte lastete so schwer auf ihr, dass sie sich auf die Bettkante setzen musste. Kache hatte sich verantwortlich gefühlt, und sie hätte es merken und verhindern müssen! Aber sie hatte nichts getan. Das war unverzeihlich. Und während er gerade verschiedene Melodien ausprobierte, nahm sie sich vor, Kache alles zu erzählen. Sie war also lesbisch, na und? Kache war ein vernünftiger, emanzipierter Mann, seine Welt würde nicht ins Wanken geraten. Nur dass sie in seine Mutter verliebt war, den Teil würde sie am liebsten für sich behalten. Aber das war unmöglich. Denn genau das hatte dazu geführt, dass sie Riesenmist baute und die größte Dummheit ihres ganzen Lebens beging – alles würde sie dafür geben, um das ungeschehen zu machen. Davon hatte sie noch niemandem erzählt, weder Gilly noch Lettie. Und das war es auch, was Kaches Leben zerstört hatte. Und das vielleicht auf mehr Ebenen, als sie sich vorstellen konnte.

33

In den zwei Wochen, in denen Kache in Texas war, stellte Nadia zunächst überrascht fest, dass die Stille zurückgekehrt war, und dann, nach ein paar Tagen, dass diese Stille sie beunruhigte. Am vierten Tag rief er an. Am Ende des Gesprächs erinnerte er sie daran, das Handy immer aufzuladen. Sie stöpselte es in die Steckdose und ertappte sich dabei, dass sie nun jeden Abend auf seinen Anruf wartete, und nie vergebens. Sie erzählte ihm von ihrem Tag – welches Gemüse sie geerntet und welche Fische sie gefangen hatte, die Albernheiten der Ziegen, wie das Wetter war. Eines Abends ging sie vor dem Telefon auf und ab und konnte es kaum erwarten, ihm von den zwei Killerwalen zu erzählen, die sie in der Bucht gesehen hatte. »Zuerst dachte ich, es sind seltsame Vögel mit riesiger Flügelspanne, doch plötzlich sehe ich, dass das nur die Schwänze sind«, sagte sie. »Dann sind sie fröhlich hochgehüpft und eingetaucht. ›Was für ein Vergnügen! Was für ein Sprung‹, würde Clarissa sagen.« Sie las wieder *Mrs Dalloway*, um die einsamen Abende zu füllen.

Kache erzählte ihr von den Leuten, mit denen er essen war, den vielen verschiedenen Speisen, und beklagte sich über die drückende Hitze, den Lärm in der Stadt und den Verkehr. Doch sie bat ihn, das Telefon so zu halten, dass sie das Hupen, die Sirenen, das Reden und Lachen hören konnte, und stellte sich vor, wie es wäre, an einem warmen Abend mit ihm auf der Terrasse eines Restaurants zu sitzen.

Und dann kam er endlich zurück.

Sie hörte die Autotür zuschlagen, rannte die Treppe hinunter und riss die Tür auf. Er bückte sich gerade, um die Stiefel auszuziehen. Als er sich dann aufrichtete, spürte sie, wie ihr das Lächeln entglitt.

»Du bist zurückgekommen.«

»Das habe ich dir doch gesagt.«

»Aber …«

Auch sein Lächeln verschwand. »Freust du dich denn nicht, mich zu sehen?«, fragte er.

»Ja, aber …«

»Ich kann wieder gehen, wenn du –«

»Nein. Aber …«

»Was ist los, Nadia? Ist was passiert?« Sie fasste sich mit der Hand an ihr Kinn, und er lachte. »Der Bart? Ich soll nicht einen auf Bergmensch machen?«

Sie starrte weiter auf seine Füße. Es war noch schlimmer: Sie konnte seinen Anblick nicht ertragen.

»Ich hatte meinen Rasierapparat bei Snag vergessen und hab ihn einfach wachsen lassen. In Austin fanden das alle cool, weil ich jetzt nicht mehr wie ein Computerfreak aussehe. Apropos Computer …«

Sie drehte sich um und ging in die Küche, nahm eine schmutzige Pfanne und begann wütend, sie zu schrubben. Es ist lächerlich, dachte sie, sie sehen sich kein bisschen ähnlich. Und doch konnte sie seinen Bart keine Sekunde länger ertragen.

»Ich rasiere mich morgen. Mein Apparat ist bei Snag.«

»Komm mit mir«, sagte sie und führte ihn nach oben ins Bad.

Dort wies sie auf den geschlossenen Toilettendeckel, dass er sich setzen sollte. Er blickte sie verwundert an, aber er tat es. Vom Regal darüber nahm sie Rasiermesser, Rasierpinsel und eine Schale.

Kache grinste. »Das alte Ding ist noch von meinem Urgroßvater. Lass mich wenigstens den von meinem Vater oder Denny suchen.« Aber dann lehnte er sich zurück, und sein veränderter Gesichtsausdruck sagte ihr, dass Denny und Glenn zwar kernige Alaska-Typen waren, sich aber jeden Tag rasierten, selbst wenn sie nur zum Jagen gingen. Ihre Rasierer lagen irgendwo zwischen Flugzeugteilen auf einem Berg.

»Das wird gehen«, sagte Nadia. Sie spülte den Staub aus der Schale, legte ein kleines Stück Seife hinein, das nach Zitrone roch, und strich so oft mit dem nassen Pinsel darüber, bis Kaches Gesicht eingeschäumt war. Sie nahm das Rasiermesser und klappte es auf.

»Hast du das schon mal gemacht?«, fragte er.

»Nein.«

»Lass mich es machen.«

»Nein.« Sie drehte das Wasser auf, und als es handwarm war, steckte sie den Stöpsel ins Waschbecken.

»Nadia?« Sie blickte ihm in die Augen mit einem Eigensinn, der für sie neu war.

Sie musste es machen, und er musste es zulassen. Es ging nicht anders.

Das hatte er anscheinend verstanden, denn ab jetzt blickte er geradeaus, wippte mit einem Bein. Sie drehte den Wasserhahn zu. Als Nadia dann mit der Hand seine Stirn berührte, ihm den Kopf nach hinten drückte und sein Gesicht in Augenschein nahm, hielt er die Luft an.

»Und du bist sicher, dass du nie –?«

»Altgläubige Männer rasieren sich nicht, und altgläubige Frauen dürfen nicht einmal zusehen, wenn ein Mann die Haare geschnitten bekommt. Also ja, ich bin sicher. Aber ich häute Tiere. Du weißt, dass ich gut mit dem Messer umgehen kann.«

»Ich möchte ungern gehäutet werden.«

»Jetzt bist du still.«

Wasser tropfte rhythmisch in das halbvolle Waschbecken. Das Licht der Deckenlampe spiegelte sich im Rasiermesser, als sie es angewinkelt unter Kaches Ohr ansetzte.

Sie hatte ihn vermisst.

Sie schabte die verbliebenen Seifenspuren weg und konzentrierte sich auf die schmale Stelle zwischen Nase und Lippe und die Spalte in seinem Kinn. Sie tauchte das Rasiermesser ins Waschbecken.

Sie hatte ihm so viel zu erzählen, doch wusste nicht wie.

Sie hob sein Kinn, führte das Messer zum Hals. Kache schluckte. Ihre Blicke trafen sich – und stoben sofort auseinander, er sah zum Hängeschrank und sie zur Kurve seines Adamsapfels.

Deshalb versuchte sie, ihn mit Zartheit zu beschwichtigen.

War sie überhaupt fähig dazu? Wenn doch nur ihre Hand aufhörte zu zittern.

Er schluckte wieder, und sie schabte unterhalb des Kinns, bis von dem weißen Schaum nur noch feine Reste übrig waren.

»Kache? Ich danke dir.« Eine einzige Träne rollte aus ihren Augen, und sie wischte sie mit dem Handgelenk weg.

Mit fragendem Blick streckte er die Hand nach ihr aus, doch sie wich zurück, und seine Hand sank aufs Knie. »Gern geschehen.«

Sie tupfte sein Gesicht mit einem Handtuch ab und reichte ihm einen Spiegel. Lächelte.

Sie sagte: »Das war's.«

34

Dann ist es wie Fernsehen? Ich weiß, was ein Fernseher ist«, sagte Nadia. Kache lag unter dem alten Schreibtisch seiner Mom, um das Modem anzuschließen, und sah ihre in Strümpfen steckenden Füße hin- und herlaufen. Vielleicht sollte er nur den Computer einrichten und den Internetanschluss sein lassen. Denn er – und der Rest der Gesellschaft, wo er jetzt darüber nachdachte – war ganz schön abhängig davon geworden.

»Fernsehen war nicht erlaubt«, fuhr Nadia fort. »Wie du weißt, auch vieles andere nicht.«

»Aber ich habe von Altgläubigen gehört, die einen Fernseher haben. Manches ändert sich. Selbst in diesem Haus, das eine übernatürliche Widerstandsfähigkeit gegenüber Veränderungen zu haben scheint, finden in diesem Moment Veränderungen statt. Vielleicht hat sich dein kleines religiöses Dorf in eine coole Künstlerkolonie mit vielen fortschrittlichen Denkern verwandelt.«

»Was hast du denn geraucht?«

Kache lachte. »Wo hast du denn den Satz her?«

Sie hob die Schultern. »Ich weiß nicht mehr. Irgendwo gelesen.«

»Was für Bücher hast du gelesen?«

»Du meinst, von denen in diesem Haus, ja? Ich glaube, du fragst mich besser, welche ich nicht gelesen habe? Und die Antwort ist – null.«

»Du hast sie alle gelesen? Nicht einmal meine Mom konnte das von sich behaupten.«

»Weil sie euch alle hatte, um zu reden, ja? Diese Bücher, sie sind meine Freunde, meine Lehrer, meine Familie, mein Alles. Sie halten mich am Leben. Jedes habe ich mindestens einmal gelesen. Sogar *Wie man für eine kleine Schildkröte sorgt.* Wenn ein Buch mir gefällt, lese ich es mindestens zweimal. Am Anfang habe ich es umgedreht ins Regal zurückgestellt, wenn ich fertig war. Danach, wenn ich es noch einmal gelesen hatte, wieder richtig herum. Aber jetzt habe ich den Überblick verloren. Manche stehen richtig, manche umgedreht, manche habe ich einmal gelesen, andere fünfmal, ich weiß es nicht mehr.«

Kache hätte gern gewusst, wie oft sie *Freude am Sex* gelesen hatte, verkniff sich aber die Frage. Bestimmt nicht so oft wie er und Denny. Sie hatten das Buch in Dennys Wandschrank geschmuggelt, sich über die Kochmetaphern lustig gemacht und zu verbergen versucht, wie gefesselt sie von den Zeichnungen waren – geschweige denn von den hilfreichen Informationen. Was für eine gottverdammte Goldmine das Buch für sie gewesen war. Dann gab es noch eins, wie hieß es noch gleich? Ein gelbes Taschenbuch. *Was Sie schon immer über Sex wissen wollten, aber bisher nicht zu fragen wagten.* Aber darin waren keine Bilder, wenn er sich recht erinnerte. Und er würde sich garantiert erinnern.

Jetzt sagte sie gerade, sie hätte gern noch mehr Bücher, worauf er erwiderte: »Vielleicht ist das mit dem Internet doch keine so gute Idee.«

»Warum?«

»Weil die meisten Menschen heute weniger Bücher lesen wegen der vielen Informationen, mit denen sie überschwemmt werden. Du wirst kaum glauben, was einem im Internet alles zugänglich ist.«

»Ich kann nicht länger warten.« Seitlich unter dem Schreibtisch erschien ihr Gesicht. »Wie lange noch?« Seit neuestem galt seine Faszination ihren Wimpern. Sie hatte blonde Haare, aber dunkle, lange und an den Enden gebogene Wimpern. Manchmal malten sie Schatten auf ihre Wangen. Seit dem Abend, als sie ihn rasiert hatte, dachte er anders über sie, aber das war wohl einseitig. Nadia verhielt sich noch immer so, als hätten sie diesen fast beängstigend intimen Moment nie miteinander geteilt. Es war bloß eine Rasur, gemahnte er sich abermals, und sie ist eine überzeugte Einsiedlerin. Begreif das endlich, und richte den Computer ein.

»Gib mir noch ein paar Minuten«, sagte er.

Sie setzte sich zurück an den Küchentisch und fuhr mit dem Enthülsen der Erbsen fort. Kache konnte sich nicht mehr erinnern, was diese Woche alles geplant war, aber laut Nadia stand Einmachen ganz oben auf der Liste. Was bedeutete, dass sie im Winter hier sein würde. Und das wiederum bedeutete, dass sie irgendwann miteinander reden mussten, weil er beschlossen hatte, nicht nach Austin zurückzukehren. Selbst Janie hatte gemeint, Alaska täte ihm offensichtlich gut.

Es wäre viel einfacher, wenn er auf dem Hof bleiben könnte

und nicht jeden Abend zu Snag fahren müsste. Es gab drei Schlafzimmer, außerdem arbeiteten sie immer bis Mitternacht und fingen frühmorgens wieder an. Und obwohl er sich bei Snag wie zu Hause fühlte, war es bei ihr doch beengt, und er lebte aus dem Koffer. Aber Nadia zu fragen, ob er hierbleiben konnte, käme dem Überschreiten einer sehr hohen Grenze gleich.

Er musste der Ursache seiner Schwäche für diese Altgläubige, die sich auf dem Familienbesitz einquartiert hatte, auf den Grund gehen, doch er kam einfach nur jeden Morgen wieder, half und lernte und genoss es sehr, zurück zu sein, auf dem von Erinnerungen überfrachteten Land seiner Familie. Mit einem Fuß steckte er noch knöcheltief im Jahr 1985, so dass es ihn nicht wundern würde, wenn Denny plötzlich angefahren käme und ihn ungestüm umarmte. Und Sachen sagen würde wie: »Hey, Langbein, mach dich auf die Socken. Beeil dich, und bring deine Gitarre mit. Ich locke die Fische an und du die schönen Frauen.«

Immerhin spielte Kache inzwischen Gitarre, ohne das Geschrei seines Vaters im Ohr zu haben, und das war schon ein Fortschritt. Nadia hatte ihm geholfen, seine Angst vor dem Spielen zu überwinden, und er wollte ihr helfen, ihre Ängste zu überwinden. Sie wollte nicht über ihre Vergangenheit sprechen, das hatte sie ihm deutlich zu verstehen gegeben, und deshalb fragte er nicht mehr. Aber vielleicht konnte er sie zu einem Ausflug über die Grundstücksgrenzen hinaus überreden. Sie war eine Altgläubige und lebte in seinem alten Haus, umgeben von der Habe seiner Familie. Aber vielleicht, wenn er es nicht vermasselte, vielleicht konnte er ihr helfen, ihrem Leben eine neue

Richtung zu geben. Zumindest wollte er sich dafür revanchieren, dass sie ihm geholfen hatte, zur Musik zurückzufinden.

»Also gut, hier ist der Deal«, sagte er und kroch unterm Schreibtisch hervor. »Ich lasse dich die ganze Welt auf diesem Computer erkunden, aber vorher musst du mir einen Gefallen tun.«

»Dir zeigen, wie man Ziegenkäse macht?«

»Komm mit mir in die Stadt.«

Sie ließ den Topf mit den Erbsen fallen und stand abrupt auf.

Er nahm ihre beiden Hände, bevor sie weglaufen konnte. Bislang hatte es nur den unbeholfenen Handschlag am Strand gegeben, und sie hatte sein Gesicht berührt, wenngleich hauptsächlich mit dem Rasiermesser, aber noch nie hatte er sie so mit beiden Händen angefasst, Haut auf Haut, und er spürte, wie sie zusammenzuckte. Er suchte ihren Blick, doch sie hatte den Kopf gesenkt, und plötzlich wollte er diese Wimpern an seiner Brust spüren. »Hör zu«, sagte er und versuchte, mit den Gedanken bei der Sache zu bleiben. »Caboose ist ein gutes Sprungbrett. Willst du nicht alles erst einmal selbst kennenlernen, bevor du es auf dem Monitor siehst? Du warst schon in Caboose, oder? Als Kind, ja?«

Sie entzog ihm ihre Hände, schob sie in die Hosentaschen und nickte.

»Gut. Es ist keine Großstadt, und Veränderungen vollziehen sich hier nur langsam, so dass alles mehr oder weniger gleichgeblieben ist. Ich bin bei dir. Du kannst einen Hut und eine Sonnenbrille aufsetzen, und du musst mit niemandem reden, wenn du nicht willst. Ich sage einfach, du bist meine Cousine. Was hältst du davon?«

Sie starrte ihn an, bewegte den Oberkörper leicht vor und zurück, von rechts nach links.

»Ich komme mit, wenn du mir versprichst, mich an einen Ort zu bringen.«

»Wohin?«

»Ich will zu Lettie.«

Was für ein Idiot ich doch bin, dachte er. »Natürlich«, sagte er. Natürlich wollte sie Lettie sehen.

35

Sie bat ihn, am Straßenrand anzuhalten, denn sie musste sich übergeben. Ihre Nerven, die vorbeiziehenden Bäume mit den langen Schatten, die holprige Straße. Hinterher, als sie am Wagen lehnte und nach frischer Luft schnappte, reichte er ihr eine Flasche Wasser und graue, mit Stoff überzogene Bänder. »Akupunktur-Armbänder gegen Übelkeit beim Autofahren«, sagte er. »Halt mir mal deine Arme hin.« Er fing an, ihr eines der Bänder anzulegen, doch hielt mittendrin inne. »Ist es okay, wenn ich dir helfe?« Sie nickte, und er zeigte ihr, wie man den weißen Plastikknopf so platzierte, dass er auf die Stelle zwischen den zwei sichtbaren Adern am Handgelenk drückte. Sie musste sich konzentrieren, um die Arme bei seiner Berührung nicht wieder wegzuziehen. Die neuen Schwielen an seinen Fingerspitzen fühlten sich an wie eine Katzenzunge, doch die Berührung war sanft und bestimmt. »Die habe ich schon vor Wochen gekauft, aber blöderweise ins Handschuhfach gelegt und vergessen. Tut mir leid. Ist dir schon immer übel geworden?«

»Ich hätte Pickles mitnehmen sollen. Meine Großmutter hat uns zum Autofahren immer Pickles mitgegeben.«

»Du hast sehr lange nicht mehr in einem Fahrzeug gesessen, wahrscheinlich ist das der Grund.«

»Mir geht es etwas besser jetzt.« Sie wollte wirklich nicht am Straßenrand stehenbleiben, gut sichtbar für jeden, der aus dem Dorf vorbeigefahren kam. Auch wenn sie wohl niemand erkennen würde in den Jeans, der Jacke, Dennys Baseballkappe und Bets' alter Sonnenbrille; ihre Haare hatte sie unter die Kappe gesteckt. Trotzdem fühlte sie sich im Auto sicherer.

Sie sah, dass auch Kache nervös war, obwohl er es zu verbergen suchte. Er wusste genauso wenig, was ihn mit ihr erwartete, wie sie wusste, was in der Stadt auf sie zukam. Sie war als Kind hier gewesen, doch als ihre Familie dann noch tiefer in die Wälder hineinzog, wurden diese Ausflüge seltener. Und Wladimir hatte ihr dann jeglichen Stadtbesuch verboten, was sie ihrer Familie aber nicht sagen durfte. Wenn jemand sie einlud mitzukommen, gab sie vor, Kopfschmerzen zu haben oder eine wichtige Arbeit erledigen zu müssen, so dass ihr letzter Besuch in der Stadt nicht nur zehn, sondern eher zwölf Jahre zurücklag.

Auf den ersten Blick schien ihr Caboose wenig verändert. Es gab mehr Geschäfte und ein großes neues Gebäude, über dessen Eingang The Slim Gym stand. Mehr Wohnmobile, mehr Menschen, doch insgesamt hatte sich die Stadt nicht annähernd so sehr verändert wie sie selbst.

Die Übelkeit war abgeklungen, und ihr Kopf füllte sich mit den wechselnden Farben, dem Lachen und den Küchenaromen, Fisch, Zimt und Abgasen und sogar Parfüm. Die Musik einer Straßenband zusammen mit den Radioklängen aus einem Wohnmobil ergab seltsame Harmonien. Ein Hund bellte, und ein anderer antwortete, und sie machte sich wieder Sorgen um Leo, weil sie ihn allein im Haus zurückgelassen hatte. Er war noch nie ohne sie gewesen.

Kache fuhr den Hügel hinauf auf einen fast leeren Parkplatz und machte den Motor aus. »Bereit?«

»Nein«, sagte sie und öffnete trotzdem die Autotür.

Sie näherten sich einem Gebäude mit großen Glastüren, die automatisch für sie auseinanderglitten. Warme Luft schlug ihr entgegen, zusammen mit den Gerüchen von Bacon und Kaffee, Reinigungsmitteln und dem Uringeruch einer Toilette, die geputzt werden müsste. Ihr wurde wieder ein wenig flau im Magen. Kache ging voran, blieb hier und da stehen, um mit alten Leuten zu sprechen, die in Rollstühlen saßen, langsam am Stock oder auf neumodische Gestelle mit Rädern gestützt den Flur entlanggingen.

Es gab so viel zu sehen. Sie nahm die Sonnenbrille ab, konnte sich aber trotzdem nicht auf Einzelheiten konzentrieren – alles erschien ihr wie ein abstraktes Gemälde aus einem von Elizabeths Kunstbüchern. Kache stellte sie vor, was ihr Unbehagen bereitete, so dass sie die Brille wieder aufsetzte, nickte und sich im Hintergrund hielt. Ein Mann fragte: »Wo ist deine Gitarre, Junge?«, und Kache erwiderte, er würde sie morgen mitbringen. Er hatte nie erwähnt, dass er hier spielen wollte.

Er führte sie in ein kleines Zimmer, wo Lettie in einem Rollstuhl saß und hinaus auf die Bucht blickte. Kache ging neben ihr auf die Knie und sagte: »Hi, Granny. Ich habe jemanden mitgebracht.«

Lettie wandte lächelnd den Kopf, und dann weiteten sich ihre Augen hinter den Brillengläsern. »Nadia!«

Alle Schüchternheit fiel von Nadia ab, und sie beugte sich hinunter und umarmte sie. Lettie war der einzige Mensch, der sie in den letzten zehn Jahren an sich gedrückt hatte, und ihre Umarmung fühlte sich vollkommen vertraut an, auch als Nadia seufzte und vergeblich versuchte, ihre Tränen zu unterdrücken.

»Wie schön, dass du gekommen bist. Wie tapfer. Du wagst dich jetzt also über das Grundstück hinaus?«

Nadia und Kache wechselten einen Blick. »Das ist mein erster Ausflug.«

»Das erste Mal überhaupt? Und dann kommst du in dieses alte stinkige Heim?«

»Du hast mir gefehlt.«

Lettie ergriff ihre Hand. »Du hast mir gefehlt. Und wie jung du bist, und schön und stark und voller Leben. Erzähl mir, was du alles machst.«

Und so erzählte ihr Nadia von der Vergrößerung des Gartens, von den Ziegen und Hühnern und der Kuh, Mooze. »Und Leo ist ein wunderbarer Freund für mich geworden.«

»He, meiner auch«, warf Kache ein.

Lettie sagte: »Und du, bist du auch für sie ein wunderbarer Freund?«

Kache errötete leicht. »Na ja, ja. Eigentlich hab ich Leo gemeint. Aber Nadia und ich sind auch Kumpel, nicht wahr, Nadia?«

Sie lächelte, konnte ihm jedoch nicht in die Augen sehen. Ihn im Umgang mit den alten Menschen zu beobachten, und seine enge Bindung mit Lettie … Sie hatte ihn noch nie zusammen mit anderen gesehen, seine Warmherzigkeit und das Wohlwollen – er behandelte die Leute hier genauso, wie er sie behandelte.

»Mir fehlt die Gartenarbeit und in der Stadt mit den Leuten zu plaudern. Selbst die Touristen vermisse ich, die hier immer mit großen Augen herumlaufen. Die Energie. Mir fehlt die Energie, die das Zusammensein mit anderen Menschen erzeugt. Die müsst ihr zwei jetzt an meiner Stelle genießen und hier verschwinden, ja? Und zwar ruck, zuck.«

Doch sie blieben noch eine Weile und erzählten, bis Lettie darauf bestand, ein Nickerchen zu machen. Nachdem sie sich zum Abschied umarmt hatten, sagte Lettie: »Hilfst du mir bitte, meine besorgte Tochter und meinen Enkel davon zu überzeugen, dass eine Fahrt zum Hof nicht zu anstrengend für mich ist?« Nadia versicherte ihr, es zu versuchen.

Auf dem Rückweg im Auto schwieg Nadia. Sie dachte darüber nach, dass all die Menschen, die nicht mehr laufen oder sehen oder sich an ihren eigenen Namen erinnern konnten, an einem Ort zusammengesteckt wurden, und dass ihr das irgendwann vielleicht auch so gehen würde.

»Dreh bitte um, ja?«

Kache sah in den Rückspiegel und drosselte die Geschwindigkeit. »Hast du etwas vergessen?«

»Ja.« Sie drückte die Schultern nach hinten, so wie er das immer tat. »Ich habe vergessen, den Rest von Caboose zu sehen.«

Als sie in den Ort zurückkamen, zeigte Kache aufs Handschuhfach. »Ich hab auch Ohrenstöpsel gekauft, falls du welche brauchst. Ich kann mir vorstellen, dass Caboose dir laut vorkommt.«

»Hast du nicht die Möwen und Krähen und Blauhäher gehört, wenn sie sich streiten? Aber danke, dass du an so etwas denkst.«

»Glaub mir, im Vergleich zu Motorrädern und Hupen und dem Geschrei der Fischer kommen einem selbst Blauhäher friedlich vor. Also steck sie lieber ein, nur für den Fall.«

»Ich verspreche, mir nicht die Haare auszureißen und nicht mit dem Kopf gegen die Wand zu rennen, wenn es zu laut ist.«

Er lächelte. »Dann bin ich ja beruhigt.« Er fuhr die Straßen hoch und runter, bis er einen Parkplatz fand, um dann auf der Landzunge entlangzuspazieren. An der Nordseite des Strandes standen noch immer die bunten Zelte der College-Studenten, »Landzungen-Ratten« genannt, die im Sommer während der Semesterferien in der Fischfabrik arbeiteten und hier campierten. Als kleines Mädchen hatte Nadia ihre Mutter gefragt, ob sie zu ihnen gehen dürfte.

Kache sagte: »Vielleicht sollten wir an einem anderen Wochentag kommen oder, besser noch, bis zum Herbst warten. Mit all den Touristen hier ist es wie auf einem Rummelplatz.«

»Es gefällt mir«, sagte sie. »Bitte keine Sorgen machen. Mir geht es gut.«

Und das stimmte auch dann noch, als sie durch Läden streiften, die über und über mit Dingen gefüllt waren, Dingen, Dingen, Dingen, und als sie Fish and Chips aßen und Bier tranken und Gladiolen kauften. (»Meine Mutter liebte Gladiolen«, sagte Kache, wobei er sie wieder anstarrte, und Nadia musste sich bremsen, um nicht *Ich weiß* zu sagen.) Touristen posierten für Fotos neben selbstgefangenen, aufgehängten Heilbutts in Bärengröße.

Ein Wunderland. Lange Reihen Boote vor Anker, Touristenläden, eine Handvoll Restaurants, eine Bar. Und am Ende der Landzunge thronte der stillgelegte Caboose. Und das war nicht einmal San Francisco, nicht annähernd. Sie schloss die Augen und versuchte, sich die Golden Gate Bridge vorzustellen, den Coit Tower, die Transamerica Pyramid – sie phantasierte sich einen hohen, dürren Berg mitten in einer Stadt! –, die vielen Menschen und scheppernden Cable Cars.

»Komm, gehen wir rein«, sagte Kache, hielt die Tür auf und forderte sie mit einer Handbewegung auf, einzutreten.

Ihre Augen brauchten ein paar Minuten, um sich an das düstere Licht zu gewöhnen. Alte Fotos sowie Werkzeuge, die früher benutzt worden waren, füllten die Regale. Es roch wie beim Aufschlagen von Elizabeths ganz alten Büchern. An der Wand lief eine Diashow. Am Tresen saß eine alte Frau und telefonierte. Als Nadia sich umsah, hörte sie, wie sie auflegte und sagte: »Ja, wen haben wir denn da! Das ist ja schon ewig her«, und Nadias Herz fing heftig an zu schlagen. Aber die Frau sah Kache an, nicht Nadia.

»Hallo, Miss Rose.«

»Vor ein paar Wochen habe ich deine Tante getroffen, und sie erwähnte, dass du in der Stadt bist. Und wer ist deine reizende Begleitung?«

»Meine Cousine«, sagte Kache, ohne zu zögern. »Gretchen. Aus Colorado.«

»Na dann, hallo Gretchen aus Colorado. Diesem Jungen hier habe ich alles über Mathe und Biologie, was er jetzt weiß, beigebracht, nicht wahr, Kache?«

»Ja, das stimmt.«

Nadia lächelte, wusste aber nichts zu sagen und schwieg. Während Kache und Miss Rose sich unterhielten, betrachtete Nadia die verschiedenen Ausstellungsstücke und entdeckte schon bald ein vergrößertes Foto mit der Aufschrift: *Familie Winkel auf ihrem Hof*. Ein Paar, ein Junge und ein Mädchen. Sie erkannte keinen von ihnen, bis sie den dicken Zopf über der rechten Schulter der jungen Frau bemerkte. Lettie! Dann war der Mann also A. R., der Junge war Glenn und das Mädchen Snag. Sie standen dick eingepackt auf der vorderen Veranda des Hauses, in dem Nadia seit zehn Jahren lebte, alle mit steifen Armen wegen der vielen Kleider, die sie übereinander trugen. Doch das Haus war seit der Aufnahme aufgestockt worden.

Sie suchte nach weiteren Fotos der Familie und bemerkte bei einem anderen Ausstellungsstück ein Schild mit der Aufschrift *»Nur eines war sicher. Wir waren nicht mehr in Kansas.« – A. R. Winkel, Landeigner in Caboose*

»Es war harte Arbeit, doch jeder einzelne schmerzende Muskel hat sich gelohnt. Keine Reue. Ich wollte nie woanders leben.« Lettie Winkel, Landeignerin in Caboose

Nadia versuchte sich vorzustellen, nirgendwo anders leben zu wollen, da sie sich ja geradezu danach sehnte, woanders zu leben. Lettie hatte ihr erzählt, dass sie ursprünglich aus Kansas stammte. Hätte Lettie in San Francisco gelebt, wäre sie vielleicht niemals hierhergezogen, weil sie in der hügeligen Stadt mit der schönen

Architektur, dem Blick auf die Bucht, den Brücken und Museen, mindestens zwanzigmal so groß wie dieser Ort hier, sehr glücklich gewesen wäre.

»Können wir gehen?« Kache stand neben ihr. Sie zeigte auf das Schild mit den Worten seiner Großeltern, und er nickte. »Jap. Das Land war immer ganz fest in Letties Herz verankert.«

»War das für ihren Mann auch so?«

Kache zuckte die Achseln. »Er starb, als ich noch sehr klein war.«

Als sie wieder im Auto saßen und vor einem Halteschild stoppten, bat Nadia ihn, an den Straßenrand zu fahren.

»Ist dir wieder schlecht?«

Sie schüttelte den Kopf und zeigte zum *Salon & Saloon*.

»Das ist der Frauenfriseur. Der für Männer heißt *Beer & Barber*. Die Besitzer sind ein Ehepaar. Man kann was trinken, während man sich die Haare schneiden lässt.«

»Das will ich.«

»Wir können ins Spit Tune fahren und was trinken. Hast du Lust dazu? Hier geht es mehr ums Haareschneiden.«

»Das will ich, meine Haare abschneiden lassen.«

»Ich dachte, altgläubige Frauen schneiden nie ihre Haare ab.«

»Das stimmt. Und deshalb will ich meine abschneiden lassen. Außerdem bin ich dann schwerer zu erkennen.«

»Willst du es nicht noch ein paar Tage überdenken?«

»Ich überdenke es seit vielen Jahren. Einmal habe ich sie selbst abgeschnitten, aber das ist nicht gut geworden, jetzt schneide ich immer nur die Enden. Ich will es kurz und keck, so wie in der Illustrierten. Wie ein Junge.«

»Du kannst alles ausprobieren, aber aussehen wie ein Junge wirst du nie.«

»Ich will nur kurze Haare wie ein Junge. Nicht aussehen wie ein Junge. Wie das Mädchen in der Illustrierten. Deine Mutter hatte kürzere Haare, ja?«

»Ja, stimmt. Kurz und lockig.«

Inzwischen hatte Kache einen Parkplatz gefunden und den Motor ausgestellt. »Also gut. Auf zum Friseur!«

Doch auf dem Weg fiel Nadia ein, dass sie zum Haareschneiden Geld brauchte, und blieb stehen.

»Vielleicht doch nicht. Vergiss es.« Sie drehte sich um.

»Du willst sie nicht abschneiden lassen?«

»Nein. Ich mache es selbst. So kostet es viel Geld.«

»Nadia, ich habe Geld. Und ich schulde dir eine Menge, weil du den Hof so gut in Schuss gehalten hast. Komm mit.« Er ging zur Tür, öffnete sie und wartete. Sie zögerte. Leute gingen um sie herum, der Wind spielte mit den Türglocken. »Schnell«, sagte er. »Ich lade dich dazu ein.«

Kache las Zeitung, während eine Frau in Nadias Alter – Haare rosaorange, eine Seite rasiert, die andere länger – sich die Zeitschriftenfotos ansah, die Nadia ihr zeigte. Sie sagte, Nadia würde mit kurzen Haaren phantastisch aussehen. »Sie haben definitiv die Wangenknochen dafür.« Sie führte Nadia in den hinteren Bereich des Salons mit den großen braunen Waschbecken. Nadia setzte sich auf einen schwarzen Stuhl mit einer weit nach hinten gehenden Rückenlehne und legte den Kopf auf den Beckenrand. Die Frau ließ warmes Wasser über ihre Haare laufen und bewunderte ihre Länge, sie wusch sie mit einem Shampoo, das nach Honig duftete und nach Blumen, die Nadia nicht kannte, massierte Kopfhaut, Schläfen und Nacken. Ihre Finger waren kräftig und behutsam, so dass Nadia sich zunehmend entspannte und sich den Händen der Friseurin überließ. Sie erinnerte sich an das Haarewaschen als Kind, aber so wie diese Frau hatte ihre Mutter nie ihren Kopf und Nacken berührt. Das hatte noch nie jemand getan, und das wohlige Gefühl entlockte Nadia ein leises Stöhnen.

Die Frau führte Nadia zurück zum Stuhl vor dem Spiegel und begann, lange Strähnen bis auf Schulterlänge abzuschneiden. »Sie haben so dickes Haar, ich werde es trocknen und dann weiterschneiden.« Der Föhn surrte warm und laut, und die Frau, sie hieß Katy, fuhr immer wieder mit den Fingern durch Nadias Haar. Über den Lärm des Föhns hinweg rief sie, dass sie sie nur antrocknen und danach weiterschneiden werde. Als sie eine Schere aus der Schublade nahm, erzählte sie laut, dass sie mit ihrem Freund ein Apartment in Caboose gemietet habe und aus Seattle stamme.

»Ich finde es toll hier, aber es gibt Dinge, auf die man bei der Postkartenversion nie kommen würde. Zum Beispiel, der beste Ort, um einen Weißkopfseeadler zu entdecken? Die städtische Müllkippe. Darauf muss man erst mal kommen. Irgendwie traurig, finde ich.«

Auf Fragen wie: »Wohnen Sie hier, oder sind Sie nur zu Besuch?«, wusste Nadia nicht, was sie antworten sollte, und so nickte sie nur oder antwortete mit Ja oder Nein. Sie wollte nicht zu viel von sich preisgeben, doch dann fragte sie sich, ob Katy vielleicht Miss Rose kannte und sie nicht besser bei Kaches Geschichte vom Gretchen aus Colorado bleiben sollte. Wahrscheinlich, aber dafür war es zu spät.

Schon bald vergaß Nadia all das, und Katy verstummte, schnitt und kämmte, schnitt und kämmte. Sie nahm ein Rasiermesser, ähnlich dem, das Nadia zum Rasieren von Kache benutzt hatte, und schnitt ihr einen Pony; das sanfte Zupfen fühlte sich gut an, und sie mochte das Geräusch, wenn das Messer ihr Haar absäbelte. Die Haare fielen herab, zuerst in langen Strähnen, dann stückchenweise und schließlich in immer kleiner werdenden Flocken, wie sanfter Schneefall. Mit dem Unterschied, dass sie nichts zudeckten, sondern etwas enthüllten. Nadia enthüllten. Ihre Augen, riesig und blau, starrten ihr aus dem Spiegel entgegen. Ihre Ohren, klein. Ihr nackter Hals, lang. Sie lächelte, und Katy lächelte zurück. »Wow! Sie sehen phantastisch aus. Ich wünschte, ich hätte Ihre Schlüsselbeine. Und diese Wangenknochen.« Nadia fragte sich, warum jemand ihre Knochen wollte, und lächelte zurück. Sie sah völlig verändert aus. Wie ein neuer Mensch. Wie eine junge Frau, die in San Francisco lebte und ein kleines Cabriolet fuhr, und der Wind würde sie nicht stören, weil die Haare ihr nie in die Augen fielen. Sie konnte immer sehen, wohin sie ging, und sie würde immer irgendwo hingehen.

Nadia zeigte auf Katys Ohren mit den Ringen entlang der Ränder. »So was will ich auch«, sagte sie. Im Dorf hatten viele Mädchen Ohrringe getragen, aber ihr Vater hatte es ihr verboten.

Katy lächelte. In einer Wange hatte sie ein Grübchen. »Sie

wollen, dass ich Ihnen Ohrlöcher steche? Heute habe ich keine Zeit, weil gleich noch ein anderer Kunde kommt. Zudem sind wir hier nicht dafür eingerichtet, und meinem Boss würde es sicher nicht gefallen. Aber ich kann es gern machen. Hier ist meine Telefonnummer«, sie schrieb sie auf eine rosa Visitenkarte. »Wenn Sie mich anrufen, kommen Sie zu mir oder ich zu Ihnen, und dann pierce ich Sie. Zehn Dollar das Loch, mehr nehme ich nicht, aber Sie müssen die Ohrringe kaufen.«

Nadia hielt die Karte unter dem mit ihren blonden Haaren bedeckten Umhang in der Hand. Sobald man sich auch nur einen Fuß vom Hof entfernte, kostete alles Geld. Konnte sie Eier gegen Ohrringe tauschen? Katy nahm ihr den Umhang ab und bürstete ihr mit einem weichen Pinsel den Nacken sauber. Dann reichte sie ihr einen Spiegel und drehte Nadia so, dass sie sich von hinten sehen konnte. Dabei fiel ihr Blick auf Kache, der lächelnd den Kopf schüttelte, ein Lächeln, das sein ganzes Gesicht erstrahlen ließ.

»Wow, ihr zwei«, sagte Katy. »Ihr solltet euch ganz schnell ein Zimmer nehmen.«

»So ist das nicht«, entgegnete Kache, und Nadia fragte sich: Wie ist es denn? Die Antwort Katys nahm sie kaum mehr wahr, hörte nur noch die Stimme in ihrem Kopf, die sagte: *Ja. Das bin ich.*

Noch einmal betrachtete sie ihr Spiegelbild. Wie eine Frau in einer Illustrierten. Wie eine Frau, die endlich hinaus ins richtige Leben trat.

36

Je mehr sie im Garten arbeiteten, desto besser wuchs alles – und damit wuchs auch die Arbeit. Kache richtete sich auf, zog den Spaten aus dem Boden, legte ihn längs auf seine Schultern und dehnte sich. Er hatte den frühen Morgen damit zugebracht, den Räucherschrank für den Lachs vorzubereiten, und jetzt stieg ihm der wundersame Duft von Fisch und Holzrauch in die Nase. Die Sonne ergoss sich hemmungslos über die Bucht und strahlte ihn an, als wäre er ein Star. Ein dünnes silbernes Wolkenband schwebte zwischen Wasser und Bergspitzen, und an Tagen wie diesen schien es, als könnte er mit der Hand übers Wasser greifen und seinen Abdruck auf einem der blauweißen Gletscher zwischen den Bergen hinterlassen.

Warum hatte er diesen Ort so sehr gehasst, als er hier aufwuchs? Warum hatte er es nicht erwarten können, endlich von hier wegzugehen, auch schon vor dem Unfall? Doch er wusste die Antwort: Es war die Radikalität seines Vaters gewesen, ein Alaska-Fanatiker, der Kache das Leben hier gründlich verleidet hatte. Es ging auch anders. Man konnte Kompromisse schließen. Man konnte von sich etwas geben und vom Land etwas nehmen, aber auch manchmal bei Safeway etwas kaufen. Man konnte einen Computer und sogar Internet besitzen und am Ende der Welt im

Paradies leben und trotzdem einen Platz in der ersten Reihe einnehmen und mitbekommen, was gerade in New York City passierte.

Um zu überleben, musste man keine großen Geschöpfe mit braunen Augen erschießen, wenn man es nicht wollte, und man musste auch nicht der Welt den Rücken kehren. Verdammt, sie schrieben das Jahr zweitausendundfünf. Eine gute Zeit zum Leben.

Vielleicht war das die Verbindung zu den Liedtexten, an denen er gerade arbeitete.

Er schleppte den Korb mit Kartoffeln, Karotten und Zwiebeln zusammen mit dem geräucherten Lachs in die Küche und stellte alles auf die Ablage neben der Spüle, in der Salat und ein Kohlkopf von der Größe eines Basketballs lagen. Er riss zwei Stücke von dem Lachs ab und reichte eines Nadia. O Mann. Er schmeckte fast so gut wie der von Dad.

»Köstlich.« Nadia saß im Schneidersitz auf der Couch, den Mac auf ihrem Schoß. Ihre blonden Haare standen vom Hinterkopf ab wie eine schöne russische Version des Films *Dennis, die Nervensäge*. Ihre Lippen waren ölig vom Lachs, und eine winzige Spur aus vier Goldpunkten zog sich am rechten Ohr entlang, ein Goldpunkt leuchtete am linken. Er hatte darauf bestanden, ihr die Ohrringe zu schenken, und wollte ihr auch einen Lohn zahlen und Geld für all die Jahre geben, die sie sich um das Anwesen gekümmert hatte. Sie hatte es abgelehnt, doch vielleicht änderte sie ihre Meinung, falls sie jemals mehr Zeit in der Welt draußen verbringen sollte.

Es fiel ihm immer schwerer, nicht einfach die Hand auszustrecken und ihr Haar zu berühren. Ob es so weich war, wie es aussah?

Aber das konnte und wollte er nicht. Es gab noch immer Momente, in denen sie nervös war, und über ihre Ängste zu reden widerstrebte ihr. Seit sie erwachsen war, hatte sie allein gelebt. Seit er erwachsen war, hatte er kaum wirklich gelebt. Sie würden einander nur noch mehr beschädigen, als sie es ohnehin waren.

Trotzdem überlegte er, ob er mit seiner großen Hand ihre Taille umfassen könnte. Und auch, wieso er den Eindruck hatte, dass sie ihn unheimlich gut kannte. Vielleicht hatte die Einsamkeit sie besonders intuitiv und sensibel gegenüber anderen Menschen gemacht. Oder vielleicht lag es einfach nur daran, dass er vergleichsweise wenig von ihr wusste.

Leo erwachte und sprang auf, um nach einer Fliege zu schnappen, was ihm aber nicht gelang. Kache nahm seine Gitarre und begann, an dem Lied weiterzubasteln, das ihm im Kopf umherging und das er »Young at Heart« nannte.

»Ich las von einem Burschen, der ist einhundertzwei.
Der töpfert zum Zeitvertreib allerlei.
Hat eine Freundin mit blauen Augen, die ist fünfzig.
Fünf Ehefrauen hinter sich,
Und was macht er künftig?

Verkauft seine Töpferwaren für tausendundzwei.
Ich bin erst achtunddreißig, juchhei.
Und glaub, ich krieg 'ne Grippe
Ganz bestimmt sogar
Ich krieg 'ne Grippe, oh yeah.«

Beim Spielen beobachtete er Nadia am Computer. Ihre Ohrringe fingen das Licht ein. Er sang: »Schau genau hin, und sieh die Spur an Nadias Ohr, oh yeah.« Sie tippte weiter. »Nadia?«

Sie sah ihn an, aber ließ die Finger auf der Tastatur. Das Tippen hatte sie sich auf der alten Schreibmaschine seiner Mutter selbst beigebracht. Natürlich, wie alles andere auch. »Ja?«

»Erinnerst du dich an die Geschichte von unserem Hund Walter und der Schlucht, die ich dir erzählt habe?«

Sie nickte.

»Du hast gemeint, dass mein Vater vielleicht doch runtergegangen ist. Wieso glaubst du das eigentlich?«

Sie neigte den Kopf zur Seite. »Warum fragst du das?«

»Ich muss immer wieder daran denken, und an ein paar andere Dinge auch. Du kannst entweder Gedanken lesen, oder … keine Ahnung. Hast du vielleicht meine Mom gekannt? Oder hat Lettie dir von ihr erzählt? Und falls ja, was kannst du mir über Walter sagen?«

Sie betrachtete eingehend die Tastatur auf ihrem Schoß, ließ dann die Hände zur Seite fallen und ballte sie unter den Oberschenkeln zu Fäusten.

Sie atmete tief durch und sagte: »Die Tagebücher deiner Mutter.«

Er beobachtete, wie sie ihn beobachtete. Draußen zankten sich zwei Ziegen. »Aber Tante Snag hat mir vor Jahren gesagt, sie hätte sie gleich nach dem Flugzeugabsturz verbrannt. Und ich hab gesehen, wie sie sie aus der Truhe genommen hat.«

»Nein. Komm mit mir.« Sie legte den Laptop neben sich aufs Sofa, und Kache folgte ihr nach oben ins Schlafzimmer seiner Eltern und dort in ihr Versteck im Wandschrank, zu den Kartons. Es stimmte, Snag hatte sie in Kartons gepackt, aber es stimmte wohl nicht, dass sie die Bücher verbrannt hatte. Obwohl sie es gesagt hatte.

»Dann hast du sie gelesen? Meine Mutter hatte gesagt, sie schreibt nur für sich selbst – sie wollte nicht, dass jemand ihre Tagebücher las. Snag hatte die ausdrückliche Anweisung, sie zu verbrennen.«

»Ich glaube, wir wissen inzwischen, deine Tante Snag hält in solchen Dingen ihr Versprechen nicht.«

»Hast du welche gelesen?«

»Kache, es tut mir leid. Ich war allein, und die Einsamkeit hat mich erdrückt. Deine Mutter war mir wie eine Freundin.«

»Und wie viele davon hast du gelesen?«

Sie senkte den Kopf. Ihre Haare standen hinten immer noch ab. »Ich habe sie alle gelesen. Viele, viele Male.«

Er atmete tief ein. »Hattest du vor, mir das zu sagen? Oder wolltest du mich weiter denken lassen, dass die vielen klugen Erkenntnisse dir von allein gekommen sind? Dass du rein instinktiv wusstest, wann du mir meine Gitarre reichen solltest? Oder wie du meinen Lieblingsauflauf zubereitest? Oder so bizarres Zeug wie die Sachen in der Vorratskammer nach Farben sortieren? Nichts davon ist deine Idee, stimmt's? Du hast einfach nur meine Mutter imitiert, weil du kein eigenes Leben hattest.« Er durchquerte das Schlafzimmer, den Gitarrenhals in der Hand. »Warum änderst du deinen Namen nicht in Bets? Oder besser noch, erzähl mir doch einfach, warum du nichts von deiner eigenen Mutter gelernt hast. Wo du schon alles über mich weißt, jedes verdammte

Detail seit meiner Geburt – wann ich meine ersten Worte gesagt hab und das erste Mal ins Töpfchen geschissen bis hin zu der Nacht, als ich meinen Vater angeschrien hab, er soll doch gehen und irgendwas töten –, warum erzählst du mir nicht zur Abwechslung mal was über dich?«

Er war überzeugt, dass sie wegstürzen würde, dass sie Leo packen und in ihrem Zimmer verschwinden würde – seinem alten Zimmer –, und die Tür abschließen würde. Aber das tat sie nicht. Sie stand da und ertrug seine Worte.

»Es war nicht richtig von mir. Ich habe gewusst, dass sie nur für sich selbst geschrieben hat, nicht für die Augen anderer. Und doch, ich konnte nicht aufhören. Die Bücher haben mich getröstet. Ihre Worte, ich glaube, sie haben mich am Leben gehalten. Und du und Denny, ihr wart Brüder für mich.«

»Toll.« Und wahrscheinlich mochte sie Denny lieber, hätte Kache fast gesagt, es sich aber gerade noch verkniffen. Himmelherrgott! War er noch immer ein Teenager? »Das ist ja absolut gruselig. Du bist eine russische Spionin, eine blonde Voyeurin, die hier lebt und alles absorbiert, wovon ich mich zwanzig Jahre lang ferngehalten habe.«

»Vielleicht ist es Zeit für dich, die Worte deiner Mutter zu lesen.«

»Gegen ihren ausdrücklichen Wunsch? Niemals. Ich respektiere sie.«

Sie nahm eines der Bücher in die Hand. Das blaue Cover war verschlissen. »Fang hiermit an.«

»Wahrscheinlich sollte ich deiner Empfehlung folgen, da du ja die Chefbibliothekarin der Seele meiner Mutter bist.«

»Das sind dramatische Worte, die du sagst. Alle Bücher zu lesen ist nicht notwendig. Aber dieses hier lies wenigstens. Und das hier.« Sie hielt ihm auch ein Notizbuch mit rotem Cover hin.

Er riss ihr beide aus der Hand, nur damit sie sie nicht mehr hatte, warf sie zurück in den Karton, den er sich schnappte und die Treppe hinuntertrug. Alles, was er jetzt wollte, war, schnellstens in seinen Wagen steigen und wegfahren, doch stattdessen blieb er mitten im Wohnzimmer stehen, seine Mutter im Arm. Ihre Tagebücher waren nicht verbrannt worden. Sie war gegenwärtig, in dem Karton, und Nadia kannte sie besser als er.

Staubflocken tanzten im Sonnenlicht, die einzigen Bewegungen im ganzen Haus. Dieselben Fotos, dieselbe Decke über der Rückenlehne des Sofas. Dieselben Dekokissen, derselbe Plunder und Schnickschnack, dieselben vergilbten Illustrierten, dieselben Teppiche, dieselben nicht zusammenpassenden Lampen. Dasselbe wie immer, dasselbe wie immer. Er würde jetzt Holz hacken. Das war besser als Auto fahren, besser als hier stehen, und vielleicht half es ihm, einen klaren Kopf zu bekommen. Nadia hatte ihm ein paar Tricks beigebracht, er hackte jetzt viel besser Holz als in seiner Jugend. Das zumindest war anders.

Er trug den Karton nach draußen und stellte ihn auf den Boden. Ihm war, als könne er seinen Dad vor sich hergehen sehen, affenähnlich vorgebeugt, als würde er nicht nur das Land durchmessen, sondern es einnehmen, die Axt mit ebenso viel Leichtigkeit wie Kraft schwingend. Das Knarren der Holzscheite könnte seine Stimme sein. Dann blitzte eine Bewegung am Rande seines Gesichtsfeldes auf. Er drehte den Kopf, sah aber nichts. Das hatte nichts mit der klaren Erinnerung an seinen Dad zu tun – und war ihm zuvor schon ein paarmal passiert. Sicher ein wildes Tier, das sich nicht weiter um ihn kümmerte. Doch manchmal dachte er, dass vielleicht sein Dad oder Denny ihm tatsächlich zusahen und seine neuen Fertigkeiten beurteilten. Verrückt.

Während Kache das Holz spaltete und stapelte, wünschte er, seine Gedanken genauso sauber spalten und ordnen zu können. Seine Liebe zu diesem Ort auf den einen Stapel häufen, die quälende Traurigkeit und die seltsamen Streiche, die er ihm spielte, auf den anderen. Seine Sehnsucht, sich Nadias wunderschönem Gesicht zu nähern? Auf den ersten Stapel. Die bizarre Tatsache, dass sie mehr über sein früheres Leben wusste als er selbst, würde auf dem anderen Stapel landen. Und so weiter, alles auseinanderklamüsern, das Dunkle und das Helle so lange spalten, bis er genug Material hatte, um mit dem Dunklen ein Freudenfeuer zu entfachen und sich mit dem Rest ein Leben aufzubauen.

Genug für ein Freudenfeuer. Würde er auch die Tagebücher verbrennen?

Er hatte vieles zu Nadia gesagt, das er schon jetzt bereute. Aber … wie ein Bruder? Und dann machte sie auch noch Dinge, die ihn an seine Mutter erinnerten. Also wieder Freud, der die Finger ans Kinn legte und nickte. Doch was wäre, wenn man all das vergaß, was im Laufe der Zeit sowieso geschehen würde, und sie sich erst mal besser kannten, als reale Personen und nicht mit dem von Gespenstern der Vergangenheit geprägten Blick? Er musste sie, sie, Nadia, besser kennenlernen. Er kannte nicht einmal ihren Nachnamen. Und aus welchem Grund war sie hier? Eine faire Frage. Ein Anfang. Sie hatte seinen Wutausbruch über sich ergehen lassen, ohne wegzulaufen. Sie wurde Tag für Tag stärker, und er auch. Ein paar einfühlsame Fragen würde sie verkraften, ohne gleich unters Bett flüchten zu müssen. Aber dann würden auch ihre Antworten ins Haus mit einziehen, zusammen mit all den Gespenstern, all den Altlasten.

Mist, das Haus war jetzt schon viel zu voll.

Trotzdem, die Tagebücher würde er nicht verbrennen. Das konnte er nicht. Nadia brauchte sie noch. Und er vielleicht auch.

Er hieb die Axt in den Hackklotz und begann, das Holz zu stapeln.

37

Lettie und A. R mussten sich beeilen, um das Blockhaus vor Wintereinbruch fertig zu kriegen. Beim Holzhacken – wobei sie, wie Bill Newberry es ihr nach langem Drängen beigebracht hatte, den Hackklotz und nicht das Holzstück anvisierte – verlor sie sich im Rhythmus der Arbeit: aufstellen, zurücktreten, schwingen, spalten, rausziehen, immer mit gespreizen Beinen wegen der besseren Standfestigkeit. Aufstellen, zurücktreten, schwingen, spalten, rausziehen. Sie war von Kopf bis Fuß verdreckt, wie nach einer Schlammschlacht. Aufstellen, zurücktreten, schwingen, spalten, rausziehen.

Der Rhythmus erinnerte sie an das Vor- und Zurückschwingen der Holzschaukel, die ihr Vater für sie aufgehängt hatte und auf der sie sich als Kleinkind ein paar Jahre vergnügte, bis sie dann zu alt dafür war. Aber eigentlich war sie nie zu alt dafür geworden. Als sie sich das erste Mal ganz allein mit ihren dicken Beinchen vom Boden abstieß und in die Luft schwang, dachte sie: Sollen die Erwachsenen doch drinnen im Haus rummachen; aber auch sie meinen doch eigentlich nur das hier, wenn sie ihre Lieder singen mit den hoffnungsvollen Worten und ihnen unwillkürlich Tränen über die Wangen rollen: *Näher mein Gott zu Dir.* Wenn sie, Lettie, es nur lange genug versuchte, konnte sie den Himmel vielleicht mit ihren Zehen berühren, was ihr beim Schaukeln durchaus möglich schien. *Näher mein Gott zu Dir.* So richtig geschafft hatte sie es dann aber doch nicht. Nur manchmal, wenn der Wind ihr die flatternden Haare aus dem Gesicht blies und die Sonne es beschien, hatte es sich so angefühlt. Als würde irgendetwas, oder vielleicht irgendwer, ihr sagen, sie sei schön. Sie wusste, das stimmte nicht, sie sah unscheinbar aus, hatte ein ausladendes Hinterteil und ein breites Gesicht voller Sommersprossen. Aber eine hübsche Nase, da jedenfalls waren sich alle einig. Doch dieses Gefühl. Vielleicht war das die Gegenwart Gottes, von der alle sprachen. Aber sie wollte das nicht näher ergründen. Die Gegenwart der Liebe? Sie wusste keine Antwort darauf, musste sie auch nicht wissen. Doch wegen dieser albernen Schaukel glaubte sie gewissermaßen an Wunder, an Mysterien.

Deshalb wunderte sie sich auch nicht, als nach drei Monaten in Alaska das erste Mal ihre Periode ausblieb. Und dann noch einmal. Im Alter von vierunddreißig würde sie Mutter werden. Mutter. Und sie beobachtete interessiert die anderen Mütter: Wie sie ihre Babys an den vollen Brüsten saugen ließen, wie eine Frau das Gesicht ihres kleinen Kindes mit beiden Händen umfasste, ihm einen Kuss auf die Stirn drückte und dann einen Klaps auf den Po gab, als es sich umdrehte und weglief, um neuen Unfug zu treiben. Wie sie immer, wirklich immer, mit Essen zugange waren, entweder bereiteten sie es gerade zu, servierten es, räumten die Reste weg oder spülten Geschirr. Und Lettie stand mittendrin, die Hand auf ihrem Bauch, staunend. Das Wunder!

Doch auch Übelkeit und Erschöpfung stellten sich ein, und

sie kämpfte gegen das starke Verlangen an, sich hinzulegen und die nächsten sieben Monate durchzuschlafen, sich in einen Bär zu verwandeln. Aber ihr Wunsch, das Blockhaus fertig zu bekommen, war stärker. Jetzt mussten sie ran. Und A. R., der sich so sehr auf das Baby freute, dass er noch mehr Energie zu haben schien, sang sogar, während er die Holzstämme montierte und die Ritzen versiegelte.

Kurz vor dem ersten Schnee war es geschafft. Als Lettie und A. R. dann aneinandergeschmiegt drinnen saßen und ihr Werk mit den zwei kleinen Fenstern und der Tür betrachteten, waren sie stolz und albern wie Kinder, die gerade ihr erstes Betttuchzelt um einen Wäschepfosten errichtet hatten.

»Ich liebe dich, Lettie«, hatte er in jener Nacht gesagt und immer wieder ihren Bauch gestreichelt. »Du hast recht gehabt, hierherkommen zu wollen. Es war die richtige Entscheidung.«

»Wegen dem Baby?«

»Na ja, auch wegen dem Baby. Aber nicht nur. Es war richtig für dich und auch für mich.«

Als der Schnee kam, begann ein völlig anderes Leben. Im Sommer war so viel zu tun, zu sehen, schmecken, berühren, zu riechen und zu hören. Doch im Winter, konnte sie nur noch der Stille lauschen. Und sie roch, berührte, schmeckte, sah das Weiß. Eine große, dicke Decke um sie herum, die sie aufforderte, nichts weiter zu tun, als im Inneren des Blockhauses zu ruhen. Und zu warten.

Das Kind in ihrem Bauch ruhte auch. Wartete, rührte sich. Ihr war, als dächte sie nur noch an das Baby. Sie strich sich über den Bauch, schloss die Augen. Versuchte sich sein Gesicht vorzustellen, seinen kugelrunden Kopf, wie es weinte und sich in ihr zusammenrollte und wie sie seinen Nacken mit den feinen Härchen streicheln würde, mit ihren kräftigen, geschickten Fingern.

Eine der jüngeren Frauen machte eine Bemerkung über Letties Alter. Es war nicht böse gemeint, und doch hatte es Lettie einen Stich versetzt. Natürlich war sie nicht mehr jung, aber auch Frauen, die noch älter waren als Lettie, wurden noch Mutter. Sie sah aus dem Fenster und fühlte sich wie die Berge, so zerklüftet und uralt. Aber das übermütige Treiben in ihrem Bauch, als würde ein Bärenbaby darin umhertollen, sagte ihr etwas anderes. Es war Letties einmalige Gelegenheit, Mutter zu werden, ein schmales Zeitfenster, so klein wie die Luke auf dem schaukelnden Boot, auf dem sie hier angekommen waren. Und so war es gewesen.

Sie stellte sich auf Veränderungen ein, so umwälzend wie die Gezeiten in Alaska. Zu der Zeit wusste sie bereits, dass sie nicht ein Baby erwartete, sondern zwei, spürte es im Mark ihrer müden Knochen, dem Sammelbecken all ihrer Lebenserfahrung. Und wenn sie die Geburt überlebte, *O bitte, lass mich die Geburt überleben*, wollte sie die beste Mutter sein, die diese jüngeren Frauen mit den großen hellen Augen je gesehen hatten.

38

Snag saß da und betrachtete ihre schlafende Mutter. Letties Ein- und Ausatmen, das Heben und Senken ihrer Brust erfüllte Snag mit einer süßen Trauer – Dankbarkeit für das Gewesene, Furcht vor dem, was kommen würde.

Sie begann, das Lieblingslied ihrer Mom von Bob Dylan zu singen. »*The water is wide and I can't cross over. Neither have I wings to fly …*«

Gilly steckte den Kopf durch die Tür. »Ich liebe diesen Song. Du bist wirklich eine wunderbare Tochter, Snag Winkel. Mit einer wunderbaren Stimme dazu.« Und schwups war sie wieder im Flur verschwunden, um weiter ihrer Arbeit nachzugehen.

Snag spürte, wie ihre Wangen erglühten, und wandte sich wieder ihrer Mutter zu. »*Build me a boat that can carry two …*« Sie hatten immer eine gute Mutter-Tochter-Beziehung gehabt, soweit das überhaupt möglich ist. In ihrer Kindheit liebte Snag ihre Mutter genauso abgöttisch, wie ihre Mutter die einhundertsechzig Hektar Land mit Blick auf die Kachemak Bay liebte. Lettie hatte Snag erzählt, dass sie vor ihrem Umzug von Kansas nach Alaska gar nicht richtig gelebt hatte. Sie war sogar überzeugt, dass erst während der Bootsfahrt hierher das, was auch immer ihre Unfruchtbarkeit bewirkt hatte, sich gelöst hatte: denn kaum hatte Lettie die hiesige Küste erreicht, war sie die Fruchtbarkeit in Person. Als Zeichen der Dankbarkeit für ihre beiden Kinder, Snag und Glenn, hatte sie sich – mit jahrelanger schwerer Arbeit und der Hingabe an ihr Land – abgerackert.

Doch Alaska war auch das Land, das ihr ihren Sohn genommen hatte, und auch Bets und den wunderbaren Denny. Als Snag nach dem Unfall einmal davon sprach, erwiderte Lettie, dass sie es nicht so sah: Alle drei hatten das Leben hier in Alaska geliebt und getan, was ihnen Spaß machte. Natürlich wären sie wahrscheinlich nicht mit dem Flugzeug abgestürzt, wenn sie in Los Angeles oder Tallahassee gelebt hätten, aber wer konnte das schon sagen? Lettie gab Alaska nicht die Schuld. Aber vielleicht ihrer Tochter, wenn sie erst einmal die ganze Geschichte gehört hatte.

Als Lettie dann aufwachte, kam Snag ohne Umschweife zur Sache. »Mom, ich muss wirklich mit dir reden.«

Lettie rieb sich die Augen und griff nach ihrer Brille. »Als ich das letzte Mal angeboten habe, dass wir offen und ehrlich miteinander reden, bist du aus dem Zimmer gerannt. Oder besser gesagt, geschlichen.«

»Okay. Aber ich hab noch mal darüber nachgedacht, was du gesagt hast. Ich hatte ja keinen blassen Schimmer, dass du geahnt hast, was mit mir los ist, und ich frage mich, warum wir damals nicht darüber gesprochen haben, als es mir noch geholfen hätte – als ich jung war, keine alte Frau wie jetzt.«

»Du hast immer noch genug Zeit, das Richtige zu tun.« Lettie seufzte. »Aber das entschuldigt nicht mein Verhalten. Ich dachte, ich wäre eine gute Mom, wenn ich nichts sage und dich deinen Weg selber finden lasse. Aber da, wo wir gewohnt haben, gab es keine Vorbilder für dich, es gab noch keine Schwulenparaden oder dergleichen. Du hättest die Möglichkeit gebraucht, offen darüber zu sprechen, dass du lesbisch bist. So, jetzt ist es raus.«

Snags Ohren waren glühendheiß. Die Hitze strömte in ihre Brust, und sie zog die Jacke aus.

»Aber ich habe damals nicht genug darüber gewusst«, fuhr Lettie fort. »Schätzchen, als Jugendliche hab ich ja nicht mal gewusst, was eine Lesbe ist.«

»Ich auch nicht. Ich dachte, ich hätte eine furchtbare Krankheit.«

»Das ist meine Schuld. Denn zu der Zeit wusste ich schon Bescheid und hätte dir helfen müssen.« Lettie beugte sich zu ihr vor und senkte die Stimme. »Und dann die Geschichte mit Bets.«

Snag starrte ihre Mom an; das Blut rauschte in ihren Ohren. »Moment mal. Du hast es gewusst?«

»Es war immer offensichtlich, was für Gefühle du für sie hast. Das war kein großes Geheimnis.«

»Wie bitte?« Snag fühlte, wie sie von Kopf bis Fuß errötete. Es war einfach zu warm hier im Zimmer.

»Jedenfalls nicht für mich. Ich hab's dir jeden Tag angesehen.«

»Wow, das hör ich wirklich gern, Mom, danke.«

»Schätzchen, manche Dinge kann man nicht verstecken.« Lettie ergriff Snags Hand mit ihrer eigenen, die voller brauner Flecken und von Adern durchzogen war. Eine Weile saßen sie schweigend da. Lettie strich mit dem Daumen über Snags Knöchel, so wie sie es schon in Snags Kindheit getan hatte, als wäre jeder einzelne Knöchel eine wertvolle Perle.

Schließlich fing Snag an zu reden. »Da wir uns heute alles gestehen«, (wobei sie nicht vorhatte, alles zu gestehen), »muss ich dich etwas fragen.«

»Schieß los.«

»Du nimmst die rosa Pille nicht, stimmt's?«

»Natürlich nicht.«

»Und du weißt, dass du ohne die Pille wahrscheinlich stirbst?«

»Ich weiß, dass ich mit und ohne sie sterbe, und ich weiß, dass ich achtundneunzig Jahre alt bin. Die Konsequenzen sind mir hinreichend bekannt.«

Snag beugte sich über Lettie und nahm sie in die Arme, und ihre Mutter umfasste ihre Schultern. Sie hielten einander auch noch, als draußen vor dem Zimmer ein quietschender Wagen vorbeigeschoben wurde. Snag war fünfundsechzig Jahre alt und wollte für immer und ewig so verharren, völlig hingegeben, aber doch umschlossen von diesen Armen, die ihr seit jeher Geborgenheit gegeben hatten.

39

Kache lag in Tante Snags Gästezimmer auf dem Bett und schlug die Seite im Tagebuch seiner Mutter auf, die Nadia mit einem Blatt der Moltebeere gekennzeichnet hatte. Und er las:

Streit im Winter

Ein silberweißer Morgen beim Erwachen.
Der Streit hängt tief
Wie Rauch in Eiseskälte.

Der Rauch aus unserem Schornstein schafft es nicht
aufzusteigen, bahnt sich einen hässlichen Weg
parallel zur Erde und verschwindet im Nirgendwo.

An einem wärmeren Tag könnte der Rauch segeln.
An einem wärmeren Ort würde er leicht emporsteigen wie
ein Seufzer
Und hier keine Narbe hinterlassen.

Er klappte das Notizbuch zu, musste eine Entscheidung treffen. Er kannte Bets Winkel so, wie ein Sohn seine Mutter kannte. Und sie hatte immer deutlich gemacht, dass niemand diese Tagebücher lesen dürfte, was er immer respektiert hatte. Zumal er, ehrlich gesagt, als Kind auch nie das leiseste Interesse daran gehabt hatte. Aber diese wenigen Zeilen offenbarten eine Seite von ihr, die er nicht einmal ansatzweise gesehen hatte. Sollte er das überhaupt wissen? Nach all den Jahren fehlte sie ihm noch immer, manchmal sogar sehr. Doch in diesem Moment wurde ihm klar, dass ihm die Vorstellung fehlte, wer sie als Person gewesen war, weil er nie die Möglichkeit gehabt hatte, sie wirklich kennenzulernen. Er kannte sie nur in ihrer Beziehung zu ihm. Sie war es gewesen, die ihm zu essen gegeben, ihn angeleitet, ihn verteidigt und ihn ermutigt hatte. Wer war Bets Winkel gewesen, wenn sie sich nicht um ihn gekümmert hatte? Und hatte er das Recht, all das zu erfahren … all die Dinge, die Nadia bereits wusste?

Er verstaute das Notizbuch ganz unten im Koffer und fuhr zum Hof. Er wollte Nadia bitten, ihm ihre Lebensgeschichte zu erzählen – oder wenigstens ihren Nachnamen zu verraten. Doch als er dann mit dem Wagen auf dem Hof hielt, kam sie angelaufen, stieg ein und zog die Tür hinter sich zu.

»Ich bin bereit zu einer weiteren Fahrt in die Stadt.«

»Das ist ein echter Sinneswandel. Hast du die Armbänder?«

Sie schob die Ärmel hoch und zeigte sie ihm.

»Sehr gut! Also dann«, sagte Kache. Mit den hochgehaltenen Armen und den Händen, die über den grauen Akupunkturbändern zu Fäusten geballt waren, wirkte Nadia kampfbereit. Aber sie lächelte. »Mein Rücken braucht eine Pause von der Gartenarbeit und der Dachreparatur.«

Auf der Fahrt wurde ihr kein einziges Mal übel, was sie der »russischen Magenmedizin« zugutehielt, in Dill eingelegte Pickles, die sie die ganze Zeit knabberte. In der Stadt bestellten sie Tierfutter, und als sie dann in der Nähe des Flughafens waren, bat sie ihn, einen Abstecher dorthin zu machen. »Der Anblick von Flugzeugen macht dir Probleme?«, fragte sie.

»Nein, eigentlich nicht. Ich bin seither oft geflogen, meist beruflich.«

»Ich bin noch nie geflogen und würde gerne einmal mit einem Flugzeug weit wegfliegen.« Er folgte ihrem Blick zu dem blauen Himmel, an dem hier und da Wolken hingen wie exotische, unbekannte Länder.

»Das klingt ziemlich kühn für jemanden, der noch vor wenigen Wochen nicht mal in ein Auto steigen wollte.«

»Weil du mir geholfen hast. Und das Internet. Es gibt so viel zu sehen und zu tun. Aber was rede ich.« Sie hielt die Hände mit den Handflächen nach oben. »Ich werde hier leben und sterben, ohne etwas anderes zu kennen.«

Kaches Blick blieb an den Bergen hängen. »Ich habe eine Idee.« Er fuhr zurück auf die Straße, auf die Landzunge und dann auf den Parkplatz des Spit Tune. »Zuerst eine kurze Pinkelpause«, sagte er und stellte den Motor aus.

Im Eingangsbereich zeigte er auf die Damentoilette. »Dort ist für dich. Wir treffen uns dann wieder hier.« Die Herrentoilette war besetzt. Kache wartete kurz, dann ging die Tür auf.

»Hallo, mein Freund«. Es war der Mann, der ihm kurz nach der ersten Begegnung mit Nadia das Bier spendiert hatte. »Ich hab mich schon gefragt, ob ich Sie noch mal wiedersehe. Ich weiß gar nicht Ihren Namen.«

Nachdem Kache ihn genannt hatte, wollte der Mann wissen, wie er dazu gekommen war, und er erklärte es ihm.

»Verstehe. Ein echtes Kind dieses Landstrichs. Ich heiße Tol. Sie haben jetzt eine schöne Frau gefunden?«

»Bin gerade dabei.« Kache konnte kaum glauben, was er da sagte, und hoffte inständig, dass Nadia sie nicht durch die Tür der Damentoilette hindurch hören konnte.

»Schön für Sie! Trinken wir wieder ein Bier zusammen?«

Als Kache ihm erklärte, dass er gleich weiterwollte, schlug Tol ihm freundschaftlich auf den Rücken. »Dann das nächste Mal.«

Kache ging auf die Toilette und war schneller fertig als Nadia. Nach mehreren Minuten klopfte er an die Tür. Um seine Idee umzusetzen, durften sie das Boot nicht verpassen – oder genauer gesagt die Fähre Danny J.

»Nadia?«

Keine Antwort.

»Nadia?« Der Türknauf ließ sich nicht drehen. Er ging um die Ecke und ließ den Blick durch den Gastraum schweifen, aber da waren nur Tol und derselbe Barkeeper wie beim letzten Mal, und beide starrten auf den dröhnenden Fernseher. Früher hätte Rex niemals einen anderen in dieser Bar arbeiten lassen.

Er hörte eine Tür und drehte sich um. »Tut mir leid, es hat lange gedauert«, sagte Nadia. »An der Wand steht so vieles zu lesen. Warum verschenken die Leute ihr Talent hier? Sind das Schriftsteller oder Lehrer?«

»Glaube ich kaum.« Kache lachte und folgte Nadia zur Tür. »Schönen Tag noch, Kachemak Winkel«, hörte er Tol hinter sich rufen, und er winkte ihm zum Abschied.

Sie gingen an zahlreichen Schiffen vorbei, an Charter- und Privatbooten, manche glänzten wie Ausstellungsstücke, aber auch an Fischerbooten – Treibnetzboote, Longliner und andere –, größtenteils rostige Zeugen einer langen Geschichte, auf deren Decks glitzernde Lachse, Kabeljau und Heilbutt mit toten Augen aufgehäuft lagen. Sein Dad hatte versucht, Kache dazu zu bringen, ihm und Denny beim Fischen zu helfen. Aber nach dem ersten entsetzlichen Trip, bei dem Kache beim Anblick der wild zappelnden, riesigen Heilbutte – die sein Dad erschoss und die Denny dann an Bord zog – nur gekotzt hatte, weigerte Kache sich, noch einmal mitzufahren. Stattdessen arbeitete er im Kino und trat später im Spit Tune auf. Einen Teil des Lohns gab er seinem Vater, weil er ja nicht im Familienbetrieb mithalf.

Kache ergriff Nadias Ellbogen und lenkte sie auf ein altes Fischerboot, das als Fähre diente, die Danny J, die nach Halibut Cove fuhr, einer winzigen Künstlerkolonie auf der gegenüberliegenden Seite der Bucht.

Der Wind blies ihnen die Haare aus dem Gesicht, trieb ihnen Tränen in die Augen und färbte ihre Wangen rot. »Warst du jemals auf der anderen Seite?«

Sie schüttelte den Kopf. »Nein, nie. Manchmal träume ich, dass es eine Brücke gibt, wie die Golden Gate Bridge.«

Zu den wenigen Extravaganzen seines Vaters hatte eine Einladung der ganzen Familie ins Saltry gehört, damals das neue und einzige Restaurant in Halibut Cove, das der Besitzer bei Flut auf einem Frachtkahn hertransportiert hatte. Hinterher meinte seine Mom, das Essen sei genauso gut gewesen wie in New York. Unter ihrem roten Parka trug sie ein schwarzes Kleid und eine lange Perlenkette. Kache und Denny hatten ihre besten Pullover aus dem Sears-Katalog an. Und während er sich jetzt einerseits wünschte, den Erinnerungen entfliehen zu können, gewann er andererseits zunehmend Gefallen an der Diashow in seinem Kopf.

»Sieh mal«, sagte Nadia und zeigte auf den breiten, von der Natur geschaffenen Felsbogen, der den Eingang zu der kleinen Bucht markierte. »Im Felsen ist eine Tür!«

Sein letzter Besuch hier lag zwanzig Jahre zurück, aber an der Bucht hatte sich kaum etwas verändert. Viele Häuser standen auf Pfählen, während andere wie Tupfer über die Hügel verstreut waren. Keine Autos; die Einwohner brauchten bloß ein Boot und Wanderschuhe. Im Winter lebten keine fünfzig Menschen hier, doch im Sommer wuchs die Zahl, schnell wie alaskischer Kohl, auf über einhundert an. Jetzt befanden sich etwa zwei Dutzend Touristen auf dem Boot. Bei der Überfahrt mit seiner Familie waren sie die einzigen Passagiere gewesen.

Kache beugte sich vor, so dass sein Mund beinahe Nadias Ohr mit den Goldringen berührte. »Es tut mir leid, dass ich wegen der Tagebücher so ausgeflippt bin.«

»Mir tut es leid, dass ich sie gelesen habe.«

»Muss es aber nicht. Ich bin froh, dass sie dir geholfen haben.« Das war zwar nicht gelogen, trotzdem fühlte es sich komisch an, dass sie so vieles über seine Mom wusste, was sie damals dachte und fühlte, wovon er keine Ahnung hatte.

»Die ich dir gegeben habe, hast du die gelesen?«

»Nein. Ich hab's versucht, aber es ging noch nicht. Den Karton mit den anderen habe ich in den Schrank zurückgestellt, damit du wieder drin lesen kannst. Nur die beiden, die du mir gegeben hast, hab ich behalten.«

Sie nickte, den Blick auf die Berge gerichtet, denen sie sich näherten.

Er sagte: »Das lassen wir jetzt alles eine Weile hinter uns, okay? So weit wie heute warst du noch nie vom Hof weg.«

40

Während sie mit lärmendem Bootsmotor die Bucht entlangtuckerten, schwamm ein Meerotter mit rosa Nase in ihrem Fahrwasser und unterhielt die Touristen wie ein bezahlter Animateur. Der Kapitän drosselte den Motor auf ein Schnurren und steuerte das Boot um eine Landzunge herum. Dahinter lag – ebenso erstaunlich wie die Tatsache, dass sie jetzt endlich einmal das Wasser überquerte – die Durchfahrt zwischen den Felsen! Und dann öffnete sich die kleine Bucht und offenbarte ihr liebevoll gehütetes Geheimnis. Das Wasser glitzerte wie der Inhalt von Elizabeths Schmuckkästchen, doch das Ufer hatte nichts Schillerndes, sondern war von beeindruckender Schlichtheit: angedockte Boote, kleine Pfahlhäuser und dahinter bewaldete Berghänge. All die Jahre hatte Nadia auf der anderen Seite dieser riesigen Bucht gelebt und doch nichts gesehen als unwegsame Berge.

Sie und Kache folgten den anderen über den Holzsteg auf den Kai und dann weiter auf einen zweiten, der zu den Künstlergalerien führte. Dort hingen an den Wänden Aquarelle und Ölbilder mit Fischerbooten und Barken darauf, Ottern und Papageitauchern. Ein Künstler malte mit Tintenfischtinte. Tintenfischtinte! Diese Bucht hatte so viel zu bieten, und nicht nur

Nahrung, auch Kreativität. Dabei war das hier nur ein winziger Fleck auf dieser Erde. Was wohl geschehen wäre, wenn sie damals das Kanu genommen und – anstatt am Ufer meilenweit entlangzulaufen – übers Wasser gepaddelt und dann hier gelandet wäre, in dieser kleinen Bucht, umgeben von Künstlern? Anstatt ganz allein zu leben. Hier gab es keine Altgläubigen; sie wäre weit genug weg gewesen und hätte sich keine Sorgen machen müssen. Gefahr hätte nur bestanden, wenn sie mit dem Boot nach Caboose gefahren wäre – was irgendwann unvermeidlich geworden wäre.

Nein. Sie glaubte fest daran, dass der Hof sie magisch angezogen hatte. Und obwohl sie den Glauben ihrer Familie nicht teilte, glaubte sie doch an etwas Unsichtbares, eine Art Kraft, die wirkte, vorsorgend, fordernd und wieder versorgend. Oder vielleicht formend, zurechtstutzend – und die sie dann ruhen ließ, den schönen Schalen oder Vasen in den Galerien nicht unähnlich. Wie sonst hätte sie in einem Haus mitten im Nirgendwo landen können, das sie genauso sehr brauchte wie umgekehrt, ein Haus, das mit allem Lebensnotwendigen ausgestattet war – natürlich außer der Gesellschaft eines Menschen.

Und dann, endlich, Kache.

Somit hatte das Haus jetzt alles, was sie brauchte. Und trotzdem. Hier war diese Bucht, und jenseits davon lag eine ganze Welt, die es wert war, gesehen und erobert zu werden. Mit nichts weiter als Tintenfischtinte, Papier und einem Pinsel hatte die Künstlerin genau das getan – die hübschen schlichten Häuser, die Kais und die Boote im Bild festgehalten.

»Gefällt dir das Bild?«

»Sehr.«

»Tintenfischtinte, echt cool, was? Möchtest du es gern haben? Fällt dir ein Platz ein, wo du es aufhängen kannst?«

Nadia hatte im Haus noch nie etwas an die Wand gehängt, noch nie auch nur ein Foto woanders aufgestellt oder ein Gemälde umgehängt. Dazu hatte sie ihrer Meinung nach kein Recht. Doch jetzt lud Kache sie ein, etwas zu verändern.

Sie wandte ihm das Gesicht zu, die Augenbrauen fragend hochgezogen. Er sagte: »Komm, lass es uns kaufen.«

Der Verkauf in den Galerien funktionierte auf Vertrauensbasis: Für den Fall, dass der Künstler nicht anwesend war, stand in jeder Galerie eine Schale für das Geld des erworbenen Kunstwerks. Kache legte ein dickes Bündel gefaltete Scheine in die Schale und nahm das Gemälde von der Wand. »Du hast einen guten Geschmack«, sagte er und lachte dann. »Oder vielleicht sind wir beide auch nur mit denselben Bildern vor Augen aufgewachsen und haben dieselben Bücher meiner Mutter durchgeblättert. Vielleicht liegt es nicht daran, dass du einen guten Geschmack hast, sondern dass er meinem gleicht. Vielleicht haben wir ja beide einen schlechten Geschmack.«

»Niemals. Weil deine Mutter einen hervorragenden Geschmack hatte. Das hat sie selbst gesagt.«

Auch darüber musste er lachen. Es war schön, ihn so oft lachen zu sehen. Sie gingen weiter am Kai entlang und näherten sich einem jungen Paar, das sich gerade küsste und auch dann nicht aufhörte, als Kache und Nadia vor ihnen stehenblieben, weil sie den Weg versperrten, als wären sie allein auf dem Kai, allein in der Bucht. Kache räusperte sich, und der Mann sah ihn an.

»Oh, tut mir leid«, sagte er. Die Frau blickte kurz über seine Schulter und drückte dann ihr Gesicht an seine Brust. »Wir sind gerade in den Flitterwochen.«

»Herzlichen Glückwunsch«, sagte Kache und ging hinter Nadia an ihnen vorbei.

»Vielleicht sind es Altgläubige«, flüsterte er.

»Warum sagst du das?«

»Er hat einen Bart, und beide sehen sehr jung aus. Aber wahrscheinlich sind sie trotzdem zu alt für frischvermählte Altgläubige. Heiraten da nicht alle, sobald sie in die Pubertät kommen?«

Nadia hob die Schultern. »Einige.«

»Einige – du auch?«

»Ich dachte, heute entfliehen wir allem.«

»Das tun wir auch – der Arbeit, aber nicht uns selbst. Ich hatte gehofft, dass wir uns weit weg vom Haus und den Erinnerungen besser kennenlernen können.«

»Du fragst mich nach meinen Erinnerungen. Über diese Dinge zu sprechen ist für mich viel schwerer als die Arbeit im Garten oder Einmachen, und viel weniger angenehm.«

»Nadia.« Er blieb stehen und sah sie an. Sie hatten das Ende des Kais erreicht, wo sie umkehren oder aber die Holztreppe hinunter zum Strand nehmen mussten. Sie wartete, weil er offensichtlich etwas sagen wollte, doch dann wandte er sich plötzlich von ihr ab. »Wir gehen hier entlang.«

Die großen Felsen am Strand waren fast schwarz von den vielen Muscheln daran. Ein dunkelhaariger, etwa vier Jahre alter Junge in einem blaukarierten Flanellhemd hielt triumphierend eine Muschel hoch, rannte zu seinem Vater und ließ sie in dessen Eimer fallen.

Die Wellen leckten sanft übers Ufer. Kache sah hinaus aufs Wasser. »Nadia«, sagte er, »ich möchte dich kennenlernen. Du hast mir geholfen, und ich will dir helfen. Irgendwie.«

»Dein Zuhause, es hat mir all die Jahre Schutz gegeben. Ich würde sagen, das hat mir geholfen.«

»Aber ich könnte noch viel mehr tun. Wenn du mit mir reden würdest.«

»Der Computer. Das Internet. Das alles hilft mir, die Welt kennenzulernen. Und du verlangst nicht, dass ich ausziehe. Das hilft mir auch.«

»Als ich zurück in Austin war – war alles so einfach. Die Atmosphäre, wie die Menschen miteinander reden, so schön, euch alle wiederzusehen, dass man abends ohne Jacke ausgehen kann und sich aussuchen kann, wo man essen oder was für Musik man hören will. Es war verlockend, sich einfach wieder dort niederzulassen.«

»Und warum hast du es nicht getan?«

»Zwei Gründe. Der Hof hat mir gefehlt. Ich hab endlich begriffen … dass ich hierher gehöre.«

»Es gibt noch einen Grund? Du hast zwei gesagt.«

Er sah ihr in die Augen, und ihr wurde ganz heiß. »Stimmt. Du hast mir gefehlt.« Er schob beide Hände in die Hosentaschen. »Und ich kenne nicht einmal deinen Nachnamen.«

Jetzt war sie es, die lachte. »Mehr ist nicht nötig, damit du mit dem Fragen aufhörst? Oleska. Mein Name ist Nadia Oleska«, sagte sie. Doch was sie dachte, war: *Ich habe ihm auch gefehlt.*

Sie blieben zum Abendessen. Das Licht veränderte sich immer wieder und tauchte schließlich alles in ein goldschimmerndes Rosa. Die Kellnerin zündete kleine Kerzen in alten, mit Löchern versehenen Blechdosen an, die den Raum mit weißen Mustern sprenkelten und sich in den Fenstern spiegelten. Kache bestellte Wein. Sie aßen, unterhielten sich, flüsterten und lachten. Sie nippten beide am Wein. Kache sah ihr tief in die Augen, und Nadia hielt seinem Blick stand, erwiderte ihn, wich ihm nicht aus. Die Kellnerin kam an ihren Tisch und ging wortlos wieder weg, ohne die Dessertteller mitzunehmen. Die Stimmen um sie herum verflüchtigten sich zu einem leisen, melodischen Summen, und sie sahen sich weiter in die Augen. Sie hatten Monate miteinander verbracht, hatten zusammen gearbeitet, gegessen, waren sich aus dem Weg gegangen. Doch nie hatten sie einfach so beieinandergesessen und sich nur angesehen.

Seine Hand ruhte auf dem Tisch, nicht weit von Nadias entfernt. Sie scherzten über ihre Hände – dass seine zuerst voller Blasen und dann mit Schwielen übersät waren, dank Hacke, Mistgabel, Axt und den Schaufeln, und wie die Fingerspitzen sich langsam wieder an die Gitarrensaiten gewöhnten. Und dass ihre Handgelenke und Fingerspitzen vom langen Tippen auf der Computertastatur schmerzten. Er legte seine große, schwielige Hand auf ihre und fuhr mit dem Daumen unter ihr Armband. Sie zuckte nicht und zog sie auch nicht weg.

Einen Kloß im Hals, sagte sie: »Ich glaube nicht, dass ich die Armbänder noch brauche.«

»Nein?«

»Langsam gewöhne ich mich an Geschwindigkeit.«

Irgendwie gelang es ihm, die Rechnung zu bezahlen, ohne ihre Hand loszulassen, und abgesehen von kurzen Unterbrechungen – als er ihr in die Jacke half und seine eigene anzog –, blieben ihre Hände zusammen, die Finger ineinander verschränkt: Auf dem Weg zurück zum letzten Boot, auf der Bootsfahrt übers dunkle Wasser unter einem samtvioletten Himmel, auf dem Fußweg zum Auto und auf der stillen Fahrt nach Hause. Aber da waren ihre Hände schon wie elektrisch geladen, Spannung durchströmte ihre Arme und ihren Körper hinunter bis in die Füße. Als sie sich beim Aussteigen schließlich kurz losließen, streifte sie die Akupunkturbänder ab und verstaute sie im Handschuhfach.

Sie gingen Hand in Hand, als Leo sie begrüßen kam. Kache öffnete die Tür, und sie legte das Gemälde auf den Küchentisch. Das Holz im Kamin war schon vorbereitet, er musste es nur noch anzünden. Mondlicht und Feuer erhellten das Haus wie in jener ersten Nacht, als er geduckt durch die Zimmer geschlichen war. Doch jetzt standen er und Nadia aufrecht im Licht und hielten sich an der Hand, als würden sie, sobald auch nur einer von ihnen losließ, von diesem Ort fortgerissen werden und wie launische Papierdrachen am Sternenhimmel umherstreifen. Er strich über ihr kurzes Haar, ihre Wange, legte den Finger unter ihr Kinn und hob es an.

»Nadia Oleska«, flüsterte er.

Er küsste sie. Nase, Lippen, Zunge, Lippen, Zunge. Und sie hatte keine Angst. Sie lag in seinen Armen, und ihre Einsamkeit, ihr resolutes Einssein mit sich fielen von ihr ab wie ihre Kleider, und sie stand vor ihm, fühlte sich das erste Mal gesehen.

Er umfasste ihr Gesicht, streichelte ihre Arme, drückte sie noch fester an sich, seine Jeans an die Haut ihrer Beine, seinen Pullover an ihre Brüste und ihren Bauch. Er zog sie zum Futon. »Komm.« Sie sträubte sich nicht, sondern streifte ihm den Sweater über den Kopf, er schlüpfte aus seiner Jeans, blieb mit einem Bein hängen, und beide lachten. Sie legten sich nieder, Haut an Haut, und er berührte all ihre verborgenen Stellen, zärtlich und wild. Die ganze Nacht hindurch war sie ohne Angst, ließ sich fallen in diese Liebe, ohne nachzudenken, aber mit Haut und Haaren, offen und rückhaltlos, furchtlos.

41

Seit Kache in den ersten Tagen nach seiner Ankunft Snags Auto benutzt hatte und sie zu Fuß gehen musste, tat sie das nun bei jeder Gelegenheit, denn es gefiel ihr. Wer hätte das für möglich gehalten? Caboose war nicht gerade fußgängerfreundlich, ein bisschen schrullig, mit einem gewissen Charme und einer phantastischen Aussicht, die einem auch bei minus sechsundzwanzig Grad das Herz schmelzen ließ. Aber wie die meisten Städte Alaskas, war sie ohne jeden Plan aus dem Boden gestampft und immer größer geworden. Häuser wurden hochgezogen, scheußliche Geschäftsgebäude neben den Wohnhäusern der Ladenbesitzer, ohne dass jemand sich beschwerte. Es gab keinerlei Baurichtlinien und ganz sicher keinen Hausbesitzerverband, der einem vorschrieb, in welcher Farbe man sein Garagentor streichen durfte und in welcher nicht. Von solchen Vorschriften in den südlichen 48 Staaten hatte Snag oft gehört, und dass die Häuser manchmal so dicht nebeneinanderstanden, dass man glaubte, die eigenen Wände würden wackeln, wenn der Nachbar furzte. Aber vorstellen konnte sie es sich nicht. Obwohl diese alaskische Mach-was-du-willst-Mentalität auch ihre Kehrseite hatte, wenn man zum Beispiel unzählige Jahre lang den Anblick der acht schrottreifen Vehikel und einer Unmenge Fahrzeugteile im Garten des Nachbarn ertragen musste. Doch das war Snag auf jeden Fall lieber, als von jemandem erzählt zu bekommen, man müsse seine Hecke auf die Standardhöhe von achtundneunzig Zentimetern zurückschneiden.

Das viele Laufen – vorbei an Schrottplätzen und opulenten Sommergärten, entlang stark befahrener Straßen voller Wohnmobile und auf unbefestigten Wegen, die dringend planiert werden mussten – hatte einen netten Nebeneffekt, der zum ersten Mal in ihrem Leben wirklich nur ein Nebeneffekt war und kein sehnsüchtiges, hochgestecktes Ziel: Snag begann abzunehmen. Soweit sie sich erinnerte, schlabberten ihre Hosen zum allerersten Mal, die Shirts waren zu weit, und sogar in ihrem BH war noch Luft. Und es fiel sogar anderen auf. Wenn sie den Leuten ihre Waschmittel- oder Vitamintablettenbestellung vorbeibrachte, machten sie ihr Komplimente über ihr großartiges Aussehen.

Wobei großartig sicher übertrieben war. Aber sie sah wirklich besser aus und freute sich darüber. Seit sie zuerst mit Gilly und dann mit ihrer Mom geredet hatte, fühlte sie sich leichter, nicht nur körperlich, sondern auch seelisch. Und das erzählte sie Gilly auf deren Veranda, als sie ihr das Skin-So-Soft und den Jafra-Peppermint-Fußbalsam brachte.

»Eleanor«, sagte Gilly, die sie jetzt nicht mehr Snag nannte, weil sie wie Lettie fand, dass Eleanor besser zu ihr passte. »Morgen mache ich auf dem Clammit-Dymit-Weg eine Wanderung. Hast du Lust mitzukommen?«

»Das geht ziemlich steil bergauf, ich weiß nicht, ob ich das schaffe.«

»Wir können es ja langsam angehen. Meine Freundin Jackie hat abgesagt, sie muss wegen einer Wurzelbehandlung zum Zahnarzt, und ich will nicht allein gehen. Komm doch mit mir.«

Snag hatte seit Jahrzehnten keine Wanderung mehr gemacht. Früher war sie mit Bets und Glenn und den Jungen gegangen, und als Kind mit Lettie, A. R. und Glenn. Andererseits lief sie mit ihrem roten Handwagen voller Bestellungen seit einiger Zeit die Straßen auf und ab. Anfangs war sie noch ziemlich außer Atem und verschwitzt gewesen, aber seit kurzem ging es viel besser. Warum also nicht eine richtige Wanderung wagen? Als sie Ja sagte, gab ihr Gilly high-five. »Morgen früh um neun Uhr steh ich vor deiner Tür. Pack ein Sandwich ein, aber es darf nicht stark riechen. In letzter Zeit wurden häufig Bären gesichtet.«

»Was meinst du denn mit nicht stark riechendem Sandwich?«

»Keine Ahnung. Huhn anstatt Tunfisch, denke ich. Truthahn ist auch okay. Kein Fisch, keine Leberwurst.«

»Du bist ja so ein Greenhorn, Gilly. Wie lange lebst du eigentlich schon hier. Glaubst du wirklich, die Bären riechen Huhn oder Truthahn nicht?«

»Aber vielleicht ignorieren sie es und warten ab, was der nächste Wanderer zu bieten hat.«

»Wenn ein Bär richtig Hunger hat, riecht er Zahnpasta und bricht in ein verschlossenes Auto ein, um sie zu fressen. Und das weißt auch du.«

»Okay okay. Dann vielleicht einfach nur ordentlich frühstücken und später Abendessen gehen?«

»Wie lange brauchen wir für den Weg überhaupt?«

»Lang genug.«

In der Nacht schlief Snag nicht gut. Um Mitternacht wurde ihr klar, dass sie keine anständigen Wanderschuhe hatte, nur alte von Lettie, und die waren eine Nummer zu klein. Snag hatte abgenommen – aber das wirkte sich wohl nicht auf die Füße aus. Gegen zwei Uhr morgens stellte sie fest, dass Kache nicht nach Hause gekommen war. Sofort machte sie sich Sorgen und hätte ihn am liebsten auf dem Mobiltelefon angerufen, aber sie widerstand der Versuchung. Die Chance, dass er auf dem Hof übernachtete, war größer, als dass er irgendwo im Straßengraben lag, und wecken wollte sie ihn keinesfalls. Aber er hätte ihr verdammt nochmal Bescheid sagen können.

Um vier Uhr stellte sie sich vor, wie Gilly den Weg hochlief und sie sich mühsam hinterherschleppte, an Birkenstämmen und Lachsbeerbüschen hochhangelnd, und wie sie schließlich zum Fuß des Hügels runterrutschte. Warum nur hatte sie Gilly zugesagt?

Um acht Uhr war sie vollkommen erschöpft, hatte Hunger und fragte sich, warum Kache nicht anrief. Hoffentlich war er nicht so dumm und mit der Altgläubigen-Einsiedlerin im Bett gelandet. Aber für so etwas Hirnloses war Kache zu vernünftig. Oder nicht? Er war ein Mann, und die Altgläubige war, laut Lettie, hübsch und klug. Snag rief an und hinterließ die Nachricht, dass sie heute den Clammit-Dymit-Weg entlangwanderte. Dann frühstückte sie, schob ihre Füße in Letties uralte Wanderstiefel, packte eine Wasserflasche und eine megagroße Dose Pfefferspray zur Bärenabwehr ein und versuchte begeistert auszusehen, als Gillys Autohupe ertönte.

42

Kache lag auf dem aufgeklappten Schlafsofa im Wohnzimmer auf der Seite, Nadia mit dem Rücken zu ihm und Leo ausgestreckt am Fußende, so dass seine Füße über den Rand hingen. Er müsste aufstehen und Feuer machen, doch er wollte sich nicht rühren oder überhaupt etwas an diesem Moment verändern. Außer dass er einen Ständer hatte – teils Verlangen, teils Morgenlatte –, schien alles um ihn herum weich und sanft. Der Regen, das taubengraue Licht, die Haut von Nadias Schulter, die Decke unter ihrem Arm, die kurzen Haare, ihr süßes Schnarchen, Leos gelegentlicher Seufzer. Selbst der Stein, der all die Jahre schwer auf Kaches Brust gelegen hatte, könnte jetzt sicher davonschweben, leicht wie die Samen einer Pusteblume.

Wohlbehagen. So wie eine durchschlafene Nacht nach schwerer körperlicher Arbeit, so wie eine Frau, die Einsamkeit kannte, die eigene Einsamkeit linderte. So wie es der Regen erlaubte, den Tag im Bett zu verbringen, den ganzen lieben langen Tag.

Leise und vorsichtig stieg er aus dem Bett, ging ins Bad, warf die Kaffeemaschine an, schürte das Feuer und legte zwei Holzscheite nach. Als er die Bettdecke hob, um wieder drunter zu schlüpfen, sah er eine große Narbe auf Nadias schönem Po. Von einer Operation? Sie schlief noch, er wollte nicht zu lange drauf starren und deckte sie wieder zu, lag verwirrt neben ihr. Denn was er glaubte, gesehen zu haben, sah nicht nach einer Operationsnarbe aus, sondern irgendwie unheimlich. Eine merkwürdige Form, wie zwei Kreise.

Nein, eher wie der Buchstabe B.

Nadia schlief noch immer tief und fest, doch Kache war jetzt unruhig und ging nach draußen. Während er die Eier im Stall einsammelte und die Hühner sich wohl gerade miteinander unterhielten und über den Wetterwechsel beschwerten, grübelte er über das B nach. In Gedanken durchforstete er das wenige, was er über Altgläubige wusste, doch vom Einbrennen eines Bs – oder auch eines anderen Buchstabens – auf dem Po einer Frau hatte er noch nie gehört. Bei der Vorstellung, dass jemand Nadias Haut verbrannt oder sie mit einem Messer eingeritzt hatte, hätte er am liebsten das Messer gegen denjenigen gerichtet, der das getan hatte.

Nadia Oleska. Er wusste so wenig über sie. Nur, dass sie freundlich und sanft war und eine starke, hart arbeitende Frau. Und klug. Eine kluge Renaissancefrau, die so ziemlich alles konnte, sogar mit Vögeln tanzte und mit Gartengemüse redete, wenn sie sich allein glaubte.

Und im Bett hatte sie ihn mit ihrer Hemmungslosigkeit überrascht. Doch wer war sie gewesen, bevor sie in dieses Haus kam?

Er machte ein Omelette mit den Pfifferlingen, die sie gesammelt hatten, und brachte es ihr ans Schlafsofa, damit sie nicht aufstehen musste. Vielleicht konnten sie ja den ganzen Tag auf diesem Floß mitten im Wohnzimmer verbringen, sich treiben lassen, berühren und reden. Sie lächelte, setzte sich auf und lehnte sich zurück an die Kissen, die er in ihrem Rücken aufgeschüttelt hatte. Inzwischen regnete es in Strömen, die Wolken hatten sich gegen die Berge verbündet und drückten Millionen kleine Dellen ins Wasser der Bucht.

Nadias Zurückhaltung, die letzte Nacht verschwunden war, kam zurück, aber in veränderter Form. Sie sahen sich an, schmunzelnd und staunend, wie zwei Kinder, die zufällig ein geheimes Wunderland entdeckt hatten und jetzt Stillschweigen darüber bewahrten, aus Angst, dass sie sich alles nur eingebildet hatten. Aber nachdem Nadias Teller leer war, konnte Kache sich doch nicht länger zurückhalten. »Wow, das war geil.«

Nadia lachte. »Stimmt. Du warst geil.« Sie wischte sich den Mund mit der Serviette ab. »Mehr, bitte.«

»Frühstück?«

Sie lachte wieder. »Wenn du es so nennen möchtest.« Sie stellte das Tablett auf den Boden, beugte sich vor und küsste ihn, einen kleinen Rest Rhabarbermarmelade an der Oberlippe.

Der Morgen warf Licht auf Dinge, die er in der Nacht zuvor nicht gesehen hatte: Auf ihrem Bauch ein kleiner Leberfleck wie ein weiterer Marmeladeklecks, so pink wie ihre Brustwarzen. Das Schamhaar dunkler als ihr Blondschopf, fast so braun wie ihre Augenbrauen und langen Wimpern. Winzige Narben auf ihrem ganzen Oberkörper, ähnlich den Fußabdrücken von Vögeln im Schnee oder der Strichliste, die sie in die Wand ritzte, und dort, auf ihrer linken Pobacke, tastete er das große, gezackte B. Er zeichnete es mit dem Finger nach, und sie rutschte von ihm runter.

»Was ist denn?«, fragte er und bereute bereits, sie dort berührt zu haben.

»Was machst du da?«

»Nadia? Was ist das? Eine Art Initiationsritus?«

»Könnte man so nennen.«

Sie lag auf dem Rücken und schwieg. Das Kaminfeuer knackte laut, sie schreckte hoch, und Kache drückte sie noch fester an sich, flüsterte, dass es ihm leidtue. Etwas anderes fiel ihm nicht ein. Er legte sich zurück, sah zu den rauchgeschwärzten Deckenbalken, lauschte dem Regen und dem knisternden Feuer und wartete.

43

Nadia lauschte so lange auf Kaches Herzschlag, bis sie schließlich genug Mut gefasst hatte zu sprechen. Sie begann langsam, zögernd, wusste nicht, wie viel sie erzählen sollte, doch dann, endlich, endlich, kam alles aus ihr heraus. Sie erzählte ihm von Niko, wie ihre Familie noch tiefer in die Wälder gezogen war, und von Nikos und Katarinas Hochzeit. Sie erzählte ihm von den darauffolgenden Jahren, dass sie sich schließlich nicht mehr aufs Heiraten, sondern auf ihre Studien konzentriert hatte. Als sie begann, von Wladimirs Ankunft im Dorf zu sprechen, versagte ihr die Stimme.

»Ich glaube«, sagte sie, »wir brauchen eine Pause, ja?« Sie mussten beide auf die Toilette, und im Ofen musste Holz nachgelegt werden. Kache ging nach draußen, um die Tiere zu füttern, und Nadia wärmte zum Mittagessen die restliche Kartoffelsuppe auf. Während der Regen aufs Dach und an die Fenster trommelte und das Holz im Feuer knisterte und auseinanderbrach, aßen sie schweigend ihre Suppe.

Sie stellten die Teller ins Spülbecken, um sie später abzuwaschen, und gingen zurück ins Wohnzimmer. Kache legte sich rücklings aufs Schlafsofa, klopfte auf den Platz neben sich, und Nadia schlüpfte zu ihm.

»Alles okay?«, fragte er.

Sie nickte. »Und bei dir?«

»Ja. Ich würde gern mehr hören, aber nur, wenn du dazu bereit bist.«

Das war sie. Sie lag mit dem Kopf auf seiner Armbeuge und erzählte, wie Wladimir, ein Fremder, mit seinem Charme ihr winziges Dorf für sich eingenommen hatte, aber dass er sich nach ihrer Hochzeit veränderte. Dass er ihr weh tat.

»Auf welche Weise?«, fragte Kache.

»Es ist nicht schön zu hören«, sagte sie. Ihr Gesicht war heiß vor Scham. Aber er drückte sie noch fester an sich, und sie erzählte ihm von Wladimirs Impotenz in der Hochzeitsnacht und den folgenden Nächten, bis er dann das Messer hervorholte. »Von da an hatte er immer ein Messer dabei und dadurch immer eine Erektion.« Jetzt, als sie die Worte schließlich ausgesprochen hatte, schmerzten ihre Narben, als wären sie wieder aufgeplatzt. »Bald blutete ich oft, aber niemals so sehr, dass es jemandem auffiel, denn ich verband die Wunden. Er drohte, das Dorf in Flammen zu setzen und alles und jeden zu vernichten, wenn ich auch nur ein Sterbenswörtchen sagte – und ich glaubte ihm.

›Es wird wie ein Unfall aussehen. Als hätte ein Hund eine Kerze umgeworfen‹, sagte er und schnipste mit den Fingern dicht vor meinem Gesicht. ›Altai, das untergegangene Dorf. Niemand wird Verdacht schöpfen.‹«

Mit der Decke wischte sie sich die Augen trocken und erzählte Kache, wie sie zu schweigen gelernt hatte. Morgens ging sie ihrer Arbeit nach wie eine glückliche Ehefrau, die die Hemden eines liebevollen Ehemannes wusch. Doch wenn der Abend sich näherte, begann sie am ganzen Körper zu zittern. Und das machte Wladimir sehr wütend. »Er sagte: ›Du benimmst dich wie die Füchse und Eichhörnchen in meinen Fallen. Oder zitterst du vor Lust, du Schlampe? Ein kleines Kaninchen bist du, weiter nichts. Ein geiles kleines Karnickel.‹« Er drohte, sie richtig tief zu ritzen, wenn sie nicht stilllag, wodurch sie natürlich umso mehr zitterte. »Seine Wut wurde größer und größer. Am liebsten hielt er mir das Messer an den Hals, doch er verletzte mich weiter unten, wo niemand es sehen konnte. Immer öfter schnitt er mir tief in die Haut, die Wunden wurden schlimmer. Er brachte Mull und Salbe aus der Stadt mit und zog sie aus der Tasche wie ein Geschenk, so wie manche Männer ihren Frauen Blumen mitbringen.« Sie atmete tief ein, um ihre schrill gewordene Stimme zu kontrollieren, und sprach dann ruhiger weiter.»Kache, ich hatte große Angst. Aber nie außerhalb unseres Hauses. Außerhalb unseres Hauses war er immer noch der freundliche Wladimir, und ich habe meine Angst nie gezeigt. Es war eine verrückte Zeit, in der ich mir selbst verrückt vorkam und am Ende etwas Verrücktes gemacht habe.«

»Hast du ihn umgebracht? Ich hoffe, du hast ihn umgebracht.«

»Nein.« Sie drehte ihm das Gesicht zu, sah ihn an und sagte: »Ich hätte das tun sollen. Aber ich habe mich selbst getötet.«

Sie erzählte Kache, wie es zwei Jahre so weiterging, bis er eines Abends jedes Maß verlor und es so schlimm war, dass sie schmerzgekrümmt den zickzack verlaufenden Pfad hinunter zum Strand gehumpelt, in ein Kanu gestiegen und losgepaddelt war.

Doch er würde hinter ihr herkommen, das war ihr vollkommen klar. Sie musste den richtigen Zeitpunkt abwarten, deshalb paddelte sie zurück, ging nach Hause und machte Wladimir das Abendessen. »Ab da konzentrierte er seinen Frust auf meine Unfähigkeit, schwanger zu werden, und peinigte mich jede Nacht stundenlang. Ich wusste, mir blieb nur wenig Zeit, bevor er sein Messer nicht mehr kontrollieren konnte und mich lebensgefährlich verletzen würde. Aber ich war der Gnade der Gezeiten ausgeliefert.«

Sie ging an dem Tag weg, als der Meeresspiegel tief genug gesunken war, damit sie am Strand entlanglaufen konnte, aber sie musste sich beeilen – die Flut kam schnell zurück. Die vorherige Nacht mit Wladimir war die bislang schlimmste gewesen. Da hatte er das B geritzt, den ersten Buchstaben seines Namens in kyrillischer Schrift: Владимир.

Nadia stattete weder ihren Eltern noch ihrer Großmutter oder ihren Brüdern und Schwestern einen letzten Besuch ab, aus Angst, sie würde anfangen zu weinen und nie wieder aufhören. Sie nahm ein Extrapaar Schuhe mit, das sie sandig und voller Muscheln am Ufer liegen ließ. Eine Jacke, in Seetang gewickelt, warf sie ins Wasser. Das Kanu lag umgekippt am Strand, ihre Kette mit dem Kreuz ums Ruder gewickelt. Ihr handgewebter Gürtel – zusammen mit dem Kreuz obligatorisch für Altgläubige – lag halb verschüttet im Sand. Und dann rannte sie an den Wellen entlang, rannte und rannte, ein Paar Schuhe und die zweite Jacke in der Hand. Sie rannte so lange, bis die Flut kam, dann schlug sie sich Richtung Westen durch die Wälder, aber nahe genug am Ufer, um Ural zu meiden.

Je mehr sie sich dem Ende ihrer Geschichte näherte, desto

ungeduldiger stürzten die Worte aus ihr heraus. »Sechs Nächte habe ich im Wald geschlafen und von Muscheln, Beeren und Pilzen gelebt. Mir war sehr, sehr kalt, ich war müde, und ich dachte, ich würde sterben. Und dann habe ich dieses Haus hier entdeckt. Ich war bereit, um Gnade zu bitten und vielleicht für ein Obdach zu arbeiten. Doch dann sah ich, dass das Haus so verlassen war wie ich und darauf wartete, dass ich eintrat.« Sie atmete tief durch, blickte zu ihm hoch, sah das Auf und Ab seines Adamsapfels, die stoppelige Unterseite seines Kinns, den Höcker auf seiner Nase, den sie jetzt mit dem Finger nachzeichnete. »Und das habe ich getan.«

44

Kache hörte zu. Er hielt Nadia im Arm, strich ihr hin und wieder das Haar aus der Stirn. Als sie geendet hatte, sagte er eine Zeitlang nichts, sondern dachte über ihre Geschichte nach. Seine Kehle schmerzte, als er schließlich herausbrachte: »Das tut mir alles so leid, Nadia.«

Er sah Wladimir aus den Wäldern hervorbrechen wie einen Grizzlybär in der Verkleidung eines herzlichen, starken und strenggläubigen Mannes, der behauptete, die Ansichten der religiösen Gemeinschaft zu teilen und nach den perfekten Regeln ihres uralten, unveränderlichen und ewig währenden Glaubens leben zu wollen, amen.

Was für ein psychopathischer Lügner.

Brauchte ein Messer für sein perverses Treiben.

Nadia hatte großen Mut bewiesen, ihn auf diese Weise zu verlassen. Kache zog sie noch näher an sich heran, wollte sie noch fester und doch auch sanfter an sich drücken. Aber sie war nicht fragil. Ganz und gar nicht.

Nach dem Abendessen und nachdem Nadia ihre Markierung ins Treppenhaus geritzt hatte, zurück auf dem Sofa, wo sie den Großteil des Tages verbracht hatten, schaffte Kache es nicht, eine der Fragen zurückzuhalten, die ihm auf der Seele brannten.

»Deine Mom? Dein Dad und deine Schwestern und Brüder, die hast du nie wiedergesehen?«

Sie schüttelte den Kopf.

»Sie glauben, du bist tot?«

»Ja, ganz bestimmt.«

»Es macht mich wütend, dass sie die wahre Natur des Kerls nicht erkannt haben.« Kache strich Nadia eine Strähne ihres kurzen Haars hinters Ohr, obwohl das nicht nötig war. »Du hast die Hölle erlebt, und ich kann nur staunen, wie du dich selbst gerettet hast.« Er nahm ihre Hand und fuhr fort. »Trotzdem frage ich mich, was deine Familie denken würde, wenn sie wüsste, dass du noch lebst.«

Sie hatte ihre Geschichte sehr gefasst erzählt, doch jetzt füllten sich ihre Augen mit Tränen. »Es vergeht kein Tag, an dem ich nicht an sie denke. Aber die Vorstellung, Wladimir wiederzusehen, und die Angst, was er mir, und schlimmer noch, ihnen antun würde, haben immer bewirkt, dass ich hier bleibe.«

»Und wenn du zurückgehen würdest, um sie zu besuchen? Es ist schon so lange her. Ich kann herausfinden, ob Wladimir noch da ist.«

Sie sah ihn an. »Ich kann mir nicht vorstellen, dass er weggegangen ist.«

»Wenn Menschen wie er zu lange an einem Ort bleiben, zeigt sich irgendwann ihr wahres Gesicht. Ich wette, er ist weg. Und dann kann ich mit dir zurück in dein Dorf gehen.«

»Nein. Das werde ich niemals tun. Es wäre zu schmerzlich für sie. Zu viel Zeit ist vergangen.« Sie drehte an den goldenen Ohrsteckern, als müsse sie die Lautstärke in ihrem Kopf korrigieren.

»Kache, verstehst du … sie haben sich daran gewöhnt, dass ich tot bin. *Nado privyknut*. Das ist ihre Devise: Man muss sich daran gewöhnen.«

»Nein, Nadia. An manche Dinge gewöhnt man sich nie.« Natürlich wusste sie das selbst, und sie hatte Narben davongetragen. Und so behielt Kache all das für sich, was er gerade dachte: *Sie wären überglücklich, Nadia, sie würden sich so freuen. Sie würden auf dem Kuppeldach ihrer Kirche tanzen. Glaub mir, da bin ich mir ganz sicher.*

Er hatte sie vor Augen: Denny, Mom und Dad, wie sie mit ihrer ganzen Ausrüstung auf der vorderen Veranda am großen Fenster vorbeikamen und winkten. Denny hatte den alten Strohhut mit den orangeroten Blumen von seiner Mom auf, und ihre riesige Sonnenbrille – dem Kerl war nichts zu blöd, um Kache zum Lachen zu bringen –, *Hey, du glaubst es nicht, aber* … Aber was? Was könnten sie denn sagen, das Kache verstehen würde? Nichts. Vielleicht eine Geschichte von Außerirdischen in einem Raumschiff, die ihr Flugzeug auf dem Flug entführt und sie geklont hatten, damit ihre geklonten, zerstörten Körper am Berg gefunden und ihre geklonte Asche verstreut werden konnte – und das alles, weil die Außerirdischen sie auf eine zwanzig Jahre lange Reise durch den Orbit mitnehmen wollten. Nichts, was sie ihm erzählten, würde für ihn einen Sinn ergeben oder den Schmerz über ihre Abwesenheit vergessen machen. Und so würde es Nadia auch mit ihrer Familie ergehen. Trotzdem …

Der Regen platschte jetzt an die Fensterscheiben. Er hielt sie auf dem Sofa im Arm, und sie weinte lautlos. Es war, als säßen sie in einer Art Zeitkapsel, die Toten und die Schlafenden, die Angehaltenen und die Stehengebliebenen, in einem Haus, in dem sich viel zu lange nichts verändert hatte. Er zog den Arm unter ihr weg und stand auf.

»Komm, wir hängen das Bild auf, das wir gekauft haben.« Er hielt ihr die Hand hin, sie nahm sie, und er zog sie auf die Füße. »Jetzt gleich.«

45

Snag hatte das Gefühl, als wären Letties Stiefel mit Messerspitzen gefüttert. Irgendwie hatte sie die Spitze des Clammit-Dymit erklommen und nahm jetzt den Abstieg in Angriff. Trotz der Vorsichtsmaßnahme, keine stark riechenden Lebensmittel mitzunehmen, fürchtete sie nun, dass die Bären das lädierte Fleisch ihrer Fersen, Fußsohlen und Zehen in ihren blutigen Stiefeln rochen. Für sie war das jetzt nicht mehr ein Fuß, es waren fünf Zehen, eine Ferse, eine Fußsohle – sieben verschiedene Schmerzquellen am rechten und sieben weitere am linken Fuß. Vierzehn verschiedene Wunden, die so höllisch weh taten, dass sie bei jedem Schritt den Berg hinunter hätte schreien können. Sie hörte schon fast, wie die Bären sich die Lippen leckten und ihnen der Bärensabber aus dem Maul tropfte.

»Wie geht es dir, Eleanor?«, fragte Gilly mit Blick zurück über ihre Schulter.

»Gut! Wunderbar!« Snag schirmte die Augen ab. »Wow, was für eine Aussicht!«, rief sie aus, nur um auf der Stelle stehenbleiben zu können. Ein deutsches Paar mittleren Alters ging nickend an ihr vorbei. Es mussten Deutsche sein, so ausstaffiert wie sie waren, mit Superschuhen und Superwanderstöcken. Snag war offensichtlich kein bisschen deutsch.

Sobald die beiden außer Sichtweite waren, sagte Gilly: »Das ist ja wie mit Panzerfäusten auf Moskitos schießen – obwohl eine Panzerfaust bei unseren Moskitos gar nicht so verkehrt wäre, oder?« Gilly versuchte schon den ganzen Tag, Snag in ein Gespräch zu verwickeln, aber Snag konnte an nichts anderes denken als an ihre Füße, obwohl ihr natürlich klar war, dass sie so wie ein Dummkopf rüberkam. Aber das war okay. Morgen würde sie Gilly mit ihrer Genialität beeindrucken, wenn sie bequem im Zimmer ihrer Mutter saß und ihre Stoffturnschuhe oder, besser noch, die Lammfellhausschuhe anhatte. Ja, sie würde für den Rest ihres Lebens die Hausschuhe tragen, versprach sie im Stillen ihren Füßen, wenn sie sie bloß diesen Berg hinunter und nach Hause in den Fernsehsessel trugen.

Und dann vergaß sie ihre Füße. Es begann mit dem Knacken eines Zweiges, gefolgt von einem brachialen Krachen im Gebüsch. Sie zerrte das Bärenspray aus der Seitentasche ihres Rucksacks, hielt es mit ausgestreckten Armen vor sich, die Finger auf dem Sprühkopf drückbereit. Gleichzeitig schrie Gilly »Sch… BÄR! GEH WEG!«, und klatschte laut, doch das Krachen in den Büschen oberhalb des Weges kam immer näher, und dann schrie jemand: »NICHT SCHIESSEN!«, und sprang einen Meter vor ihnen aus dem Gebüsch.

Aber da hatten Gilly und Snag sich schon aneinandergeklammert und schrien wie kleine Mädchen. Als sie dann sahen, dass es nur ein Mann war, schlugen sich beide die Hand aufs Herz und stießen Seufzer der Erleichterung aus, so lang wie von zwei Weißwalen und nicht von zwei Frauen mit durchschnittlichem Lungenvolumen.

»Entschuldigen Sie bitte vielmals«, sagte der Mann, »ich habe nicht beabsichtigt, Sie zu erschrecken.« Er sprach mit einem Akzent. »Es geht doch nichts über einen seltsam aussehenden Mann, der aus dem Gebüsch springt«, sagte er. Dabei sah er extrem gut aus, dachte Snag. Noch nie hatte sie einen Menschen mit so leuchtend blauen Augen gesehen – ein tiefes Veilchenblau. Vielleicht war ihr schon einmal eine Puppe mit solchen Augen begegnet, oder die Augen auf einem Gemälde hatten so ein Blau gehabt, aber ganz bestimmt noch kein Mensch.

Gilly sagte: »Ich ziehe den seltsamsten Mann einem Bären jederzeit vor«, gefolgt von einem Lachen, in dem Snag Erleichterung heraushörte. Aber Gilly fand sicher nicht, dass er seltsam aussah. Gefiel er ihr? Und wieder einmal gemahnte sich Snag, dass es sie wirklich nichts anging, wen ihre Freundin Gilly mochte.

»Anfang der Woche habe ich tatsächlich einen Bären gesehen«, sagte der Mann lächelnd. Ein russischer Akzent. »Er ist in den Büschen verschwunden, eher interessiert an Blaubeeren als an mir.« Snag überlegte, ihn zu warnen, dass ihm die Bären versehentlich seine Blaubeeraugen aus den Höhlen pflücken könnten.

Der Mann tippte zum Gruß an seinen Hut und setzte seinen Weg fort. Er hatte Säcke über der Schulter, und Snag vermutete, dass er seine Fallen checkte. Wahrscheinlich war er auf Fuchsjagd. Sie fragte sich, ob er Nadia kannte.

»Hey!«, rief sie hinter ihm her, doch er war schon hinter der Wegbiegung verschwunden.

Aber der Schöne kam ein paar Schritte zurück. »Ja?«

Doch da hatte Snag es sich schon anders überlegt. Es lebten

viele Russen auf der Halbinsel, und er war glattrasiert, hatte nicht mal einen Stoppelbart, also offensichtlich kein Altgläubiger. Und sie wollte nicht unwissend erscheinen. »Ach, nichts, vergessen Sie es. Seien Sie aber vorsichtig.«

Das hielt er wohl für einen Witz, denn er lachte und verschwand endgültig.

»Also gut«, sagte Snag. »Er hat mich zu Tode erschreckt, aber was für ein schöner Mann. Wenn man auf Männer steht.«

»Kennst du ihn?«

»Nein, du?«

»Das war derselbe Typ, der uns damals in der Bar einen Drink ausgeben wollte.«

»Wirklich? Meinst du, er hat dich wiedererkannt?«

»Kann ich mir nicht vorstellen. Da ist es ja immer dunkel. Nur deshalb hat er wahrscheinlich überhaupt versucht, mich abzuschleppen.«

»Das möchte ich doch sehr bezweifeln, Gilly. Warum hast du dich nicht drauf eingelassen?« Im Stillen gratulierte sich Snag, so cool und ermutigend zu klingen. Wie eine echte Freundin.

Gilly schüttelte den Kopf und grinste. »Rex hält ihn doch für 'nen komischen Kauz, schon vergessen?«

»Seit wann legt irgendwer Wert auf Rex' Meinung?«

»Außerdem ist der Typ zu jung. Mit jungen Kerlen hab ich abgeschlossen, ich brauche was Reiferes.«

»Da hast du ja bei der Arbeit eine große Auswahl.« Sie lachten beide. Es war gut, so zu reden, trotz ihrer anfänglichen Eifersucht. Sie hatte ihre Gefühle erfolgreich im Keim erstickt. Gilly war eine gute Freundin, und genau das wollte Snag von ihr.

Gilly ging weiter auf schmerzfreien Füßen in perfekt passenden Wanderschuhen, und Snag humpelte hinterher.

Snag lehnte im Inneren ihres Hauses mit dem Rücken an der geschlossenen Haustür. Sie hatte Gilly gesagt, sie wolle sich lieber etwas in der Mikrowelle machen und ein andermal mit ihr essen gehen. Denn die Füße in ihren Stiefeln lagen im Sterben. »Es tut mir so leid«, entschuldigte sie sich bei ihnen, »ich werde euch umgehend aus diesen Folterkammern befreien.« Sie schleppte sich sechs qualvolle Schritte zum Sofa, wo sie vorsichtig die Stiefel auszog und die Socken abstreifte, um den Schaden zu begutachten.

Vergiss die Messerspitzen – ein Massaker war an ihren Füßen verübt worden. Sie verzog das Gesicht. »Du dumme Liese.« Die Katze kam, um ihre Füße zu inspizieren, und leckte sogar an ihrem kleinen Zeh, bevor Snag sie fortscheuchen konnte.

In dem Moment bog ein Wagen in ihre Kiesauffahrt, und kurz darauf klopfte es an der Tür.

»Kache?«, rief sie.

»Nein, ich bin's, Gilly.«

Verdammt. Snag überlegte kurz, ihre Füße zu bedecken, aber schon die Vorstellung war ihr unerträglich. Sie stöhnte resigniert und rief: »Unter dem Stiefmütterchentopf liegt ein Schlüssel.«

Gilly schloss die Tür auf und kam herein. »Warum hast du denn nichts gesagt?«, fragte sie mit Blick auf Snags Füße.

»Stolz.«

Wortlos ging Gilly los, holte ein Handtuch und eine Plastikschüssel, füllte sie mit warmem Wasser, setzte sich und nahm Snags

Füße in ihren Schoß. Nach eingehender Betrachtung stellte sie beide Füße in die Schüssel. »Die werden wieder.« Sie ging ins Badezimmer, kam mit einer Tube antibiotischer Salbe heraus und marschierte schnurstracks in Snags Schlafzimmer.

»Autsch!«, sagte Snag bei dem Versuch aufzustehen. Also setzte sie sich wieder und überließ sich dem bequemen Sofa und dem warmen Wasser.

»Dein Fußbalsam liegt also im Nachttisch, und du reibst dir jeden Abend die Füße damit ein, richtig? Das hast du jedenfalls gesagt, als du mir das Zeug verkauft hast.« Gilly stand jetzt vor ihr und hielt den unbenutzten Balsam in der Hand. Falls sie das Foto von Bets gesehen hatte, erwähnte sie es nicht.

»So schlimm haben mir die Füße das letzte Mal beim Erdbeben 1964 weh getan.«

»Was war denn da passiert?«

»Also damals war es nur ein Fuß. Ich war auf der Bowlingbahn, als die Erde bebte, und eine Bowlingkugel fiel mir drauf. Heiliger Strohsack, hat das weh getan! Ich bin nach draußen gehumpelt, wo gerade die Hölle losbrach. An dem Tag haben wir ein gutes Stück der Nehrung verloren. Häuser wurden weggeschwemmt, und Autos auch.«

»Ich erinnere mich. Wir haben damals in West Seattle gewohnt und es auch gespürt, aber nicht so wie ihr hier. In der Reinigung waren Fensterscheiben rausgeflogen, und wir sind nach Hause geeilt, aber im ganzen Haus war bloß eine einzige Untertasse im Hängeschrank kaputtgegangen. Meine Mutter weinte vor Erleichterung.«

Snag schloss die Augen und gab ihre Füße in die Obhut von

Gillys Händen, die wundersame Kräfte zu besitzen schienen. »Hier herrschte das reinste Chaos. Ich dachte, die Welt geht unter. Meine Freunde halfen mir, in die Apotheke zu kommen, keine Ahnung, warum. Um Pflaster zu kaufen? Ich erinnere mich noch, dass es in der ganzen Stadt nach Alkohol roch und in der Apotheke wie in einer Parfümfabrik.« Snag hielt inne, um die Erinnerung Revue passieren zu lassen, und Gilly cremte ihre Füße mit der antibiotischen Salbe ein. »Alles krachte zusammen, es ging drunter und drüber. Ich war nie selbstmordgefährdet oder so, aber ich weiß noch, dass ich an dem Tag dachte, wenn ich jetzt sterbe, ist es okay. Weil das vielleicht leichter wäre, als so verwirrt und kaputt weiterzumachen, wie ich das mit vierundzwanzig war.«

Gilly sah von ihrer Arbeit an Snags Füßen auf. »Ach Eleanor, so was hab ich auch schon mal gedacht. Aber jetzt pass auf. Für deine Füße ist der Pfefferminzbalsam im Moment nichts, doch deine Fesseln werden sich himmlisch fühlen.« Snag wollte protestieren, hatte aber keine Energie dazu. Zum ersten Mal, seit sie ein kleines Kind war, ließ sie sich wieder wie ein Kind behandeln. Als Gilly alle ihre Blasen mit der Creme versorgt hatte, massierte sie ihre Fesseln mit dem Pfefferminzbalsam. Snag seufzte glücklich und gab dann, ohne dass sie es verhindern konnte, ein lautes Stöhnen von sich.

»O verdammt, Gilly«, sagte sie schließlich.

»Bin ich schuld, dass du Schuhe aus dem letzten Jahrhundert anhattest?«

»Nein, aber … aber ich hab viel zu viele Jahre meines Leben eine Heterofrau geliebt.«

Gilly hörte auf zu massieren. »Wer sagt denn, dass ich hetero bin?«

Snag öffnete ein Auge. »Wer sagt, dass ich dich damit meine?«

»Wer sagt denn, dass der Boden unter meinen Füßen nicht gebebt hätte, als ich das erste Mal dein Lachen in Letties Zimmer gehört hab? Oder wenn du ihr Schlaflieder singst? Wie es mir ging, als ich dich mit deinen Grübchen das erste Mal sah, will ich gar nicht erwähnen. Und das hat sich nie geändert.«

»Aber – aber du bist geschieden. Ich habe deine Tochter kennengelernt.«

»Und? So naiv kannst du doch wirklich nicht sein, Eleanor, oder?« Mit diesen Worten stellte sie Snags Füße auf das Handtuch am Boden, rutschte vor dem Sofa auf den Knien zu der Stelle, wo Snag ihre Hände hinter dem Kopf verschränkt hatte, beugte sich vor und küsste sie so leidenschaftlich, so allumfassend, so stürmisch und liebevoll zugleich, dass Snag das Kribbeln bis hinunter in ihre Pfefferminzfesseln spürte, in ihren gesalbten blutigen Zehen und noch an vielen anderen Stellen.

46

Zuerst schien es, als würde die Zeit stillstehen. Alles drehte sich immer nur um Kache und Nadia. Wenn Nadia das Fischernetz mit den Händen entwirrte, lag sie in Gedanken noch mit Kache verflochten unter der Decke. Wenn sie allein im Garten war, das Gemüse goss und mit den Pflaumen sprach – jetzt aus Gewohnheit und nicht mehr aus Einsamkeit –, dachte sie erneut darüber nach, was sie Kache alles erzählt hatte. Sie bereute es nicht, aber die Leere, die sie nun empfand, machte sie nervös. Denn dort, wo die quälenden Erinnerungen langsam wichen, entstand Raum für … dieses Neue, dieses vibrierende gute Gefühl.

Es war wirklich etwas Gutes, und doch lief sie umher wie in Trance, vergaß die Reihenfolge ihrer Aufgaben oder was sie davon überhaupt schon erledigt hatte.

»Wer bin ich?«, fragte sie Kache eines Morgens am Frühstückstisch.

»Das kommt darauf an. Ist es eine existentielle oder eine rhetorische Frage?«

»Alles hat sich geändert. Ich verändere mich.«

Er legte seine große Hand auf ihre Finger, die sich in die Tischplatte krallten, löste sie sanft und nahm ihre Hand. »Ich weiß. Mir geht es genauso.«

»Ich bin so glücklich. Aber traurig bin ich auch. Macht das denn Sinn? Ich glaube nicht!«

»Nein. Aber mir geht es genauso. Wir können ja zusammen Unsinn machen.« Er trank einen Schluck Kaffee. »Eigentlich macht es doch Sinn. Du hast eine Menge durchgemacht, und ich will dich nicht drängen. Nadia, wenn du das Gefühl hast, es geht alles zu schnell, wir sind uns zu nahe, ich meine körperlich …«

Sie schüttelte den Kopf. »Das ist nicht das Problem. Ich will diese Nähe. Es ist nur – ich weiß nicht. Die alten traurigen Sachen, sie scheinen jetzt lauter zu tönen, wo sie Abschied nehmen. Ach! Siehst du? Ich rede Unsinn.«

»Wir haben uns beide so lange überhaupt nicht verändert. Deshalb kann es jetzt ruhig etwas schneller vorangehen, wie bei dem Spiel ›Mutter darf ich‹: *Nadia, Kache, ihr dürft jetzt fünf Schritte vorwärtsgehen.*«

»Deine Mutter hat das gesagt?«

»Ja. Hast du es nicht in ihrem Tagebuch gelesen?«

Nadia schüttelte den Kopf.

»Ich mache nur Spaß. Das ist ein Kinderspiel, es heißt ›Mutter darf ich‹. In eurem Dorf habt ihr das nicht gespielt?«

»Nein. Wir hatten viele Spiele, aber nicht das mit der Mutter. Wir hatten *Klushki*, *Lapta*, *Pognali*, *Zaets*, *Shalachkee*, *Sharovki*, *Knaz*, *Jaunza* –«

Kache lachte. »Okay okay, ihr hattet eine Menge Spiele. *Shalachkee* klingt spannend, das würde ich gern mal mit dir spielen.«

»Können wir machen. Aber ich muss dich warnen, ich bin sehr gut darin.« Jetzt lachte Kache wieder, und wie immer stimmte sie das heiter.

Es vergingen Tage und Wochen, die Zeit brachte Kache und Nadia näher und näher zusammen, und dann, als sie mit der neuen Liebe zu leben gelernt hatten und wieder fähig waren, ihren Pflichten nachzukommen, dehnte sich die Zeit aus, und sie schienen auf einmal so viel mehr davon zu haben.

Mehr Zeit, mehr Leben, mehr von allem.

Nadia war mit dem Julianischen Kalender aufgewachsen, dreizehn Tage und mehrere Jahrhunderte hinter einem Großteil der restlichen Welt. Der Verlauf ihrer Tage und Monate war eng verwoben mit religiösen Festtagen und Ritualen. Mittwochs und freitags fasten, mehr als vierzig obligatorische Feiertage mit Schul- und Arbeitsverbot. Den heiligen Feiertagen des andächtigen Fastens folgten Feiertage des Schwelgens und Zelebrierens, an denen viel gelacht wurde, es köstliche Speisen gab und *braga* in Strömen floss. Selbst ihren Geburtstag feierte sie nicht am Tag ihrer Geburt, sondern an einem festgelegten Namenstag. An Tagen, die nicht heilig waren, wurden die Vorbereitungen für den nächsten Feiertag getroffen. Alles war vom Glauben durchdrungen, jede einzelne Stunde, und selbst die Uhr schien im Takt der Gebete zu ticken.

Doch seit sie im Haus der Winkels lebte, markierte der ständige Wechsel in der Natur ihre Stunden, Tage, Monate und Jahreszeiten, und sie widmete diesen Veränderungen geradezu obsessiv ihre ganze Aufmerksamkeit. Der Verlauf der Sonne, der Zyklus des Mondes, die Konstellation der Sterne. Der Lebenszyklus der Blumen, ihre subtile Verwandlung von Sonnenaufgang bis Sonnenuntergang, ihre Entwicklung hin zu voller Blüte, ihr langsamer Verfall, bis sie ganz verwelkt waren und über den

Boden verstreut lagen; eine neue Generation. Sie war voller Freude, wenn im Frühjahr die Elchkühe mit ihren Elchkälbchen auftauchten, und traurig, wenn im Herbst die Wildgänse ihr Adieu schrien und Richtung Süden zogen. Mit nichts anderem zur Verfügung als Elizabeths altem Kalender von 1985 und ihren eingeritzten Linien im Kellertreppenhaus, war die Natur die einzige Orientierung in Nadias Leben.

Doch seit Kaches Ankunft gab es jeden Tag unzählige Dinge, die ihre Zeit ausfüllten. Der Computer mit dem angebissenen Apfel auf dem Deckel, das Internet, Kaches viele Tüten mit Lebensmitteln und Vorräten, ihre Fahrten nach Caboose und zur Halibut Cove.

Und jetzt noch all das, was sich zwischen ihr und Kache verändert hatte, und die Veränderungen in ihnen selbst. So viel war in so kurzer Zeit passiert, Nadia konnte einfach nicht mit allem mithalten. Die Pflanzen und die Tiere, das Wetter und die Bodenfeuchtigkeit, alles war irgendwo dort draußen zu etwas Großem, Undefinierbaren verwoben. Sie empfand sich selbst nicht länger als wesentlichen Bestandteil davon, und das war okay. Sie konzentrierte sich auf das, was unmittelbar vor ihr war, gewöhnlich Kache oder der Computerbildschirm – über beides gab es noch so viel zu lernen. Manchmal kam Kache stapfend auf die vordere Veranda, zog die Stiefel aus und platzte ins Haus, nach Fichtennadeln und Fisch riechend, Eier und einen Krug Milch in der Hand. Er war jetzt viel muskulöser. Er lächelte mehr. Wenn er nicht arbeitete, spielte er Gitarre und sang. Seine Stimme, seine Texte, sein Gitarrenspiel – jetzt maß sie den Fortlauf der Zeit am Fortschritt seines Gitarrenspiels, das inzwischen so gut war, als hätte er in all den Jahren seiner Abwesenheit nicht mit Zahlenreihen gearbeitet, sondern Gitarre gespielt. Sie hatte Leute in Caboose fragen gehört, wann er wieder im Spit Tune spielen würde und warum er kein berühmter Rock 'n' Roller geworden war. Kache hatte nur mit den Schultern gezuckt und gesagt: »Na ja, ihr wisst ja, wie das so ist.«

Eine Antwort, die Nadia nicht verstand. Sie wusste nicht, wie das so war, doch sie wollte es lernen. Und so nahm sie sich jeden Morgen vor, etwas im Internet zu lesen, was ihr neu war.

Eines Morgens brachte sie den Mut auf, etwas zu suchen, was ihr nicht neu war.

»Hast du das gewusst?«, fragte sie Kache, der gerade mit einem Arm voller Feuerholz hereingekommen war, »dass es tatsächlich Informationen über die Altgläubigen gibt? Für jeden zugänglich? Hör dir das an:

> Das russische Schisma, oder *Raskol*, fand Mitte des 17. Jahrhunderts statt, als Patriarch Nikon von der russisch-orthodoxen Großkirche eine relativ kleine Reformierung der Liturgie beschloss, zum Beispiel das Zeichen des Kreuzes mit drei Fingern anstatt mit zwei Fingern zu machen. Viele Gläubige waren zutiefst verletzt, doch die Reformen wurden eingeführt, und all jene, die sich ihnen verweigerten und von der Kirche abspalteten, wurden verfolgt, wobei die Verfolgung während der bolschewistischen Revolution noch zunahm. Diese Altgläubigen flohen zunächst nach China, dann Brasilien und schließlich in verschiedene Teile der Vereinigten Staaten, einschließlich Alaska. Obwohl Glaubensgrundsätze und Praktiken zwischen den einzelnen Dörfern variieren, betrach-

tet sich jedes Altgläubigen-Dorf als Bewahrer des wahren Glaubens und verlangt von seinen Anhängern die rigorose Einhaltung religiöser Praktiken und Riten. Generell geht die Tendenz dahin, getrennt von den »Außenstehenden« zu leben und die moderne Gesellschaft zu meiden, was seit Internet und Satellitenfernsehen, die selbst in die entlegensten Gegenden vordringen, immer schwieriger wird.

Nadia starrte Kache mit offenem Mund an.

»Die Dinge verändern sich schnell«, sagte er. »Es würde mich nicht wundern, wenn sie die Infos selbst ins Netz gestellt haben, damit alle es lesen können. Wenn du lange genug suchst, findest du garantiert einen Altgläubigen-Blog.«

»Niemals.«

»Die eigentliche Ironie ist ja, dass du die ganze Zeit abgeschieden von der Welt und den Medien gelebt hast, während einige von ihnen inzwischen Sattelitenschüsseln auf den Dächern haben.«

»Niemals«, sagte sie. »Nicht in Altai.« Kache schien nicht zu verstehen, dass die Altgläubigen sich weder während der *Raskol* noch während der Revolution verändert hatten oder in den vierhundert Jahren danach. Und ganz sicher würden sie das auch nicht während einer kleinen technologischen Revolution tun. Es war vollkommen egal, wie viele Menschen das Internet benutzten, das Dorf würde sich dagegen abschotten. Sie würden sich davon nicht wie ein Fisch im Netz einfangen lassen. Niemals.

Aber sie selbst schon. Ganz bestimmt!

So lange Zeit hatte sie keine Wahl gehabt, doch das war jetzt anders. Sie konnte alles tun, wenn sie den Mut dazu aufbrachte. Sie könnte sich auf einem weit entfernten College bewerben und lernen, wie man Filme machte. Sie könnte in einer Wohnung in einer großen Stadt leben und in einem hohen Gebäude ganz aus Glas arbeiten. Sie könnte Lehrerin werden oder Golfprofi, Biologin oder Ärztin. Oder sie könnte einfach hier bleiben und Kache lieben, so wie schon die letzten zehn Jahre, aber natürlich anders. Denn der Junge in ihrer Phantasie war leibhaftig geworden und zu einem Mann herangewachsen, der auf dem Stuhl saß und ihr gerade ein Liebeslied sang. Das war die schönste Veränderung von allen.

Es gab so viele Möglichkeiten, ein Leben zu leben!

Ihr Lieblingsgedicht von Elizabeth ging so:

Verschlungen
Oh, jung und schön sein.
Jung war ich einmal,
Doch niemals wirklich schön.
Obwohl ich mich manchmal so fühlte:
Die Nacht der schwarzen Opernhandschuhe
Und des schwarzen trägerlosen Abendkleids, die schwarzen
Diamantohrringe.
Die Nacht, als ein schwarzer Mann mir »wunderschön« ins
schmucklose Ohr flüsterte.
Die Nacht, als du und ich unter dem schwarzen Nachthimmel
im eisigen schwarzen Wasser schwammen,
Mit heißer Haut.
Die Nacht, als mir ein schwarzer Bär auf dem Weg zum
Blockhaus begegnete,

Der davontrottete, sich dann umdrehte und dastand, um mich
zu beobachten.
Mit Hunger in den Augen.

Müsste Nadia ein ähnliches Gedicht schreiben, würde es genau andersherum anfangen, mit dem Wald und dem Bär. Und möglicherweise würde in der letzten Zeile ein Abendkleid vorkommen.

Denn sie hatte Elizabeths Schrank erkundet und ganz hinten das trägerlose Abendkleid und die schwarzen Handschuhe entdeckt. Und anprobiert. In den zehn Jahren hatte es viele leere Abende gegeben, und an einem davon war sie in dieses Kleid geschlüpft, das ihr wie angegossen passte. Aber außer Leo hatte sie noch nie jemand in einem Abendkleid gesehen. In langen Kleidern schon – in ihrem Dorf hatte sie jeden Tag ein *sarafan* zu tragen. Es war interessant, wie ein und dieselbe Kleiderlänge sowohl verführerisch wirken als auch den gegenteiligen Effekt haben konnte.

Um Kache zu verführen, brauchte sie offensichtlich kein Abendkleid. Denn im Moment saß sie gerade in hochgerollten Jeans und einem alten T-Shirt da und blickte verkehrt herum auf den angebissenen Apfel, weil er ihren Laptop zugeklappt hatte. Jetzt nahm er ihr den Laptop vom Schoß, legte stattdessen seinen dunklen Lockenkopf hinein und sah zu ihr hoch. Sie beugte sich hinab und küsste ihn so lange, bis sie sich beide schließlich aus ihren Jeans, Shirts, Socken und der Unterwäsche schälten und sie sich auf seinen nackten Schoß setzte – ein guter Ersatz für den Laptop, wie sie sagte, und er lachte. Er berührte sie wissend und gefühlvoll, als wäre sie eine Gitarre in seinen Händen, und seine Finger stimmten immer wieder neue Melodien in ihr an. Er streifte sich ein Kondom über und glitt in sie hinein, und wieder einmal stellte sie staunend fest, wie gut sich Sex mit ihm anfühlte. Was sie und Wladimir getan hatten, hieß zwar auch Sex, doch es hatte sich ganz anders angefühlt, wie das genaue Gegenteil. Sex, lange Kleider. Ein *sarafan* hatte nichts mit einem Abendkleid gemeinsam. Sie musste mehr Wörter lernen, oder erfinden, wie Shakespeare es getan hatte. Kache umkreiste ihre Brustwarzen mit der Zunge. Es gab nicht genug Wörter.

TEIL 3

Herbst 2005

47

Der Herbst kam schnell. Plötzlich waren die rosa Blüten des Schmalblättrigen Weidenröschens verschwunden und ihre Blätter dunkelrot. Aber der Sommer hatte nie lange Abschied genommen, erinnerte sich Kache, er machte sich einfach auf und ging. Doch selbst die jetzt kühlere Luft fühlte sich hoffnungsvoll an. Die goldenen Blätter der Birkenwälder leuchteten übertrieben verheißungsvoll, als hätte der Hang sich geöffnet, um all seine schillernden Schätze zu offenbaren.

Warum also nicht hoffnungsvoll sein?

Heute hoffte er auf zwei Dinge: Er plante ein Wochenende in Anchorage und wollte Nadia überreden, mit ihm zu kommen. Doch er musste vorsichtig sein, der Besuch einer Stadt würde sie bestimmt überwältigen. Anchorage war zwar nicht groß, aber die größte Stadt, die sie hatten. Und für jemanden, der immer nur mit einem einzigen Menschen und ein paar Gemüsesorten, Elstern und Elchen gesprochen hatte, war sie ziemlich groß.

Diese Reise war nach ihren gemeinsamen Fahrten nach Caboose der logische nächste Schritt. Möglicherweise war es in Anchorage sogar einfacher für sie, weil dort keine Gefahr bestand, Altgläubigen zu begegnen. Nachdem Nadia ihm von Wladimir erzählt hatte, hatte Kache sofort herumgefragt, ob jemand ihn kannte. Sein Automechaniker, Greg Barrow, mit dem er zur Schule gegangen war, hatte viele Altgläubige als Kunden. Er kannte keinen Wladimir, sagte aber, er würde sich umhören. Doch in Anchorage hielten sich keine Altgläubigen auf, sie wohnten nicht im Hilton, shoppten nicht bei Nordstrom und aßen nicht in Spitzenrestaurants – all das gedachte Kache nämlich zu tun.

Er hatte Nadia eine kleine Videokamera gekauft und hoffte, sie damit leichter überreden zu können, mit nach Anchorage zu kommen. Sie hatte nämlich Interesse am Filmemachen gezeigt. Und er dachte zudem, die Kamera könnte als Filter fungieren, damit nicht alles auf einmal auf sie einstürzte. Durch die Linse der Kamera konnte sie selbst aussuchen, was sie sehen wollte.

Sie saß am Tisch und schaute sich Videoclips auf YouTube an. Er hielt die Kamera hinter seinem Rücken versteckt.

»Was hältst du davon, solche Sachen selber zu filmen?«

»Solche Sachen?« Sie klappte den Laptop zu. »Das waren nur Leute, die sich gegenseitig gemeine Streiche spielen. Ich würde etwas viel Besseres machen.«

»Wenn du eine Kamera hättest?«

»Ja, schon, aber die kostet viel Geld, glaube ich.«

»So viel auch wieder nicht«, sagte er und legte die Kamera auf den Tisch.

»Das ist eine Videokamera?« Ihre Hände flatterten um sie herum. »Sie ist so klein!«

»Und ganz leicht zu benutzen.«

»Ich kann das?«

»Natürlich. Sie gehört dir. Und bitte, nicht mehr über Geld reden. Die schenke ich dir.«

Sie strahlte übers ganze Gesicht, sprang auf und warf ihm die Arme um den Hals, küsste ihn.

»Komm mit mir nach Anchorage«, sagte er.

Sie ließ die Arme fallen. »Wann?«

»Heute ist ein guter Tag.«

»Ist das eine Bestechung?«

»Ein bisschen vielleicht.« Er grinste. »Es muss nicht sein. Aber es wäre gut für uns, mal zwei Tage hier wegzukommen. Eine Nacht.«

»Und Leo?«

»Der kriegt das hin. Deshalb hat er auch die letzten Tage in der Scheune geschlafen, um sich dran zu gewöhnen. Und die beiden Male, als wir in Caboose waren, hat ihm das auch nichts ausgemacht. Es ist nur eine Nacht, Nadia. Wir füttern ihn vor der Abreise und bringen ihm ein Leckerli mit.«

»Ich weiß nicht. In die Stadt?«

»Ganz ganz weit weg von Altai oder Ural.«

»Und für Leo ist es okay, denkst du?«

»Denke ich.«

»Ja.«

»Ist das ein Ja, dass Leo okay sein wird oder dass du mitkommst?«

»Beides. Ich packe jetzt.«

Kache stand da, Hände in den Hüften, während sie, immer zwei Stufen auf einmal nehmend, die Treppe hinauflief. Nun ja, dachte er, das war einfach.

Als sie an der Straßenecke standen und warteten, dass die Ampel auf Grün schaltete, legte Nadia den Kopf zurück und betrachtete durch die Kamera mit offenem Mund eines von den wenigen Hochhäusern in Anchorage. Vor kurzem hatte sie sich wieder die Haare schneiden und ein weiteres Piercing machen lassen – sie trug jetzt einen winzigen Brillanten am Flügel ihrer perfekten Nase. (Nach vielen Diskussionen hatte Kache darauf bestanden, alles zu bezahlen, aber gleichzeitig versprochen, es von dem Geld abzuziehen, das seine Familie ihr für die Zeit schuldete, in der sie sich um Haus und Hof gekümmert hatte.) Sie trug Ohrenstöpsel, um ihre empfindlichen Ohren vor dem Autolärm zu schützen, und sprach deshalb lauter als gewöhnlich. »Waren die Zwillingstürme auch so hoch?«

Kache schüttelte den Kopf. »Sie waren wesentlich höher. Die hier gelten nicht mal als Wolkenkratzer.«

»Wie Berge.«

»Von Menschenhand geschaffene Berge.« Wie in Trance starrte sie das Gebäude an. Berge und Wolkenkratzer. Kache dachte daran, wie die Flugzeuge in die Zwillingstürme und das Flugzeug seiner Eltern gegen einen Berg geflogen waren. Die Ampel wurde grün, und er zog sanft an Nadias Hand. »Das reicht. Wir können jetzt gehen.«

In Caboose gab es weder hohe Häuser noch Ampeln. Deshalb musste er die Frau, die die chemische Zusammensetzung von Gartenerde kannte, daran erinnern, dass Rot stehenbleiben und Grün gehen bedeutete.

Im Kaufhaus fasste sie alles an. »Wir nähen unsere *sarafans* selbst, alles.« Sie ging um die Schuhe herum, nahm sie in die

Hand, roch am Leder und stellte sie zurück. Sie berührte die Kleider auf den Ständern. »Das brauche ich alles nicht. Es ist zu viel. Du gibst zu viel Geld aus.«

»Ich will das aber.«

Sie schüttelte den Kopf. »Ich kann das nicht. Erst die Kamera? Jetzt das? Nein.«

»Sieh mal, du hast unser Haus gerettet. Glaub mir, ich schulde dir eine ganze Menge mehr, als das hier kostet. Bitte, es macht mich glücklich.«

»Wirklich?«

»Ja. Du brauchst Sachen zum Anziehen.« Er stieß sie mit dem Ellbogen an. »Außerdem will ich meine alten Jeans und mein altes T-Shirt zurück.«

Sie verdrehte die Augen und schürzte die Lippen. Aber dann nickte sie. »Okay. Aber du musst versprechen, es abzuziehen.«

Nadia streifte in der ganzen Etage umher und kam mit leeren Händen zurück. »Wie wählt man etwas aus von all den Sachen? Wo fängt man an?«

»Also gut, ich helfe dir«, sagte er, hatte aber keine Ahnung, wie. Außerdem wollte er sich nicht anmerken lassen, dass die Damenabteilung von Nordstrom für ihn Neuland war. Er würde das hinkriegen. Nadia konnte so ziemlich alles selber machen, aber hier war eindeutig er im Vorteil.

Sie zog einen Stöpsel aus dem Ohr und legte den Kopf schief. »Komm mit mir«, sagte sie, nahm seine Hand und ging der Musik nach, die eine Etage tiefer aus der Abteilung für junge Mode kam. Vor der Rolltreppe stand sie wie gelähmt, bis Kache ihr zeigte, wie man sie betrat, wobei er darauf beharrte, dass sie nicht gleichzeitig filmte. Unten steuerte sie schnurstracks auf eine Jeans zu und zog sie mit dem Bügel vom Ständer. »Die gefällt mir«, sagte sie. Die Silbernieten entlang der Vordertaschen hatten Ähnlichkeit mit den Steckern an ihrer Ohrmuschel. Nadia hatte einen guten Geschmack. Sie entschied sich zudem für lange Pullover mit großen weiten Kragen und hohe Stiefel, die auf dem Hof keinen Tag halten würden. »Das macht nichts«, erklärte sie, »ich kann sie heute Abend anziehen.« Sie wählte noch mehrere kurze Röcke und Strumpfhosen (um Kohle am Strand aufzulesen?, dachte er, sagte aber nichts), eine schwarze Lederjacke und eine praktischere aus brauner Wolle, die ihr perfekt passten. Fast alles, was sie anprobierte, stand ihr verdammt gut. Er saß vor der Umkleidekabine und malte sich aus, wie er sich hineinstehlen und ihr beim Ausziehen der engen Cordhose helfen würde, die sie gerade anprobiert hatte.

Mit großen Tüten marschierten sie zum Auto. Dann ging er mit ihr ins Museum, doch sie ließ ihre Videokamera im Rucksack, weil sie, wie sie sagte, ihr ganzes Leben in der Vergangenheit gelebt hatte und somit wusste, wie es früher war. »Wen interessieren denn solche alten Sachen? Das Gerät dort benutze ich selber zum Beerenpflücken. Und hier wird es in einem Glaskasten aufbewahrt? Ich will etwas Neues sehen. Ich will sehen, wie die Stadt funktioniert.«

Also ging Kache mit ihr zur Mittagspausenzeit ins Stadtzentrum, wo riesige Blumenkörbe an Laternenmasten hingen. Es war zwar nicht Manhattan, aber auch hier hatten die Leute es eilig, standen in Trauben an Straßenecken und bevölkerten die Restaurants. Unten auf der Spenard Road hielten Obdachlose ihnen

Pappbecher hin, Drogendealer fragten, ob sie high werden wollten, und Alkoholiker schwankten aus den Bars. Nadia filmte alles, doch als sie die Kamera dann sinken ließ, sah Kache, dass sie weinte.

»Ich weiß, was Obdachlosigkeit bedeutet. Ohne dein Haus wäre ich verhungert, ganz allein draußen in der Kälte.«

»Das bezweifele ich«, sagte Kache und legte den Arm um sie. »Wie ich dich kenne, hättest du dir genug Äste zurechtgenagt, um dir einen Unterschlupf und einen Jagdspeer zu basteln.«

»Du bist lustig, Kachemak Winkel.« Manchmal benutzte sie seinen vollen Namen, wie früher seine Mutter. Er nahm ein kleines Bündel Geldscheine aus dem Portemonnaie, sie dankte ihm, versprach erneut, alles zurückzuzahlen, und verteilte die Scheine an die Obdachlosen.

Als die Sonne langsam unterging, stand sie vor einem weiteren Glasgebäude und bestaunte die Fassade, in der sich die Sonne gelb, pink und rot spiegelte, richtete ihre Kamera auf die reale Bergszenerie, dann auf die Spiegelung und wieder auf die Berge.

Sie fuhren zum Flughafen, wo sie sich die Jets ansehen konnte, und hinunter zum Hafen, wo noch die letzten Kreuzfahrtschiffe dieser Saison lagen. Sie gingen übers Campusgelände, weil sie so tun wollte, als wäre sie eine Collegestudentin.

Als Fahrradfahrer und Fußgänger an ihnen vorbeikamen, lächelte Nadia, legte den Kopf zur Seite und fragte: »Hast du für den Test gelernt?«

»Welchen? Humanbiologie? Hab die ganze Nacht gebüffelt und werde ihn mit Bravour bestehen.«

Nadia grinste. »Du bist ein sehr ernsthafter Student.«

»Und du bist die Jahrgangsbeste und hältst die Abschlussrede.«

Kache hatte geplant, in ein schönes Restaurant zu gehen, doch sie wollte lieber ins Kino, weil sie noch nie einen Film auf einer großen Leinwand gesehen hatte. Sie sahen *Batman Begins*, oder besser gesagt, Kache sah Nadia zu, wie sie *Batman Begins* schaute. Und er hielt ihr Popcorn, weil sie jedesmal beim Aufspringen was verschüttete.

Sie war noch nie in einem Hotel gewesen. Als der Aufzug abrupt losfuhr, lachte sie und ergriff seinen Arm. Dann fragte sie: »Warum gibt es keine Dreizehn?«

»Weil die Leute glauben, die Zahl bringt Unglück und keiner in einem dreizehnten Stock sein will.«

»Dann gibt es keine Zimmer in der Etage, sie ist leer?«

»Nein, so nicht. Es gibt keine dreizehnte Etage.«

»Da ist nur eine große Lücke aus Luft? Oder Wolkenschichten?«, spottete sie und schüttelte den Kopf.

»Nein. Man bezeichnet die eine als zwölfte Etage und die nächste als vierzehnte. Die dreizehnte wird einfach übersprungen.«

»Und die Leute wissen nicht, dass die Vierzehnte eigentlich die Dreizehnte ist? Dass die im vierzehnten Stock in Wirklichkeit – wie sagt man – den *schwarzen Peter* haben?«

Der Mann, der gerade den Aufzug betreten hatte, kicherte. Kache lächelte. »Es ist eher eine stillschweigende Übereinkunft, glaube ich. Alle ignorieren es.«

»Ich sage dir ein Geheimnis«, flüsterte Nadia. »Die Menschen sind seltsam. Und nicht sehr klug.«

Als der Mann im vierzehnten Stock ausstieg, lachte er wieder. »Wünschen Sie mir Glück, Herzchen«, sagte er.

Der Mann hätte ihr Vater sein können, und Kache fragte sich, was für Menschen ihre Eltern wohl waren. Welchem ihrer Brüder oder welcher Schwester sah sie ähnlich? Waren sie alle so klug wie Nadia?

Wie schlimm es für ihre Familie gewesen sein musste, sie zu verlieren. All der Kummer, den es ihnen sicher bis heute bereitete. Er wünschte, er könnte sie überreden, sie zu besuchen. Aber das war eher unwahrscheinlich. Genauso unwahrscheinlich wie, dass seine Mom, sein Dad und Denny in den Aufzug spazierten und sich für ihre lange Abwesenheit entschuldigten, weil sie im vierzehnten Stock steckengeblieben waren.

Als die Aufzugtüren schlossen und sie die Fahrt nach oben fortsetzten, sagte sie: »Warum hat er Herzchen zu mir gesagt? Ich bin nicht sein Herzchen. Den Mann, den kenne ich nicht. Verstehst du, was ich meine? Seltsame Vögel, diese Leute.«

In ihrem Zimmer filmte sie die Aussicht aus dem Fenster, die Autos und Menschen unten auf der Straße. Sie war niemals höher als im ersten Stock gewesen und fing jetzt an, ihre Aufnahmen zu kommentieren. »Wir sind hier in der achtzehnten Etage, die in Wirklichkeit die siebzehnte ist, offenbar ein geheimes Phänomen. Ihr seid die Ersten, die davon erfahren, Leute.«

»Wo hast du denn den Spruch her?«

Sie seufzte. »Von dir. Vor etwa zehn Minuten. Erinnerst du dich nicht an das Gespräch im Aufzug?«

»Nein, ich meine das ›ihr seid die Ersten, die davon erfahren, Leute‹.«

»Ich erinnere mich nicht. Vielleicht im Film? Oder ich habe es gelesen?«

»Dir entgeht wirklich nichts.«

»Und der Kamera auch nicht.« Liebevoll strich sie über den Apparat. »Ich möchte schöne Filme machen.«

»Und das wirst du vermutlich auch.«

»Ich muss es lernen.«

»Heißt das, meine Mom hatte kein Buch übers Filmemachen?«

Sie schüttelte den Kopf.

»Okay, dann gehen wir in einen Buchladen und kaufen eins. Wahrscheinlich musst du es nur durchblättern, um preisgekrönte Filme zu drehen.«

Sie berührte seine Schulter. »Bist du wütend?«

»Nein, natürlich nicht. Wie kommst du darauf?«

»Du redest komisch. Du bist wütend, dass ich die Bücher deiner Mutter gelesen habe?«

»Nein, nein, überhaupt nicht. Ich bin einfach … voller Bewunderung. Es gibt anscheinend nichts, was du nicht kannst.«

»Du hast unrecht. Da ist vieles, was ich noch nie getan habe und nicht kann. Ich konnte nicht einmal den Hof verlassen, bis du gekommen bist. Und ich kann nicht singen wie du und weiß nicht, wie man sich mit einer Gruppe von Menschen unterhält, und viele andere Dinge. Ich muss ein College besuchen.«

»Nadia, du könntest auf einem College unterrichten.«

Sie schüttelte den gesenkten Kopf.

»Was ist denn?«

»Ich habe mich versteckt und nicht gerührt, und die Welt hat sich weitergedreht. Ich habe viel Zeit verschwendet.«

Er nahm sie in die Arme. »Du hast nichts verschwendet.«

»Einen Verstand zu verschwenden ist schlimm.«

»Siehst du? Wo hast du das denn her?«

»Aus alten Zeitschriften, das stand da oft. Werbung für den United Negro College Fund. Aber ich bin kein Negro.«

»Stimmt. Und vielleicht sagst du besser Afroamerikaner statt Negro.«

»Okay. Trotzdem habe ich einen Verstand, der nicht verschwendet werden soll. Gibt es auch einen Vereinigten Ex-Altgläubigen-College-Fonds?«

»Nein. Aber das ist keine schlechte Idee.« Kache lehnte mit dem Po am Fenstersims und versuchte, sich Nadia im College vorzustellen. Sie sah aus wie eine Collegestudentin, und doch streikte seine Phantasie, weil es bedeutete, dass er sich dann sein Zuhause ohne sie vorstellen musste.

Er zog sie sanft zu sich heran, und sie standen am Fenster und genossen die Aussicht auf die vielen Stadtlichter bis hin zu den Chugach Mountains.

»Ich bin gern hier«, sagte sie. »Dem Himmel nahe.«

Am nächsten Morgen, nachdem der Zimmerservice das Frühstück gebracht und sie im Bett gegessen hatten, überredete Nadia Kache, in einem Park Gitarre zu spielen und zu singen, damit sie ihn filmen konnte. Erst hatte er sich geweigert, aber da sie mit nach Anchorage gekommen war, willigte er schließlich ein, den Eichhörnchen ein Lied zu spielen.

Schon bald hatten sich nicht nur Eichhörnchen um ihn versammelt, sondern klatschende und mit den Füßen stampfende Menschen. Geldscheine und Münzen landeten in seinem Gitarrenkasten, und es dauerte nicht lange, da war der ganze Filzboden mit Geld bedeckt. Kache hatte seit seinem achtzehnten Lebensjahr nicht mehr öffentlich gespielt. Die Leute kamen und fragten, wo er auftrat, ob er eine CD oder eine Website hatte oder ob man ihn mit iTunes hören konnte? Kache schüttelte nur den Kopf und sagte: »Nein, sorry, was Sie hier sehen ist alles, was ich habe.«

Ein kleiner, kräftiger Mann gab Nadia seine Visitenkarte mit der Bitte, dass Kache ihn anrufen solle. Nadia lachte, als sie Kache die Karte überreichte. »Als wäre ich für dich zuständig. Dein Boss.«

»Er hat eine Bar. Wahrscheinlich dachte er, du bist mein Manager. Als hätte ein Typ, der im Park für Pennys spielt, einen Manager.«

»Pennys? Du hast dreihundertsiebenundfünfzig Dollar verdient.«

»Du hast die verdient. Es war deine Idee. Du warst die Koordinatorin des Auftritts. Und du warst die Inspiration für den Lieblingssong der Leute. Hast du gesehen, wie sehr ihnen ›Nadia, du hast mich entwirrt‹ gefallen hat?«

»Alle haben geklatscht, und ein paar haben sogar getanzt.«

Kache hob die Schultern. »Ich hab mich bloß hingestellt und gespielt. Gib mir zehn Dollar, und wir sind quitt.«

»Wirklich? Ich hatte noch nie eigenes Geld.«

»Zu Hause halten die dreihundersiebenundvierzig Dollar bestimmt lange.«

Ihre Augen leuchteten auf, und sie öffnete den Mund, um etwas zu sagen, ließ es dann aber.

»Was ist?«, fragte er.

»Nichts. Es ist sehr viel Geld. Ich weiß, dass es nicht für alles reicht, aber ich will für ein paar der gekauften Sachen bezahlen. Und ich will auch nicht, dass du immer so tust, als würdest du es abziehen.«

»Moment mal, ich habe eine Idee ... Eröffne damit doch ein College-Sparbuch für dich.« Sie lächelte, und schließlich stimmte sie ihm zu.

Nadia schlief auf der ganzen vierstündigen Fahrt zurück nach Caboose. Sie hatte alles tapfer mitgemacht, und obwohl es schien, als hätte sie am liebsten die ganze Stadt in die Arme und mit nach Hause genommen – ein riesiger Strauß aus Straßenlaternen und Autos und Menschen und Gebäuden –, hatte sie das alles doch auch erschöpft.

Sein Mobiltelefon klingelte. Es war Greg Barrow mit der Nachricht, dass Wladimir Tolov vor etwa zehn Jahren das Dorf der Altgläubigen verlassen und seither keiner mehr etwas von ihm gehört hatte. In der Stadt hatte er auch rumgefragt, aber niemand, mit dem er gesprochen hatte, kannte den Mann.

Kache dankte Greg und fuhr auf den Parkplatz von Caboose Safeway, um noch ein paar Lebensmittel zu kaufen. Wladimirs Verschwinden überraschte ihn nicht, trotzdem konnte er es kaum erwarten, Nadia davon zu erzählen. Doch sie schlief tief und fest. Es würde nur ein paar Minuten dauern, und so deckte er sie mit seiner Jacke zu, damit ihr nicht kalt wurde, schloss den

Wagen ab und sah dann von draußen durchs Fenster. Sie war so müde und so hübsch. Er wollte sie mit einer Tüte Erdnüsse überraschen. An denen konnte sie sich einfach nicht satt essen.

Von der Halloween-Dekoration inspiriert, kaufte er ein fünfteiliges Schnitzset mit Fotos von Kürbissen auf der Rückseite, die wie Kunstwerke aussahen. So etwas hatte es in seiner Kindheit nicht gegeben, zumindest nicht in Caboose.

Im Gang mit den Milchprodukten checkte er gerade das Verfallsdatum von einem Joghurt, als hinter ihm eine vertraute Stimme zu singen anfing. »Mein Freund ist wieder da und checkt den Joghurt, hey, mein Freund ist wieder da.«

Er drehte sich um. Marion steuerte mit einem Einkaufswagen auf ihn zu. »Hey, Mare«, sagte er und umarmte sie.

»Ich erzähle den anderen die ganze Zeit, du kommst ins Spit Tune. ›Keine Sorge‹, sage ich, ›er hat's versprochen.‹«

»Hab ich das?«

»So gut wie. Oder zumindest fast. Wie geht's dir?« Der neckische Blick ihrer dunkelbraunen Augen wurde ernst. »Snag sagt, du arbeitest rund um die Uhr auf dem Hof. Ich würde euern Hof zu gern mal wiedersehen. So viele Erinnerungen. Ist es schwer für dich, wieder dort zu sein?«

»Danke der Nachfrage. Um ehrlich zu sein, es macht mir Spaß. Überrascht?«

»Ja, aber das finde ich gut. Und dass du wieder zurück bist, auch. Du hast mir gefehlt, Kache.« Marion wäre bestimmt eine gute Freundin für Nadia. Beim Gedanken an Nadia stellte er den Joghurt in seinen Korb, nahm eine Gallone Milch aus dem Regal und sagte: »Ich muss los.«

»Kache, ich –«

»Ich versuche wirklich, bald mal zu kommen und mit euch zu spielen.« Sie küssten sich auf die Wangen, und er eilte zu den Süßwaren, wo er schnell noch die Erdnüsse in den Korb warf.

48

Nadias Traum: Kache singt – jetzt unterbrochen von einem Gespräch auf Russisch, dessen Worte ihr so vertraut klangen, als hätte sie die Sprache vor Stunden und nicht vor einem Jahrzehnt das letzte Mal gehört. Sie hörte Klagen über den Preis von Toilettenpapier und fragte sich, wie das in ihren Traum passte, in dem sie mit Kache von einem Hochhausdach zum anderen flog. Doch auf einmal schwebten zwei Altgläubige neben ihnen durch die Luft und fragten, ob sie daran gedacht hatte, die Orangen zu kaufen, die im Angebot waren. Es wäre gut, Orangen zu haben. Und dann warfen sie mit den Orangen nach ihr, und sie wachte auf, saß senkrecht im Pick-up. Wo war Kache? Wo war sie?

Das Safeway. Der Parkplatz. Und vor ihr zwei Altgläubige in bunt bedruckten *sarafans*, die Lebensmittel in ihr Auto luden. Kannte sie die Frauen? Hatten sie sie, Nadia, gesehen? Sie legte sich wieder hin und lauschte angestrengt, doch die beiden sagten nichts weiter. Die Türen schlugen zu, der Motor sprang an, und das Licht der Scheinwerfer fiel durch die Windschutzscheibe; die ganze Zeit lang presste Nadia das Gesicht in den Kunststoffsitz. Diese Frauen könnten ihre jüngeren Schwestern sein, und sie würde ihre Stimmen nicht erkennen, vielleicht nicht einmal ihre Gesichter. Sie waren zehn und elf, als sie sie das letzte Mal gesehen hatte. Jetzt waren sie älter als Nadia damals und trugen zwei Zöpfe anstatt einen. Verheiratet also. Erwachsene Frauen mit Familien, die Orangen und Toilettenpapier einkauften. Es könnten ihre Schwestern gewesen sein, oder andere Frauen aus dem Dorf. Vielleicht war eine von ihnen sogar Katarina gewesen.

Als Kache die Tür aufschloss, schnellte sie kerzengerade hoch, am ganzen Leib zitternd. »Warum hast du mich hier alleine gelassen?«

Er entschuldigte sich sofort, noch bevor sie erzählte, was passiert war, und danach entschuldigte er sich noch einmal. Er meinte es ernst, und doch konnte sie nicht fassen, dass er sie einfach so zurückgelassen hatte, schlafend und ahnungslos. Jeder Beliebige hätte zum Auto kommen und sie sehen können.

»Hilft das als Wiedergutmachung?« Er hielt ihr die Tüte mit den Erdnüssen hin, die sie so mochte.

»Nein. Aber ich esse sie trotzdem.«

»Ich mache das nie wieder. Ganz egal, wie friedlich und schön du im Schlaf aussiehst, ich werde deinen armen Hintern auf Trab bringen. Abgemacht?«

»Meinen armen Hintern? Warum sagst du das? Wegen der Narbe sagst du das?«

»Nadia, o Gott, nein. Tut mir echt leid. Das sagt man einfach so. Ich hab gedankenlos dahingeplappert.« Sie schwiegen so lange, bis sie auf der Straße waren, die aus der Stadt führte. »Ich bin ein Idiot.«

»Und wenn Wladimir mich gesehen hätte?«

»Wladimir ist schon lange weg.«

»Wie kannst du so sicher sein?«

Er wollte ihre Hand nehmen, doch sie entzog sie ihm und verschränkte die Arme. Er stieß einen langen Seufzer aus und rieb sich die Augenbrauen mit Daumen und Zeigefinger. »Ich hab mich umgehört.« Er erzählte ihr von seinem Freund, dem Automechaniker, der viele Altgläubige kannte und von mehreren Leuten erfahren hatte, dass Wladimir weggegangen war.

»Dann ist er schon die ganze Zeit nicht mehr da?«

»Richtig.«

Das darauffolgende Schweigen durchbrach Kache erst nach mehreren Meilen. »Ich wette, er ist nach Oregon zurückgegangen. Du hast gesagt, er wäre eines Tages in dein Dorf gekommen und hätte irgendeine Geschichte erzählt, stimmt's? Und dass es bei euch keine anderen Frauen im heiratsfähigen Alter gab.«

Nadia vergrub das Gesicht in den Händen. »Ich mache mir Sorgen um meine kleinen Schwestern, dass er seine Wut an ihnen ausgelassen hat. Ich bin einfach geflohen. Ich habe sie nicht beschützt.«

»Du hast dich und sie beschützt, indem du gegangen bist. Er hatte gedroht, alle umzubringen, wenn du etwas verrätst. Vermutlich ist er schon vor langem weitergezogen. Deine Schwestern waren damals noch zu jung, richtig? Für ihn war da nichts mehr zu holen. Nadia, ich kann hinfahren und mich erkundigen, so tun, als hätte ich nur die falsche Abfahrt erwischt.«

»Das ist ein alter Trick. Es ist nicht möglich, einfach so ins Dorf zu kommen, ohne dass man es wirklich sucht. Das ging vielleicht bei dem größeren Dorf, Ural, und auch da würden alle wissen, dass du schnüffelst. Trotzdem wären sie wahrscheinlich freundlich. Aber nach Altai kommst du nur zu Fuß oder mit dem

Quad. Sie würden nie glauben, dass du dich verirrt hast, und misstrauisch werden. Besonders wenn du Fragen über mich stellst.«

Ein Pick-up kam ihnen entgegen, und sie duckte sich tief runter, bis er vorbei war.

»Wir müssen uns irgendwas einfallen lassen, damit du dich nicht mehr zu verstecken brauchst. Du hast gesagt, dass du gern aufs College gehen willst. Bist du damals zu Hause zur Schule gegangen?«

»Natürlich. Ich habe Englisch gelernt, Mathematik, viele Dinge.«

»Dann brauchst du von der Schule einen Nachweis, deine Zeugnisse, und deine Geburtsurkunde auch.«

Sie starrte ihn an. »Mist, verdammter.«

Er lächelte. Das tat er immer, wenn sie fluchte, wodurch ihr das Fluchen weniger wirksam schien, weniger befriedigend. Trotzdem fluchte sie gern, wenn sie es für angebracht hielt. »Mist«, sagte sie noch einmal.

»So ist das nun mal.« Er streckte den Arm aus und legte ihr seine große Hand auf die weiche Stelle zwischen Schulter und Nacken. Die mochte er nämlich ganz besonders.

49

Trotz ihres Schlafmangels wegen der langen Nächte mit Gilly war Snag wild entschlossen, mit Kache ein Abendessen draußen auf dem Hof zu vereinbaren. Seit Wochen hatte sie ihn nicht mehr gesehen und wählte jetzt im Gehen seine Nummer, wobei sie gleichzeitig den Handkarren mit den Auslieferungen hinter sich herzog und den Leuten winkte, die ihr im Vorübergehen zuriefen. Kache nahm nicht ab, was sie nicht weiter überraschte. Aber Snag schwor sich, so lange anzurufen, bis sie einen Termin festgelegt hätten.

Nadia hatte mehr als genug Zeit gehabt, sich an Menschen zu gewöhnen. Sie war in der Stadt gewesen, was Snag von mindestens fünf verschiedenen Leuten gehört hatte. Irgendetwas von Kaches Cousine.

Ha! Eine Cousine, mit der er sicher nicht nur Händchen hielt! Wenn sie mit Kache schlafen konnte, konnte sie auch Snag hallo sagen und ihr die Hand schütteln. Außerdem hatte sie schon Lettie besucht und war sogar in Anchorage gewesen, Himmelherrgott.

Natürlich hatte Snag auch eigene Gründe gehabt, den Besuch hinauszuzögern. Aber jetzt war sie fest entschlossen, sich ihrem Versagen zu stellen und in dieses Haus zurückzukehren, komme was da wolle.

Doch nicht nur wegen ihrer ureigenen Probleme und aus Rücksicht auf die Altgläubige hatte Snag das Dinner aufgeschoben: auch aus Sorge um Lettie. Lettie war nicht besonders kräftig, die Fahrt war lang – und das Krankenhaus weit weg, falls etwas passierte. Seit Lettie die Blutdrucktabletten nicht mehr bekam, ging es ihr geistig zwar viel besser, aber körperlich baute sie ab, und das wusste Snag. Aber Gilly hatte angeboten mitzukommen, und da Gilly Krankenschwester war, hatte Snag gleich ein viel besseres Gefühl.

Kache und Snag verpassten sich ständig im Old-Folks-Heim und spielten viel Anrufbeantworter-Pingpong, wobei sie ellenlange Nachrichten hinterließen, um sich gegenseitig auf dem Laufenden zu halten. Die Tatsache, dass er mit der Frau nicht nur schlief, sondern auch zusammenlebte, beunruhigte sie doch etwas. Aber was sollte sie tun? Es ging sie nichts an. Denn endlich kümmerte sie sich einmal um ihren eigenen Kram, und das tat ihr einfach gut. Sie war fünfundsechzig Jahre alt und verliebt und wurde zum ersten Mal wiedergeliebt.

Aber sie musste wenigstens einmal hinfahren und Nadia kennenlernen. Denn seltsam war es allemal. Nicht nur, weil Kache mit einer Frau aus dem Altgläubigen-Dorf zusammen war – die normalerweise den Kontakt mit Ungläubigen mieden. Sondern auch, weil Snag selbst vor langer Zeit eine Begegnung mit einer Altgläubigen hatte. Zumindest glaubte sie, dass es eine Altgläubige war, und erinnerte sich auch nach der langen Zeit noch lebhaft daran. Dabei war es sogar irgendwie logisch, dass die

Winkels aus Caboose in Alaska öfter als andere Familien Altgläubigen begegneten, denn ihr Grundstück war das letzte auf dem Weg zu dem abgeschiedenen russischen Dorf. Damals war Snag dreizehn Jahre alt gewesen und hatte am Strand Kohle auf die Schubkarre geladen und Muscheln in einem Blecheimer gesammelt. Es war einer jener nicht enden wollenden Sommertage gewesen, sie fühlte sich wohl und wanderte allein zwischen den Felsen umher, den warmen Sonnenschein im Nacken und auf den Armen. Es war Ebbe und so hell, dass sich im nassen Sand die Berge widerspiegelten. Sie hörte ein Geräusch und blickte auf, halb damit rechnend, die Bärin mit ihren Jungen zu sehen, die schon den ganzen Sommer über immer wieder aufgetaucht waren. Doch dann erschien ein etwa gleichaltriges Mädchen, das mit wehendem blondem Haar in einem bunt geblümten Kleid mit Halstuch zum Strand herunterkam. Sie ging direkt auf Snag zu und sagte hallo. Snag hörte den Akzent, wusste aber nicht, woher das Mädchen kam. Weiß Gott, womöglich war sie von Russland aus übers Meer gekommen.

Das Mädchen fragte, ob sie Wasser habe, und Snag ließ sie aus ihrer Thermosflasche trinken. »Ich bin viel weiter gelaufen, als ich vorhatte«, sagte es. »Bist du ein Junge?«

»Nein.«

»Aber deine Haare sind kurz und du hast Hosen an und bist so groß wie ein Junge.«

»Stimmt. Aber ich bin ein Mädchen.«

Das Mädchen warf ihre Haare zurück, so dass sie wieder im Wind wehten, eine goldschimmernde seidene Fahne. »Ich auch.«

»Sieht man.«

»Ich bin verheiratet. Ich bekomme Baby.«

»Niemals. Du bist viel zu jung dazu.«

»Es ist so in meiner Kultur.« Ihre Lippen zitterten, und ihr Kinn bebte bei dem Versuch, die Gefühle zurückzuhalten. Snag nickte, als würde sie das verstehen.

Das Mädchen sagte: »Du hast hübsches Gesicht. Wie hübscher Junge.«

Überraschenderweise war Snag nicht gekränkt. Es klang wie ein Kompliment, und sie grinste unwillkürlich.

»Kannst du mir Gefallen tun?«, fragte das Mädchen. »Einen heimlichen Gefallen?«

Snag nickte, denn sie würde alles tun, worum das Mädchen sie bat.

»Küsst du mich?« Sie küssen? Das hatte Snag nun wirklich nicht erwartet, aber jetzt, aus heutiger Sicht, schien es ihr wie die natürlichste Sache der Welt, dieses Mädchen an jenem Tag am Strand zu küssen.

Und Snag sagte: »Ja.« Sie stellte ihren Muscheleimer neben der Schubkarre ab, die halb voll mit Kohle war, schlang die Arme um die Taille des Mädchens, so wie die Männer in Filmen. Das Mädchen war geübter als Snag, was natürlich nicht viel bedeutete, aber sie schafften es, sich zu küssen und wieder zu küssen. Bis heute gehörte dieser Kuss zu Snags süßesten Erinnerungen. Schließlich hörten sie auf, sich zu küssen, und betrachteten die vielen roten, gelben und violetten Farben des Himmels, die sich im Schaum auf den sanften Wellen spiegelten. Irgendwann erhob sich das Mädchen von ihrem Platz auf einem großen Stück sonnengebleichtem Treibholz und sagte: »Flut kommt wieder. Ich muss zurück.«

»Können wir uns morgen hier wiedersehen?«, fragte Snag.

»Nein. Ich kann nicht wiederkommen. Niemals.«

Snag ließ den Kopf hängen.

»Wir fühlen beide Traurigkeit.« Das Mädchen umarmte Snag, und Snag drückte sie fest an ihre Brust, in der sie eine Veränderung fühlte, die für immer bleiben würde. »Auf Wiedersehen.«

»Tschüs«, sagte Snag.

Das Mädchen ließ die Arme sinken und ging den Weg zurück, auf dem es gekommen war. Doch plötzlich wandte es sich noch einmal um. »Mein Name«, rief sie über die Schreie der Möwen hinweg, »ist Agafia!«

Obwohl die Erinnerung so lebendig war, hatte Snag sich oft gefragt, ob sie sich das alles nur eingebildet hatte. Sie war jung gewesen, verwirrt. Aber doch klug genug, um nicht zu versuchen, eine ihrer Freundinnen in der Schule zu küssen. Zumal es gar keine gab, die sie küssen wollte. Und dieses Mädchen hier mit den Lippen rot wie ein Feuerbusch kommt wie aus dem Nichts und verschwindet auch wieder darin? Vielleicht war es nur der verzweifelte Tagtraum einer konfusen Halbwüchsigen gewesen. Trotzdem: An jenem ganz gewöhnlichen Tag, an dem sie die rote Schubkarre mit aller Kraft zog, die Räder sich drehten und in ihrem Kopf der Name Agafia kreiste, hatte sie sich selbst gefunden. Schon seltsam, woran wir uns erinnerten.

Als Snag um die Kurve oberhalb von McNichols' *Jellies and Jams*-Laden bog, fiel ihr Blick auf mehrere Kormorane, die auf einem Treibholzstamm saßen und ihre Flügel zum Trocknen ausgebreitet hatten – wie sich entblößende Exhibitionisten. »Seid ihr nicht stolz auf euch selbst?«, fragte sie sie.

Ihr Mobiltelefon klingelte, doch die Vögel sahen sie bloß ungerührt an, als würden sie sich schon lange nicht mehr über Handys aufregen. Es war Kache, der sie und Lettie zu Thanksgiving einlud. Sie fragte, was sie mitbringen sollte, und wollte dann noch wissen, ob sie vorsichtig sein musste, weil sie Nadia nicht kränken wollte.

»Wie meinst du das?«

»Du weißt schon – wegen der Religion. Es gibt bestimmt vieles, was sie nicht gutheißt.«

»Tante Snag, ich hab dir doch schon gesagt, sie ist keine Altgläubige mehr. Okay, sie ist mit dem Glauben aufgewachsen, aber sie teilt diese Glaubenssätze nicht.«

»Verstehe.« Snag hatte das Gefühl, mit einem Bein über einem Brückengeländer zu hängen, ohne zu wissen, ob das Wasser unter ihr gefroren oder warm war, zu seicht oder tief genug. Doch es zog sie unwiderstehlich an. »Also. Gilly kommt mit. Ist das okay? Ich dachte, es ist gut für Mom, da draußen eine Krankenschwester dabei zu haben.«

»Natürlich, das ist eine gute Idee. Ich mag Gilly.«

»Ich auch. Sehr sogar.«

»Sie ist toll.«

»Sie ist unglaublich«, sagte Snag. »Hab ich's dir schon erzählt?«

»Was?«

»Dass Gilly meine Freundin ist.«

»Ich weiß doch, dass ihr befreundet seid. Ihr seid oft zusammen im Spit Tune, stimmt's?«

»Und woanders auch. Zum Beispiel«, Snag blieb stehen, um durchzuatmen und sich zu fassen, »im Bett. Wir gehen zusammen ins Bett.«

»Oh.« Und dann: »Wow, ich verstehe.« Und dann: »Echt cool.«

»Wirklich? Ist es cool für dich?«

»Weißt du, was ich wirklich sagen will, Tante Snag? Schön für dich. Und dass es an der Zeit ist! Ich freue mich für dich, das ist eine tolle Nachricht.«

Sie hatte einen Kloß im Hals. An manchen Tagen hatte man das Gefühl, die ganze Welt auf seiner Seite zu haben. »Das ist wirklich nett von dir, Kache. Danke. Ich freue mich schon darauf, deine Nadia kennenzulernen.«

»Sag lieber nicht meine. Sonst krieg ich womöglich Ärger. Sie könnte anfangen, Betty Friedan aus Moms Büchern zu zitieren.«

»Oh, gut. Sie gefällt mir jetzt schon.« Snag merkte, dass sie im Moment jeden mochte. Kache fand das mit ihr und Gilly also cool. Natürlich hatte sie den Teil weggelassen, den er sicher nicht cool finden würde. Aber ein Schritt nach dem anderen, sagte sie sich und nahm den letzten Hügel auf dem Weg nach Hause in Angriff.

50

Wie soll ich meinem empfindsamen zehnjährigen Sohn erklären, dass sein geliebter Hund Walter ein zerbrochenes und geschundenes Bündel im Todeskampf am Fuße des Berges war? Das kann ich nicht. Und will es nicht. Glenn ist den tückischen Abhang hinabgestiegen – Gott allein weiß, wie er es geschafft hat, sich dabei nicht selber umzubringen –, um nachzusehen, ob er unseren geliebten Walter retten kann, jeder Schritt geprägt von Fassungslosigkeit und dem Wissen, dass unser süßer Hund tot sein würde – oder schlimmer.

Es war schlimmer. Glenn sagte, als er ihn fand, gab es für Walter keine Hoffnung mehr, dass er unsäglich litt und ihn mit großen dunklen Augen anbettelte, ihn von dem Leid zu erlösen. Beim Schreiben weine ich noch immer. Glenn hatte natürlich ein Gewehr mitgenommen und in Walters Gegenwart keine Träne geweint, aber nachdem er dann abgedrückt hatte, war er auf die Knie gesunken, hatte Walter in den Armen gehalten und geweint, als wäre der Hund ein Mensch. Das hat er mir mit Tränen in den Augen gestanden. Wir alle haben den Hund geliebt. Glenn hat ihn geliebt. Aber er sagte, er wisse, wie sehr Kache den Hund *brauchte*. Und so belügen wir unseren eigenen Sohn, und das auf Glenns Anweisung, der sonst so nüchtern ist, wenn es um Leben und Tod geht. »Es ist zu

> viel für den Jungen«, hat er gesagt und dabei wieder geweint. »Wir müssen ihm die Disneyland-Version erzählen.« Und das habe ich dann getan, doch ich fürchte, es war ein Fehler. Kache sagt zwar nichts, aber in seinem Blick liegt Misstrauen.

Kache schloss das Tagebuch und klemmte es unter den Arm, traurig und verwirrt bei dem Gedanken an Walter. Und an seinen Dad. Es war eine andere Version als die, die er sich all die Jahre im Kopf zusammengebastelt hatte. Das hatte sein Vater gesagt? *Wir müssen Kache vor der Wahrheit schützen*? In seinen Augen war sein Vater immer nur ein Tyrann gewesen. Jetzt fragte er sich allerdings, ob der Mann vielleicht doch noch eine andere Seite gehabt hatte. Warum sonst war seine Mutter, eine freundliche, kluge und starke Frau, bei ihm geblieben? Irgendetwas musste sie an ihm gefunden haben.

Kache machte sich auf zur Schlucht, und obwohl er sie jetzt mit anderen Augen sah, war sie doch immer noch erschreckend tief. Und machte ihm immer noch Angst.

Sie hatten nicht noch einmal über einen Besuch bei Nadias Familie gesprochen, womit das Thema für Kache aber keinesfalls erledigt war. Denn da Wladimir nicht mehr im Dorf wohnte, sollte Nadia ihre Familie wissen lassen, dass sie noch lebte. Sie sollte wieder Verbindung mit ihnen aufnehmen und sich aus dem Griff der leidvollen Vergangenheit befreien – wer würde das nicht wollen? Um uneingeschränkt hier auf dem Hof zu leben, musste sie sich in der Stadt frei bewegen können, ohne die ständige Angst, erkannt zu werden.

Eine Collegebewerbung schien ihm die beste Chance, sie zur Kontaktaufnahme zu motivieren, doch Nadia machte keinerlei entsprechende Anstalten. Inzwischen vermutete Kache, dass ihr die Vorstellung, ein College zu besuchen, gefiel, nicht jedoch die praktische Umsetzung. Denn es bedeutete auch, hier wegzugehen und woanders zu leben. Wenn überhaupt, würde es Jahre dauern, bis sie dazu bereit wäre. Wahrscheinlich aber nie. Das sagte er sich immer wieder.

Er erwähnte das Thema nicht mehr. Ihre Familie war ihre Entscheidung.

Der Garten war abgeerntet, und auch das letzte Obst und Gemüse waren eingemacht. Er lief zurück nach Hause, wo er das Tagebuch ablegte und in die Scheune ging, um Heuballen zu stapeln. Nadia melkte gerade Mooze. Als sie fertig war, holte sie die Videokamera aus ihrer Tasche und filmte Kache beim Heustapeln.

»Und ein weiterer aufregender Tag auf dem Hof«, deklamierte er theatralisch.

»Nein, ganz normal bleiben«, sagte sie. Also erledigte er seine Arbeit, dachte dabei an den Winter, wie es wohl sein würde, wenn der Schnee höher und höher wurde und Nadia und er sich im Haus unter der neuen Daunendecke verkrochen. Brett- und Kartenspiele, Filme, Bücher. Wenige Pflichten, nur dafür sorgen, dass die Tiere nicht erfroren, das Feuer nie ausging, und ab und zu Schnee wegschaufeln, damit sie nicht völlig einschneiten. Und vielleicht die Eiszapfen abschlagen, wenn sie eine Gefahr darstellten.

Die Temperatur war stark gefallen, doch Schnee war noch

nicht in Sicht. Wenn der Winter erst einmal richtig eingesetzt hatte, würde es noch viel schwerer werden, ins Dorf von Nadias Familie zu gelangen. Sie musste das Gleiche gedacht haben, denn als er später vom Strand zurückkam, wo er die Fischnetze kontrolliert hatte, stand sie in der neuen braunen Jacke, den neuen Jeans und den Wanderschuhen aus dem Katalog – nicht den modischen Stiefeln von Nordstrom – in der Haustür.

»Ich bin bereit. Gehen wir«, sagte sie, noch bevor er die Stiefel ausziehen konnte.

»Wohin?«, fragte er, obwohl er es wusste. Ihre Augen schienen größer, so wie an jenem ersten Abend, als sie den Kopf unter dem Bett hervorgeschoben hatte.

Ihre Hände steckten in den Jackentaschen wie in einer Steckdose, aus der Mut statt Strom kam. »Das Dorf. Komm, gehen wir.«

»Warum dieser plötzliche Gesinnungswandel?«

»Du hast im Tagebuch deiner Mutter die Geschichte mit Walter gelesen.«

»Ja, stimmt.«

»Und du hattest Angst davor, ja?«

»Ja.«

»Und es ist gut, dass du sie gelesen hast, ja?«

Er nickte.

»Ich will auch mutig sein. Ich bin bereit dazu. Und ich sehe, wie deine Familie dir fehlt und es ein großes Geschenk wäre, sie zu sehen. Du kannst es nicht. Aber ich, ich bin in der Lage, diese Reise zu machen. Es ist gerade Ebbe, und das Wasser wird weiter zurückgehen. Wenn ich meine Zeugnisse und die Geburtsurkunde für die Collegebewerbung brauche, muss ich sie mir jetzt holen.« Sie zählte alle Gründe auf, als müsse sie nicht Kache, sondern sich selbst von ihrem Vorhaben überzeugen. Mit entschlossenen, langbeinigen Schritten, die ihn an einen Elch erinnerten, der auf Biegen und Brechen die Straße überqueren wollte, marschierte sie zum Pick-up. Sie öffnete die Autotür, setzte sich rein, zog sie zu und ließ das Fenster runter. »Beeil dich, bevor ich meine Meinung ändere oder die Flut zurückkommt.«

51

Wenn es eine Möglichkeit gab, sich im günstigsten Licht und trotzdem wahrheitsgetreu darzustellen, kannte Nadia sie nicht. Am Morgen hatte sie ihren *sarafan* anprobiert, dessen Farben noch immer kräftig waren, denn nach ihrer Ankunft hier hatte sie ihn nie wieder getragen. Sie band ein Kopftuch um und starrte ihr Spiegelbild an, der kurz geschnittene Pony, der unter dem Tuch hervorsah, die Ohrringe, der winzige Diamant an ihrer Nase. Sie sah aus wie eine Zigeunerin. Die Frau da im Spiegel war nicht sie, und wenn sie eines wirklich wollte, dann ihrer Familie aufrichtig gegenübertreten. Eine Lüge mit noch mehr Lügen zu beantworten brachte keine Erlösung. Sie wechselte in ihre neuen Kleider und versuchte sich vorzustellen, wie ihre Familie reagieren würde. Würden sie sie wiedererkennen? Sollte sie Kache als ihren Ehemann präsentieren und nicht als den Geliebten, mit dem sie zusammenlebte? Beides war nicht ideal, aber verheiratet zu sein war sicher die bessere Variante. Es sei denn, Wladimir war doch noch da. Und wenn er darauf bestand, dass sie seine Frau war? Sie würde als Ehebrecherin betrachtet, und das wäre erst der Anfang.

Es war besser, nicht so weit vorauszudenken. Auf dem holprigen Weg hinauf zur Hauptstraße tastete sie nach der Pistole in ihrer Jackentasche.

Sie atmete tief durch und sagte: »Ich weiß nicht, was auf mich zukommt. Aber ich weiß, dass es weit und breit keine Hilfe geben wird, wenn Wladimir doch da ist und uns bedroht. Deshalb habe ich eine Pistole von deinem Vater in der Tasche.«

Kache hob die Augenbrauen. »Das scheint mir doch etwas übertrieben.«

»Wahrscheinlich hast du recht. Ich hoffe, du hast recht. Nur falls du nicht recht hast.«

»Dann tu mir einen Gefallen und leg sie wenigstens ins Handschuhfach.«

Damit war sie einverstanden und nahm gleichzeitig ihre Sonnenbrille heraus und setzte sie auf, trotz der Wolken, die die Sonne verschleierten und an den gezackten Bergspitzen festzuhängen schienen. Am Ende des fünf Meilen langen Privatwegs bog Kache rechts auf die Hauptstraße in Richtung der Dörfer ab, anstatt links nach Caboose.

In Gedanken hatte sie diese Reise oft gemacht, wenn durch die Isolation ihre Angst tiefe Wurzeln getrieben hatte. In solchen Momenten brauchte sie ihre Mutter und ihren Vater, ihre Schwestern und Brüder. Dann hörte sie die Volkslieder, die sie am Abendbrottisch sangen, sang sie allein in ihrem Haus, auf Russisch, und ihre Stimme klang kein bisschen tröstlich. Lebt wohl, ihr Locken, Lebe wohl goldbraunes Haar, Lebt wohl blaue Augen, ich werde euch nie wiedersehen. Sie kochte dann ein Gericht nach dem Rezept ihrer Mutter – *leposhki und rebnea kattette* – und setzte sich allein an den Tisch. Ein paar Happen, warm, lecker – Pfannkuchen aus braunem Brotteig, Lachs und Kroketten –, aber viel brachte sie nicht runter mit dem Kloß im Hals.

Sie packte dann eine kleine Tasche und stellte sich dabei das volle Haus ihrer Eltern vor, den Lärm – das Lachen, das Necken, das Schimpfen. Aber auch die vielen Dinge, die ihr nicht fehlten. Selbst wenn sie Niko und nicht Wladimir geheiratet hätte, würde sie nicht mehr ins Dorf passen. Die Rolle einer *khoziaki*, einer Hausherrin, der Druck, ein Kind nach dem anderen zu gebären. Der kalte, eiserne Griff eines Lebensstils, der ihrer Meinung nach besser dort geblieben wäre, wo er hingehörte, nämlich in die Vergangenheit vor einhundert Jahren. Sie, Nadia, passte nicht mehr zu Menschen, die sich über die Frage zerstritten, mit wie vielen Fingern man sich bekreuzigen sollte, wo sie nicht einmal Lust hatte, sich überhaupt zu bekreuzigen.

Aber all das würde verblassen, sobald sie ihre Mama und ihren Papa in die Arme schloss. Doch da war Wladimir. Immer Wladimir.

Das war jedesmal der Moment, in dem sie ihre Tasche wieder auspackte, hinaus zu der einsamen Birke ging und die Stirn daran legte. »Du verstehst mich«, sagte sie. »Auch du bist nicht in einem Wald zusammen mit deinen Schwestern und Brüdern, Mutter und Vater. Ich bin hier, um mit dir zu reden, und gegenseitig können wir unseren Schmerz lindern. Die Spatzen in deinen Ästen singen, und aus meiner Hand fressen sie. Es ist gut für dich, hier zu sein, und für mich, hier zu sein.« Der Trost hielt so lange an, bis ein neuer Anfall von Einsamkeit sie übermannte und sie das Ganze von vorne durchexerzierte. Manchmal war es die Birke, die ihr half, zu sich selbst zurückzufinden, manchmal der Garten oder Leo oder der majestätische Berg gegenüber auf der anderen Seite der Bucht. In letzer Zeit waren es Kache und die Videokamera gewesen.

Wenn sie ihrer Familie ihr wahres Ich zeigen wollte, müsste sie, mit Kache an ihrer Seite, hinter der Kamera stehen und ihre Eltern, Brüder und Schwestern filmen – das wäre zwar äußerst komisch, aber wahr. Doch ihre Eltern misstrauten jeder Art von Fotografie, deshalb musste die Kamera im Rucksack bleiben.

»Das dort ist Ural, wo ich aufgewachsen bin. Wo wir bis vor der Abspaltung gelebt haben«, erklärte sie Kache, als sie sich der Stelle, an der die Straße endete, ihrem alten Dorf näherten. Es lag am Ufer, eine Ansammlung bunt gestrichener Gebäude – Häuser, Scheunen, eine Kirche – und eine Menge Traktoren, Pick-ups, SUVs. Satellitenschüsseln?

»Ich hab's dir doch gesagt«, kommentierte Kache ihren Blick, als könnte er Gedanken lesen.

»Ich bin schockiert. Aber in Altai wird es so etwas nicht haben. Ural ist angepasster.« Was sie dachte, aber nicht sagte: *Hier leben Niko und Katarina mit ihren Kindern.* Sie fragte sich, wie viele sie hatten, ob sie in einem der Häuser wohnten, auf die sie jetzt blickte.

Bei der Abfahrt hatte Kache die Heizung im Pick-up angemacht, doch Nadia hatte sie bald darauf wieder ausgeschaltet. Trotzdem rann ihr jetzt der Schweiß den Rücken hinunter, und ihr war übel. Aber nicht vom Autofahren. Und dass Kache gerade etwas sagte, sah sie an der Bewegung seiner Lippen, doch sie hörte es kaum, so laut hämmerte ihr Herz.

Jetzt umdrehen wäre wirklich dumm. »Dreh um«, sagte sie. »Dreh um.«

Stattdessen fuhr Kache an den Straßenrand. »Atme. Du schaffst das.«

»Das weißt du nicht. Und halte nicht in Ural an. Das wäre eine Einladung für sie, uns anzusprechen.«

»Willst du, dass ich weiterfahre?«

»Nein. Ja. Warte«, sagte sie und atmete einmal tief durch. »Okay, ja, fahr weiter.«

Und sie fuhren weiter, bis sie die letzte Kurve umrundeten, hinter der der menschenleere, unbefestigte Weg nach Altai auf sie zu warten schien. Kache parkte den Wagen, und Nadia öffnete das Handschuhfach.

»Lass wenigstens mich sie nehmen«, sagte Kache.

»Kache«, sagte sie. »Ich möchte nicht unhöflich sein, aber ich habe viel öfter mit Waffen geschossen als du.«

»Aber dich werden alle in die Arme schließen. Es ist zu gefährlich.« Er hielt die offene Hand hin, und sie gab ihm die Pistole, gleichzeitig hoffte sie, bezweifelte es und hoffte wieder, dass ihre Familie sie wirklich in die Arme schloss. »Mach dir keine Sorgen«, sagte er. »Ich verspreche, mir nicht in den eigenen Fuß zu schießen. Höchstwahrscheinlich bleibt sie mit verriegelter Abzugssicherung in meiner verschlossenen Jackentasche.«

Sie machten sich auf den Weg die Serpentinen hinunter zum Strand. Nadia hatte den Gezeitenstand online gecheckt und wusste, dass sie viel Zeit hatten, um auf diesem – dem einzigen – Weg das Dorf zu erreichen. Zwar hätten sie auf der Ladefläche ihres Wagens das Quad mitnehmen können, und läge schon Schnee, hätte sie darauf bestanden. Doch jetzt war sie froh über die Zeit, die sie zu Fuß brauchten. Es half ihr, sich zu beruhigen.

Mitten auf dem Pfad drehte Kache sich zu ihr um, nahm sie in die Arme und küsste sie. Und ihr fiel wieder ein, wie Niko sie geküsst hatte, auf genau diesem Pfad. Es war ihr erster Kuss gewesen, unbemerkt von den anderen, und dann waren sie losgelaufen, um die Gruppe wieder einzuholen.

Doch jetzt nahmen Kache und Nadia sich Zeit. Er schob ihre Sonnenbrille nach oben und sah ihr in die Augen. »Alles in Ordnung? Willst du weitermachen?«

»Meinst du Küssen und Laufen?«

Er lächelte. »Das entscheidest du. Beides?«

»Das könnte schwierig werden.«

»Da hast du wahrscheinlich recht.« Er schob die Sonnenbrille wieder zurück auf ihre Nase, drückte einen Kuss auf den Nasendiamanten, drehte sich um und ging voraus.

Sie marschierten weiter den Pfad hinunter, bis Kache dann vor dem Kothaufen eines Bären stehenblieb.

Nadia ging in die Hocke und inspizierte ihn. »Nicht frisch. Wir können immer einen Schuss in die Luft feuern, um ihm Angst zu machen.« Kache warf ihr einen Blick zu, der besagte, dass ihm das wahrscheinlich mehr Angst machen würde als dem Bären.

Der Pfad endete am Strand, wo sie erst einmal ein bisschen rannten – nicht, weil sie es eilig hatten (das hatten sie nicht), sondern um ihre nervöse Energie abzubauen. Ein einsamer Weißkopfseeadler beobachtete sie von der Spitze einer abgestorbenen Fichte, wo der Wald auf den Strand traf. Das Meer war zurückgewichen, und in der Ferne schlugen die Wellen im Rhythmus der Zeit. Vor beinahe zehn Jahren war Nadia an demselben Strand entlanggelaufen, aber in die entgegengesetzte Richtung.

Sie nahm Kaches Hand, und sie gingen nun langsamer unterhalb der Felsen entlang, zwischen Treibholz, Gezeitentümpel, aufgehäuftem Seetang und Kohlebrocken. Möwen stritten um einen toten Lengdorsch. Nadia beugte sich zu einer Staude Buschwindröschen hinab, deren grüne Tentakel sie zu begrüßen schienen, und als sie den Finger in ihr Zentrum legte, umrankten sie ihn sanft und hielten ihn so lange fest, bis sie ihn zurückzog.

Die Wolken waren dunkler geworden und trieben ihnen entgegen, sperrten den Himmel immer mehr in ein tiefhängendes Grau. Sie wünschte, die Sonne möge die Wolken durchbrechen und ihre Stimmung aufhellen, die ebenfalls gedrückt und grau war, als presste sich der Himmel wie ein Deckel auf sie nieder. Halb sorgte sie sich, halb wünschte sie, den nächsten Einstieg zum Pfad nach Altai nicht zu finden, dass er mit Lachsbeer- und Erlenbüschen zugewuchert war. Sie konnte nicht einmal sicher sein, dass das Dorf überhaupt noch existierte. Vielleicht hatten sie am Ende doch einen Bischof als Leiter der Kirche akzeptiert und waren nach Ural zurückgegangen.

Aber dann entdeckte sie den freigeräumten Zugang des zweiten Pfades, dort, wo er immer gewesen war, steil ansteigende, matschige Serpentinen, die wie unentschlossene Träumer erst in die eine Richtung und dann in die andere nach oben führten. Während sie zuvor geschwitzt hatte, schloss sie jetzt die Jacke fest um sich, denn sie fror. Ihr Körper wehrte sich und wollte, dass sie umkehrte. So weit war sie noch nie gekommen, nicht einmal annähernd.

Der Pfad schien ihr kürzer als in der Erinnerung, und sie erreichten Altai viel zu schnell. Nun war es zu spät, um umzudrehen, denn Kinder sahen sie im Schutz der langen Röcke ihrer Mütter verstohlen an, und Männer kamen auf sie und Kache zugelaufen. Nadias Augen füllten sich mit Tränen, so dass sie nicht sehen konnte, wer die Männer waren, ob sie sie kannte. Sie sprachen russisch, begrüßten Kache, aber als der Nadia fragend ansah, wechselten sie zu Englisch.

»Bruder, können wir dir helfen? Hast du dich verirrt?«, fragte ein hochgewachsener Mann. Nadia erkannte weder ihn noch die anderen wieder.

»Wir hatten gehofft, mit euch sprechen zu können.«

Bei dem Wort *wir* sahen die Männer Nadia von oben bis unten an. »Worüber möchtest du sprechen?«

Nadia machte einen Schritt auf sie zu, so dass sie etwas vor Kache stand, und sagte auf Altrussisch: »Ich muss mit Irina und Dmitri Oleska sprechen. Ich habe wichtige Nachrichten für sie.«

Der Mann, der zuerst gesprochen hatte, nickte. »Wir bringen euch zu ihrem Haus.«

Nadia sagte: »Ich weiß deine Freundlichkeit zu schätzen, aber das ist nicht nötig. Ich weiß, wo es ist. Vielen Dank.« Sie nickte Kache zu, und sie gingen zu ihrem alten Zuhause. Die Gruppe, die sich inzwischen gebildet hatte, folgte ihnen, und einige Kinder liefen hüpfend voran, riefen: »Irina, Dmitri, die Fremden wollen euch besuchen!«

Nadia schwankte leicht. Eine junge Frau löste sich aus der Gruppe und kam auf sie zu.

»Kannst du bitte? Nimm die Brille ab, damit ich deine Augen sehen kann«, sagte sie.

Nadia nahm die Brille ab. Tränen rannen über ihre Wangen. »Ja, ich bin es, kleine Schwester. Anna, ich bin deine Nadi.«

Anna stieß einen Schrei aus und warf die Arme um Nadia, und beide fielen fest umschlungen zu Boden. Doch dann wurde Anna weggerissen und Nadia auf die Füße gezogen. Ihre Mutter – ein wenig dünner und faltiger – hielt Nadia bei den Schultern und sah ihr tief in die Augen. Sie legte ihr die Hand unters Kinn, fuhr seitlich über ihren Hals und dann mit beiden Händen ihre Arme entlang. Ihre Lippen zitterten, ihre hellen Augen waren feucht und voller Fragen. »Nadi? Nadi?«

»Ja, Mama.«

»Ist ein Wunder geschehen? Gott hat dich wieder zum Leben erweckt?«

»Nein, Mama. Ich war immer am Leben. Die ganze Zeit.« Nadia legte die Hand an die Wange ihrer Mutter. »Es tut mir so leid.«

»Du lebst? Du lebst«, stieß sie aus, halb weinend und halb lachend. Und dann umfasste ihr Vater ihre Taille und drehte sie im Kreis herum, immer und immer wieder. Noch mehr Weinen und Lachen. Das ganze Dorf erzitterte, als bebte der Boden unter ihnen. Niemand fragte: »Wo warst du?«, oder: »Wer ist dieser Mann?« Sie alle waren viel zu überwältigt und viel zu sehr damit beschäftigt, Gott für das Wunder zu danken, um das Naheliegende zu fragen.

Plötzlich trat Schweigen ein, und in der Mitte bildete sich eine Gasse. Nadias Großmutter kam auf sie zu, mit einem schiefen Lächeln und Tränen in den Augen.

»Hi, Baba«, sagte Nadia.

Ihre Großmutter schlang die Arme um sie und flüsterte ihr ins Ohr: »Du bist es! Meine wundervolle Nadia. Schöner als je zuvor.«

Die Nachricht machte im Dorf schnell die Runde, und erst, als ihre Mutter, ihr Vater und ihre zehn Geschwister sie schließlich mit in ihr hübsches grünblau und sonnengelb gestrichenes Haus genommen und sie und Kache sich gesetzt hatten, begannen die Fragen. Eine nach der anderen, ohne Pausen für Antworten. Nur ihre Großmutter saß stoisch da und hörte zu:

»Was ist passiert?«

»Wo bist du gewesen?«

»Warum sind deine Haare abgeschnitten?«

»Wer ist dieser Mann? Ist das dein Ehemann?«

»Wo sind deine Kinder?«

»Bist du verletzt?«

»Hat man dich gefangen gehalten?«

»Warum bist du nicht zu uns nach Hause gekommen?«

»Warum hast du weltliche Kleider an? Was ist das da in deiner Nase?

»Warum trägst du so viele Ohrringe?«

»Weißt du, dass fast zehn Jahre vergangen sind? Zehn Jahre?«

Von allen Seiten stürmten die Fragen auf sie ein. Nadia fühlte sich wie an einer Kreuzung in Anchorage – nur dass jetzt ihr Wunsch, nichts zu erzählen, mit dem Wunsch, sie sollten alles erfahren, zusammenprallte. Wo sollte sie anfangen, wie viel sollte sie preisgeben? In der Ecke: der Schrein mit Ikonen und handgerollten Kerzen, altem Goldschmuck und alten Schriften. Die Schutzheiligen starrten sie an, warteten auf ihre Antworten. Alle hatten sich beim Betreten des Hauses mehrere Male vor dem Schrein verneigt und sich bekreuzigt. Alle außer Nadia und Kache. Sie warf Kache einen Blick zu, der etwas abseits stand, die Hände tief in den Jackentaschen vergraben. Er hob fragend die Augenbrauen, und sie deutete ein Nicken an.

»Nadia wird alle Ihre Fragen beantworten«, sagte er. »Aber es ist nicht leicht für sie, denn es ist keine schöne Geschichte. Ich schlage vor, wir setzen uns alle hin und kommen ein wenig zur Ruhe, und dann erzählt sie, was sich zugetragen hat. Doch zuerst haben wir eine wichtige Frage: Wo ist Wladimir?«

»Er ist nicht mehr hier«, antwortete ihr Vater auf Englisch. »Er hat das Dorf verlassen, kurz nachdem Nadia verschwunden war.«

Dann stimmte es also. Nadia senkte den Kopf, zwang die aufsteigenden Tränen zurück. Da ergriff ihre Großmutter das Wort, ebenfalls auf Englisch: »Nadia und ihr Freund sind bestimmt hungrig, ja? Die Fragen können warten. Heute ist kein Fastentag, deshalb lasst uns ein Festessen zubereiten und unsere Dankbarkeit, dass Nadia zurückgekehrt ist, feiern. Sie kann die Fragen später beantworten, doch jetzt zeigen wir ihr erst einmal unsere Familie, unsere Kinder, eure Ehemänner und Ehefrauen. Ihr erzählt ihr, was passiert ist in den zehn Jahren, in denen sie weg war.«

Nur wenige Minuten schienen vergangen, bis der Tisch voller Speisen stand. Ihre Mutter hatte nicht nur Kache das für Außenstehende bestimmte Geschirr – mit einem anderen Muster als das für Altgläubige – hingestellt, sondern auch Nadia. Ihre Großmutter diskutierte mit ihrer Mutter auf Russisch, doch in dem ganzen Stimmengewirr konnte Nadia nicht verstehen, was die beiden Frauen sagten. Sie beteten nicht vor der Mahlzeit, und Nadia wusste auch, warum: Altgläubige durften nicht zusammen mit Außenstehenden beten. Doch ihr Vater hob das Glas und sagte: »Ich wünsche allen Gesundheit und Gottes Segen.«

Neffen und Nichten, Schwager und Schwägerinnen, alle kamen, um Nadia zu sehen, umarmten sie herzlich und lächelten schüchtern. Ihre Schwester Marina sagte: »Ich habe große Angst vor dem Wasser und kann in kein Boot steigen. Aber du bist hier! Vielleicht habe ich jetzt nicht mehr so viel Angst.«

Ihr Bruder Alex stellte ihr seine Frau und Kinder vor. »Das ist eure Tante Nadia. Sie hat mir gezeigt, wie man *Lopta* und *Knaz* spielt. Bei *Knaz* konnte niemand gegen sie gewinnen! Sie war immer die Königin.«

Ihre Schwester Natalia sagte: »Wir haben sehr um dich getrauert. Die vierzig vorgeschriebenen Tage waren nur der Anfang. Ich habe nie aufgehört zu weinen und für deine Seele zu beten. Doch jetzt bin ich glücklich, dass es ein Ende hat.«

Sie hörten noch viele weitere Geschichten, es wurde geweint, doch auch gescherzt und gelacht. *Braga* floss in Strömen. Fast hätte Nadia vergessen zu erzählen, wo sie all die Jahre gewesen war. Fast kam es ihr so vor, als wäre sie nie weg gewesen. Aber eben nur fast. Ab und zu blickte sie zu Kache hinüber. Er unterhielt sich mit Alex, nickte gerade und schien sich ganz wohl zu fühlen, so wie er dasaß und die Speisen auf seinem Extrageschirr verzehrte.

52

Kache waren noch nie so viele verstohlene Blicke zugeworfen worden. Während Nadias Heimkehr gefeiert wurde, fühlte er sich wie das personifizierte Problem, das sich aber keiner anzusprechen traute. Einige Leute unterhielten sich mit ihm, aber die offensichtliche Frage – Wieso bist du mit Nadia hier? – wurde nicht gestellt.

Nadia saß hinter einer Traube bunt gekleideter Geschwister. Zwei ihrer Brüder standen in der Ecke und unterhielten sich mit ruhiger, eindringlicher Stimme. Sie wirkten nicht glücklich, und einer knurrte sogar mürrisch. Kache platzierte sich wie nebenbei zwischen die beiden und Nadia und ihre freundlichen anderen Geschwister. Sollte es wirklich Probleme geben, dachte er und tastete nach der Pistole in seiner Tasche, war er wenigstens gewappnet.

In dem Moment trat ein weiterer Bruder zu Kache und schüttelte ihm die Hand, ein warmes Lächeln im Gesicht. »Ich bin Alex«, sagte er. »Woher kennen Sie meine Schwester?« Er nahm etwas von dem Teller in seiner Hand und steckte es sich in den Mund.

»Sie wohnt im Haus meiner Eltern«, antwortete Kache so unverfänglich wie möglich.

»Sie ist verheiratet«, sagte Alex mit vollem Mund. Er schien seit Wochen nichts mehr gegessen zu haben. »Aber wir werden ihren Mann nie wiedersehen.«

Kache fragte sich, ob Wladimir tot ist. »Wirklich? Warum?«

»Er war kein richtiger Altgläubiger. Er hatte … ähm … Zeitschriften im Haus.« Er stellte Teller und Gabel ab und holte tief Luft, als müsste er einen riesigen Brustkorb füllen. »Die schlimmsten Sachen, die man sich vorstellen kann, waren darin abgebildet. Wir haben kurz hineingeschaut und dann alles verbrannt.« Er stieß einen langen Pfeifton aus. »Barbarisch. Er kam nicht mehr zum Gottesdienst und rauchte und trank Schnaps. Anfangs dachten wir, das ist die Trauer um Nadia, und waren nachsichtig, aber dann wurde uns klar, dass das gar keine Trauer war. Das war er, sein Leben, verstehen Sie? Wir forderten ihn auf, zu gehen. ›Mit Freude‹, sagte er, und dass wir Ewiggestrige seien, Hinterwäldler. Als er dann torkelnd das Dorf verließ, war er in keiner guten Verfassung. Wir glauben, er ist bald darauf gestorben.«

»Ihre beiden Brüder«, Kache zeigte mit dem Kopf in ihre Richtung. »Sie freuen sich nicht, Nadia zu sehen?«

»Sie sind nicht froh darüber, dass die Welt sie geprägt hat. Mir ist das egal. Die Welt kommt jeden Tag näher. Und was machen wir dann? Sprengen wir Löcher in die Berge und verstecken uns darin? Einige sind schon weggegangen, weil es ihnen nicht passt. Drei letztes Jahr.« Er zuckte mit den Schultern. »Das passiert. Ich habe eine hübsche Frau und vier Kinder. Mir gefällt mein Leben, es ist gut, ja? Leben und leben lassen. Aber Yuri und Josiph wollen Buße.«

53

Nadia beobachtete, wie Yuri, der schon als kleiner Junge mit einem sauertöpfischen Gesicht herumgelaufen war, mit der Gabel an sein Glas klopfte, Ruhe verlangte und sagte: »Es ist Zeit, dass unsere Schwester uns von der Zeit ihrer Abwesenheit erzählt.«

Ihre Eltern, ihre Baba, Schwestern und Brüder lauschten schweigend, während Nadia auf Russisch ihre Geschichte von Anfang an erzählte, beginnend mit der Hochzeitsnacht, und ohne allzu viele Details preiszugeben, gelang es ihr, zu vermitteln, wie schlimm es mit Wladimir war, die wahnsinnige Gewalt innerhalb der vier Wände ihres Hauses und die Drohungen, das ganze Dorf in Brand zu stecken, sollte sie auch nur ein Sterbenswörtchen sagen. »Ich war sicher, er würde es tun, und glaube es bis zum heutigen Tag. Deshalb bin ich weggegangen und habe meinen Tod im Meer vorgetäuscht. Es war der einzige Ausweg, der mir einfiel, aber ihr habt mir alle furchtbar gefehlt, und ich bitte euch, mir für diese entsetzliche Lüge zu vergeben, die viel zu lange unser Leben bestimmt hat. Es wäre nicht nötig gewesen. Wladimir ist schon lange weg, er lebt nicht einmal mehr hier in der Gegend, und ich habe mich all die Jahre versteckt.« Die Tragik dieser Tatsache steckte wie ein Kloß in ihrem Hals, so dass sie die Worte kaum herausbrachte.

Die meisten Gesichter ihrer Familie waren tränennass. Nur Yuri und Josiph, dessen Lippen einem schmalen Strich über dem Bart glichen, flüsterten aufgeregt.

Yuri stand auf und ergriff das Wort. »Offensichtlich lebst du in Sünde. Ein Blick genügt, um das zu sehen. Also was, genau, sollen wir dir vergeben? Vielleicht den Ehebruch? Du hast doch bestimmt nicht vor, in unsere Familie zurückzukehren und nach Gottes Geboten zu leben, oder?«

Ihr Vater winkte ab und sagte: »Yuri, das kannst du nicht wissen. Gib Nadia Zeit, zu reden und sich wieder an uns zu gewöhnen. Unsere Kultur ist einzigartig, und sie war weg, viele lange Jahre. Gib ihr Zeit, und sie wird sich an unsere liebevolle, gute Lebensart erinnern. An die Freude, die ein Leben bereithält, das so rein wie menschenmöglich geführt wird.«

Nadia überlegte, nichts zu sagen, wusste jedoch auch, dass damit eine neue Lüge beginnen würde, mit neuen Verwicklungen, die sie weiter gefangen halten würden. »Vater, Mutter. Yuri hat recht. Seit meinem Weggehen habe ich mich sehr verändert. Und sosehr ich euch liebe, sosehr ihr mir gefehlt habt, glaube ich nicht mehr an das, woran ihr glaubt.«

Ihre Mutter schnappte nach Luft, griff unter ihren Schal und zog an einem ihrer Zöpfe. Ihr Vater sagte: »Nadi, weißt du, was du da sagst? Du schwörst deinem Glauben ab?«

Sie konnte das Wort nicht aussprechen und nickte nur, woraufhin die Hölle ausbrach, wie Kache später meinte. Einige Frauen fingen an zu weinen, und viele der Männer stöhnten auf und schüttelten entsetzt den Kopf. Die feierliche Atmosphäre verwandelte sich augenblicklich in Grabesstimmung. Und das war keinesfalls übertrieben. Denn für sie, das wusste Nadia, war sie gerade ins Leben zurückgekehrt und nun wieder tot – und das alles in nur wenigen Stunden.

Sie sagte: »Ich hoffe sehr, dass wir trotzdem miteinander in Verbindung bleiben können. Dass wir trotzdem eine Familie bleiben und ich euch besuchen kann und ihr mich besuchen kommt. Bitte?« Aber alle starrten zu Boden, während ihr Vater sagte, sie gehörten zur Familie Gottes. Ihre Schwestern kamen zu ihr, um sie zum Abschied zu umarmen, Anna und Natalia drückten sie länger an sich als die anderen, die sich wahrscheinlich kaum an sie erinnerten. Aber letzten Endes drehten sich alle um und gingen weg.

Ihre Baba nahm sie in die Arme und flüsterte auf Englisch in ihr Ohr: »Du bist starke Frau. Du bist gute Frau, meine wundervolle Nadia. Ich liebe dich immer.« Drei ihrer Brüder gingen, ohne sie eines Blickes zu würdigen, nur Alex drückte ihre Hand und wünschte ihr Frieden. Nadias Vater und Mutter baten sie inständig, ihre Entscheidung zu überdenken, drückten sie lang und fest und begleiteten sie und Kache zur Haustür.

»Nadi, es ist deine Entscheidung«, sagte ihr Vater. »Wir glauben an Entscheidungsfreiheit. Aber wir werden dich mit offenen Armen und Herzen empfangen, solltest du deine Meinung ändern.« Ihre Mutter hielt sich die Schürze vors Gesicht.

Begleitet von ihrem Wehklagen, machten Kache und Nadia sich auf den Rückweg. »Nadia. Nadia!«

Als sie dann später den Strand entlanggingen, durchschnitt ein einziger Schrei die Luft. Nadia blickte zurück, hoffte, ihre Mutter würde hinter ihnen herlaufen, aber es war nur eine einsame Möwe, blütenweiß vor dem stahlblauen Himmel.

54

Lettie schlief. Jedenfalls schien es ihr, als würde sie schlafen. Aber sie träumte nicht, es waren Erinnerungen. Und wieder so ausführlich und genau, als sähe sie sich einen Film über ihr Leben an, mit Ereignissen, an die sie seit vielen Jahren nicht mehr gedacht hatte. Wenn sie die Augen schloss und sich treiben ließ, befand sie sich immer auf ihrem Land, und die Erinnerungen entfalteten sich mit großer Genauigkeit vor ihr. Alle ihre fünf Sinne und noch vieles mehr waren vollkommen intakt, ganz anders als in ihren sonst üblichen Träumen, in denen sie fliegen konnte, verfolgt wurde oder vergaß, ihre Unterwäsche anzuziehen, bevor sie zur Schule ging. Diesmal hatte es etwas von einer Zeitreise. Sie schlief wieder neben A.R. – hörte ihn, roch ihn, berührte ihn – oder hatte Eleanor und Glenn auf dem Schoß, spürte ihre molligen Körper und den Flaum ihrer süßen Köpfe an Hals, Kinn und Wangen; sie lebten im Blockhaus auf ihrem Stück Land, das sie ebenso beglückte wie erschöpfte. Lettie fühlte sich so glücklich wie seit Jahren nicht mehr. Sie war wieder sie selbst. Jung, stark, aber mit der Achtsamkeit, die man erst in späteren Jahren entwickelte und die sie gelehrt hatte, den Augenblick zu schätzen, das schräg einfallende goldene Sonnenlicht, die Überraschung angesichts einer riesengroßen Kartoffel, die sie dem lehmigen Boden entrissen hatte, den langen Blick in die Augen eines grauen Wolfes und den Regen, den man bereits riechen konnte, obwohl er noch in den aufgeplusterten Wolken festhing.

Selbst der Geruch von Medikamenten, Urin und Käsemakkaroni draußen im Flur wurde durch den Duft der Sitkafichten, von Kohle und Holz und dem simmernden Bärenfleisch-Eintopf verdrängt. Und da war die sechzehn Quadratmeter große Blockhütte aus selbstgefällten Baumstämmen, die Ritzen mit Moos abgedichtet, das sie nächstes Jahr durch Mörtel ersetzen würden. Die Inneneinrichtung glich einer Werbekampagne für den Chevron-Ölkonzern, denn alles – vom Anzündholz bis zum Essbesteck – war in Chevron-Holzkisten untergebracht. Sogar die Babys. A.R. hatte zwei Wiegen aus Chevron-Kisten gezimmert, in denen die Kinder schliefen – alle beide, endlich! Die Frauen im Dorf hatten meist viele Kinder im Schlepptau, und sie fragte sich, wie viel Arbeit das wohl war und wie sie das alles schafften. Aber das würde sie nie erfahren, denn nach der risikoreichen Geburt von Glenn und Eleanor sagte der Doktor, dass es gut war, gleich Zwillinge bekommen zu haben, denn sie könnte keine weiteren Kinder mehr haben. Sie würde nicht noch einmal schwanger werden.

Insgeheim empfand sie das als Segen. Sie war vernarrt in ihre Babys, liebte es, Mutter zu sein. Aber die Arbeit! A.R. wünschte sich zwar, später einmal mehr Hilfe zu haben, wofür eine große Kinderschar gesorgt hätte. Aber die Jahre bis dahin, mit einem Haufen Kinder, hätten Lettie vollkommen erledigt. Sie arbeitete hart, genauso hart wie die meisten Männer. Denn nicht die Arbeit selbst machte ihr Angst, sondern die Art von Arbeit. Sie wollte viel lieber zusammen mit A.R. Bäume fällen, sobald die Zwillinge alt genug waren, und nicht noch weitere sechsmal schwanger sein wie die meisten Frauen in der Gegend. Schon jetzt brauchte sie zum Wäschewaschen einen ganzen Tag. Achtundzwanzig Wassereimer an einer Querstange über der Schulter schleppen, zwei Eimer pro Trip. Dann das Wasser erhitzen, alles waschen, zweimal ausspülen und bügeln (obwohl Lettie gestehen musste, den letzten Schritt oft zu überspringen, sicher öfter als die anderen Mütter). Hätten sie mehr als zwei Kinder gehabt, wären sie ihr und A.R. gegenüber in der Mehrzahl gewesen, was ihr keine gute Idee zu sein schien. Ganz und gar nicht. Der Arzt hatte ihre Gebärmutter zwar als »unkooperativ« bezeichnet, aber in Letties Augen kooperierte sie hervorragend, indem sie ihr zwei perfekte Kinder ausgetragen hatte und dann so nett war, den Laden zu schließen.

Doch diese Gedanken behielt sie für sich und versicherte A.R., dass sie alle zusammen die Arbeit gemeinsam schultern würden, sobald die Kinder älter waren, und dass er froh sein sollte, eine Frau zu haben, die so stark und fähig war wie zwei erwachsene Männer.

Denn das Leben hier war nichts für Willensschwache. Viele Frauen beklagten sich, und nicht wenige verließen Caboose und kamen nie wieder zurück. Der Hügel, auf dem alle Höfe abgesteckt waren, hieß im Volksmund dann auch irgendwann Separation Hill – Trennungshügel. Doch falls sie und A.R. sich jemals trennen sollten (was sie zwar nicht glaubte, was aber trotzdem möglich war), wäre A.R. derjenige, der wegging, und sie würde bleiben. Dieses Stück Land würde sie niemals aufgeben können. Das Land gehörte ihr, und sie gehörte dem Land. Wie konnte sie das erklären? Sie hatte es in dem Moment gewusst, als sie vor all den Jahren das Foto sah; und diese Gewissheit hatte sich beim Betreten des mit Treibholz übersäten Strandes verfestigt. Sie wusste es, als der Winter mit voller Wucht hereinbrach, und sie wusste es wieder, als das Eis und der Schnee dem Schlamm wichen. Nichts davon hatte es ihr verleiden können. Und dann der Sommer! Das herrliche Geschenk des Sommers, ein Füllhorn, das an allen Ecken und Enden dieses phantastischen Landes und Meeres seine Arien sang.

Aber den eigenen Traum zu leben war oft mit Schuld behaftet. Nur wenige Paare traten mit der gleichen Vision vor den Altar. Meist war einer von beiden leidenschaftlich für etwas entbrannt, der andere jedoch nicht, machte es aber mit. Ein paar wenige Glückliche teilten die gleiche Leidenschaft. Aber in der Mehrzahl schlugen sich die Verdammten mit widerstreitenden Leidenschaften herum, mit denen der jeweils andere nichts anzufangen wusste und die er ein Leben lang bekämpfte.

A. R. erledigte anstandslos und mit nicht nachlassender Sorgfalt alle anfallenden Arbeiten, doch es gab auch Zeiten, in denen seine Ambivalenz sichtbar wurde. Und Lettie verstand das. Dann stand er auf die Schaufel gestützt da und sah zur Bucht, doch nicht dankbar staunend so wie sie, sondern mit der unausgesprochenen Frage, wie ihr Leben wohl aussehen würde, wenn sie in Kansas geblieben, ihren abblätternden weißen Lattenzaun noch hätten und all die Annehmlichkeiten, für die sie nicht stundenlang zum nächsten Laden fahren mussten. Es stimmte zwar, dass Kansas während der Depression auch bloß ein Staubhaufen gewesen war, aber inzwischen waren die Depression und der Staub längst vergessen. Sie hatte viel von ihm verlangt, und er war gutmütig und opferbereit gewesen, und dafür war sie ihm immer dankbar.

Die Zwillinge wurden älter, Glenn immer vorneweg, der sich nahm, was er wollte. Der starke, sture, aber liebenswerte Glenn. Die große, grobknochige, aber hübsche Eleanor, die nicht wusste, dass sie hübsch war, und der Glenns Selbstvertrauen fehlte, wenn es um Feldarbeit ging, die aber ein wunderbares Lachen hatte und eine geschickte Rednerin war. Gewöhnlich konnte sie jeden überreden, ihr zu geben, was sie wollte, und musste es sich nicht einfach nehmen. Nur in Beziehung auf Bets war das anders. Lettie sah die Entwicklung und wusste genau, was passierte und wie es sich abspielen würde, lange bevor Eleanor auch nur ahnte, was mit ihr geschah.

So ging die Liebe mit ihren Opfern um: Sie bewirkte, dass alle es sahen, noch bevor der- oder diejenige überhaupt wusste, was im eigenen Herzen passierte. Lettie machte sich deswegen Vorwürfe. Sie wusste, dass Eleanor sich zu Frauen hingezogen fühlte, aber nicht, wie sie damit umgehen sollte. O ja, sie hatte es versucht. Aber es gab niemanden, mit dem sie darüber sprechen konnte. So gutmütig A.R. auch war, das würde er nicht verstehen. Zumal er Lettie noch immer nervte, mit in den Gottesdienst zu gehen, worauf Lettie aber aus Selbstachtung verzichtete. Sie sang jedesmal ein Loblied, wenn sie einen Fuß auf ihr Land setzte, und brauchte kein Kirchendach über dem Kopf, um Dankbarkeit zu empfinden.

Mit A.R. konnte sie also nicht darüber reden, dass ihre Tochter lesbisch war. Oder genauer: dass sie mutmaßlich lesbisch war, denn soweit Lettie wusste, hatte Eleanor niemals eine Freundin gehabt, jedenfalls nicht in dem Sinn. Na ja, vielleicht in ihrer Zeit auf dem College. Lettie hätte mit Eleanor reden müssen, aber da sie nicht wusste, wie, sah sie einfach mit an, wie sie an dieser unausgesprochenen Verwirrung litt. Sie wusste, dass sie bei ihrer Tochter versagt hatte, dass sie ihr hätte helfen müssen.

Und dann war da Bets, bis in die Haarspitzen heterosexuell, die Eleanor fast so sehr liebte wie Eleanor Bets, aber eben nur fast. Nicht auf diese Art – und hier musste Lettie ungewollt grinsen –, das hätte Bets niemals gekonnt, selbst wenn sie es gewollt hätte. Und in Anbetracht der Tatsache, dass Glenn oft ein Sturkopf war, gab es wahrscheinlich Zeiten, in denen sie wünschte, sich in Frauen zu verlieben anstatt in Männer. Aber das konnte sie leider nun mal nicht. Und so betrachtete sie Eleanor als ihre beste Freundin, ihre Schwester, ihre engste Vertraute. All diese Dinge sind wunderbar in einer Freundschaft, aber nicht genug für jemanden, der liebt.

Lettie reiste in Gedanken zurück in die Zeit, bevor Bets in ihr Leben trat. Als Glenn sich freiwillig für einen Einsatz in Vietnam meldete. Freiwillig! Und das, obwohl sie so nah an der kanadischen Grenze lebten und Lettie ihn selbst nach Kanada hätte fahren können. Über all das dachte sie geradezu obsessiv nach, als ihr Nest auf einmal halb leer war. Nicht über das, was sie als Mutter alles richtig gemacht hatte, sondern über die paar entscheidenden Fehler, die sie gemacht hatte. Die Anspannung, die damals zwischen A. R. und Glenn herrschte, war greifbar gewesen. Glenn wollte unbedingt weg. Er wollte die Welt sehen, aber als er dann zurückkam, war er durch und durch verletzt, jedoch ohne äußerliche Wunden, die das bezeugten. Lettie wollte ihn retten, doch er weigerte sich, mit ihr zu reden, wollte mit niemandem über das Erlebte sprechen. Nicht einmal darüber, was sie im Dschungel zum Frühstück gegessen hatten. Dann tauchte Bets auf, und sie rettete ihn. Bets schaffte das, was Lettie bei keinem ihrer Kinder geschafft hatte: Sie half beiden zu sehen, wer sie wirklich waren.

Zu der Zeit war A. R. schon zu krank, um weiter auf dem Hof zu leben. Sie vermachten das Land ihren beiden Kindern zu gleichen Teilen, verkauften das Blockhaus für wenig Geld an Glenn und Bets (Eleanor ging aufs College, um Bets zu vergessen, und wollte sowieso nicht im Blockhaus wohnen), und zogen in die Stadt. Doch es verging kein Tag, an dem sie das Leben auf ihrem Land nicht vermisste. A. R. sollte das nie erfahren, denn er hatte ihr über zwanzig Jahre lang ihren Traum ermöglicht. Er war jetzt körperlich schwach, aber geistig noch stark genug, um Trost darin zu finden, den Kopf an ihre Schulter zu legen, so wie sie in jungen Jahren ihren Kopf an seine Schulter gelegt hatte. Wäre es irgendwie möglich gewesen, hätte sie ihn zurück nach Kansas gebracht, in die Umgebung, die er vermisste. Um dort zu sterben, wo er hingehörte.

Und das wollte Lettie jetzt für sich selbst, wenigstens noch einmal im Leben zurück auf ihrem Hof sein. Und wenn ihre Zeit dann kam, wollte sie ein Teil ihres Landes werden, so wie das Land ein Teil von ihr geworden war.

55

Am liebsten hätte Kache jeden einzelnen von Nadias Familienmitgliedern so lange geschüttelt, bis sie sahen, dass sie sich von ihrem eigenen Fleisch und Blut abwandten, ihrer Liebe, ihrer Geschichte, und dass sie die grenzenlosen Möglichkeiten zunichtemachten, die die Zukunft mit ihrer Nadia ihnen hätte bringen können. Er brauchte keinen Übersetzer, um zu sehen, dass sich ihre anfängliche Freude in unwiderrufliche Ablehnung verwandelt hatte. Einen Moment lang war er sogar versucht gewesen, die Pistole hervorzuholen und in die Luft zu schießen, nur damit sie aufwachten.

War ihnen denn nicht klar, dass nur wenige Menschen eine zweite Chance bekamen?

Auf dem Weg zurück zum Auto waren sie sehr still. Die abendliche Bucht lag ruhig da, und die Kälte stach ihnen in Augen, Wangen und Nasen. Ab und zu blieb Nadia stehen, dann wandte sich Kache ihr zu, damit sie sich an ihn lehnen konnte. Eine Weile verharrten sie so, sie mit der Stirn an seiner Brust, und er hatte die Arme um sie geschlungen. Das ausgewaschene Treibholz entlang des Strandes ähnelte prähistorischen Knochen, so als wären er und Nadia auf eine archäologische Ausgrabungsstätte gestoßen.

Sie stieß einen langen, gebrochenen Seufzer aus, wischte sich mit seiner Jacke die Augen trocken und ging weiter. Er empfand sie als den tapfersten Menschen, dem er je begegnet war.

Die Heizung im Wagen lief auf Hochtouren, und als die Luft endlich warm wurde, hielten sie ihre Hände über die Lüftungsschlitze.

»Verdammter Mist«, sagte Nadia und schlug aufs Armaturenbrett. »Wie haben die Schulunterlagen und die Geburtsurkunde vergessen. Wie sollen wir die jetzt kriegen, wo ich verbannt bin? Wie konnten wir das nur vergessen?«

Und da war sie, die Wahrheit, die ihm kalt und beharrlich über den Rücken lief: Er hatte es nicht vergessen. Er hatte daran gedacht, aber nichts gesagt, und wusste nicht einmal, warum. Nur eines wusste er, dass er das Nadia gegenüber nicht zugeben durfte, jedenfalls jetzt nicht – und vielleicht nie. Was bereitete ihm größeres Unbehagen? Dass er absichtlich nicht nach den Unterlagen gefragt hatte, wegen derer sie hingefahren waren, oder dass er der Frau, die er liebte, diese Information vorenthalten würde?

»Das einzig Gute auf diesem Trip?«, sagte Nadia, als sie die Pistole zurück ins Handschuhfach legte. »Dass wir die hier nicht gebraucht haben. Und auch nie brauchen werden, das wissen wir jetzt. Wladimir ist weg.«

Als sie dann losfuhren, herrschte eine Weile nachdenkliches Schweigen, bis Nadia es schließlich durchbrach. »Eine meiner Schwestern hat erzählt, dass es in der Schule in Altai einen Fernseher gibt. Und einige Leute haben einen Computer. Alles ist jetzt anders. Die Ironie davon tut fast weh, ja? Sie haben moderne Technologie, und ich hatte nichts. Sie sind mit der Zeit gegangen und haben ihr Leben weitergelebt.«

»Natürlich. Das müssen die Lebenden auch tun.«

»Du hast es nicht getan. Ich habe es nicht getan.«

Er riss das Lenkrad ruckartig herum, um ein weiteres großes Schlagloch zu umfahren. »Stimmt. Aber wir können uns darauf einigen, dass das nicht die beste Taktik war.«

»Ich weiß nicht, was ich denken soll.«

»Manches hat sich kein bisschen bei ihnen geändert.«

Sie blickte aus dem Fenster, nickte und sagte: »Du hast es ja gehört, für sie war ich nur ein paar Stunden am Leben. Jetzt bin ich wieder tot. Wir haben nichts erreicht. Wir haben es nur schlimmer gemacht. Sie haben nicht einmal gefragt, wo ich wohne. Das wollten sie nicht einmal wissen.«

»Das ändert sich vielleicht noch.«

»Hast du nicht zugehört? Meine Großmutter war die Einzige, die nicht geklagt hat, als ich sagte, dass ich keine Altgläubige mehr bin. Sie war still, was ungewöhnlich für sie ist.«

»Sie sah eigentlich zu jung aus, um deine Großmutter zu sein. Andererseits ist deine Mom näher an meinem Alter als an dem meiner Mutter.«

»Du darfst nicht vergessen, sie kriegen Kinder, wenn sie Teenager sind. Meine Großmutter ist sechsundsechzig. Meine Mutter ist, lass mich überlegen, dreiundvierzig? Meine Großmutter ist die Mutter meines Vaters, und er verehrt sie sehr. In ihrer Gegenwart benimmt er sich wie ein unterwürfiger kleiner Junge. Das ist ziemlich lustig anzusehen.« Ihr Kinn zitterte. »Ich meine, war es einmal …«

»Komm her.«

Sie rutschte zu ihm hinüber, legte den Kopf an seine Brust und weinte auf der restlichen Fahrt nach Hause. Er hätte dafür sorgen müssen, dass sie ihre Unterlagen bekamen. Wenigstens das hätte er tun können.

In der Nacht sanken die Temperaturen noch tiefer, und Schnee bedeckte alles. Es war lange her, dass Kache morgens aufgewacht und der erste Schnee gefallen war. Die Fichten sahen wie riesige, heiratslustige Bräute aus. Der Boden sonnte sich in seiner Perfektion, unberührt selbst von Fußspuren.

Auch im Inneren veränderte sich das Haus langsam. Es fing an mit dem Gemälde aus Tintenfischfarbe, das sie gemeinsam aufgehängt hatten, dann kamen Sofakissen hinzu, die sie in Anchorage gekauft hatten, neue Bettwäsche und eine Daunendecke für das Zimmer seiner Eltern, in das Nadia und Kache umgezogen waren. Sogar ein neues Bett hatten sie bestellt. Obwohl die Veränderungen ein wenig rabiat erschienen, schwor Kache, er habe seine Mutter sagen hören: »Kache, Schatz, das wird auch langsam Zeit.«

An jenem ersten Schneetag konnten sie draußen kaum etwas arbeiten und fingen an, die Möbel umzustellen, als könnten sie so die Ereignisse des vorherigen Tages neu ordnen. Später schnallten sie die Langlaufski an und glitten über das frische, zuckrige Weiß, während träge, dicke Flocken vom Himmel fielen und an ihren Strickmützen klebten. Sie machten keine Schneeballschlacht und redeten auch kaum über den gestrigen Tag. Die Welt war rein und still und zugänglich, und nur ihre Ski gruben Spuren in den Schnee.

Die Welt im Blockhaus schrumpfte jedoch an diesem Abend. Sie machten im Erdgeschoss alle Lichter an und Feuer im Kamin. Beim Blick aus dem Fenster, das jetzt einem Einwegspiegel glich, sah Kache nur Dunkelheit. Vielleicht beobachteten die unsichtbaren Kreaturen der Nacht Nadia und ihn in dem hell erleuchteten Zimmer. Er fühlte sich merkwürdig unruhig und wie ausgestellt. Anstelle der herrlichen Aussicht, die sie im Sommer und im Herbst hatten, sah er nur noch sein Spiegelbild und die Tatsache, dass er für Nadias Schmerz verantwortlich war. Denn er allein hatte sie ermutigt, ihre Familie aufzusuchen, und dann – als wäre das nicht genug gewesen – hatte er sich nicht einmal darum gekümmert, dass sie ihre Unterlagen bekam.

TEIL 4

Winter Spuren 2005–2006

56

Zu viel, zu viel, zu viel. Nadia musste allein sein. Weg vom Internet, weg vom Urteil ihrer Familie, weg von Kache, mit dem sie Tag für Tag eingeschneit die gleiche erdrückende Luft atmete. Sie liebte Kache, war gern mit ihm zusammen, aber ihr fehlte Zeit für sich selbst, um den Verlust ihrer Familie zu betrauern. Erneut. Es war, als lägen alle ihre Gedanken und Emotionen auf einem Haufen, und sie müsste sie durchsehen und entscheiden, welche noch immer zu ihr passten und welche nur Platz wegnahmen. Stattdessen türmte sie nur einen traurigen Gedanken nach dem anderen obendrauf.

Sie war müde. Am liebsten wäre sie unter die Daunendecke gekrochen und dort liegen geblieben, um, wie der Garten unter der Schneedecke, den Frühling abzuwarten. Doch das gestattete sie sich nicht. Stattdessen lachte sie und half Kache, Möbel umzustellen und sich auf den Besuch von Lettie und Snag vorzubereiten. Sie kochten zusammen, spielten Scrabble und Karten.

Meistens waren sie unbeschwert im Umgang miteinander – beim Reden, beim Lachen und wenn sie miteinander schliefen. Je näher sie und Kache sich kamen, desto weiter entfernte sich Wladimir. Seit zehn Jahren war er aus ihrem Leben verschwunden und hatte sie trotzdem gefangen gehalten. Nein, sie selbst hatte sich gefangen gehalten. Doch damit war jetzt Schluss. Angst sollte sie nicht länger vom Leben abhalten.

Am dritten Tag des Schneesturms sagte sie zu Kache, der auf dem Sofa saß und, was selten vorkam, seine Mails checkte: »Würde es dich kränken oder würdest du dir Sorgen machen, wenn ich ins Schlafzimmer ginge, die Tür abschlösse und nur herauskäme, um zu essen und zu trinken und auf die Toilette zu gehen?«

Er sah sie eine Weile an. »Es ist dir zu viel Zweisamkeit?«

Sie nickte. »Ich glaube schon.«

Er seufzte, stand auf und streckte sich. »Ich muss sowieso Clemsky anrufen und fragen, ob er mir seine Schneefräse leiht. Die letzten Tage hab ich dich als Ausrede für meine Faulheit benutzt und mir eingeredet, nachdem du deine Familie wiedergesehen hast, wolltest du nicht allein sein.«

»Ich war noch nie zuvor so lange Zeit nicht allein. Es ist schön, dass du hier bist, nur … ich weiß nicht, wie ich es sagen soll.«

»Nadia, deine Familie. Du brauchst Raum – und ich hab viel zu tun. Es hat aufgehört zu schneien, ich kann also anfangen, uns freizuschaufeln.«

»Aber ich sollte dir helfen.«

»Diesmal nicht.« Er hatte bereits die Jacke angezogen und tippte eine Nummer ins Handy. »Ich fange schon mal mit dem Fußweg und der Zufahrt an, damit Clemsky zu uns herauskommen kann.«

Obwohl Kache so verständnisvoll war, musste Nadia gegen den Impuls ankämpfen, ihn mit beiden Händen zur Tür hinauszuschieben.

Auf dem Computer hatte sie einen Ordner mit ihren Lieblingsfotos von San Francisco angelegt. Wenn sie verwirrt oder unruhig war, so wie jetzt, öffnete sie die Datei und verspürte schon bald so etwas wie Hoffnung. Wie Menschen wohl so eine Stadt bauen konnten? Und so eine Brücke?

Sie starrte das Foto an, die orangerote Brücke, das blaue Wasser, die weiße Stadt und den blauen Himmel. Sie blickte hinaus, an den hölzernen Pfosten ihrer Veranda vorbei auf das blaue Wasser, die weißen Berge, den blauen Himmel.

Die ganze Traurigkeit des Besuchs bei ihrer Familie steckte wie ein Stahlpfropfen in ihrem Hals. Es gab immer zwei Seiten. Hoffnung ... Kummer. Ihre Baba, die wunderbare Baba. Ihre Mama, ihre wunderbare Mama, die sie in die Arme nahm. Der Unglaube in den Augen ihrer Mama, der sich in Freude verwandelte, um dann neuem Kummer zu weichen. Die Gesichtszüge ihres Vaters, die beim Wiedererkennen tanzten und sich dann doch wieder verschatteten. Nadia verstand, warum sie nicht akzeptieren konnten, wie sie lebte. Sie verstand es. Weil etwas in ihr alles, was sie inzwischen dazugelernt hatte, vergessen und zu ihnen zurückkehren wollte.

Aber das war unmöglich. Sie hatte sich verändert. Es gab keinen Weg zurück, nur einen nach vorn. Und doch hatte sie ihre Eltern nicht nach den Unterlagen für ihre Collegebewerbung gefragt.

Allerdings war da noch etwas, dem sie ihre Aufmerksamkeit schenken musste. Aber was?

Sie ging nach oben und kroch unter die neue Daunendecke, zog sie über den Kopf und ließ die Bilder jenes Tages auf dem weißen Bettbezug wie auf einer Leinwand Revue passieren. So konnte sie alles aus einer neuen, anderen Perspektive betrachten. Da war Kache, der in einer Ecke stand und nötigenfalls einzuschreiten bereit war. Da saß ihre Großmutter auf einem Stuhl, beobachtete sie und lauschte ihrer Geschichte. Nadia schien wie das Zentrum einer Seerose, mit ihren Geschwistern und den Eltern drumherum wie Tentakel, die näher kamen und sich dann wieder entfernten. Nur das Gesicht ihrer Großmutter blieb ruhig, als Nadia sagte, dass sie nicht länger den Glauben ihrer Familie teilte. Jetzt, als Nadia sie unter der Decke noch einmal aus der Nähe betrachtete, sah sie, dass ihre Mundwinkel sich leicht hoben und das Licht in ihren Augen strahlte. Und sie hatte gesagt, Nadia sei stark und sie würde sie immer lieben. Dessen konnte Nadia sich also sicher sein; für ihre Großmutter war sie nicht gestorben.

Die Tentakel der Seerosen am Strand waren zwar alle grün, doch Nadia stellte sich vor, dass es auch eine rote gab. Sie unterschied sich von den anderen und wiegte sich unabhängig im Wasser, war aber trotzdem mit ihnen verbunden.

Wo Kache jetzt den ganzen Tag weg war, holte Nadia wieder den Karton mit Tagebüchern hervor und las noch einmal Elizabeths letzten Eintrag.

> Der gestrige Abend war der düsterste in der Geschichte der Familie Winkel, zumindest empfand ich es so. Wir gehen alle bis zum Äußersten, leben am äußersten Rand der Welt, wo selbst die Berge von der Gewalt aufeinanderstoßender Kontinentalplatten geformt werden.

Und so ist es auch mit unserer Familie. Wie wird unsere Familie nach diesem Abend aussehen? Hat sich ein unüberwindbarer Abgrund zwischen uns aufgetan? Die Zukunft wird es zeigen. Der zitronengelbe Morgenhimmel taucht schon alles in ein neues Licht, ein heilendes Licht.
Ich wünschte, ich könnte mit diesem Licht die dunklen Ecken in Glenns Herz aufhellen. Gott allein weiß, dass wir alle unsere dunklen Seiten haben, aber manchmal glaube ich, Glenn ist in eine totale Sonnenfinsternis getaucht. Er ist ein sturer Ochse und muss es wohl auch sein, sonst hätte er diesem Land hier keine Lebensgrundlage abringen können. Aber er benimmt sich gegenüber den Jungen wie ein Feldherr beim Militär, das er gleichzeitig doch verabscheut. Er lässt ihnen kaum Raum für eigene Entscheidungen, geschweige denn eigene Fehler zu machen. Er nimmt ihnen die Luft zum Atmen. Und während alle Denny für den Stärkeren von beiden halten, weiß ich, dass das nicht stimmt. Denny will es allen recht machen. Und er liebt das Land genauso sehr wie seine Großmutter und sein Vater. Für ihn ist es ganz selbstverständlich, ein Gewehr in die Hand zu nehmen und zu handeln, bevor er den Verstand benutzt. Er steckt voller Energie, ist stark und trägt klaglos sein Joch, weil es ihm wie angegossen passt.
Aber Kache. Willensstark, unabhängig, und mit einer Begabung gesegnet, die keinem von uns gegeben ist. Seine Begabung für Musik. Und doch könnte man glauben, seine Gitarre wäre eine Machete, die er über dem Kopf seines Vaters schwingt.
Eifersucht spielt eine Rolle, und es schmerzt mich, mit anzusehen, wie ein Vater eifersüchtig auf das eigene Kind sein kann. Aber so ist es nun einmal, ich kann es genauso gut auch

> aussprechen, das Wort mit dem großgeschriebenen E, das den Mann überallhin verfolgt.
> Ein weiterer Grund ist Angst. Glenn war nach Vietnam gegangen, um die Welt zu sehen, und ist zurückgekommen, um für den Rest seines Lebens vor der Welt in Deckung zu gehen. Tief im Inneren hat er Angst, dass die Welt dort draußen seine beiden Jungen umbringen wird, so wie sie seine Freunde getötet hat. Aber Alaska ist genauso gefährlich, vielleicht sogar gefährlicher als jede Stadt in den südlichen 48 Staaten. Alaska vergibt keine Fehler. Wir alle sagen das, weil es stimmt.

Nadia hatte sich immer gefragt, was Elizabeth mit dem Satz *Alaska vergibt keine Fehler* meinte. Dass niemandem, der hier lebte, seine Fehler vergeben wurden? Sie wollte Kache fragen, musste aber den richtigen Zeitpunkt abwarten. Sie übersprang die nächsten Zeilen bis zu den letzten, die für sie fast eine religiöse Bedeutung hatten.

> Aber jetzt trommle ich erst einmal diese Männer zusammen, und wir fliegen ein paar Tage weg. Wir werden auf dieses Haus hinuntersehen, auf dieses Land – frei davon sein –, und dieser andere Blickwinkel wird uns guttun.

Die letzten Worte in Elizabeths Tagebuch besaßen für Nadia schon immer eine besondere Bedeutung: *wird uns guttun*. In ihnen hatte sie oft eine Art Auftrag gesehen, den sie erfüllen sollte, und zwar in den Jahren vor Kaches Rückkehr, als sie sich um das Haus kümmerte. Aber jetzt, wo sie ihn kennengelernt hatte, wo Snag und Lettie zu Thanksgiving hierherkamen, fühlte sich die

Weisung noch gewichtiger an, noch umfassender. Es ging nicht nur darum, sich um Haus und Land zu kümmern, man hatte noch viele andere Möglichkeiten, Gutes zu tun – oder auch nicht. Den Menschen, die man liebte, Gutes zu tun, und trotzdem sich selbst treu zu bleiben. Das war die schmalste aller Brücken.

57

Es waren die Obsessionen des Lebens, denen Snag sich obsessiv widmete, als sie im Morgenmantel Kaffee trank, ihren Kalender durchblätterte und feststellte, dass sie die letzten beiden Gemeinderatsversammlungen versäumt hatte. Da sie nicht da gewesen war, um ihre Gründe in die Waagschale zu werfen, war die Abstimmung sicher dreiunddreißig zu null ausgegangen, und zwar zugunsten des Status quo: Der rote Begleitwagen würde also mit aller Wahrscheinlichkeit an seinem jetzigen Standort am Ende der Eisenbahnschienen, am Ende der Cabooser Landzunge, seine letzte Ruhestätte finden, wo er Memorabilien von einst beherbergte und eine der schönsten Aussichten auf diesem Planeten hatte. Doch am meisten verwirrte Snag, dass es sie nicht einmal juckte. Kein bisschen. Es war ihr schlichtweg egal.

Dabei hatte sie in zahllosen Versammlungen ihre Stimme erhoben, Flugblätter verteilt und sogar ein selbst gemachtes Protestschild hochgehalten. Und warum? Warum? Weil es ihr notwendig erschien. Aber jetzt nicht mehr. Hm, dachte sie. Mit Blick auf die Uhr wurde ihr klar, dass sie sich beeilen musste, um alle Bestellungen auszuliefern, bevor sie zu ihrer Mom fahren würde – und natürlich zu Gilly. Da jetzt so viel Schnee lag, lieferte sie die Sachen nicht mehr zu Fuß mit dem Handwagen aus.

Aber sie würde einen Stopp im Fitnessstudio einlegen. Sie hatte sich sogar einen Badeanzug gekauft und angefangen, Bahnen im Pool zu schwimmen.

Seit nahezu vierzig Jahren war ihr Körper in keinen Badeanzug mehr gezwängt worden, doch hier stand sie nun in all ihrer Pracht. Und sie liebte das lauwarme Wasser und sogar den Chlorgeruch. Sie liebte die Schwimmbretter, die Nylonseile mit den Kugeln, die die Bahnen abgrenzten, und die alten Leute (manche waren noch älter als sie), die alle hier schwammen (sogar noch langsamer als sie) mit besten Vorsätzen. Es gab ihr das glückliche Gefühl der Toleranz – nein, mehr als Toleranz, das Gefühl von Stolz. Hier waren sie alle und bemühten sich nach Kräften, ihren Körper zu stärken, um die Menschheit zu stärken.

Als sie langsam ins Wasser eintauchte, dachte sie an Nadia und dass sie alle zusammen Thanksgiving feiern würden. Und sie dachte an das junge Mädchen, ihren ersten Kuss am Strand. Agafia. Wie diese schöne, kurze Begegnung ihr den Weg zu Gilly gewiesen hatte. Sie fragte sich, ob Nadia Agafia kannte, und sinnierte über die verschlungenen Pfade, die ihr Handeln – und ihr Nichthandeln – genommen hatte, um Kache und Nadia zusammenzubringen. Und während Snag jetzt schwamm, fühlte sie sich – wenn auch nur kurz – mit all diesen Menschen verbunden, wie die Plastikkugeln an den Nylonseilen, die rechts und links neben ihr im Pool trieben und die Bahn vorgaben, damit sie immer geradeaus und nicht im Kreis schwamm, eine verbunden mit der nächsten und übernächsten: hier lang, hier lang, hier lang, dann wieder zurück.

58

Kache sah, dass Nadia wieder zu jagen angefangen hatte. In der Scheune hingen an Schnüren ein gehäutetes Kaninchen und ein gerupftes Tannenhuhn. Diese Frau konnte ein Kaninchen ohne Messer häuten. Das erste Mal hatte er mit einem mulmigen Gefühl zugesehen, aber auch ehrfürchtig, wie sie es an den Hinterläufen hochhielt, das Fell wie Socken von den Beinen abstreifte, dann das Schwänzchen und den ganzen Rest, mit einer einzigen fortlaufenden Bewegung, schnell und behänd, als würde sie dem Tier einen Pullover ausziehen.

Als jetzt im Westen ein Schuss fiel, schreckte Kache zusammen. Es war ihm wesentlich lieber, wenn sie Bilder schoss als Tiere, aber momentan konnte nichts sie aufhalten.

In der eisigen Kälte fütterte er die Kuh, die Ziegen und Hühner, die verständlicherweise alle etwas gereizt waren. Die weiße, freundliche Ziege, Ranunkel, klebte Kache die ganze Zeit an den Fersen. Er redete auf alle beruhigend ein, gab ihnen Heu und Körner, aber wer war zurzeit schon ruhig? Auch Nadias Nerven lagen blank. Die Vorstellung, für fünf Personen ein Thanksgiving-Dinner zubereiten zu müssen, drehte der fähigsten Frau, die er kannte, offensichtlich gerade den Magen um – was sich darin zeigte, dass sie dem Tannenhuhn den Hals umgedreht hatte.

Am liebsten wäre er hinaus in den Wald gegangen und hätte Nadia daran erinnert, dass sie einen sechzehn Pfund schweren, gerupften und ausgenommenen Truthahn bei Safeway gekauft hatten, der bereits gesalzen und gefüllt im Backofen brutzelte. Doch er hatte keine Lust, aus Versehen von ihr erschossen zu werden, so dass er die Stiefel auszog, ins warme Haus ging und den Truthahn überpinselte.

Dann suchte er in den alten Rezeptkarten seiner Mutter das Rezept für Cranberrysoße. Sie hatte immer nur die im August gepflückten Cranberrys verwendet, und auch er und Nadia hatten dieses Jahr genug geerntet, um welche einzufrieren, die bereits aufgetaut waren und jetzt in der Schüssel glänzten. Er musste nur noch die Walnüsse hacken, den Zucker und eine ganze Orange hinzufügen. Als er auf die Rezeptkarte mit den festgetrockneten Cranberryresten starrte, dachte er sofort: *Diese Cranberrys sind über zwanzig Jahre alt.* Diese Karte hatte zuletzt seine Mutter in den Händen gehalten und ganz bestimmt nicht geahnt, dass der Fleck noch lange nach ihrem Tod weiter hartnäckig daran kleben würde, nur weil sie vielleicht noch einmal die Zuckermenge überprüfen wollte, da wegen der Apfelsinenschale unglaublich viel Zucker verwendet wurde.

Kache stand also da, die Rezeptkarte seiner Mutter in der Hand und Tränen in den Augen. Als eine Träne auf die Karte fiel, wischte er sie schnell weg, damit der hartnäckige Cranberryrest nicht aufgeweicht wurde, sondern für immer auf der abgegriffenen Karteikarte mit der Pilzgrafik über dem olivgrünen Schriftzug *Unser Familienrezept* klebte.

In all den Jahren der von ihm ignorierten Festtage war Kache zwar manchmal von anderen Familien eingeladen worden, hatte aber bis auf wenige Ausnahmen immer abgelehnt. Ein Typ aus seiner Firma hatte ihm einmal von ihrem »Thanksgiving für Verwaiste« erzählt, das er und seine Frau veranstalteten, seit sie so weit von ihren Familien entfernt lebten, und zu dem alle Leute eingeladen wurden, die sonst nirgends hingehen konnten. Kache hatte die Einladung angenommen und war am Ende mit zu einer hochgewachsenen brünetten »Verwaisten« nach Hause gefahren und hatte mit ihr geschlafen. Sie hatte erzählt, dass sie Weihnachten nach Hause fahren würde und schon alle Geschenke für ihre Eltern und sechs Geschwister gekauft und abgeschickt hatte. Er ging beim Morgengrauen.

Jahre später hatte Kache auf Janies Wunsch hin einen neuen Versuch unternommen. Er hatte ihr dabei geholfen, das Menü nach dem Familienrezept, das ihre Mutter ihr gemailt hatte, zuzubereiten. Aber das war natürlich nicht das Gleiche gewesen, konnte es gar nicht sein.

Aber jetzt? Näher könnte es seiner Erinnerung nicht kommen, ohne dass seine Eltern und Denny tatsächlich hereinspaziert kamen, und er erlaubte sich noch einmal die Reise in die Vergangenheit. Doch schon bald dachte er an Nadias Dorf und wie es wohl für ihre Familie gewesen sein musste, sie leibhaftig vor Augen zu haben, sie sprechen zu hören und zu sehen, wie sie noch immer die eine Augenbraue hob und manchmal beim Reden mit den Händen gestikulierte.

Nadia kam, das gehäutete Kaninchen in die Höhe haltend, durch die Seitentür in die Küche, gefolgt von einem triumphierend grinsenden Leo, Kopf und Schwanz hoch erhoben. »Dann schiebe ich das jetzt mal in den Ofen.« Als Kache sie fragend ansah, fügte sie hinzu, dass sie das Tannenhuhn gern einfrieren würde, doch das Kaninchen unbedingt servieren wollte.

»Aber der Truthahn. Im Backofen ist kein Platz mehr.«

»Mist, verdammter.«

Kache lachte los.

»Was ist?«

»Dein Fluchen ist echt speziell.«

»Versteh ich nicht.«

»Ich liebe deine kreativen Kombinationen.«

»›Es ist wesentlich besser, dabei zu versagen, du selbst zu sein, als erfolgreich jemand anderen nachzuahmen.‹«

»Hä?«

»Melville.«

»Stimmt, natürlich. Trotzdem, wir brauchen kein Kaninchenragout. Wir haben den Truthahn, die Soße, Kartoffelpüree, grüne Bohnen. Soll ich weitermachen?«

»Aber Lettie liebt Kaninchenragout.« Sie sagte das mit so großem Nachdruck, dass er sich nicht gewundert hätte, wenn sie gleich mit dem Fuß aufgestampft hätte.

»Wirklich?« Er starrte sie an. Ihre vor Kälte triefende Nase war rot angelaufen. »Aber natürlich, du weißt ja so was.«

Kache nahm einen der Töpfe vom Herd, um Platz für den Bräter zu machen, was kein Problem war. Er deckte den Tisch mit dem Sonntagsgeschirr seiner Mutter, und Nadia versprach, in nächster Zeit keine unschuldigen Tiere mehr abzuschießen. »Irgendwann«, sagte sie und schüttelte zum x-ten Mal die Sofakissen auf, »musst du lernen, mit dem Gewehr zu schießen.«

»Ich hab dir doch gesagt, ich beziehe mein Protein lieber von Styroporschalen mit Klarsichtfolie und einem Preisschild drauf. Das ist zwar heuchlerisch, aber ich will keine Tiere töten. Hast du schon vergessen, dass ich sogar Giftspinnen nach draußen trage?«

»Hast du schon vergessen, es gibt keine Giftspinnen in Alaska.«

»Okay, aber in Texas. Und Skorpione, Klapperschlangen und alle möglichen Tierchen, die sich nachts ins Haus schleichen. Und nicht einmal die hab ich erschossen.«

»Du bist, wie sagt man? Ein Pazifist.«

»Dann hast du es also verstanden.«

»Trotzdem, du lebst in Alaska. Ich werde dir beibringen, wenigstens auf Blechdosen zu schießen.«

»Jetzt sofort?«

»Nein. Jetzt sofort bringen wir das Haus auf Hochglanz, es soll so aussehen wie die Internetseiten von schönen Häusern.«

»Du machst Witze, ja?«

»Nur ein bisschen.«

»Als Nächstes willst du noch, dass ich dir eine Terrasse mauere.«

Sie zog die Augenbrauen zusammen. »Warum? Kannst du das?« Gedankenverloren fuhr sie mit dem Finger über den Beistelltisch, dann sah sie Kache an. »Was ist?«

»Nenn mich bloß niemals Mr Tatkraft.« Er zog sie in die Arme und küsste die Goldstecker an ihrem Ohr. »Hey, bist du die gleiche Frau, die sich unter dem Bett verkrochen und mich auf Russisch angeschrien hat, während dein wilder Hund nach mir schnappte?« Sie nickte. »Dann entspann dich jetzt, okay? Es wird gutgehen. Sie werden dich lieben, was Lettie sowieso schon tut.«

»Ich habe Angst, dass ich für sie nur die ›Hausbesetzerin‹ bin. Aber für mich sind sie wichtig. Ich habe das Gefühl, sie zu kennen, ja sogar zu lieben.«

»Du weißt doch, dass du für Lettie keine Hausbesetzerin bist und noch nie warst. Alle sind dir dankbar, genau wie ich. Sehr dankbar. Und mach dir keine Gedanken wegen Snag. Wenn sie dich erst einmal kennengelernt hat, wird sie dich genauso gernhaben.«

Nadia küsste ihn auf Nase, Stirn und Hals und ging dann nach oben, um ihre neuen Kleider von Nordstrom anzuziehen. Kache legte im Kaminofen einen Holzscheit nach und setzte sich aufs Sofa, wo Leo sich zu seinen Füßen legte und anfing zu schnarchen. Und dann verblüffte Kache sich selbst mit der Vorstellung, wie zwei kleine Kinder – ein blondes Mädchen und ein dunkelgelockter Junge – die Ruhe und den Frieden mit ihrem wunderbaren Daddy!-Daddy!-Geschrei störten und über Leo hinweg auf ihn draufkletterten.

59

Nadia und Kache hatten den Fußweg für den Rollstuhl freigeschaufelt. Doch als die drei Frauen dann ankamen, hob Kache Lettie aus dem Auto, trug sie die Verandatreppe hinauf, die sie und A. R. einmal selbst gezimmert hatten, und weiter bis ins Wohnzimmer, das ganz früher der einzige Raum des Blockhauses gewesen war.

Nadia hielt die Tür auf und redete beruhigend auf Leo ein, der wegen der vielen Besucher zu bellen anfing. Die Frau, die sie für Snag hielt, hatte zwei Kuchen in der Hand, und die andere Frau, Gilly, schleppte den zusammengefalteten Rollstuhl die Treppe hinauf und klappte ihn im Wohnzimmer wieder auf.

»Nun«, sagte Lettie, als sie im Rollstuhl saß, »ich glaube nicht, dass mich mein Mann jemals über die Schwelle getragen hat, und ich habe ganz sicher nie damit gerechnet, dass mein Enkel das mal tun würde, aber danke, Kache. So war es einfacher, stimmt's?«

Sie sah Nadia an und sagte: »Da wären wir nun. Wie geht es dir, meine Liebe?« Nadia beugte sich vor und umarmte sie. Über Nadias Schulter hinweg sagte Lettie: »Und das ist sicher Leo. Ich hab gleich gewusst, dass er mal ein richtig guter Hund wird, er war der Beste vom ganzen Wurf.«

Nadia hatte gelesen, dass man als Gastgeberin den Gästen die Jacken abnimmt, doch als Snag schließlich den Kürbis- und den Rhabarberkuchen abgestellt hatte, sagte sie: »Schon gut. Ich weiß, wo die Garderobe ist, glaub mir. Ich bin übrigens Snag. Es ist schön, dass wir uns endlich kennenlernen.« Sie schüttelte fest Nadias Hand und stellte dann Gilly vor, die lächelte und Nadia herzlich umarmte.

Es folgte eine kurze, unbehagliche Stille, in der die Frauen sich im Zimmer umsahen. Nadia hatte ein bisschen das Gefühl, als würden sie Inventur machen. Sie verstand, wie seltsam es für Lettie und Snag sein musste, wieder hier zu sein, wo sich zwar in letzter Zeit einiges verändert hatte, aber es doch fast noch genauso aussah wie früher.

»Ich komme mir vor, als würde die Zeit gerade eine Rückwärtsrolle machen«, sagte Snag schließlich.

»Wir haben schon viel verändert«, sagte Kache. »Du hättest es vor meiner Ankunft hier sehen sollen, da war alles noch haargenau so, wie wir es zurückgelassen hatten.«

»Für mich fühlt es sich immer noch so an.« Snag ging umher, ließ den Blick über die Wände streifen, die Bücherregale und die Gemälde, die alte japanische Glasfischerkugel im Netz und die Fotos auf dem Klavier. Nadia wurde bewusst, wie wenig die Veränderungen bewirkt hatten. Die umgestellten Möbel, der neue Beistelltisch, die Kissen, ein paar Kunstwerke … das konnte wohl kaum gegen Snags und Letties viele Erinnerungen ankommen.

Alle hielten den Atem an, und dann stieß Lettie einen Seufzer aus, als gäbe sie nun alle Luft im Raum, die sie zuvor eingesogen hatte, wieder frei, damit die anderen weiteratmen konnten. »Ich weiß nur, dass es sich gut anfühlt, wieder zu Hause zu sein.«

Als Kache nach draußen ging, um die Ziege und die Kuh wegen des angekündigten Kälteeinbruchs in die alte Scheune zu bringen, die nun als Stall diente, setzten sich die Frauen ins Wohnzimmer. Nadia gab Lettie eine Wolldecke für ihren Schoß – die Decke hatte Lettie einmal selbst gehäkelt – und ein Kissen für den Rücken, um die Rollstuhllehne ein wenig auszupolstern. Snag hatte in dem rotkarierten Sessel Platz genommen, und Nadia und Gilly saßen auf dem Futon-Sofa. Das Feuer knisterte und zischte und flammte dann plötzlich hell auf.

»So, meine Liebe«, sagte Lettie und sah Nadia an. »Erzähl mir, was gibt es Neues in deinem Leben, seit wir uns das letzte Mal gesehen haben. Kache sagt, du würdest filmen. Träumst du noch immer von San Francisco?«

Nadia hatte Lettie einst gestanden, dass sie manchmal stundenlang das Cover von *San Francisco, die Stadt an der Bucht* anstarrte, eines der großformatigen Fotobücher der Winkels. Bevor sie diese Fotos das erste Mal sah, hatte sie sich nicht einmal vorstellen können, dass es solche Orte tatsächlich geben könnte.

»Ja«, antwortete sie, »manchmal. Das weißt du noch! Jetzt habe ich einen Ordner im Computer mit Fotos von San Francisco, die klicke ich an und tue, als wäre ich wirklich dort.«

»Ich erinnere mich deshalb daran, weil du mich an mich selbst erinnert hast. Es war ein kleines, zerknittertes Foto, das mich nach Alaska gezogen hat. Ich weiß noch … ein bestimmtes Foto hat dich besonders fasziniert, eins von der Golden Gate

Bridge mit Blick auf die Stadt. Ich verstehe diese Art magnetische Anziehung. Dagegen ist man machtlos.«

»Das hab ich gar nicht gewusst, Mom«, sagte Snag. »Ein Foto war für dich und Dad der Grund, hierherzukommen? Ist das wahr?«

Als Lettie, das Kinn auf die Faust gestützt, zu erzählen begann, fand Nadia, dass sie wie eine viel ältere Version von Rodins »Der Denker« aussah. »Dein armer Vater. Er ist natürlich mitgekommen, aber wirklich nur meinetwegen. Ich war es, die ständig von Alaska geredet hatte. Wäre ich damals nicht meiner inneren Stimme gefolgt, hätte ich es mein Leben lang bedauert.«

»Aber Daddy hat sich doch auch eingelebt und hier genauso wohl gefühlt wie du.«

»Dein Vater hat mich geliebt. Doch wenn ich nur einmal gesagt hätte: ›Komm, wir ziehen zurück‹, hätte er den Umzugswagen schon beladen, noch bevor ich den Satz zu Ende gesprochen hätte. Heute hab ich deswegen ein schlechtes Gewissen.«

»Aber«, sagte Gilly, »anders machen würdest du es nicht, oder?«

»Nun, ich habe gekriegt, was ich wollte. Die Frage müsste er beantworten, aber dafür steht er momentan nicht zur Verfügung. Manchmal denke ich, er hätte länger gelebt, wenn er glücklicher gewesen wäre.«

Snag winkte ab. »O Mom, Daddy war glücklich.«

»Er liebte seine Familie. Aber ich glaube, er hätte ein anderes Leben vorgezogen, an einem anderen Ort. Ich habe ihn besser gekannt als alle anderen, Eleanor.«

Nadia lauschte aufmerksam, und als Snag und Lettie verstummten, ließ sie das Gespräch in Gedanken Revue passieren. Dabei starrte sie ins Kaminfeuer, und als sie dann den Blick wandern ließ, sah sie, dass auch die anderen fasziniert in die Flammen starrten.

Schon seit langem hatte sie sich vorgestellt, irgendwann einmal, irgendwie nach San Francisco zu kommen. Vor kurzem war sie zudem auf die Idee gekommen, eine Filmschule zu besuchen. Das war natürlich ziemlich aussichtslos, doch sie träumte ständig davon. In letzter Zeit sah sie in ihrem Kopfkino sich und Kache in einem der *Painted Ladies* wohnen, den viktorianischen, mehrfarbigen Holzhäusern mit einem Erkerfenster zur Straße, von wo aus sie Passanten beobachten konnten, Autos und Busse, die die Leute von hier nach da brachten.

Aber Kache sagte immer öfter, wie viel ihm dieses Haus, dieses Land hier bedeuteten; dass er zwar früher gedacht hatte, Denny würde einmal alles übernehmen, sich jetzt aber gut vorstellen konnte, es selbst zu tun; dass er sogar langsam verstand, was sein Vater und seine Großmutter gemeint hatten, wenn sie davon sprachen, dass ein Ort einen magisch anzog und sich unwiderruflich in Kopf und Herz festsetzte, einen sogar heilen und wieder zu einem zufriedeneren Menschen machen konnte.

Schließlich sprach Lettie sie direkt an. »Nadia, was hast du als Nächstes vor? Weißt du das schon?«

Nadias Antwort kam zögerlich. »Ich weiß, was ich am allerliebsten tun würde, nämlich auf die Filmhochschule in San Francisco gehen. Ich habe meine Bewerbung im Computer ausgefüllt, aber es gibt ein Problem.« Sie erzählte ihnen von den fehlenden Schulunterlagen und der Geburtsurkunde, die sich noch im Haus ihrer Eltern befänden, weil sie vergessen hätten, danach zu fragen. Und dass ihre Mutter sie ihr jetzt wohl nicht mehr aushändigen würde. Sie hätte daran denken müssen, bevor sie zur »Heidin« geworden war, wie Kache es nannte. Aber beim Anblick ihrer Familie war sie leider total überwältigt gewesen.

Snag richtete sich auf und fragte: »Nadia, sag mal, kennst du eine Agafia?«

»Ich kenne zwei Frauen mit dem Namen. Eine ist meine Großmutter.«

»Nein, sie müsste jünger als deine Großmutter sein, eher in meinem Alter.«

Nadia lächelte. »Aber meine Großmutter ist in deinem Alter. Meine Mutter ist erst dreiundvierzig. Du weißt doch, in unserem Dorf fängt man früh an mit dem Kinderkriegen. Aber warum? Kennst du meine Großmutter?«

»Ich bezweifle, dass sie es war. Als junges Mädchen habe ich einmal am Strand eine Agafia getroffen.«

»Meine Baba hat die meiste Zeit ihrer Kindheit in Oregon verbracht. Die andere Agafia lebt in Ural.«

Snag nickte, sagte aber nichts mehr. Vor dem Fenster fielen im Schein der Außenlaterne dicke Schneeflocken, während im Haus das Kaminfeuer einen Tanz vollführte. Nadia stand auf, um letzte Vorbereitungen für das Feiertagsmahl zu treffen und die Kerzen anzuzünden.

Der Tisch und die Gesichter der Menschen drum herum waren in ein zauberhaftes bernsteinfarbenes Licht getaucht. Besteck, Geschirr und Kristallgläser funkelten im Schein der Kerzen. Dampf stieg aus den Schüsseln mit den üppigen Speisen, die sie in den letzten drei Tagen vorbereitetet hatten, und während Kache Wein einschenkte, gestattete Nadia sich einen Moment lang, richtig stolz zu sein. Sie hoben ihre Gläser, und Lettie sagte den einzigen Segen, den die Familie Winkel je gesagt hatte, wenn man es überhaupt als Segen bezeichnen konnte. Nadia kannte ihn aus Elizabeths Tagebüchern: »Guter Wein, gutes Fleisch, guter Gott, lasst uns essen.« Alle stießen miteinander an, sagten: »Gracias, merci, grazie, danke« – und Lettie sagte: »Moment noch, wie sagt man danke auf Russisch?«

»Spasiba«, antwortete Nadia.

»Spasiba«, sagten sie unisono, tranken einen Schluck und reichten die Schüsseln mit den Speisen herum.

Es dauerte nicht lange, und Nadia verlor sich in Erinnerungen an die Feste ihrer Familie. Die fehlten ihr wirklich. Die veralteten Vorschriften und Regeln, die ewig langen Gottesdienste, das Gezänk um das Wie und Wann und Wo der Gottesverehrung fehlten ihr gar nicht. Aber die Rituale, die zu den Festen gehörten, die vermisste sie schon. Rituale brauchte man. Jeder hatte welche, dachte sie, sogar wir Heiden. Sicher hatten die Menschen Rituale geschaffen, um Chaos und Verzweiflung etwas entgegenzusetzen.

»Stimmt das, Nadia?« Gilly hatte sie etwas gefragt. Hatte sie laut gedacht? Es fiel ihr schwer, immer bei der Sache zu bleiben, wenn sich in einer Gruppe alle unterhielten und man stets bereit sein musste, sich auch dazu zu äußern, sobald eine Pause eintrat oder man direkt angesprochen wurde. Sie spürte, wie sie errötete.

»Wie bitte? Es tut mir leid, ich war gerade mit den Gedanken …«

»Woran hast du gedacht, meine Liebe?«, fragte Lettie und verzehrte einen weiteren Bissen Kaninchenbraten. Von dem Truthahn wollte sie nichts, weil sie den im Old-Folks-Heim jeden Sonntag bekamen und sie ihn satthatte.

»Ich habe an meine Familie gedacht«, gestand Nadia, und während die anderen aßen und sich einen Nachschlag oder sogar zwei nahmen, erzählten sie und Kache von der Fahrt in ihr Dorf. Nadia erklärte, dass sie zum besseren Verständnis auch über die Hintergründe sprechen müsste, warum sie das Dorf überhaupt verlassen hatte, aber das wollte sie lieber ein anderes Mal tun. Doch alle bestanden darauf, jetzt davon zu hören.

Als Nadia ihre Geschichte beendet hatte, stellte Snag ihr Glas ab, wischte sich mit der Stoffserviette, die sie Bets und Glenn einmal zu Weihnachten geschenkt hatte, über die Augen, legte die Unterarme auf den Tisch und sagte: »Du hast deinen eigenen Tod vorgetäuscht?«

Nadia nickte und fühlte, wie sie wieder rot wurde.

»Dazu braucht man wirklich Mumm.«

Nadia fragte sich gerade, was sie damit meinte, als Lettie sagte: »Du bist unglaublich klug und tapfer, Nadia.«

»Aber jetzt habe ich keine Familie mehr.«

»Wir sind jetzt deine Familie«, sagte Lettie. »Wir sind zwar nicht perfekt, aber ganz akzeptabel.«

»Alles andere als perfekt«, warf Snag ein. »Besonders ich, deshalb zähl mich lieber nicht dazu. Es ist nämlich so, dass Kache ein anderes und besseres Leben gehabt hätte, wenn ich –«

Lettie unterbrach sie. »Eleanor … kein Mensch gibt dir die Schuld.«

»Die Schuld wofür?«, fragte Kache.

Gilly lehnte sich kopfschüttelnd auf ihrem Stuhl zurück, aber Snag sprach unbeirrt weiter. Jetzt war sie dran, ein Geständnis abzulegen. Sie erzählte die ganze Geschichte, wie sie Kaches Mutter kennengelernt hatte, noch bevor sein Vater ihr das erste Mal begegnet war, dass sie sich in sie verliebt und nie aufgehört hatte, sie zu lieben, nicht einmal, nachdem Glenn und Bets verheiratet waren und Kinder hatten.

»Aber ich habe nie etwas gesagt, bis zu dem Abend vor dem Flugzeugabsturz. Erinnerst du dich, Kache? Dass ich bei euch war, um irgendeinen blöden Preis zu feiern, den ich für meine Verkaufserfolge bekommen hatte? Wir haben eine Menge getrunken, und ich war so besoffen wie nie zuvor und nie wieder danach.« Tief durchatmend legte sie sich die Hand aufs Herz. »Das soll aber keine Entschuldigung sein. Es gab da einen seltsamen Moment mit deiner Mom im Kartoffelkeller, und ich …« Sie ließ den Blick durchs Zimmer schweifen. »Ich habe sie geküsst.«

»Was?« Letties schrumpelige Augenlider hoben sich und enthüllten ihre hellen, durch die Brillengläser stark vergrößerten Augen.

Gilly nahm Snags Hand, und Snag rang sich die Worte noch einmal ab. »Ich habe sie geküsst.«

»Ach du meine Güte. Hat sie den Kuss erwidert?«

»Nein, nein. Aber Glenn tauchte auf, noch bevor Bets überhaupt dämmerte, was gerade passiert war. Und du kannst dir ja vorstellen, dass er stinksauer war.«

»O ja, das kann ich.« Lettie nickte.

»Er hat's an dir ausgelassen, Kache. Dein Dad konnte ein echter Tyrann sein, aber so hatte ich ihn noch nie erlebt. Ich hab ihn nur mit Mühe von dir weggezogen. Was ich eigentlich sagen will, ist, dass Glenn nicht ganz bei Sinnen war, als sie am nächsten Morgen losgefahren sind.«

Kache starrte sie mit offenem Mund an.

Alle schwiegen, bis Lettie schließlich das Wort ergriff: »Eleanor, dein Bruder hat im Krieg Flugzeuge geflogen. Er war ein ungewöhnlich guter Pilot. Ich bin sicher, Bets hat ihm die Umstände erklärt, dass ihr betrunken wart. Dieser Mann hätte seine Familie niemals absichtlich einer Gefahr ausgesetzt. Er war aufbrausend und stur wie ein Bock, aber er hat seine Familie geliebt. Also hör auf damit.«

Snag biss sich auf die Lippe und schüttelte den Kopf. Wieder trat Stille ein. »Willst du das Schlimmste von allem wissen, Kachemak Winkel? Du hast dich dafür verantwortlich gefühlt. Du hast dir wegen des Streits mit deinem Vater am Vorabend die Schuld an dem Unfall gegeben. Und das hab ich erst in diesem Sommer von dir erfahren. Seither suche ich nach einem Weg, dir zu sagen, dass sie nicht wegen eures Streits abgestürzt sind. Ich war der Grund, warum dein Dad so betrunken und wütend war, weil ich mich so furchtbar danebenbenommen hatte. Und das tut mir entsetzlich leid.« Inzwischen weinte Snag so schlimm, dass ihr Taschentuch völlig durchnässt war. Gilly reichte ihr das eigene und auch noch Letties.

»Ihr beide ignoriert völlig, dass zweiundzwanzig Prozent aller Flugzeugabstürze in den USA in Alaska passieren«, sagte Gilly. »Und ganz bestimmt nicht wegen irgendwelcher Familienstreitereien.«

»Oder dass sie durch den schlimmen Rainy Pass durchmussten, und wir wissen ja alle, dass es einer der schlimmsten blinden Flugzonen im Staat ist. An dem Tag hingen die Wolken neunhundertfünfzehn Meter über dem Boden, mit schlechter Sicht. Und solche Wolkendecken kommen wie aus dem Nichts.«

Kache starrte seine Tante noch immer wortlos an.

Nadia schob ihren Stuhl vom Tisch weg und sagte: »Elizabeth hat keinen von euch beiden für irgendetwas verantwortlich gemacht.«

Snag schnäuzte sich die Nase. »Ich will dir nicht zu nahetreten, aber woher willst du das denn wissen?«

Nadia sagte, sie wäre gleich wieder da, und ging nach oben, um Elizabeths letztes Tagebuch zu holen. Sie kam zurück, setzte sich und schlug es auf. Snag senkte den Kopf, schämte sich jetzt noch mehr. »Ich hab Kache erzählt, ich hätte sie verbrannt, so wie Elizabeth es bestimmt hatte. Nicht einmal das habe ich richtig gemacht.«

»Wenn ich das jetzt vorlese, wirst du froh darüber sein«, sagte Nadia. Doch in dem Moment riss Snag ihr das Heft aus der Hand, zog die Tür vom Kaminofen auf und warf es ins Feuer.

»Was machst du da?«, schrie Kache, sprang auf, nahm den Feuerhaken und fischte es aus den Flammen. Er schnappte sich einen Stiefel, schlug damit auf die brennenden Ränder, bis die Flammen erstarben, und hielt das Heft am qualmenden Deckel fest.

»Sie wollte nicht, dass wir darin lesen!« Snag versuchte, es ihm abzunehmen, aber er hielt es hoch über seinem Kopf.

»Ist es dafür nicht ein bisschen spät? Glaubst du wirklich, das interessiert sie noch?«

Lettie wandte sich an Nadia. »Jetzt lies uns die Stelle vor, die du lesen wolltest, meine Liebe.«

Wortlos reichte Kache Nadia das Heft. Die Seiten waren warm. Sie begann, Elizabeths Beschreibung des letzten gemeinsamen Abends als Familie vorzulesen, wozu auch der Satz gehörte, dass Alaska keine Fehler vergab. Sie hielt inne und fragte, was das bedeutete.

»Weil das Wetter und die Bedingungen hier so extrem sind«, antwortete Snag. »Wenn du auch nur den kleinsten Fehler machst – zum Beispiel dich nicht warm genug anziehst oder im wütenden Zustand ein Flugzeug fliegst –, bezahlst du das vielleicht mit dem Leben.«

»Oder«, fügte Lettie hinzu, »du machst alles richtig und fliegst los, wenn das Wetter gut ist, und dann zieht wie aus dem Nichts ein Sturm auf. So was passiert, und zwar viel zu oft.«

Nadia nickte und las weiter. Jetzt kam der Teil, den die anderen wirklich hören sollten.

> Gestern Abend haben wir zu viel getrunken und werden noch Jahre den Preis dafür zahlen, vielleicht sogar für den Rest unseres Lebens. Ich kann es noch immer nicht fassen, wie Glenn auf Kache losgegangen ist – er war total außer Kontrolle. Bis jetzt hatte er immer nur mit Worten zugeschlagen, er ist nie handgreiflich geworden. Dabei waren die verbalen Attacken schon schlimm genug. Das muss jetzt alles aufhören. Ich schäme mich, dass ich dem noch immer kein Ende gesetzt habe, und schwöre, dass das in diesem Haushalt nicht noch einmal passieren wird.

Und ich muss mit meiner lieben, herzensguten Snag reden. Sie glaubt, der Kuss wäre eine furchtbare Offenbarung für Glenn und mich gewesen – als kennten wir nicht schon lange ihre Gefühle. Ich glaube, Glenn war einfach nur geschockt und wütend, dass sie sich von ihren Gefühlen hat hinreißen lassen. Aber sie war betrunken. Wir alle hatten zu viel getrunken. Wenn irgendwo in mir die Fähigkeit steckte, eine Frau voll und ganz zu lieben – körperlich und emotional –, wäre sie die Frau, mit der ich zusammen sein wollte. Genau so muss ich es ihr sagen, und dass sie eines Tages eine Frau sehr, sehr glücklich machen wird. Da bin ich mir sicher, auch wenn ich wie eine Wahrsagerin klinge.

Wir fliegen wie geplant zum Jagdausflug nach Gunneysack. Der Herr stehe uns bei, dass wir uns nicht vorher gegenseitig umbringen.

Aber jetzt werde ich diese Männer erst einmal zusammen ins Flugzeug packen, und wir fliegen für ein paar Tage weg. Wir werden hinunterblicken auf unser Haus, auf unser Land – frei von allem –, und dieser andere Blickwinkel wird uns guttun.

Als Nadia den letzten Satz mit *wird uns guttun* vorgelesen hatte, fügte sie hinzu: »Ich glaube nicht, dass eure Selbstvorwürfe ihnen oder euch guttun. Zwanzig Jahre in der Vergangenheit zu leben ist zu lang. Als wären wir alle Altgläubige.«

Snag hatte die Arme auf dem Tisch gekreuzt und den Kopf darin vergraben. Die Kerzen waren bis auf die schwimmenden, flackernden Dochte heruntergebrannt, die Weingläser waren leer bis auf den Bodensatz, die Überreste des Essens waren angetrocknet und kalt.

Schließlich stand Snag auf, stieß einen langen Seufzer aus und sah Kache aus geschwollenen Augen an. »Ich werde dich nicht um Vergebung bitten. Noch nicht«, sagte sie mit unnatürlich hoher Stimme und fuhr fort: »Ich weiß, dass du erst einmal Zeit brauchst.«

Kache sah seine Tante an.

Snag sagte: »Ich verkrafte das.«

»Ehrlich? Ich weiß nicht, was ich sagen soll.«

»Vergiss einfach nicht, dass mir dieser ganze furchtbare Schlamassel furchtbar leidtut.«

»Dieser furchtbare Schlamassel?« Er schüttelte den Kopf. »Wenn das keine Beschönigung ist, dann weiß ich auch nicht.«

Er entschuldigte sich, zog wortlos seine Stiefel an und ging nach draußen. Nadia stand auf und stellte sich ans Fenster, legte die Hände um die Augen und drückte sie an das kalte Glas. Seine Umrisse hoben sich schwarz vom Schnee ab, als hätte jemand eine Silhouette in Kaches Größe aus der Wiese geschnitten.

Sie spürte eine Hand an ihrem Bein und sah, dass Lettie mit dem Rollstuhl neben ihr stand. »Das ist unsere Familie«, flüsterte sie. »Ein furchtbarer Schlamassel. Willst du trotzdem dazugehören?«

Nadia sagte ja, gern.

60

Nach Thanksgiving rief Gilly Snag an und sagte, sie müssten miteinander reden, woraufhin Snag sofort wieder eine Putzorgie startete. Als Gilly dann eintraf, erstrahlte das ganze Haus im Hochglanz, doch die Stimmung zwischen ihnen war düster und bedrückend.

»Bitte, sag jetzt nicht, dass du mich verlässt«, platzte es aus Snag heraus, noch bevor Gilly den Mund aufgemacht hatte.

Gilly nahm Snags Hand und sah ihr tief in die Augen. »Du weißt, wie sehr ich dich liebe. Aber ich kann es nicht mit ansehen, wie du dich mit Selbstvorwürfen zermürbst. Es gibt so vieles, was wir miteinander tun könnten, mit unserer Liebe. Entweder vergibst du dir selbst, Eleanor, und brichst zu neuen Ufern auf, oder ich glaube – nein, ich weiß –, dass wir getrennte Wege gehen sollten. Was mir das Herz brechen würde.«

»Aber jetzt ist Kache wütend auf mich.«

Gilly stöhnte übertrieben laut auf, und Snag verstummte. Gilly fuhr sanft, aber bestimmt fort: »Dann ist er eben wütend. Er hat es gerade erst erfahren. Er wird sich damit auseinandersetzen und sich irgendwann beruhigen. Aber du hast es zwei Jahrzehnte mit dir herumgetragen. Du musst ein neues Kapitel aufschlagen.«

Gilly ging ohne Abschiedskuss und ohne sie zu umarmen. Sie meinte es offensichtlich ernst. Snag wusste, dass Gilly recht hatte. Verdammt, Snag hatte sich selbst gründlich satt und jetzt auch richtig Angst, das Beste zu verlieren, was ihr je im Leben passiert war.

Und mitten in der Nacht, nachdem sie auf ihrem kleinen Wecker schon viele Stunden hatte verrinnen sehen, ersann sie einen Buße-Plan. Als Katholikin wäre sie zur Beichte gegangen und hätte hinterher eine Schiffsladung Gebete aufgesagt. Aber sie war nicht katholisch, und weil sie einem Menschen sehr weh getan hatte – vielen Menschen, aber die meisten waren tot –, wollte sie jetzt etwas Schwieriges tun, mit dem sie einem anderen Menschen helfen konnte. Dabei war ihr vollkommen klar, dass es nicht reichen würde, um ihr Vergehen zu sühnen. Aber es war ein Symbol, ein Zeichen, wie ein kleiner goldener Stern, der in ihrem Bewusstsein verankert sein würde und an dem sie sich erfreuen konnte.

Nach einer Woche der Vorbereitungen, in der sie mit Nadia alle Einzelheiten besprach und ihren Brief an sich nahm, machte sie sich auf den Weg, um Nadias Papiere zu holen.

Am Ende der vom Schnee geräumten Straße stieg Snag den verschneiten Pfad zum Strand hinunter, wo sie auf das vom Gezeitenkalender versprochene Niedrigwasser traf. Der Sand, die Felsen und die langen Seetangstreifen waren mit glitzerndem Raureif überzogen. Sie stapfte den Strand entlang, fand den Zugang zum höher gelegenen Pfad, folgte ihm bis zum Ende, um dann auf einem anderen Pfad in Nadias Dorf zu gelangen. In der Jackentasche hatte sie Nadias Brief an ihre Großmutter.

Eleanor Snag Winkel als guter Engel unterwegs. Sie war heilfroh, dass sie jetzt besser in Form war und fast schon Lust hatte zu rennen.

Nur Nadia wusste, dass Snag auf dem Weg ins Dorf war. Kache und Gilly hätten beide darauf bestanden mitzukommen, was die Sache verkompliziert hätte. Na ja, Kache wohl eher nicht, zumal er seit Thanksgiving kein einziges Mal mit ihr gesprochen hatte. Und Gilly wollte sich eventuell von ihr trennen und hätte es sich wahrscheinlich auch noch gut überlegt. Aber protestiert hätten die beiden schon. Immerhin war Snag fünfundsechzig Jahre alt, und nun stiefelte sie hier in einer zerklüfteten Gegend durch den Schnee, um einer Gruppe Außenseiter entgegenzutreten, die sicher nicht erfreut über ihr Kommen waren. Aber der Pfad war festgetreten, und sie hatte sich auch endlich mehrere Paar gute, bequeme Stiefel zugelegt. Jetzt trug sie welche speziell für Schneewanderungen. Bisher war alles nach Plan gelaufen, und sie stellte sich gerade vor, dass ihr vielleicht ein oder zwei Gläschen Wodka serviert würden, zählte aber nicht darauf. Eher vielleicht ein heißer Kaffee. Doch halt! Sie hatte gehört, dass Altgläubige weder Kaffee noch Hochprozentiges trinken. Dann eben Wasser, das würde ihr ebenfalls guttun, denn unter den vielen Kleiderschichten rann ihr der Schweiß, und ihr Mund war ausgetrocknet. Aber als Bußgang rangierte dieser Trip nicht allzu hoch auf der Schwierigkeitsskala.

Snag hatte sich Folgendes überlegt: Der Kuss, den sie Bets gegeben hatte, war – seit dem Kuss des Judas – für sie all die Jahre der destruktivste Kuss in der Menschheitsgeschichte. Vielleicht konnten deshalb die Küsse, die sie und Agafia sich vor so langer

Zeit gegeben hatten, jetzt für etwas Positives genutzt werden. Die Symmetrie dieser Gedankengänge gefiel ihr.

Und ja, Snag hatte offiziell aufgehört – endlich aufgehört! –, sich wegen des Kusses, den sie Bets gegeben hatte, selbst zu bestrafen. Dabei hatte Nadia ihr an jenem Abend mit dem Vorlesen aus Bets Tagebuch geholfen. Die arme junge Frau hatte eine ganze Dekade allein gelebt und die besten Jahre ihres Lebens verschenkt. In gewisser Weise identifizierte Snag sich mit ihr. Es wurde Zeit, dass sie alle wieder nach vorne blickten. Sie fand auch, dass Nadia sich ihre Träume erfüllen und die Welt jenseits des Hofs kennenlernen musste. Selbst Snag war von hier weg und aufs College gegangen, um mit einem Abschluss in Betriebswirtschaft zurückzukommen.

Das Ende des Waldes gab den Blick auf das Dorf mit den bunten Häusern frei, und es dauerte nicht lange, da wurde sie von mehreren etwa dreizehnjährigen Jungen begrüßt. Sie fragte nach Agafia, sagte, dass sie eine alte Freundin sei. Sie brachten sie bis vor eine hellgrüne Haustür, wo Agafia sogleich die Jungen auf Russisch verscheuchte, was wie eine Schelte klang, und dann Snag misstrauisch fragte: »Wer sind Sie, und was wollen Sie von mir?«

»Sind Sie Agafia?«

Die Frau trug ein Kopftuch. Ihr Gesicht war faltig, der Blick ihrer Augen freundlich. Sie antwortete nicht, wartete.

»Sie … ich glaube …« Wie konnte Snag sich sicher sein? Es war über fünfzig Jahre her, sie war fünfzehn gewesen und hatte bloß ein paar Stunden mit dem jungen Mädchen verbracht.

»Ja?«

»Ich glaube nicht, dass Sie die Agafia sind, die ich kenne.«

»Vielleicht suchen Sie Agafia Ruskoff, in Ural, dem anderen Dorf. Sie viel zu weit gelaufen.« Als Agafia die Tür schließen wollte, stellte Snag den Fuß auf die Schwelle.

»Warten Sie. Ich …« Snag hielt ihr den Brief hin, Agafia nahm ihn und fing an zu lesen. Als sie fertig war, presste sie die Hand auf ihr Herz.

»Sie sind gekommen, um über meine Enkelin zu sprechen?«, fragte sie. Sie berührte den Knoten ihres aquamarinblauen Kopftuchs im Nacken, dann bat sie Snag herein, bot ihr ein Glas Wasser an und bestand darauf, dass sie sich an den Küchentisch setzte. Snag nahm das Glas dankend entgegen.

»Sie haben nicht zufällig einen Wodka?«, fragte Snag mehr oder weniger im Scherz. Agafia hob die Augenbraue. »Doch. Aber bleibt unter uns. Niemand braucht zu wissen, nicht hier im Dorf, nicht außerhalb. Höchstens vielleicht Nadia. Ja, Nadia okay.«

»Natürlich.«

»Gute Idee, die geheimnisvolle Unterhaltung so beginnen.« Agafia holte zwei Teetassen aus dem Schrank und eine mit Reif beschlagene, farblose Flasche hinten aus dem Gefrierfach, schenkte die Tassen voll und legte die Flasche wieder ins Gefrierfach.

»Ich könnte es nicht treffender ausdrücken«, sagte Snag und hob die volle Teetasse, um der Frau, die ihr gegenübersaß, zuzuprosten. Sollte sie den Wodka wie Tee nippen oder wie Schnaps trinken? Sie entschied sich für Ersteres.

»Ich muss etwas sagen, bevor Sie reden. Es ist sinnlos, ihre Eltern zu besuchen. Sie sind Menschen mit strengem Glauben und trauern wieder vierzig Tage. Als wäre sie noch einmal gestorben! Ich Frau mit tiefem Glauben. Das mein Volk, gute Menschen. Großes Herz, hart arbeiten. Aber ich stimme nicht allem zu, was sie glauben. Erbe von meinem Blut, nicht meinem Verstand, ja? Doch ich bin alt, Mann ist tot, meine Kinder, Enkel, Urenkel, alle leben hier.« Sie lehnte sich zurück und verschränkte die Arme vor der Brust. »So, Sie sehen, ich bleibe hier. Aber mein Herz, es bricht für Nadi.«

»Können Sie nicht versuchen, mit ihren Eltern zu reden? Ihr Sohn ist Nadias Vater, richtig? Sie sagt, er hört auf Sie.«

Agafia schüttelte den Kopf. »Nein. Das großes Problem bringt.«

»Agafia, komme ich Ihnen irgendwie ein bisschen bekannt vor?«

Erstaunt schob Agafia das Kinn vor. »Kenne ich Sie?«

Sie beugte sich vor, sah Snag in die Augen, suchend, fragend. »Es ist schon sehr sehr lange her«, sagte Snag. »Zweiundfünfzig Jahre. Es war ein Tag am Strand.«

Agafia stand auf, ging wieder zum Kühlschrank, holte erneut den Wodka heraus und öffnete die Flasche. »Sie meinen, als Nadia uns verlassen hat?«

»Tut mir leid«, sagte Snag, »es muss die andere Agafia gewesen sein.«

»Sie machen Kontakt mit Altgläubigen zur Gewohnheit?«, fragte Agafia und schenkte sich nach. (Snag hatte die Hand auf ihre Tasse gelegt, denn sie musste vor Einbruch der Dunkelheit noch den ganzen Weg zurückgehen.) Snag erzählte ihr von Nadias Wunsch, auf die Filmschule zu gehen und dass sie ihre Schulzeugnisse und die Geburtsurkunde brauchte.

»Ja, das steht im Brief. Ist viel einfacher, als Sie denken. Ich hebe Kopien von Dokumenten der Kinder und Enkel in feuerfester Kiste auf. Nachdem Haus vom jüngsten Sohn abgebrannt, machen wir das so. Ich gebe sie Ihnen mit heute, kein Problem. Nur, dann haben wir keine Unterlagen mehr, dass Nadia hier existiert hat. Das nicht gut.«

»Vielleicht besuchen Sie Nadia, wo sie jetzt wohnt.«

»Vielleicht, aber nicht wahrscheinlich. Woanders hinkommen ist nicht mehr so leicht für mich, wie als ich noch jung war.«

Snag wollte sie fragen, ob sie damals lange Spaziergänge am Strand gemacht hatte, doch hinderte sich mit einem weiteren Schluck Wodka daran.

Agafia legte den Kopf zu Seite. »Was ist?«

»Nichts.«

»Aber Sie können den ganzen Weg kommen, um meiner Nadia zu helfen? Wie ist Ihr Name?«

»Eleanor.«

»Eleanor. Ein schöner Name für Sie.«

Snag spürte, wie ihr die Hitze aus der Brust ins Gesicht stieg. Mit fünfundsechzig noch rot werden, das musste am Wodka liegen. Am liebsten wäre sie geblieben und hätte bis tief in die Nacht mit Agafia geredet, aber es wurde schon langsam düster. Und sie liebte Gilly. Sie stand auf.

»Es tut mir leid, aber ich muss gehen. Sonst ist es dunkel, wenn ich noch mitten im Wald bin, und ich muss mich womöglich gegen Wölfe verteidigen. Und dann kommt auch bald die Flut. Können Sie mir die Unterlagen geben?«

»Aber es sind die einzigen, die es gibt.«

»Wenn ich verspreche, sie zurückzuschicken?«

»Schicken ist nicht gut. Wenn sie verlorengehen?«

»Ich verspreche, dass ich gut darauf aufpasse«, sagte Snag und wusste, dass sie die Wahrheit sprach. »Ich mache Kopien davon und schicke sie Ihnen zurück.« Auch das würde sie ganz bestimmt tun. »Geben Sie mir einen Stift und Papier, und wir beide schreiben unsere Postfachnummern auf, damit Sie mich auch erreichen, falls der Brief nicht hier ankommt.«

Damit war Agafia einverstanden. »Gut, warten Sie.« Kurz darauf kam sie mit einem Briefumschlag wieder, auf dem in Englisch und in Russisch *Nadia Oleska Tolov, 31. Mai 1977* stand. Sie hatte das Kopftuch abgelegt, so dass ihr das graue Haar über den Rücken fiel. Snag dachte, dass sie tatsächlich das Mädchen sein könnte, das sie einmal gebeten hatte, es zu küssen – aber genauso gut konnte sie es auch nicht sein. Im Moment zählte nur, dass sie Nadias Großmutter war und ihr die Papiere übergab, die Nadia brauchte. »Gehen Sie jetzt, vor Dunkelheit.« Sie nahm Snag beim Arm und führte sie zur Tür. »Bitte, Sie sagen Nadia, ihre Baba liebt sie.« Ihre Stimme klang angespannt. »Liebt sie ganz viel.« Sie gab ihr den Brief mit Nadias Namen darauf. »Das alles, was ich von ihr habe. Verstecken Sie es vor anderen unter Jacke. Nicht verlieren. Brauchen Sie Beschreibung zum Haus anderer Agafia?«

Snag sagte nein, das sei nicht nötig. Sie hatte alles, was sie brauchte.

Im Auto drehte Snag das Radio auf und summte die Songs mit. Auftrag ausgeführt. Sie konnte es kaum erwarten, nach Hause zu kommen und es Gilly zu erzählen. »Liebe Frau«, übte Snag schon einmal laut. »Ich bin endlich und wahrhaftig frei. Und ich gehöre ganz allein dir. Plan schon mal unsere gemeinsame Zukunft bis in alle Ewigkeit, Ms Gilly Sawyer.«

An der hell erleuchteten, einladenden Tankstelle am Stadtrand hielt Snag zum Tanken. Da sie auch zur Toilette musste, ließ sie Benzin aus der Zapfpistole in den Tank laufen und ging zum WC. Als sie zurückkam, waren mehrere Autos und ein Motorrad dazugekommen. Ein Mann wollte offensichtlich gerade die Zapfpistole aus ihrem Tank rausziehen.

»Hallo? Kann ich Ihnen helfen«, rief sie irritiert von weitem. Warum benutzte er nicht eine andere Zapfsäule?

Der Mann hob den Kopf. »Oh, der Tank ist voll. Ich wollte das für Sie wegnehmen«, erwiderte er mit einem Akzent, trat zurück und zog die Zapfpistole heraus.

Als sie näher kam, erkannte sie ihn wieder. Mister Superschön. Das war definitiv der richtige Name für ihn. »Hey, ich kenne Sie«, sagte Snag und lächelte. »Erinnern Sie sich an mich? Ich war mit meiner Freundin im Spit Tune. Da hatten Sie mich allerdings nicht gesehen, aber später auf dem Wanderweg? Da hielten wir Sie für einen Bär, und Sie hatten Angst, dass wir schießen.«

Er runzelte nachdenklich die Stirn, dann hob er nickend die Augenbrauen. »Ah, ja! Ja, ich erinnere mich jetzt. Bitte verzeihen Sie mir. Die Kälte macht meinen Verstand stumpf, fürchte ich. Aber Sie erkennen mich. Sie haben gutes Gedächtnis.«

»Das liegt wahrscheinlich an Ihren Augen«, sagte sie, dachte aber: ganz bestimmt sogar. Diese veilchenblauen Augen mit den langen schwarzen Wimpern. Seine Kinnpartie war nicht weniger beeindruckend. »Wirklich ein merkwürdiger Zufall, ich hab mich nämlich gerade mit einer anderen Russin unterhalten.«

»Ach ja?«

»Mit einer Altgläubigen in Altai, einem Dorf.«

»Ich bin kein Altgläubiger. Nur Russe. Das ist großer Unterschied.«

»Natürlich. Sie dürfen sich rasieren, wenn Sie wollen.«

Er lachte kurz auf. »Stimmt, aber das ist nicht alles. Ich bin eher ein Einzelgänger. Was haben Sie mit Menschen in Altai zu tun?«

»Ach, das ist eine lange Geschichte.

Er lächelte sein Filmstarlächeln. »Ich habe Zeit«, sagte er.

»Ich aber leider nicht, ich muss los. Es war schön, mit Ihnen zu reden.«

»Danke, gleichfalls. Vielleicht kreuzen sich unsere Wege mal wieder.«

»Machen Sie's gut.« Männer, dachte Snag, als sie in ihren Wagen stieg und er sein Motorrad auftankte. In einer Nacht wie dieser Motorrad fahren? Er musste aus Stahl sein. Und siehe da, er hatte mit ihr geflirtet – zumindest hielt sie es für Flirten –, denn Gilly war nicht hier. Vielleicht hätte sie gar nicht eifersüchtig auf Gilly sein müssen, vielleicht war er ja wirklich an ihr interessiert. Ha! Man nehme ein paar Pfunde ab, und schon kamen sie aus den Löchern hervorgekrochen, aus allen sozialen Schichten und jeden Geschlechts. Zugegeben, wenn alle Männer auf dieser Welt so aussähen, wäre sie vielleicht sogar in Versuchung, hin und wieder die Seiten zu wechseln.

Als sie wegfuhr, fiel ihr Blick auf den Briefumschlag. Er lag auf dem Beifahrersitz, mit Nadias vollem Namen und Geburtsdatum in Englisch und Russisch. Sie hatte Agafia versprochen, ihn nicht aus den Augen zu lassen, und genau das hatte sie gerade getan, als sie auf der Toilette war. Sie griff mit der Hand in den Umschlag. Die Papiere waren noch da. Natürlich waren sie noch da. Wer außer Nadia sollte schon Interesse daran haben? Trotzdem drehte sie den Umschlag um. Und obwohl sie müde war und es kaum erwarten konnte, Gilly zu sehen und ihr alles zu berichten, entschied sie kurz entschlossen, Nadia noch schnell die Unterlagen zu bringen. Bei ihr zu Hause war nämlich nicht auszuschließen, dass ihre Katze den Brief am nächsten Morgen geschreddert hatte. Als sie dann in den Rückspiegel sah, entdeckte sie in einiger Entfernung das einzelne Scheinwerferlicht des Motorrads, das erst verschwand, als sie in den Weg zum Hof abbog. Und sie fragte sich, wo Mister Superschön eigentlich wohnte.

61

Als Kache am nächsten Morgen durch den frischen Schnee stapfte, um die Ziegen zu füttern, war die weiße, die Nadia Ranunkel getauft hatte, tot. Von weitem dachte er zuerst, mitten im Winter wäre ein Feuerbusch erblüht, doch als er dann näher kam, zog sich ihm der Magen zusammen. O nein, nicht Ranunkel. Hätte das Blut den frisch gefallenen Schnee nicht rosa gefärbt, hätte er sie vielleicht gar nicht gesehen. Die arme Ziege war sicher Opfer einer anderen hungrigen Kreatur geworden – eines Bären oder eines Wolfs. Wobei es jetzt im tiefen Winter wohl kaum ein Bär gewesen sein konnte. Es sah aus, als hätten sich auch schon Falken und Adler über sie hergemacht. Kache sah sich nach irgendwelchen Tierspuren um, aber der vom Wind verwehte Neuschnee hatte mögliche Spuren zugedeckt.

Der Verlust traf sie beide, aber Nadia besonders hart. Die Ziegen waren ihr alle ans Herz gewachsen, doch Ranunkel war ihr Liebling gewesen. Allerdings hatte sie über die Jahre schon viele Tiere verloren, so dass sie in ihrem Kummer auch einen gewissen Realismus besaß, den Kache bewunderte.

Ein paar Tage danach half er ihr, Blechdosen auf den unterschiedlich hohen Schneehaufen zu platzieren. Das winterliche Zwielicht warf einen hellvioletten Schleier auf Bäume und Land, auch auf Nadia – auf alles. Kache stampfte mit den Füßen auf, um sich durch die Bewegung zu wärmen.

»Ich glaube, Ranunkel wäre stolz auf dich«, sagte Nadia und trat einen Schritt zurück, um ihr Werk zu betrachten.

Er zuckte die Schultern, wollte etwas sagen, das beiläufig klingen sollte und nicht befrachtet war mit dieser Veränderung, die er innerlich spürte. Seit jeher hatte er Schusswaffen verabscheut. Aber sie lebten mitten in der Wildnis, und seit kurzem war ihm bewusst, welche Verantwortung sein Vater getragen hatte. Es war ihm gelungen, sie alle zu beschützen – jedenfalls bis zum Flugzeugabsturz –, was in Alaska eine Leistung ist. Ein Gewehr schützte zwar nicht vor allem, aber wenn man einer Sau mit Jungen begegnete, einem Rudel Wölfe oder einer aufgebrachten Elchkuh, konnte eine Waffe nützlich sein, wenn auch nur, um damit in die Luft zu schießen. Bald war Frühling, die Bären würden aufwachen, reizbar und hungrig. »Ich habe nachgedacht, wahrscheinlich hast du recht. Wenn ich hier leben will, sollte ich mit einem Gewehr umgehen können und nicht alles dir überlassen. Wir sind ja jetzt ein Team, stimmt's?«

Sie nickte. »Aber dein Vater, er hat dir Grundkenntnisse beigebracht?«

»Er hat's versucht. Ich war nicht gerade ein williger Schüler.«

»Aber du hast überall Einsen gehabt.«

Er schüttelte den Kopf. »Gibt es eigentlich etwas, was du nicht von mir weißt? Okay, stimmt. Aber mein Dad hat auch nicht versucht, mir Trigonometrie und Geschichte beizubringen. Das ist etwas anderes.«

»Ach so. Verstehe. Jetzt«, sagte sie und trat zurück, »schieß!«

Als Kache das Kleinkalibergewehr auf Schulterhöhe anhob, die Augen schloss und das Perlkorn auf die erste Blechdose richtete, wusste er bereits, dass er mit einem größeren Gewehr üben musste, falls er wirklich einmal einen Bären oder wütenden Elch erschießen musste. Aber das hier war ein Anfang. Den tauben Finger am kalten Abzugshahn, drückte er ab, und sie beide staunten nicht schlecht, als er die Dose traf.

»Du hast gelogen. Du kannst schießen.«

»Ein paar Dinge, die er mir beigebracht hat, haben sich wohl doch in meinem Kopf eingenistet.«

Der nächste Schuss ging daneben, und mit dem übernächsten traf er die zweite Dose. Nadia nahm ihm das Gewehr ab und gab ihm die Pistole. »Hier, schieß mal damit. Die Schrotflinte heben wir uns fürs nächste Mal auf.«

Er blies sich in die Hände, schoss aber ein paarmal daneben. Es war viel schwerer, die Pistole ruhig zu halten. Sie stellte sich hinter ihn und legte die Arme so um ihn, dass er seinen rechten Arm mit dem linken fixieren konnte. Dieser Schuss saß.

»Kachemak Winkel. Ich glaube, das macht mich gerade sehr an«, sagte sie und trat zurück. Er traf wieder. »Sehr, wie sagt man? Macho? Ja?«

»Ich dachte, du magst eher sensible Songwriter.«

»Das stimmt. Besonders wenn sie gut schießen können.«

Die erfolgreiche Schießübung feierten sie mit einer anderen Übung auf einem Stapel Decken vor dem Kaminofen. Die Fichte, die sie gefällt hatten, stand in der Ecke, ihre Zweige schwer beladen mit den Lichtern und dem ganzen Baumschmuck seiner Mutter. Na ja, mit dem größten Teil jedenfalls. Einen Karton hatten sie wegwerfen müssen, weil Spitzmäuse sich darin eingenistet hatten, aber all die andere Weihnachtsdekoration war noch in dem Papier eingewickelt, in das seine Mutter sie nach der letzten Weihnacht so sorgfältig verpackt hatte. Jedes Jahr durften er und Denny ihren eigenen Schmuck aussuchen, und seine Mutter hatte ihn beschriftet, so dass jetzt neben den hübschen Glaskugeln, den handgemachten Stoffweihnachtsmännern und den bunten hölzernen Lebkuchenhäuschen auch Star-Wars-Figuren, Baseballschläger und eine winzige Gitarre hingen. Kache fragte sich, was er und Nadia wohl tun würden, wenn sie einmal Kinder hatten. Jedenfalls brauchten sie dann einen größeren Baum.

Mit Nadia zu glühen und zu schwitzen fühlte sich besonders gut an, wenn draußen der Winterfrost herrschte. Er schätzte es sehr, dass Nadia ihm so freimütig erlaubte, sie zu erforschen. Nach allem, was sie durchgemacht hatte, erklärte sie ihm, war es eine Gnade, mit ihm zu schlafen. Sie schlief auf der Seite, das Gesicht von ihm abgewandt, ihr Körper illuminiert vom Feuer und den funkelnden weißen Lichtern am Baum, und er sah nicht nur deutlich das eingeritzte B, sondern auch die schmalen Narben, wo Wladimir sein Messer angesetzt hatte, manchmal nur um sie zu ritzen, aber manchmal auch tiefer. Er hatte es genossen, Angst und Schrecken in ihren Augen zu sehen, erzählte sie einmal. Dass er ihr das Messer an die Brust oder den Hals gehalten und zugesehen hatte, wie sich Panik in ihrem Gesicht ausbreitete, bis er schließlich einen Ständer hatte. In der Nacht, in der er seinen Anfangsbuchstaben in sie ritzte, hatte sie sich ihm verweigert, und bald danach war sie weggelaufen.

Die Striche sahen aus wie ein seltsamer Code oder wie Spuren in einem Schneefeld; eine Nachricht, ein Überrest, eine Gebietsmarkierung. Sie hatte gesagt, er sei ein sehr geduldiger und effizienter Trapper gewesen.

Kaches ganzes Streben war, sie zu beschützen. Sie sollte wissen, dass sie bei ihm immer sicher sein und er jede Bedrohung von ihr fernhalten würde – böse Männer, hungrige Bären, abstürzende Flugzeuge.

Sie streckte sich wie eine seidige Katze und sagte über ihre Schulter hinweg: »Starrst du wieder meinen Po an?«

»Er ist nun mal wunderschön.«

»Kache, wir beide wissen, dass das nicht ganz stimmt. Als ich das letzte Mal zum Haareschneiden war, habe ich Katys Tattoos bewundert. Ich überlege, mir die Stelle tätowieren zu lassen, um sie zu verbergen.«

»Was für ein Tattoo würdest du denn wollen?«

»Ich hatte an einen Schmetterling gedacht. Siehst du?« Sie zeigte mit der Hand auf das B, wie es die rechte Seite der Flügel formen konnte, fuhr mit dem Finger darüber, und dann mit seinem, wo der andere bunte Flügel hinkommen würde.

Mit der an den Mac angeschlossenen Videokamera, der modischen Frisur und den neuen Kleidern sah Nadia aus, als ginge sie bereits auf die Filmhochschule. Während sie jetzt arbeitete, lief im Hintergrund »Oh but California ...« von einem der vielen Joni-Mitchell-Alben seiner Mutter, und sie sang mit – oder versuchte es zumindest. Kache würde niemals laut stöhnend sagen: *Du klingst wie eine läufige Katze*. Denn selbst wenn es stimmte, kannte er doch auch ihre Hemmungen, was ihre Stimme betraf. Und wenn sie in seiner Gegenwart sang, zeigte sie ihm, dass sie ihm vertraute. Ein bisschen enttäuscht war er zwar schon, dass sie niemals gemeinsam singen würden, aber auch erleichtert, dass es etwas gab, das sie nicht perfekt beherrschte. Neben der Tatsache, dass sie immer vergaß, ihr Mobiltelefon aufzuladen. Was ihn daran erinnerte, sie zu erinnern.

»Hast du dein Handy aufgeladen?«

Sie legte den Kopf auf die Seite, fast bis zur Schulter, hob die Augenbrauen und grinste.

»Wie kannst du so ein Technikgenie sein und nicht daran denken, dein Handy aufzuladen?«

Sie war inzwischen so fit am Computer, dass sie Kache vorschwärmte, wie einfach es war, Videos zu bearbeiten. Er hatte nämlich keine Ahnung davon und konnte ihr dabei nicht helfen. Stattdessen schaufelte er Schnee, schrieb Lieder und übte weiter Schießen. Und steckte ihr Telefon in die Steckdose.

»Mir fehlt noch eine Szene«, sagte sie und lehnte sich im Sessel zurück, drehte den Oberkörper ein paarmal nach links und rechts, um den Rücken zu dehnen.

»Und?«

»Mit dir, wie du im Spit Tune singst.«

»Also, ich weiß nicht. Es ist schon so lange her.«

»Snag sagt mir, sie fragen dort ständig nach dir. Und deine Freundin Marion singt auch da, ja? Mit ein paar Männern aus eurer alten Band? Es wird eine Wiedervereinigung. Ich will das filmen, genau an dem Ort. Bitte?«

Er hätte schwören können, dass sie mit den Wimpern klimperte, als sie ihn ansah. War das ein weltweites Phänomen? Wo lernten die Frauen so etwas nur?

Endlich stand Rex wieder hinterm Tresen. Er war inzwischen in den Sechzigern und hatte weniger Haare auf dem Kopf, dafür umso mehr auf der Oberlippe. Als Kache zu ihm ging, wäre er fast über den Tresen gesprungen, um ihn zu umarmen.

»Winkel, Mensch, wie schön, dich zu sehen. Snag und Marion haben schon erzählt, dass du wieder in der Stadt bist. Hast ziemlich lange gebraucht, um dich hier blicken zu lassen.«

»O nein, ich war schon hier, aber da hast du unten im Süden in der Sonne geschmort. Wie ich sehe, läuft der Laden genauso gut wie früher.«

»Wir sind in Alaska, und das hier ist eine Bar, natürlich gehen die Geschäfte gut. Und Marion und die Jungs sorgen noch immer dafür, dass alle auch wiederkommen. Es gibt Gerüchte, dass du heute Abend mit dabei bist.«

»Das Gerücht ist mir auch zu Ohren gekommen.«

»Marion und Danny Boy bauen schon alles auf. Geh hin und sag hallo. Und wage es ja nicht zu gehen, ohne dass du mit mir ein Bier getrunken hast. Wer ist das hübsche Mädchen?«

»Oh, tut mir leid. Nadia, das ist Rex.«

Sie gaben sich die Hand. »Bei Frauen hattest du schon immer einen guten Geschmack, Winkel«, sagte Rex, und Nadia errötete.

Wie aufs Stichwort trat Marion hinter ihn und hielt ihm die Augen zu. Er wusste, dass es Marion war, denn so hatte sie ihn immer in der Highschool begrüßt und tat es jetzt um der alten

Zeiten willen. »Marion«, sagte er. »Der einzige Mensch, der so was in meinem Alter noch bei mir macht.«

»Endlich beehrst du uns mit deiner Anwesenheit. In letzter Zeit hab ich dich nicht mal mehr im Altersheim gesehen.«

»Marion, das ist Nadia. Nadia, Marion.« Sie gaben sich die Hand.

»Sie ist also diejenige, die dich auf Trab hält. Du bist doch die mit der Kamera, stimmt's? Schön, dich kennenzulernen. Kache, kommst du zum Soundcheck mit?« Kache sah Nadia an, sie lächelte und winkte ihn mit der Hand fort. »Sie ist niedlich«, sagte Marion auf dem Weg durch den vollen Raum zu der kleinen Bühne in der Ecke. »Ein bisschen jung, aber reizend.«

»Sie sieht wesentlich jünger aus, als sie ist.«

»Oh, gut, dann müssen wir dich nicht verhaften lassen.« Marion trat auf die Bühne, um das Mikro zu testen.

Eine tiefe, irgendwie vertraute Stimme sagte: »Verhaften? Du brichst Gesetze, mein Freund?«

Kache blickte sich um, doch erst als der Mann neben ihm kurz die Kappe anhob und die Sonnenbrille runter auf die Nase schob, erkannte er ihn. »Oh, du bist Tol, richtig? Machst du jetzt einen auf Filmstar? Ist das die Alaska-Version deiner eigenen Do-it-yourself-Show?«

Tol lachte. »Hättest du wohl gern. Könntest vielleicht was lernen. Nein, zu viel Licht und Leute für mich hier. Ich muss Richtung Tür und brauche Luft. Kann nicht lange bleiben, aber bin gespannt auf deine Musik«, sagte er und verschwand in der Menschenmenge.

Dan, Mike und Chris umarmten Kache gleichzeitig, und bald

klopften ihm alle auf den Rücken, holten ihre Geldbörsen hervor und zeigten ihm Fotos von ihren Kindern und Frauen. Alles war so, wie Marion es gesagt hatte: Sie hatten ihm verziehen. Er war ohne ein Wort einfach abgehauen, ohne sich umzublicken, und doch kam es ihm vor, als hätten sie letzte Woche miteinander gespielt. Er hoffte, dass auch die Musik so klingen würde.

»Sollen wir ein paar alte Sachen zum Aufwärmen spielen?«, fragte Marion. »Dann kannst du deinen Song für das Video spielen, und wir gucken, wo wir uns dabei einklinken können.«

Bei der Vorstellung, hier vor so vielen Menschen ein so persönliches Liebeslied zu singen, fühlte er sich nackt. In Anchorage war das etwas anderes gewesen, da hatte ihn niemand gekannt. Doch als es dann so weit war, machte er es einfach und sang aus vollem Herzen:

Wenn du glaubst, dich verstecken zu müssen,
Gebe ich dir meine Kleider und gehe nackt.
Wenn du keine Meile mehr laufen kannst,
Trag ich dich auf meinem Rücken.

Wenn du nicht ans andere Ufer kommst,
Lege ich mich nieder und bin deine Brücke.
Und wenn du alle Hoffnung und Träume verlierst,
Färbe ich den Himmel von vorne bis hinten.

Weil, Nadia, du hast mich entwirrt.
Nadia, eindeutig du,
Nadia, unbestreitbar du
Hast einen besseren Mann aus mir gemacht.

Wenn deine Augen die Tränen loslassen,
Trinke ich sie wie süßen Wein.
Wenn dein sanftes Herz keinem gehört,
Nenne ich es gern mein.

Wenn keiner über deine Witze lacht,
Tu ich das bis ich mich zweiteile.
Dann gibt es mich noch einmal mehr,
Und beide werden dich immer lieben,

Weil, Nadia, du hast mich entwirrt.
Nadia, eindeutig du,
Nadia, unbestreitbar du
Hast einen besseren Mann aus mir gemacht.

Marion und die Jungs begleiteten ihn, und es klang gut. Am Ende standen alle Besucher und klatschten. Als Nadia dann die Kamera sinken ließ, sah er, dass sie strahlte.

Marion musste es auch gesehen haben, denn als der Applaus schließlich abflaute, sagte sie ins Mikrophon: »Und jetzt begeben wir uns auf eine Reise zurück in die schönen unschuldigen alten Zeiten. Ich bin sicher, Kache erinnert sich an diesen Song …« Sie begann das Liebeslied zu singen, das sie gemeinsam geschrieben hatten und das zu ihren besten Songs gehörte. Sie waren ineinander verliebt gewesen und hatten es im Duett gesungen, sich dabei tief in die Augen gesehen und mit den Lippen fast berührt. Und genau das hatte Marion jetzt vor. Sie ging zu Kaches Mikro, sah ihm in die Augen, und Dan begann Klavier zu spielen, das einzige Instrument in diesem Song, nicht einmal Kaches Gitarre, nur das Klavier – leise und langsam – und Marions und Kaches

Stimme, ein intimes harmonisches Miteinander. Dieser Song war Kache schon immer unter die Haut gegangen. *»Ich will mich nicht länger … wehren … gegen diese Liebe. Ich falle schneller … und tiefer … als jemals zuvor.«* Augenblicklich vergaß er Nadia, die Kamera, die vielen Menschen um ihn herum, dass Rex am Tresen Bier zapfte. Er sah in Marions dunkelbraune Augen und erinnerte sich, wie sehr er die Musik geliebt hatte, ihr gemeinsames Singen, und dass ihm damals noch nichts Angst gemacht hatte. Seine Familie kam mit diesen Worten und Noten zu ihm zurück, war im Grunde nie weg gewesen. Er erinnerte sich, wie sehr seine Mom und sein Dad Marion gemocht hatten, und dass Denny sagte, er sei neidisch, weil Kache so ein heißer Typ sei. Er erinnerte sich, dass sie Marion wie ein Familienmitglied behandelten, wenn sie zu ihm nach Hause kam, und manchmal, wenn es zu spät geworden war, rief seine Mom ihre an und fragte, ob Marion bei ihnen auf dem Sofa übernachten dürfe, damit sie sie nicht auf den vereisten Straßen den weiten Weg zurück in die Stadt fahren müssten. Wenn das Schnarchen seines Dads dann bis ins obere Stockwerk drang, öffnete Kache vorsichtig seine Zimmertür und ging, die knarrenden Stellen meidend, auf Zehenspitzen die Treppe hinunter ins Erdgeschoss, wo Marion ihn schon erwartete, den Schlafsack aufhielt und ihn mit hineinnahm.

Der Song endete, und damit auch der Zauber. Kache blinzelte, wandte sich von Marion ab und sah Nadia an, die nicht mehr filmte, sondern ihn beobachtete. Ein »verdammt« entwich ihm, unglücklicherweise vom Mikrophon verstärkt, so dass alle es hörten, aufhörten zu klatschen und warteten, dass er sagte, was er sagen wollte. »Okay, ja, also das war ein echter Oldie, richtig alt. Aber jetzt geht's etwas munterer weiter. Die Band wird ein paar ihrer neuen Songs spielen, und wenn es sich richtig anfühlt, steige ich mit ein.«

Und so machten sie es. Als dann spätnachts alle an der Bar saßen und sich mit Rex unterhielten, hörte Kache, wie Nadia Marion fragte: »Du lebst schon immer in Caboose?«

Marion bejahte.

»Du hast nie gewünscht, wegzugehen?«

»Warum sollte ich, wo es hier am schönsten auf der ganzen Welt ist? Was sollte ich denn woanders?

Anscheinend wusste Nadia nichts darauf zu antworten, denn sie nahm ihre Kameratasche. »Kache?«

Kache verstand den Wink. »Ja, Leute, wir müssen los. Danke, und ich verspreche, dass wir das bald wieder machen, so lange warten wir nicht noch mal.« Zum Abschied wurden er und auch Nadia von allen umarmt, doch als sie dann hinaus ins Freie traten, traf die bitterkalte Nachtluft sie wie ein Schlag. Sie blieben stehen, um kurz Luft zu holen, zogen die Jacken fest um den Körper und rannten zum Auto.

Kache versuchte ein paarmal ein Gespräch in Gang zu bringen, aber jedes Mal stockte die Unterhaltung schnell – wie auch der leichte Schneefall nicht stärker wurde und von den Scheibenwischern auf niedrigster Stufe zu schaffen war. Er ahnte den Grund von Nadias Unmut, denn er konnte ihn nachvollziehen. Er hatte es vermasselt und keine Ahnung, was er sagen sollte. Über den Song zu sprechen würde ihm wie ein Schuldeingeständnis vorkommen. Er hatte sich von dem Lied hinreißen lassen. Ja, vor langer Zeit hatte er Marion geliebt, aber jetzt liebte er Nadia und träumte sogar davon, mit ihr Kinder zu haben. Er war jedoch klug genug, diesen speziellen Traum für sich zu behalten. Jedenfalls momentan, denn sonst würde sie sicher noch panischer reagieren als auf sein Geschmachte mit Marion. *Marion, du hast mich zum Schmachten verführt*. Was für ein Arschloch er doch war. Aber das Singen mit Marion hatte eine schöne Erinnerung an seine Familie wachgerufen, die total harmlos war – vielleicht bis auf das Flashback, wie er zu Marion in den Schlafsack kroch. Und selbst das war harmlos gewesen. Bei dem Gedanken daran musste er gelächelt haben, denn nun sagte Nadia etwas.

»Du lächelst und bist glücklich. Der Abend hat dich sehr glücklich gemacht.«

»Nein. Ich meine, ja, aber nicht so, wie du denkst.«

»Woher weißt du, was ich denke?«

»Du scheinst die ganze Zeit zu wissen, was ich denke. Vielleicht habe ich ein Tagebuch von dir gefunden.«

Seine Miene sollte ausdrücken, dass er Spaß machte und Nadia mehr liebte, als er je eine Frau geliebt hatte. Doch das schien nicht rüberzukommen, denn sie hatte Tränen in den Augen.

»Scheißmist«, sagte sie, wischte sich mit den Fäustlingen übers Gesicht und fluchte wieder, weil sie eine Fussel ins Auge bekommen hatte. Kache machte die Deckenleuchte an, damit sie in den Spiegel an der Sonnenblende sehen konnte, und wartete, während sie immer wieder mit dem Finger über das Auge wischte. »Da«, sagte sie schließlich, und er machte das Licht wieder aus.

»Nadia, es tut mir so leid. Ich liebe dich.«

»Du liebst viele Menschen, glaube ich. Dein Herz wird voll.«

»Nein. Ich weiß nicht, wie ich es erklären soll. Ich habe mich in Erinnerungen verloren. Meine Familie mochte Marion sehr.«

»Das ist nicht hilfreich. Ich liebe deine Familie! Ich liebe euch alle seit zehn Jahren. Aber keiner von euch kennt mich. Nur du. Und du magst vielleicht Marion lieber.« Sie verschränkte die Arme. »Sie singt immerhin.«

»Nadia, ich liebe dich. Und auch meine ganze Familie hätte dich total geliebt. Wie jetzt Lettie und Snag. Komm her.« Er legte den Arm um ihre Schultern und zog sie zu sich. Sie rutschte zu ihm hinüber und kuschelte sich an ihn. Die Scheibenwischer arbeiteten unermüdlich, und der Schnee tanzte weiter im Scheinwerferlicht.

62

Nadia arbeitete pausenlos an ihrem Video. Eines Nachts, als Kache schon schlief und sie so gut wie fertig zu sein glaubte, las sie etwas über Special Effects und probierte bei einigen Einstellungen verschiedene Techniken aus. Besonders gut gefielen ihr Zeitlupe-Sequenzen, weil sie eine intensivere Sicht auf die Handlung ermöglichten. Als sie sich jetzt Szene für Szene ansah, was sie gemacht hatte, war sie sehr zufrieden.

Vorher hatte sie schon ein paar Videos, die andere ins Internet gestellt hatten, genau studiert, besonders auf YouTube. Als sie jetzt fertig war, wollte sie herausfinden, wie sie ihr Video ins Netz stellen konnte – es war zwar nicht so brillant wie einige andere, aber besser als die meisten. Niemand würde davon erfahren. Aber wie befriedigend wäre es für sie, zu wissen, dass Menschen draußen in der Welt, außerhalb dieser vier Wände, sehen konnten, was sie erschaffen hatte.

Sie war so sehr in ihre Arbeit vertieft, dass sie am Abend vergessen hatte, ihre Kerbe in die Wand zu ritzen. Sie stand auf, um es nachzuholen. Weil sie mit ihrem Video weitermachen wollte, suchte sie schnell eine freie Stelle, um die neue Fünfergruppe zu beginnen – wahrscheinlich musste sie bald eine andere Wand finden. Sie steckte die Messerspitze ins Holz und zog sie vorsichtig nach unten, um die Linie so gerade wie möglich zu ziehen.

Zurück auf ihrem Stuhl, hörte sie draußen ein Knacken, und ihr Blick wanderte vom Computerbildschirm über die buntbedruckte Tischdecke zu ihrem Spiegelbild im dunklen Fenster. Noch ein Knacken. Leo stand auf und spitzte die Ohren. »Wahrscheinlich nur ein Elch, Leo. Oder vielleicht ein Wolf?« Sie und Kache hatten den Maschendrahtzaun um die Scheune verstärkt, damit die Tiere sicher waren. Nadia rieb sich beschwichtigend über die Gänsehaut auf ihren Unterarmen, die sie durch den Pullover hindurch spürte, und kraulte dann Leos Kopf, damit auch er sich beruhigte.

Es gab keine weiteren Geräusche von draußen, aber beim Arbeiten hatte Nadia manchmal das Gefühl, beobachtet zu werden. Vielleicht passierte einem das, wenn man zu viel Zeit hinter einer Videokamera verbrachte – man fing an, das eigene Leben als Film zu sehen, in dem der Regisseur immer wieder verschiedene Einstellungen ausprobierte.

Und wenn ihr und Kaches Leben wirklich ein Film wäre, wie würden die nächsten Szenen aussehen? Wäre es eine Liebesgeschichte? Eine Tragödie? Eine Komödie? Das war tatsächlich ein Rätsel. Wenn das Leben doch nur so klar kategorisiert werden könnte.

Seit der Nacht im Spit Tune dachte Nadia darüber nach, wie ihr und Kaches Leben zusammenpassten – oder auch nicht. Im Grunde hatte sie schon vorher damit angefangen, als Lettie ihnen vom Wunsch ihres Mannes erzählte, woanders zu leben. Das Opfer, das er gebracht hatte. Sie hatte ihm viel zugemutet. Zu viel. Als Nadia die Verbindung zwischen Marion und Kache sah, wurde ihr bewusst, dass da etwas war, das über ihre gemeinsame Geschichte und die Musik hinausging – dass auch dieser Ort sie verband.

Dieser Ort! Dieser Ort hatte sie vor langer Zeit einmal gerettet, und sie war dankbar dafür, doch er war auch zu ihrem Gefängnis geworden. Sie kannte nur diesen Ort und die Familie Winkel. Sie wusste nur, wie diese Familie sich entschieden hatte, wie sie leben wollte. Sie selbst hatte noch nichts entschieden. Sie hatte lediglich übernommen, was andere aufgebaut, gemacht, ja sogar gedacht hatten. Bis auf diesen Film hatte sie nie etwas getan, das Bestand haben würde. Sie hatte ihren Kopf mit den Worten anderer gefüllt, aus den Büchern im Bücherregal und auch aus den Tagebüchern einer anderen Frau. Aber sie selbst, und das fühlte Nadia jetzt deutlich, hatte weder genug eigene Erfahrungen in dieser Welt gemacht noch in sich aufgenommen oder ihr genug zurückgegeben. Und genau danach sehnte sie sich. Oh, wie sehr sie sich danach sehnte!

Sie musste mit dem Kopf auf der Tastatur eingeschlafen sein, denn Kache berührte ihren Arm und sagte: »Nadia. Das Polarlicht.«

Sie schlief noch halb, als er sie zur Garderobe führte, ihre Jacke zuknöpfte und ihr die Stiefel hinhielt, damit sie hineinschlüpfen konnte. Erst als sie dann zum Pick-up kamen, wo er Schlafsäcke, Decken und Kissen auf der Ladefläche ausgebreitet hatte, wurde sie hellwach. Und dann lagen sie da und sahen zu, wie der Himmel seine zauberhaften langen grünen und rosa Vorhänge hin und her zog, die sich nacheinander in rennende Riesen, fallende Bänder, kurvenreiche Flüsse und riesige Flutwellen verwandelten, die durch den Himmel brachen.

»Den Legenden der Ureinwohner zufolge sind das die Seelen der Verstorbenen.«

»Hast du so etwas schon einmal gesehen?«, fragte sie.

Er bejahte die Frage. »Dies ist eine Geschichte, die du nicht in den Tagebüchern meiner Mutter gelesen hast.« Er erzählte ihr von der Nacht, in der er und Denny, als Teenager am Wochenende allein zu Hause, aus Langeweile die Hausbar geplündert und dann aus noch größerer Langeweile – betrunkener Langeweile – heraus die glänzende Idee hatten, Anthony, den geliebten Bärenkopf seines Vaters, von der Wand über dem Klavier zu holen und loszuziehen, um Touristen Angst einzujagen.

»Das ist nicht wahr!«

»O doch.«

»Ich habe diesen Bärenkopf Anthony nie gesehen.«

Genau das hatte mit dem Polarlicht zu tun, sagte Kache. »Wir sind mit dem Quad hoch zur Hauptstraße gefahren. Es war schon fast dunkel, Denny hatte die Lichter am Fahrzeug angelassen und wollte die Autos anhalten, und ich stand im Gebüsch, sollte Anthony hochhalten und laut knurren, so wie jetzt«, sagte er und knurrte.

»Nicht sehr furchterregend, Kachemak Winkel.«

»Ach, komm schon, du hast furchtbare Angst, das sehe ich doch. Jedenfalls hatte ich dann das Problem, dass ich pinkeln musste, wobei mir klar war, dass genau in dem Moment endlich mal ein Wagen anhalten und die Touristen bloß einen betrunkenen Jungen sehen würden, der in die Büsche strullert. Und das konnten sie nun weißgott jederzeit und überall in den südlichen 48 Staaten haben. Also hab ich Anthony eine gute Stunde über dem Kopf hochgehalten und den Pipitanz praktiziert, doch kein Auto kam. Kein einziges.«

Kache stand auf und demonstrierte seinen kleinen Tanz, einen imaginären Bärenkopf hochhaltend, und Nadia lachte. Er ließ sich auf die Decken zurückplumpsen und erzählte, wie er Anthony schließlich in einem Busch absetzte und sich erleichterte und just in dem Moment das Polarlicht aufleuchtete. »Man kriegt es auf der Halbinsel nicht oft zu sehen, und das war unser erstes Mal. Es hat uns total umgehauen.« Sie waren im Geländewagen nach Hause gerast, über ihnen und um sie herum alles in grünes Licht getaucht, waren aufs Dach geklettert und hatten bis zum Sonnenaufgang zugesehen.

Erst dann fiel ihnen ein, dass sie den Bärenkopf im Gebüsch am Straßenrand vergessen hatten. Sie waren zurückgefahren und suchten und suchten, doch der Alkohol hatte ihre Erinnerung getrübt. Denny dachte, dass jemand ihn entdeckt und mitgenommen hatte. Zu Hause erzählten sie, dass sie in der Stadt im Kino waren und bei ihrer Rückkehr Anthony weg gewesen wäre. Gestohlen.

»Mein Vater war fassungslos. Er meldete den Diebstahl der Polizei. Meine Mutter beorderte uns am nächsten Abend in mein Zimmer und sagte: ›Jungs, erzählt mir nichts. Ich will absolut nichts darüber wissen. Aber ich danke euch aus tiefstem Herzen.‹« Kache lachte auf – ein spitzer, erstickter Laut.

Nadia nahm ihn in die Arme. »Du hast recht, diese Geschichte kannte ich nicht.«

»Gut.« Er drückte sie. »Das ist gut.« Auch sie beobachteten jetzt das Polarlicht und unterhielten sich bis zum Morgengrauen, den Blick gebannt auf das geheimnisvolle Mysterium des Himmels gerichtet, und Nadia erzählte, dass sie das Polarlicht schon ein paarmal gesehen hatte.

»War es jemals so schön wie heute Nacht?«

»Nein«, sagte sie und legte den Kopf an seine Brust, wo er die Jacke für sie geöffnet hatte, und beobachtete den Walzer, den das Rosa und Grün endlos miteinander tanzten. »Nicht so wie heute.« Sie war sicher, dass nichts in ihrem Leben sich mit dieser Schönheit vergleichen ließ.

TEIL 5

Frühling 2006

63

Während Kache im Garten über zwei wacklige Eisplatten balancierte, die mit schmutzigem Schnee bedeckt waren, buddelte Leo nach irgendeinem Schatz. Unter ihnen und um sie herum gluckerte Wasser und entriss den Hügel seiner Winterruhe. Die Schneeschmelze war zwar übel, aber auch voller Verheißungen. In kaum einem Monat würde die ganze Natur explodieren und alles prahlerisch zur Schau stellen: Feuerbüsche und Castilleja, Vergissmeinnicht, Lupinen, fünf verschiedene Arten Beerensträucher und nicht zu vergessen die Erlen, Pappeln sowie die Birkenhaine, deren Blätter in sämtlichen Grünschattierungen schimmerten. Und das war erst der Anfang. Er hatte viele verschiedene Samen für den Garten bestellt und konnte es kaum erwarten, den Ausdruck auf Nadias Gesicht zu sehen, wenn sie eintrafen. Pläne für ein Gewächshaus hatte er auch schon entworfen.

Die Nacht zog sich jetzt früher zurück und ließ die Sonne, die nun Überstunden machte, tiefer am Horizont stand und längere Schatten warf, ihre Wintermüdigkeit wiedergutmachen. Es gab nichts, was dem alaskischen Licht zwischen Mitternachtssonne und Winterdunkelheit in irgendeiner Weise vergleichbar wäre. Tausende Spielarten des Lichts mit mannigfachen staunenswerten Nuancen. Der Schnee schmolz Tag für Tag mehr und bildete

Rinnsale, die den Boden weiter aufweichten und gnadenlos alles ans Tageslicht brachten, von sprießenden Krokussen über fossile Hundehaufen bis hin zu der rostigen Ölkanne und dem Müllsack, die sie letzten Herbst im Hof vergessen hatten.

Vor beinahe einem Jahr war er hierher zurückgekehrt. In diesem einen Jahr hatte er intensiver gelebt als in den zwei Jahrzehnten seiner Abwesenheit. Und das war keine Übertreibung. Auch in ihm selbst waren Eisplatten aufgetaut, und er fühlte sich hier seiner Mutter und Denny näher. Zuweilen empfand er sogar die Erinnerungen an seinen Vater lückenhaft, vielleicht sogar unfair. Dass die Beziehung zwischen ihnen einem endlosen, kalten Winter glich, in dem sie sich, durch Schneestürme voller Missverständnisse hindurch, angeschrien hatten. Er wünschte, es gäbe eine Möglichkeit, die Zeit zurückzudrehen und ihn besser kennenzulernen.

Hier zu sein gab ihm zumindest die Möglichkeit, es zu versuchen; und selbst Vater zu werden war eine weitere. Natürlich konnte das kein Grund sein, Kinder zu haben. Doch jetzt wollte er sie. Er wollte Nadia und ein paar Kinder und ein Leben hier, auf diesem Stück Land, das seine Großeltern durch ihre Ansiedlung erworben und sein Vater mit Liebe und Beharrlichkeit erhalten hatte. War das nicht seltsam? Genau das Gleiche zu wollen, was sein Vater einst gewollt hatte? Sicher, Kache wollte eine andere Art Vater sein. Einfühlsamer, weniger kontrollierend und stur. Aber auch nicht total anders, nicht einhundert Prozent anders. »Und das«, sagte er Leo, der aufgegeben hatte, nach dem mysteriösen Schatz zu suchen, und, den Kopf zur Seite geneigt, am Tor wartete, »ist schon fast eine Offenbarung.«

Auf dem Weg zum Haus zog Kache die Handschuhe aus und griff in die Innentasche seiner Daunenweste. Noch da. Der Briefumschlag, den er heute Morgen, als er die Post auf dem Postamt abholte, zusammengefaltet eingesteckt hatte. Sie hatte ihre Bewerbung verspätet abgeschickt, nachdem Snag irgendwie an ihre Papiere gekommen und vor Stolz fast geplatzt war, als sie sie ihnen übergab. Wie sie es geschafft hatte, wollte sie nicht verraten, jedenfalls nicht in seiner Gegenwart. Snag und er hatten sich noch nicht ausgesprochen und sich nur hin und wieder über Lettie ausgetauscht, und es lag an ihm, das zu ändern.

Der Brief war an Nadia adressiert, mit dem Absender Academy of Art in San Francisco. Der Umschlag war zu dick, um hindurchsehen zu können. Selbst als er sich heimlich in Snags Badezimmer schlich – wo er ihn vor die Höhensonne hielt, die sie dort wegen der Winterdepression unter dem Waschbecken aufbewahrte, um ihren Serotoninspiegel zu erhöhen –, konnte er keinen Blick auf den Inhalt erhaschen. Kache hoffte, dass Nadia die Lampe nicht brauchte, nachdem sie den Inhalt des Briefes gelesen hatte.

Es gefiel ihm, dass sie diesen Traum hatte und sich schon so viel Wissen über Film, Kunst, das Leben und die Welt angeeignet hatte. Es gefiel ihm, dass sie so belesen und kompetent war und so talentiert in allem, was sie in Angriff nahm. Zugegeben, manchmal hatte es ihn sprachlos gemacht und verunsichert, besonders am Anfang. Aber er hatte sich weiterentwickelt und kam damit klar. Er fühlte sich auf die bestmögliche Weise von ihr gefordert. Er wusste, dass eine schriftliche Collegebewerbung nicht ausreichen würde. Nicht genügen würde, um der Aufnahmekommission alle ihre erstaunlichen Qualitäten zu beweisen, denn die wollte SAT-Testergebnisse, den Studierfähigkeitstest, sportliche Leistungen, ehrenamtliches Engagement und die Teilnahme an Debattierclubs sehen. Und er wusste auch, dass Nadia die Vorstellung liebte, in einer Stadt zu leben, dass sie aber die Realität hassen würde. Die Menschenmassen, die Luftverschmutzung, der permanente Lärm, das Drängen und Stoßen und der Trubel. Sie war eine Frau, die hierher gehörte. Dieses Land floss durch ihre Adern, genau wie durch seine. Ohne darüber zu sprechen, richteten sie sich beide auf ein gemeinsames Leben ein. Und da Nadia eines Tages vielleicht selbst wieder Auto fahren wollte – ihr Dad hatte es ihr vor Jahren beigebracht –, hatte er sogar Dennys alten Land Cruiser zum Laufen gebracht. Wo jetzt Wladimir verschwunden war und ihre Familie wusste, dass sie noch lebte, konnte er sich gut vorstellen, dass sie irgendwann selbst in die Stadt fuhr, vielleicht sogar mit ein paar Kindern, angeschnallt auf dem Rücksitz.

Aber nichts davon wollte er ihr jetzt schon sagen. Er würde sie den Brief öffnen lassen, sie in die Arme nehmen und ihr versichern, dass alles gut werden würde, weil er sich dessen sicher war.

Aber als sie den Brief dann öffnete, ließ sie nicht den Kopf hängen, wie er es erwartet hatte, sondern sagte mit großen Augen: »Heiliger Bimbam, ach du Schande, HEILIGE SCHEISSE, VERDAMMTE!«, packte seine Arme, sprang auf und ab und lief dann zur Tür, riss sie auf und schrie noch einmal: »HEILIGE SCHEISSE, VERDAMMTE!«

Er stand noch immer wie angewurzelt auf demselben Fleck

nahe der Küche, während sie wie ein Kolibri um ihn herumflatterte und sich schließlich über die Armlehne aufs Sofa warf, wo sich die verspäteten Tränen in ihren Augen sammelten.

Kache schloss die Tür und setzte sich ans andere Ende des Sofas. Er hob ihre bestrumpften Füße hoch, legte sie auf seinen Schoß und sagte: »Ich nehme an, das heißt, du bist angenommen.«

Sie lachte und nickte, und das Nicken setzte ihre Tränen frei, die jetzt seitlich entlang zu den Ohren flossen.

»Nadia, ich bin so stolz und freue mich für dich«, sagte er und meinte es auch.

Sie setzte sich auf und schlang die Arme um seinen Hals. »Stimmt das? Wirklich? Danke.«

»Natürlich, wie könnte es anders sein?«

Sie setzte sich zurück und sah ihn an, wischte sich mit dem Ärmel über Augen und Nase. »Moment, ich hol mir ein Taschentuch«, sagte sie, sprang auf, kam mit einem Papiertaschentuch zurück und sah ihm direkt in die Augen. Ein kleines Stück Taschentuch klebte an ihrer Augenbraue. »Kache, du weißt, das bedeutet viele Veränderungen für uns.«

Er lächelte unwillkürlich. »Du überlegst, zu akzeptieren? Wirklich zu gehen?«

»Nein. Ich überlege es nicht. Ich habe viele Jahre überlegt. Ich gehe.«

»Und wie willst du das anstellen?«

»Lies den Brief. Ich bekomme ein Stipendium und zusätzliche Verdienstmöglichkeiten geboten. Da steht, für den Rest krieg ich ein Darlehen. Und es gibt Menschen, die mir helfen, mich ans

Stadtleben zu gewöhnen. Ich bin Teil ihres Sonderprogramms für ›Außergewöhnliche Fälle‹.«

Ein Stipendium? »Ich meine nicht das Geld. Ich rede davon, wie du in einer Stadt mit Hunderttausenden Menschen zurechtkommen willst. Ich rede von vielen Millionen verschiedenen Eindrücken, die deine Sinne vierundzwanzig Stunden am Tag bombardieren.«

»Du musst aufhören, so zu reden. Sofort.«

»Nadia, muss ich dich wirklich daran erinnern, dass du wegen eines einzigen Mannes, der Alaska wahrscheinlich schon vor zehn Jahren verlassen hat, keinen Fuß über die Grenzen dieses Grundstücks gesetzt hattest?« Kache konnte es kaum fassen, was da aus seinem Mund gesprudelt kam. Er musste wirklich aufhören, so zu reden. Er holte tief Luft, und dann gleich noch einmal.

»Du machst dich lustig über mich?«

»Nein. Natürlich nicht. Vergiss, was ich gesagt habe, Nadia. Es tut mir leid. Das habe ich nicht so gemeint. Du gehst, und ich komme natürlich mit dir. Ich freue mich wirklich für dich und hab mich gerade wie ein Idiot benommen. Und was Städte betrifft, gehört San Francisco zu den besten. Es wird ein richtiges Abenteuer. Wir können – wie lange? Ein paar Jahre? Wie lange dauert die Kunsthochschule?«

Nadia stand auf. Sie verschränkte die Arme, dann ließ sie sie fallen. »Kache … du weißt, dass ich dich liebe, ja? Und dass ich dir dankbar bin? Ich hoffe, du verstehst das jetzt, es ist schwer zu verstehen, sogar für mich selbst. Da ist etwas, das ich Angst habe, dich zu bitten. Du solltest hier sein. Hier bist du glücklich.«

Er nahm ihre beiden Hände, sank sogar auf die Knie, und

dann sprudelte es einfach aus ihm heraus. »Du bist der Grund, dass ich endlich hier zu Hause angekommen bin. Ich liebe dich, Nadia.« Nun war es raus. Aber das war noch nicht alles, und jetzt gab es kein Halten mehr. »Ich möchte dich heiraten. Ich möchte, dass wir Kinder haben, wenn du das auch willst. Heirate mich, heirate mich, Nadia. Bitte?«

»Kache.« Sie kniete ebenfalls, umfasste sein Gesicht mit beiden Händen, und obwohl ihr Atem schal roch, sog er ihn tief ein. »Ich liebe dich. Wirklich sehr. Aber ich – ich bin nicht die Richtige für dich. Da ist diese Sache, die ich tun muss. Ich muss gehen, und ich muss es allein machen. Bitte versuche mich zu verstehen.«

Er stand auf. »Wow, das ist echt großartig.« Er lachte wieder. Seine Stimme zitterte. Er verlor die Beherrschung. »Du hast also nicht genug ICH-Zeit gehabt? Zehn verdammte Jahre haben nicht gereicht? Wir haben endlich das hier gefunden, uns beide, diesen Ort, all die verdammt guten Dinge, die jeder Mensch haben will, und du schmeißt das einfach weg, um zu lernen, wie du bessere Videos machen kannst, die du dann bei YouTube einstellst. Das ist geradezu genial.«

»Deine Mutter hatte recht mit deiner sarkastischen Ader, das sehe ich.«

»Kannst du bitte damit aufhören? Ich hasse diesen Scheiß. Du bist ja so was von einer Voyeurin.«

Nadia, noch immer kniend, zuckte zusammen. »Ich weiß, dass du es hasst. Das ist noch ein Grund – dass es niemals mit uns funktionieren kann. Ich kenne nur dich und deine Familie. Ich kenne kein Ich.«

»Komm mir nicht mit diesem klassischen Scheiß. Wo hast du das her, aus den Selbsthilfebüchern meiner Mutter? Und jetzt sind wir schon bei niemals? Und ich hatte gedacht, wir würden Kinder haben, eine Familie sein. Was für ein Idiot ich doch bin. Hat ein einziger Brief mit beeindruckendem Briefkopf bewirkt, dass aus einem Für-immer-und-ewig plötzlich ein Niemals wird? O ja, das nenne ich echte Loyalität. Verstehe. Du bist nur loyal, wenn du es sein musst. Wenn du nirgendwo anders hingehen kannst.« Er stand vom Sofa auf, schleuderte das Kissen weg, das sie zusammen in der Stadt gekauft hatten, und traf die Lampe, die sie im Internet bestellt hatten, die krachend zu Boden fiel. »Also, ich kann woanders hingehen. Adios.« Er packte seine Jacke, blieb bei der Tür stehen und zog die Stiefel an.

Schließlich erhob Nadia sich von den Knien. »Wolltest du deshalb unbedingt, dass ich meine Familie wiedersehe? Weil du wusstest, dass sie mich nicht mehr akzeptieren würden? Weil ich dann nur noch dich habe, deine Familie, dein Haus, deine Geschichte?«

»Nadia, glaubst du das wirklich?«

»Ich weiß nicht, was ich glaube. Was ich bin und was –«

»Ich muss hier raus.«

Sie packte seinen Arm. »Nein, ich gehe. Das ist dein Haus.«

»Und wie willst du das machen?«

»Was ist mit dem Spit Tune? Solltest du heute Abend nicht wieder spielen?«

»Das mache ich auch. Du machst dir wohl Sorgen, dass du es nicht filmen kannst, geht es darum? Du kannst den Land Cruiser nehmen und selber hinfahren.« Er entriss ihr seinen Arm.

»Ich habe genügend Filmmaterial.«

»Das habe ich mir schon gedacht. Du hast alles, was du brauchst.«

»Kache, du verstehst das nicht. Ich möchte dir nicht weh tun. Ich will nicht, dass du dich wie dein Großvater fühlst.«

»Mein Großvater? Gibt's von dem etwa auch ein Tagebuch?«

Nadia fing so heftig an zu weinen, dass Leo laut winselte und seine Schnauze an ihr Bein und ihre Hand drückte. Das Papiertaschentuch war nutzlos, und sie versuchte, den Tränenstrom mit beiden Ärmeln zu trocknen. Als Kache das sah, nahm er seinen Schal vom Garderobeständer und reichte ihn ihr.

Er wollte sie in die Arme schließen, ihr wieder sagen, wie sehr er sie liebte und dass sie bleiben sollte. Stattdessen ging er mit großen Schritten durch Eis und Matsch zu seinem Wagen, stieg ein und ließ ihn an. Er drehte das Radio so laut auf, dass er nichts anderes mehr hörte – nicht das Aufheulen des Motors, nicht Nadias Weinen oder Leos Winseln, und auch nicht die Stimme in seinem Kopf, die sagte, dass er also doch ein ziemliches Arschloch war.

64

Der einzige Mensch, zu dem Kache flüchten konnte, war Snag. In ihrem Carport stand Gillys Honda neben Snags Wagen. Er klopfte an die Tür und wartete. Er konnte sich nicht erinnern, jemals bei Snag angeklopft zu haben.

Sie rief, er solle hereinkommen, und winkte ihm durchs Küchenfenster zu. Im Wohnzimmer sagten sie kurz hallo, während Gilly ihre Schlüssel und Tasche nahm und sagte, sie müsse zurück zur Arbeit. Sie war kaum zur Tür hinaus, da fing Snag sofort an, ihre Putzutensilien zusammenzusuchen, aber Kache nahm sie beim Arm und zog sie zurück ins Wohnzimmer. Sie setzten sich, Snag in ihren Schaukelstuhl und Kache aufs Sofa, und Kache vergrub das Gesicht in den Händen.

»O Schätzchen. Heißt das, du vergibst mir?«

Er nickte. »Wir wünschten uns doch alle, wir hätten uns anders verhalten.« War es fair, Snag vorzuwerfen, dass sie sich in seine Mom verliebt hatte? Wie sich jetzt zeigte, verliebten er und Snag sich in kluge, mutige und freundliche Frauen, die sie nicht haben konnten. Am liebsten hätte er den Fernseher angemacht und sich abgelenkt, doch er widerstand dem Drang und ließ es zu, dass seine Traurigkeit ihn übermannte und schließlich den ganzen Raum erfüllte.

Nach einer Weile räusperte sich Snag und begann zu reden. »Es gibt da etwas, das ich dir schon immer erzählen wollte, Kache. Es ist eine lange Geschichte, aber ich will, dass du sie kennst.«

Kache nickte, lehnte sich im Sofa zurück und hörte ihr zu.

»Ich war während der Semesterferien zu Hause und ging Fenster putzen, um Geld zu verdienen. Eines Tages überredete mich deine Mom, die Arbeit zu schwänzen. Wir machen uns also auf Richtung Anchorage und kommen zur Turnagain-Arm-Bucht, wo gerade Ebbe ist und die Flut bald, aber nicht allzu schnell, kommt. Das war lange, bevor sie die vielen Warnschilder aufgestellt haben. Dann hatte Bets die Idee, Muscheln zu sammeln. ›O Snag, bitte!‹, sagte sie, und dass sie das noch nie gemacht hatte. Natürlich wollte ich die Erste sein, mit der sie da Muscheln sammelte, und ich sagte, klar, warum nicht. Hinten im Wagen hatte ich Eimer zum Fensterputzen und auch immer zwei Paar Watstiefel dabei.«

Sie erzählte Kache, dass das zweite Paar Stiefel seinem Vater gehörte und vier Nummern zu groß war, doch dass Bets sie trotzdem anzog und Snag sie neckte, sie würde in den Stiefeln schwimmen, noch bevor sie überhaupt zum Wasser kamen. »Sie stapfte mit, trotz des Gegenwindes – deine Mutter war wirklich keine Mimose –, die Kapuze fest um den Kopf gezurrt wie ein kleines Kind.« Snag gab ihr Tipps, wie sie die richtigen Dellen im Sand erkennen konnte und dass sie schnell graben musste, weil sich die Muschel sonst noch tiefer einbuddelte. »Dann sind wir losgezogen, jede in eine andere Richtung, und ich hatte mich in der Muscheljagd verloren, mein Eimer füllte sich schnell, und dann höre ich Bets plötzlich rufen: ›Snag! Hilfe! Ich stecke im Sand fest!‹«

Snag erzählte, dass sie aufblickte und ihr das Herz stehenblieb. »Du kennst doch das geschmacklose Sprichwort über die Gezeiten in Alaska, dass die Flut schneller kommt als ein Matrose, der gerade auf Heimaturlaub zu Hause eingetroffen ist? Es war noch nie so wahr gewesen.« Bets war zu weit rausgegangen, und Snag sah, wo der dunklere Gletscherschlamm – das Zeug, das auch alaskischer Treibsand genannt wird – begann. Snag konnte unmöglich dorthin gelangen, ohne selbst steckenzubleiben. Wenig später umspülte das Wasser schon Bets' Knöchel.

»Jeder andere hätte wie verrückt geschrien, aber nicht deine Mom. Sie blieb ruhig und starrte auf die Wellen um ihre Füße. So voller Würde. Über den Wind hinweg schrie sie: ›Snag Winkel, mach dir deswegen niemals Vorwürfe, okay? Ich hätte nie auf der Muschelsuche bestehen sollen, und dann wandere ich noch wie eine Bekloppte zu weit raus. Ich bin total bescheuert.‹ Sie machte sich Sorgen um mich, während sie dem Tod ins Auge blickte. Und dann schrie sie: ›Moment mal, die Fensterputzleiter!‹«

Snag sagte, sie hätte sofort verstanden. Sie rannte zum Parkplatz und fuhr den Wagen bis auf den Strand, checkte zwischendurch immer wieder den Sand, um so dicht wie möglich an Bets ranzukommen. Dann zog sie die lange Aluminiumleiter auseinander und warf sie mit aller Kraft, die sie aufbringen konnte, zu Bets, die mit großer Anstrengung schließlich das Ende zu packen bekam. Snag hievte das andere Ende auf die Ladefläche ihres Pick-ups, und Bets zog, von Snag angeleitet, zuerst ein Bein aus dem viel zu großen Watstiefel und dann das andere, kroch schließlich die Leiter hinauf zur Ladefläche und in Snags Arme.

»Sie war so tapfer, so gefasst. Wir klammerten uns aneinander und küssten uns gegenseitig unsere nassen eiskalten Wangen, und ich erinnere mich an den Geschmack von Salz – eine Mischung aus Tränen, Schweiß und Meer –, und wir schworen, niemals einer Menschenseele zu erzählen, wie dumm wir gewesen waren, wie nahe einer Tragödie, und diesen Schwur habe ich bis eben gehalten.«

Kache beugte sich vor, die Ellbogen auf die Knie gestützt. »Wow. Mom hat uns immer vor dem Schlick gewarnt, aber nie gesagt, dass sie ihn mal hautnah erlebt hatte.«

»Ich erzähle dir das, Kache, weil ich glaube, dass deine Mom den anderen Mut gemacht hat, als das Flugzeug abstürzte, so wie mir damals. In den wenigen Sekunden, wo viele andere Schimpfwörter geschrien hätten, hat sie die Angst der anderen in sich aufgenommen und die beiden Männer sicher schicksalsergeben mit all ihrer Liebe umhüllt. So war sie.«

Kache gefiel es, so etwas über seine Mutter zu hören. Aber in einem hatte Snag unrecht, und er schüttelte den Kopf. »Es ist schön, wenn wir uns gegenseitig diese Geschichten erzählen, um die Schuldgefühle, die wir als Überlebende haben, zu lindern. Trotzdem. Du weißt, dass sie sich vor Angst in die Hose gemacht haben, auch Mom, ganz egal, wie tapfer sie war, wie ungewöhnlich. Und es ist auch egal, dass keiner von ihnen es verdiente, so zu sterben. Denn genau das ist passiert. Und es war verdammt grauenvoll, jede einzelne Sekunde ihres Absturzes. Du weißt das, und ich weiß das. Und es jetzt schönzureden, kommt mir feige vor. Sätze wie: ›Wenigstens haben sie nicht gelitten‹ helfen gar nichts, weil sie de facto gelitten haben. Und zu sagen: ›Wenigstens sind sie jetzt an einem besseren Ort‹, ist auch falsch, weil es für die drei keinen besseren Ort gab als den Hof.«

Kache atmete tief durch. »Wir werden niemals wissen, ob Dad an dich oder mich oder an irgendwas anderes gedacht hat als daran, wie er es durch den wolkenverhangenen Korridor schaffen kann. Wir werden das niemals wissen, Snag. Wir wissen nur, dass sie tot sind und uns bis ans Lebensende jeden Tag fehlen.«

Er sprach weiter, konnte nicht aufhören zu reden. Er erzählte ihr von Nadia und ihrem Streit.

Snag sagte: »Du bist deinem Dad ja so ähnlich.«

»Du meinst meiner Mom.«

»Na ja, das auch. Aber eine Portion Winkel hast du auch in dir.«

»Zum Beispiel?«

»Winkels vergessen nie etwas.«

Er lachte. »Stimmt, das Gen habe ich definitiv.«

»Deshalb weiß ich auch, dass du nicht einfach nur vergessen hast, um Nadias Unterlagen zu bitten.«

Er starrte sie an. »Doch, das hab ich.«

»Schätzchen, wenn du wirklich mit dem ganzen Schwachsinn aufhören willst, dann sei auch konsequent. Du wolltest nicht, dass sie auf die Kunsthochschule geht, genau wie dein Dad nicht wollte, dass du Musik studierst. Ich behaupte nicht, dass du die Papiere richtig bewusst vergessen hast, aber instinktiv wollen wir unsere Liebsten doch alle in unserer Nähe und in Sicherheit wissen. Problematisch wird es nur, wenn dir bei diesem Spiel die Ironie des Schicksals einen Strich durch die Rechnung macht. Dein Dad hat zum Beispiel gern gesagt, dass Rock 'n' Rollers immer bei Flugzeugabstürzen sterben.«

»Hat er nicht.«

»O doch.«

Kache fuhr sich mit dem Finger über den Nasenrücken. »Er hat einfach nur meine Musik gehasst.«

»Und warum hab ich ihn dann an den Abenden, wenn deine Band spielte, draußen von dem Spit Tune im Auto sitzen sehen, die Heizung bis zum Anschlag hochgedreht und die Fenster runter?«

»Das glaub ich dir nicht.«

»Es stimmt aber.« Sie seufzte. »Dein Daddy hat dich geliebt, Kache. Manchmal hat er es einfach nur auf eine sehr seltsame Weise gezeigt. Aber deine Mama hast du auch in dir. Du kannst es besser machen als er.«

Kache legte den Kopf auf die Rückenlehne des Sofas und starrte einen Riss in der Decke an. »Dann muss ich heute Nacht wohl doch nicht hier schlafen.«

»Wenn das mal keine gute Nachricht ist.« Sie streckte sich, umarmte ihn und sagte, sie hätte noch Besorgungen zu machen und würde ihn dann später im Spit Tune sehen. Kache versuchte, Nadia auf dem Handy zu erreichen. Als sofort ihre Mailbox ansprang, dachte er, sie hätte es nach seinem Abgang wenigstens aufladen können. Da er bis zum Auftritt noch eine Stunde totschlagen musste – nicht genug, um nach Hause zu fahren und sich zu entschuldigen –, nahm er die Gitarre und experimentierte mit einem Song herum, zu dem ihm die Idee auf der Fahrt in die Stadt gekommen war. Er musste nur daran denken, rechtzeitig zu fahren, um auf dem Weg ins Spit Tune noch zu tanken.

65

In Kaches altem Zimmer, wo sie bis zu seiner Rückkehr zehn Jahre lang geschlafen hatte, klopfte Nadia aufs untere Etagenbett. Leo folgte der Aufforderung, rollte sich zu ihren Füßen ein und beobachtete sie sorgenvoll.

Sie hätte nie gedacht, dass ein Traum, der wahr geworden war, so viele Probleme mit sich bringen könnte. Ebenso wenig hätte sie es für möglich gehalten, dass man jemanden so sehr lieben und trotzdem das Gefühl haben konnte, dass es richtig war, zu gehen. Sie liebte ihn mehr, als sie jemals einen anderen Menschen zu lieben geglaubt hatte. Gleichwohl fühlte Nadia, dass trotz allem, was sie ihm zu bieten hatte, doch ein Teil fehlte.

Und jetzt hatte er gesagt, er wollte Kinder. Sie wünschte, sie könnte mit Lettie reden oder mit Snag. Aber sie würde bestimmt anfangen zu weinen, und keiner sollte sie so schwach sehen.

Leo folgte ihr nach draußen in die anhaltende Dämmerung. Ein einsamer Kanadakranich schritt auf langen, grazilen Beinen vorüber, blieb stehen, beugte den langen, grazilen Hals und versuchte mit dem Schnabel einen Wurm aufzuspießen.

»Bist du das?«, fragte sie. »Wo ist deine Liebe?« Trotz der vielen Raubtiere, vor denen er sich fürchten musste – selbst vor Weißkopfseeadlern und ganz bestimmt vor Hunden –, bewegte sich dieser Kranich zu Lande mit großem Selbstvertrauen. Sie tauschten einen langen Blick aus, wobei seine gelben Augen hinter seiner roten Maske auch Leo registrierten, der an diesem Abend jedoch nicht von ihrer Seite wich, nicht einmal, um einen Vogel zu verjagen. Dann widmete sich der Kranich wieder dem Wurm. Nadia ging zu der einzelnen Birke, presste die Stirn an den Stamm und bat sie, ihr ein wenig von ihrer Stärke abzugeben. Sie ging zur Scheune, strich dem Schaf und den verbliebenen Ziegen übers Fell, klopfte der Kuh sanft auf den Rücken und gackerte mit den Hühnern im Hühnerstall. »Ich bin nicht allein«, sagte sie laut.

Als die Dunkelheit auch das letzte Licht vertrieben hatte, war es fast zweiundzwanzig Uhr. Kein Anzeichen von Kache. Sie saß am Küchentisch und checkte die Zahl der neuen Besucher, die sich ihr Video angesehen hatten. Kache hatte sie wochenlang gebeten, es sich ansehen zu dürfen, aber sie hatte immer gesagt, es sei noch nicht fertig, dabei hatte sie es schon auf YouTube eingestellt und zur Filmhochschule geschickt. Sie wollte warten und ihn damit zu seinem Geburtstag überraschen. Jetzt knirschte es draußen, aber Kaches Pick-up klang anders. Sicher die hochschwangere Elchkuh oder der Kanadakranich, die sich schon fast wie saisonale Haustiere gebärdeten und über den Sommer hierher kamen. Oder vielleicht ein Bär oder wieder ein Wolf. Hoffentlich nicht, denn sie müsste auf alles schießen, was die Tiere in der Scheune gefährdete.

Das Haus knarrte und beruhigte sich wieder. Der Wind wurde stärker, heulte und pfiff und schlug die Äste ans Fenster im oberen Stock. In der Stadt würde es noch viel mehr Geräusche geben. Sirenen und das Gelächter und Geschrei der Nachbarn, wie in den Filmen.

Sie wickelte sich in Letties Decke und vergrub die Nase in Leos Hals.

Sie wusste nicht, was sie tun sollte.

Dann plötzlich wusste sie es.

Sie nahm ihre Videokamera und holte die Autoschlüssel vom Land Cruiser aus der Schublade. Ja, es war verrückt, aber Kache hatte gesagt, dass man es nie richtig verlernte. Wenn sie sich beeilte, würde sie das Ende der Show im Spit Tune noch mitbekommen.

66

Mit jedem Lied, das ihm einfiel, sang Kache sich das verwundete Herz aus dem Leib – mit jedem bis auf den »Nadia Song«. Die Band, das Publikum – alle machten sie mit, schauten zu ihm auf, klatschten mit den Händen hoch über dem Kopf, und er wollte nie wieder aufhören zu singen.

Er nahm den verknitterten Briefumschlag heraus, auf den er den Text geschrieben hatte, strich ihn glatt und klemmte ihn auf einen Notenständer, den er jetzt vor sich zog, und sagte: »Der nächste Song ist brandneu, Leute, sozusagen noch jungfräulich. Ich hab ihn noch nie gesungen, also habt Geduld. Es gibt keinen Refrain, lasst mich also wissen, wenn er eurer Meinung nach einen braucht.« Er trank einen Schluck Wasser, stimmte seine Gitarre und fing an:

»Ich glaube an unsere alten Fensterscheiben,
die das Licht einfangen wie Wasser.
Ich glaube an die Grübchen in den Wangen
unserer künftigen Kinder.
Und ich glaube an das erste Mal,
als ich deine Hand auf dem alten Wassertaxi hielt.
Aber ich kann nicht glauben, was uns passiert.

Ich glaube an das Vergissmeinnicht,
in unserer buckligen Vase.
Ich glaube an den süßen Duft
deines freundlichen schönen Gesichts.
Und ich glaube an dich und mich,
dass wir zusammen alt und grau werden.
Aber ich kann nicht glauben, dass du dich wie das Wetter
änderst.

Ich glaube an die Stärke und Zerbrechlichkeit
von Körper, Geist und Seele.
Ich glaube, dass die Liebe manchmal verblasst
zu einem Flüstern, aber ich kann es noch hören.
Und ich glaube an Ehrlichkeit,
und trage das Herz auf der Zunge.
Aber ich kann nicht glauben, dass du sagst, du musst gehen.

Nein, ich will nicht glauben, dass du gesagt hast, du musst
gehen.«

Marion strich sich das lange Haar hinter die Ohren, stemmte beide Hände in die Hüften und wartete, bis der Applaus abflaute. »Ich glaube, nach dem Song brauchen wir alle eine Pause.«

Kache ging zur Bar, und Rex schob ihm ein Bier hin.

Es dauerte nicht lange, und der russische Mann, Tol, trat zu ihm. »Du bist ein ziemlich guter Sänger und Songschreiber, mein Freund«, sagte er, und Kache dankte ihm. »Mein Freund, Kachemak Winkel.« Tol trank, den Blick geradeaus gerichtet. Er hatte eine ausgeprägte Kinnpartie. Plötzlich beugte Tol sich vor und legte die Hand in Kaches Nacken, als wären sie zwei Verschworene. »Ich wünsche mir, du spielst den Song vom letzten Mal, wie heißt er? *Nadia?*«

Noch jemand hatte sich zu ihm durchgekämpft. »Hallo, Neffe«, sagte Snag und klopfte ihm auf den Rücken. »Du hast mich zum Weinen gebracht, und Gilly auch. Hey, Sie schon wieder?« Sie meinte Tol. Snag kannte Tol? »Wir sind uns an der Tankstelle begegnet, und davor auf dem Berg und jetzt schon wieder hier, das ist das dritte Mal. Komisch, dass wir uns früher nie begegnet sind, und jetzt treffe ich Sie überall.«

»Das muss Schicksal sein, ja?«, sagte er mit erhobenen Händen, als würde er sich ergeben. »In der Tat, ich komme und gehe. Ein Nomade.«

»Hi, wohnen Sie zufällig weiter draußen Richtung Osten? Ich könnte schwören, dass ich an dem Abend Ihr Motorrad hinter mir gesehen habe, als ich vom Tanken zum Hof rausgefahren bin.«

In dem Moment sagte Marion ins Mikrophon: »Der Star unserer Show möge bitte wieder auf die Bühne kommen, dann singen wir noch ein paar Songs, bevor ihr alle wieder raus in den kalten Wind müsst. Kache?«

Tol packte Kaches Ärmel und hielt ihn fest. »Dieses Nadia-Lied ist noch nicht fertig, glaube ich. Zu viel glücklich. Er braucht traurigeres Ende. Eine Tragödie.«

Sein Gesicht war zu nahe. Idiot. Kache entzog ihm ruckartig den Arm, nahm sein Bier und ging zurück zur Bühne. Sie fingen gerade »Grapefruit Moon« an, den alten Song von Tom Waits, als Tol rief: »Hey, spiel Song der heißt ›Arme weiße Ziege‹.« Kache stoppte mitten im Satz und sah sich nach Wladimir um – denn in diesem Moment wusste er mit jeder einzelnen Zelle seines Körpers, dass Tol Wladimir war – der Mann, der jetzt nicht mehr an der Bar saß.

Panik erfasste Kache, als er suchend den Raum scannte. Wo ist er? Wo ist er? »Ich muss weg«, sagte er, klopfte auf die Hosentasche, aber der Autoschlüssel war nicht drin, musste in der Jacke sein. »Marion, macht ohne mich weiter.«

Kache bahnte sich einen Weg durch die Menge, ignorierte alle, die ihn ansprachen, suchte wie besessen seine Jacke. Wo zum Teufel hatte er sie gelassen?

»Wo ist meine Jacke?«, schrie er Richtung Bühne. Marion blickte ihn verwirrt an, hörte auf zu singen und fragte, ob irgendjemand Kaches Jacke gesehen hatte.

»Welche Farbe hat sie denn?«, fragte sie ins Mikrophon.

»Dunkelblau!« Kache wollte gerade Rex fragen, ob er ihm seinen Wagen leiht, als jemand seine Jacke hochhielt, die Kache sofort ergriff, die Schlüssel in der Tasche fühlte und nach draußen rannte.

In der Mitte vom Parkplatz sah er sich nach Rücklichtern oder Auspuffgasen um, aber nichts war zu sehen. Er lief zu seinem Pick-up, preschte vom Parkplatz und raste Richtung Landzunge, doch auch hier weit und breit keine Rücklichter. Er schlug immer und immer wieder aufs Lenkrad, versuchte Nadia auf dem Handy zu erreichen, aber die Mailbox sprang sofort an. Diese Frau schafft es nie, ihr Handy aufzuladen, selbst wenn ihr Leben davon abhing, dachte er. Und bereute es sofort.

Er beugte sich vor, trat noch fester aufs Gaspedal und versuchte, einen klaren Gedanken zu fassen. Wen könnte er anrufen? Niemanden. Sollte er die Polizei anrufen? Und was sagen?

Da war ein Typ mit einem russischen Akzent, der wollte ein Lied über eine Ziege hören, und das war mir unheimlich? Falls die Cabooser Polizei dann irgendwann freundlicherweise den Weg zum Hof gefunden hätte … Nein. Kache drückte den Knopf vom Handschuhfach. Nadia hatte ihn überredet, die Pistole darin aufzubewahren. »Sogar die Hippies, wie ihr sie nennt, haben in Alaska ein Gewehr im Schrank. Du kannst zumindest eine Pistole im Handschuhfach verstecken, ja?« Und das hatte er dann getan. Und da lag sie jetzt auch.

Er wusste, dass er nicht überreagierte. Er wusste es einfach. Alles passte zusammen: Tol – Wladimir, Wladimir Tolov –, der Snag ständig begegnete, ihr wahrscheinlich gefolgt war und gesehen hatte, wie sie auf die Straße zum Hof abbog. Oder vielleicht war er auch ihm, Kache, heimlich hinterhergefahren. Mist – der Scheißkerl war in der Nacht im Spit Tune gewesen, als er zusammen mit Nadia dort war. Wie lange folgte er ihnen schon? War er um den Hof rumgeschlichen und hatte auf eine gute Gelegenheit gewartet?

Kache hatte Nadia ein falsches Gefühl von Sicherheit vermittelt, indem er darauf beharrte, dass Wladimir längst aus der Gegend verschwunden war – wo er in Wirklichkeit ein paarmal mit dem Psychopathen geplaudert und Bier getrunken hatte. Und dann musste Kache an all die schlimmen Dinge denken, die er ihr vor ein paar Stunden gesagt hatte. Doch dem schob er sofort einen Riegel vor. Er musste klar denken, er musste klug sein und das Richtige tun. Er durfte jetzt keine Scheiße bauen.

»Nadia, Nadia, Nadia.« Er sang den Namen nicht, er flehte ihn. »Mach nicht die Tür auf. Warte auf mich.«

Beinahe da. Er konnte die Abzweigung zum Hof schon fast sehen, doch da wurde der Wagen langsamer, dann noch langsamer und blieb schließlich stehen. Er drehte den Zündschlüssel. *Nein, nein, nein. Scheiße.* Er war den ganzen Tag so kopflos gewesen und dann total von dem verdammten Song absorbiert, dass er zu tanken vergessen hatte. Dumm und gefährlich, selbst an einem gewöhnlichen Tag.

Moment. Hinten im Wagen war ein voller Benzinkanister.

Unerträglich langsam und unter dem Fluchen und Drängen Kaches lief das Benzin durch die Tülle in den Tank.

Dennys Land Cruiser stand mitten auf dem Weg, blockierte die Einfahrt zum Hof – und Kaches Pick-up. Daneben auf der Fahrerseite lag ein Motorrad. Kache packte die Pistole und rannte hin: auf dem Sitz Nadias leeres Handy, im Zündschloss kein Schlüssel. Er rannte zum Haus. Hatte sie versucht, den Land Cruiser zu fahren? Und der war dann abgesoffen?

Aus dem Haus drang Leos wildes Gebell, wie an jenem ersten Abend. Kache umfasste fest die Pistole, holte tief Luft und lief die Verandastufen hinauf. Hinter der Tür stand Leo, kratzte und bellte. Kache drehte am Knauf und stieß die Tür auf. Leo kam herausgeschossen, lief schnüffelnd die Verandastufen hinunter, zurück zu Kache, drehte um, lief zum Tor hinaus, auf den Pfad, der zum Strand führte, Nase am Boden, Rückenfell aufgerichtet. Kache riss die Taschenlampe vom Haken in der Küche und folgte Leo. »Guter Junge, guter Junge, wo ist sie, Leo? Wo ist Nadia?«

Er hätte am liebsten ihren Namen geschrien, doch Wladimir sollte nicht wissen, dass er hier war. Wie weit konnte er sie gebracht haben auf dem Pfad aus Eis, Schnee und Matsch? Der Vollmond tauchte alles in ein silbriges Licht, er konnte auch ohne Taschenlampe gut sehen. Der Wind peitschte und heulte so laut, dass es klang, als würde das Meer jeden Moment zwischen den Bäumen hindurchbrechen. Warum zum Strand? Doch Kache kannte die Antwort.

Nadia. Warte.

Leo lief an Schnee und Matsch schnüffelnd zickzack vor ihm her. Nie hob er den Kopf, folgte nur wild einer Spur, und Kache lief hinter ihm her. »Wo ist sie, Leo? Find Nadia.«

»Kache!«, schrie Nadia. »Hier!« Hinter der nächsten Kurve sah er, dass Wladimir sie vom Pfad weg zum Rand des Kliffs gezerrt hatte, wo sie im Mondlicht vor dem Abgrund standen.

Wladimir hielt das Messer an Nadias Hals, sie hörte auf zu treten, ließ aber seinen Arm mit dem Messer in der Hand nicht los und wich nicht zurück. Mit vor Angst aufgerissenen Augen blickte sie Kache an. Leo verharrte knurrend, angespannt. Kache hob die Pistole.

»Hallo, mein Freund«, schrie Wladimir über den Wind hinweg. »Hast aber lange gebraucht, was?«

»Lass sie los, sonst schieße ich.«

»Du wirst sie treffen, Schlappschwanz.«

»Nimm das Messer runter und verschwinde, dann wird niemand verletzt.« Seine Stimme zitterte, seine Hände zitterten, doch er riss sich nach Kräften zusammen. Das klang, als hätte er als Kind zu viele Krimis angesehen. Machte einen auf tough, obwohl er das offensichtlich nicht war, und wünschte, er hätte ein Gewehr statt der Pistole.

»Ich muss scheinen wie Idiot«, schrie Wladimir. »Ich bin Idiot. Ich dachte, sie ist tot.« Er spuckte die Worte Nadia ins Gesicht. »Du glaubst, du kannst einfach wieder gehen? Du mich reingelegt. Warum nicht wirklich ertrunken? Überlässt mir Schmutzarbeit. Immer Wlad muss machen.«

Leo verharrte knurrend an Kaches Seite, sprungbereit.

»Nein. Leg einfach das Messer weg.« *Ich darf nicht zulassen, dass sie stirbt. Ich darf nicht zulassen, dass sie stirbt.*

»Sag Nadia Lebewohl. Das macht guten Song. Dir wenigstens sie gesagt hat, sie geht. Mich sie hat getäuscht.« Er redete weiter, irgendwelches Geschwätz. Kache fiel ein, dass Nadia Wladimir als einen geduldigen Trapper bezeichnet hatte, und er fragte sich, ob es darum ging, dass er einen auf wahnsinnig machte und in Wirklichkeit einen guten Moment abwartete. Was Kache auch tat.

»Lass sie gehen. Sie hat dir nichts getan. Lass sie einfach gehen, dann lasse ich dich gehen.«

»Du lässt mich gehen? Wie nett von dir.« Wladimir lachte – ein verstörend liebenswertes Lachen, als wären sie alle drei gute Freunde.

Als hielte er kein Messer an Nadias Hals.

67

Nadia heftete den Blick auf Leo, weg von Kache. Wenn Kache sie weiter ansah, wäre das für sie beide der sichere Tod. *Ja*, gab sie Leo wortlos zu verstehen, *konzentrier dich auf Wladimirs Messer.*

Das Messer reflektierte das Mondlicht. Nadia wusste, warum Wladimir ein Messer hatte und kein Gewehr, was einfacher gewesen wäre. Und sie wusste auch, dass Kaches Auftauchen seinen Plan durchkreuzte, denn den hatte Wladimir ihr selbst verraten: Er wollte sie nicht einfach nur töten – das Töten selbst sollte bloß der letzte Akt in dieser mäandernden Geschichte sein, weshalb er ihr auch bis jetzt die Kehle noch nicht durchgeschnitten hatte. Gerade murmelte er etwas von Opferlämmern und Ziegen und dass der Bär immer gefüttert werden müsse.

Für einen Moment stellte sie sich eine schmale rote Linie vor und wie sie immer breiter wurde. Sie schloss die Augen, öffnete sie wieder. Mit Special Effects. Das silberne Licht in den Bäumen ließ sich so einstellen, dass es bedrohlich schimmerte.

Alles passierte in Zeitlupe, Szene für Szene, Kache mit der Pistole im Anschlag, Leo sprungbereit, aber still. Close-up seines auf sie gerichteten Blicks, wartend.

Es gibt verschiedene Möglichkeiten, eine Geschichte zu erzählen. Eine Sekunde kann endlos gestreckt werden, bis ins Kleinste seziert: Leben, Tod, Strafe. Aber wessen?

Was Nadia ein Jahrzehnt lang unklar gewesen war, hat sie jetzt in einer einzigen Szene gebündelt vor Augen.

Du. Ich. Ein Messer.

Wieder.

Aber ich habe *nie wieder* gesagt – und gemeint.

Auf diesem Nie-wieder habe ich mein Leben aufgebaut.

Und doch sind wir jetzt hier.

Du. Ich. Ein Messer.

Aber jetzt ist da mehr.

Jetzt gibt es sie.

Schnitt zu ihnen.

Schau ihnen in die Augen und gib zu, dass ich Liebe gefunden habe, trotz allem, trotz dir.

Das ist meine Rache.

Aber was wird deine sein?

Mich töten?

Oder mich zwingen, dich zu töten?

Du glaubst, das ist deine Entscheidung.

Ist es nicht.

Es ist meine.

Lautlos signalisierte sie Leo: *Jetzt*, und nickte. Zähnefletschend sprang er Wladimir an. Wladimir taumelte zurück, kämpfte um sein Gleichgewicht. Leo ließ von ihm ab, doch Wladimir stolperte weiter nach hinten, klammerte sich im Drehen an Nadia.

Leo griff ihn erneut an, und auch sie verlor den Boden unter den Füßen. War das das Ende? Mit Wladimir in den Abgrund stürzend, das Gesicht von seiner offenen Jacke bedeckt? Doch dann: fester Boden, kein freier Fall über den Rand. Sie lag auf ihm drauf, rappelte sich auf. Auch Wladimir schnellte hoch auf die Füße, doch bevor er das Gleichgewicht wiedererlangte, attackierte Leo erneut. *Schieß nicht, Kache. Erschieß Leo nicht*, dachte Nadia, ohne es zu sagen.

Mit all der Kraft, die sie, wie sie wusste, Wladimir verdankte – ihre Angst wie auch ihr Mut entsprangen seiner Grausamkeit –, stieß Nadia ihm die Hände in den Rücken, als er gegen sie fiel. Leo sprang ihn ein weiteres Mal an, ein letzter, kraftvoller Stoß von Nadia, und Wladimir wurde schwerelos, stürzte über den Rand hinab in die Schlucht.

Sein Geheul vermischte sich mit dem Wind. Seine Schreie: »MEIN GOTT ... Mein Gooott ... mein Gott ... mein Gott ...« erstarben im unendlichen Meer aus Bäumen.

68

Kache rannte zu Nadia hin, nahm sie in die Arme: »Bist du okay? Bist du okay?«, fragte er, und sie sagte: »Ja, alles okay«, und Leo sprang an ihnen beiden hoch.

»Guter Junge, Leo, guter Junge«, sagte Kache und kraulte seinen Kopf. Mit vorsichtigen Schritten gingen sie bis dicht an den Rand der Schlucht und blickten hinab, sahen jedoch nur schwarze, spitze Baumkronen. Kache holte seine Taschenlampe hervor, aber in der unermesslichen Tiefe glich der Lichtstrahl einem feinen Nadelstich.

»Wir müssen die Polizei rufen«, sagte Nadia und hörte das Zittern der eigenen Stimme.

Sie gingen zurück, doch auf halbem Weg blieb Kache stehen. »Nadia, ich glaube, wir sollten besser nicht anrufen.«

»Und wenn er nicht tot ist?«

»Genau. Hör mir zu. Wenn wir die Polizei benachrichtigen, bricht hier ein riesiges Medienspektakel aus, bei dem du im Mittelpunkt stehst – die Einsiedlerin, die aus dem weltfremden Dorf geflohen ist. Die Altgläubige, die ihren eigenen Tod vorgetäuscht hat. Sie werden manche Dinge gezielt verdrehen, und alle Talkshow-Moderatoren und Presseagenturen im Land werden dich interviewen wollen. Und obwohl ich weiß, dass du das denkbar Mutigste getan hast – wird man dich womöglich wegen Mordes vor Gericht stellen.«

Sie verstand. Er hatte recht. »Was sollen wir dann tun?«

Kache begann, sie schnell zu umkreisen, wobei er intensiv nachdachte, schließlich stehenblieb und sagte: »Ich sollte gehen. Ich gehe runter und suche ihn.«

»Und dann was?«

»Ich will einfach nur sicherstellen, dass er tot ist. Niemand kann so einen Sturz überleben, aber falls doch …«

»Und wenn er nicht tot ist?«

»Dann entscheide ich, was zu tun ist. Es kommt darauf an, ob …«

»Ob was? Und wenn er dich tötet?«

»Das passiert nicht. Er ist bestimmt tot, ich will einfach nur sichergehen. Ich will es wissen und ihn mit eigenen Augen sehen, damit wir beide sicher sein können.«

»Und wie willst du es da hinunter schaffen? Es geht viel zu steil bergab.«

»Mein Dad hat es geschafft, ich schaffe es auch. Ich mache langsam.«

Sie wollte nicht, dass er ging, aber die Entschlossenheit, die sich in seinem Gesicht spiegelte, konnte sie nachvollziehen. Er würde gehen, es hatte keinen Zweck, ihn davon abhalten zu wollen. Zumal das nur sein Selbstvertrauen, das er voll und ganz brauchte, schwächen würde. Und auch sie wollte sicher sein, dass Wladimir wirklich tot war.

»Nur, wenn du Leo mitnimmst.«

»Dann muss ich auch noch Angst um ihn haben. Ich hab schon einmal einen Hund an diese Schlucht verloren.«

»Aber da war Walter dem Schmetterling hinterhergejagt, träumend und abgelenkt. Leo ist gut zu Fuß. Er wird dir den Weg zeigen, und er wird dich beschützen, falls Wladimir …« Sie konnte den Satz nicht beenden, merkte aber, dass Kache ihren Vorschlag überdachte.

»Okay«, sagte er schließlich. »Es wird bald hell genug sein. Ich hole mir einen kleinen Rucksack und ein paar Sachen und ein Seil, für alle Fälle. Du rufst Snag an, sie soll kommen und bei dir bleiben. Schnell.«

Ihre Hände zitterten, und die Worte kamen bebend aus ihrem Mund. »Er wollte mich zum Strand bringen, Kache. Er hat gesagt, wenn ich unbedingt ertrinken wollte, hätte ich ihn schon beim ersten Versuch um Hilfe bitten sollen.« Alles andere, das er ihr angedroht hatte, verschwieg sie.

»Es tut mir furchtbar leid – ich hätte dich nie allein lassen sollen. Aber jetzt ist es vorbei. Fast vorbei.«

Sie wusste, wie gefährlich der Abstieg in die Schlucht sein würde und dass sie noch weit entfernt waren von »fast vorbei«. Doch ihrer beider Adrenalinpegel war so hoch, dass ihre Füße sie fast von selbst den Hügel hinauf zum Haus trugen.

Kache und Leo waren seit mehreren Stunden weg. Snag lief in der Küche vom Hof auf und ab, von der Spüle zum Ofen und zurück. Sie starrte aus dem Fenster. »Meine innere Stimme sagt mir, dass wir die Polizei informieren müssen, und es fällt mir schwer, sie zu ignorieren. Aber Kache hat recht, was die Presse betrifft. Die machen ein großes Spektakel daraus und verdrehen möglicherweise die Tatsachen. Und es würde schwer für dich sein, das alles durchzustehen.« Sie hob die Hand und zählte die Argumente an den Fingern ab. »So einen Sturz kann niemand überleben. Und das hier ist Alaska, der wilde wilde Westen. Und er hat weder Familie noch Freunde, hast du gesagt?«

»Richtig. Er war immer Einzelgänger. Er kam aus einem Dorf in Oregon und ist aus Altai weg, gleich nachdem ich verschwunden war. Zu meiner Zeit hat er nie irgendeinen Menschen erwähnt.«

Snag ging weiter auf und ab. Sie rief Gilly an, mit der sie die ganze Geschichte noch einmal durchsprach. Schließlich sagte Snag: »Ja, ja. Du hast recht. Okay. Ich werde warten.« Dann drehte sie sich zu Nadia um.

»Wenn Kache bis zum Vormittag noch immer nicht da ist, rufe ich die Polizei und den Such- und Rettungsdienst.«

69

Wenn Leo ihm nicht den Weg zeigen würde, wäre Kache verloren. Aber der Hund schien einen sechsten Sinn zu haben, oder zumindest einen Plan, wie man den Steilhang hinunterkam – was Kache von sich nicht behaupten konnte.

Leo lief auf seinen selbstgeschaffenen Serpentinen voraus oder blieb stehen, wenn er nicht weiterkam. Dann trat Kache in Aktion und räumte mit der Handsichel das dicke Gestrüpp, die Erlen- und Beerenbüsche aus dem Weg. Die matschigen Schneereste boten meist keinen soliden Untergrund mehr, so dass Kache Leo ständig an seine Seite rufen und die Stellen mit seinem Skistock testen musste, bevor sie weitergingen. Außer mit den tückischen Schneeresten hatten sie mit tiefem Schlamm zu kämpfen und mussten durch Bäche waten, die durch die Schneeschmelze entstanden waren. Alle fünf oder sechs Schritte blieb Kache stehen und lauschte nach Wladimir oder einem Bären, stellte den Skistock ab und räumte mit der Sichel den nächsten Busch aus dem Weg.

Trotz der grimmigen Kälte schwitzte er maßlos. Seine Kleider waren zuerst voller Schlamm, dann schweißgetränkt und schließlich wieder sauber, aber pitschnass, dank des unfreiwilligen Eintauchens in einen Bach. Seine Stiefel – gute Bergsteigerqualität – waren zwar durchaus nützlich, aber Kache brauchte weit mehr als ein paar gute Stiefel.

Was für ein absurdes Unterfangen! Sich so schlecht ausgerüstet als Kavalier aufzuspielen und der holden Jungfrau zu versprechen, den Drachen zu erlegen – den Drachen, den sie so mutig über die Klippe gestoßen hatte. Der wahrscheinlich schon tot war. Die Chancen, dass Kache ihm ins Jenseits folgen würde, noch bevor er sein Vorhaben umgesetzt hatte, standen nicht schlecht. Aber er musste gehen. Was sonst hätte er tun können? Wenigstens diesmal wollte er alles richtig machen.

»Halt durch, Kachemak, es ist nicht mehr weit.« Er war schon so gaga, dass er seinen toten Vater mit ihm reden hörte. Aber das war okay, er brauchte Gesellschaft. »Da ist ein Felsvorsprung, den du aber von hier noch nicht sehen kannst. Er ist schön groß und kommt wie aus dem Nichts.«

»Hast du Walter da gefunden?«

»Ja, Sohn.«

Und tatsächlich sah er wenig später die Klippe. Sicher hatte Kache die Unterhaltung seiner Eltern teilweise mitgehört und diese Information, die nun in Form der Stimme seines Vaters in sein Bewusstsein vordrang, im Unterbewusstsein gespeichert.

Trotzdem sagte er laut: »Danke, Dad.«

»Wenn er noch lebt, weißt du, was du zu tun hast. Ich bin bei dir, hast du mich verstanden?« Kache nickte, ja. »Geh jetzt noch etwa fünfzig Meter nach rechts.«

Kache und Leo gingen vorsichtig in westliche Richtung und kamen zu einer offenen Fläche, auf der etwa ein Dutzend große

Felsen nebeneinander aufragten. Er trat einen Schritt zurück und sah, dass die Räume dazwischen einem W glichen.

Walter. Guter Walter.

Einen Kloß im Hals, sagte er: »Danke, dass du mir das zeigst. Es bedeutet mir viel, wirklich. Aber es war ein Missverständnis.«

»Willst du den Russen finden? Dann geh noch ungefähr vierzig Meter weiter.«

Milchiges Licht bedeckte den Himmel. Die Kälte und Nässe hatten seinen Kleidern schlimm zugesetzt, und am liebsten hätte er sie einfach abgelegt. Leo schnüffelte unablässig in der Luft, fing zu jaulen an, dann zu knurren und schließlich zu bellen. »Pssst, still, Junge.«

Wladimir lag auf einer blutgetränkten Schneefläche, die sich verstörend pink verfärbt hatte, von einem Ast niedergehalten. Seine Beine standen in einem unnatürlichen Winkel vom Körper ab. »Gott sei Dank, du bist gekommen. Gott sei Dank, du bist hier«, flüsterte er, das Gesicht verzerrt, mit schwachem Atem. Kache checkte seine Jacke und Hose nach Messern und einer Pistole, kniete sich neben ihn und gab ihm Wasser zu trinken. Dabei sah er, dass der Ast Wladimir nicht niedergedrückt, sondern seinen Unterleib durchbohrt hatte – ein Ast so dick wie die Spitze einer Birke. Kache musste den Blick abwenden, als er sah, dass an der Rinde Eingeweide hingen.

»Wodka … in meinem Rucksack … da. Dann du schießt … Schnell, mein Freund.«

»Ich bin nicht dein Freund. Ich sollte meine Initialen in deinen Körper ritzen«, sagte Kache, holte aber den Rucksack, der ein paar Meter entfernt lag, nahm die Blechflasche heraus und hielt sie Wladimir an die Lippen. »Ich kann gehen und Hilfe holen. Wir können dich mit dem Helikopter hier rausholen«, sagte er, wohl wissend, dass Wladimir die Zeit bis dahin nicht überleben würde.

»Sterben. Musst erschießen.«

»Ich will dich verdammt nochmal nicht erschießen.«

Wladimir verzog das Gesicht. »Du schuldest … nichts … aber ich flehe … Gnade.« Er weinte jetzt, hustete Blut. »Hier«, er klopfte sich auf die Brust. »Schießen …«

Kache trank einen gierigen Schluck aus der Blechflasche. Und noch einen. Er sah die dunklen Augen des schwerverletzten Elchs, hatte die Worte seines Vaters im Ohr: *Das ist kein Mord, Sohn. Das ist Gnade*. Er schob die Hand in die Jackentasche, sagte: »Wladimir, ich will mit dir darüber reden, was –«, zog in einer fließenden Bewegung die Pistole heraus und schoss Wladimir ins dunkle Herz.

Der tote Mann starrte ihn an, mit leerem Blick aus unheilvoll schönen Augen. Wladimirs Augen waren wirklich etwas Besonderes, beinahe violett, umrahmt von dichten Wimpern und darüber schwarze Brauen. Wladimirs Mutter hatte diese Wimpern bestimmt geliebt, und Nadia anfangs sicher auch.

Ich werde ihr nicht erzählen, dass du gelitten und mich angefleht hast, dachte Kache. *Obwohl ich es gern tun würde*. Er neigte den Kopf und weinte vor Erleichterung, Dankbarkeit und Scham. Leo kratzte jaulend an seinem Bein.

Kache liefen noch immer die Tränen übers Gesicht, als er mit einem Stein und einer Sichel ein flaches Grab schaufelte, Wladimir mit Schlamm und Schnee bedeckte und – ironischerweise – als Grabmarkierung den tödlichen Ast benutzte, dessen frische Triebe sich niemals öffnen würden. Mit seinem Taschenmesser ritzte er den Buchstaben B in den feuchten Boden, der aber genauso schnell wieder verschwand. Das Grab war wahrscheinlich nicht tief genug, um Bären fernzuhalten, die gerade aus dem Winterschlaf erwachten, oder ein Rudel Wölfe.

Als er und Leo dann den Aufstieg aus der Schlucht begannen, war durch den Abstieg wenigstens der Weg vorgegeben. Doch dann rutschte Leo auf dem steinigen Geröll plötzlich weg und überschlug sich mehrere Male.

»Leo!«, rief Kache. »Alles okay?« Noch bevor er ihn erreichte, war der Hund wieder auf den Beinen, doch Kache sah sofort, dass einer seiner Vorderläufe stark blutete und gebrochen war. Leo leckte jaulend die Wunde, und Kache legte den Kopf in den Nacken und schrie gen Himmel: »Gott VERDAMMT!«

Dann riss er sich Jacke und Hemd vom Leib, um das verletzte Bein mit dem Hemd und einem Stock zu schienen, wobei ihn Leo bedauernd, sorgenvoll und schmerzgeplagt beobachtete.

»Mach dir keine Sorgen, Junge, alles wird gut«, sagte er und fragte sich gleichzeitig, wie um alles in der Welt er einen siebzig Pfund schweren Hund diesen Steilhang hinauftragen sollte, wo er schon mit minimalem Gepäck den Abstieg kaum geschafft hatte.

»Dad!« Sein Vater antwortete nicht. Er brauchte diese Hilfe, aber wenigstens halluzinierte er nicht mehr. Kache ging in die Hocke, schob den Kopf zwischen Leos Vorder- und Hinterbeinen hindurch und versuchte, mit dem Hund auf den Schultern aufzustehen. Zuerst schwankte er wie ein Baum mit zu schwerer Krone, der jeden Moment umfallen konnte, doch mit Hilfe des Skistocks konnte er sich schließlich stabilisieren und das Extragewicht ertragen.

»Es ist wie auf einer Rucksacktour«, sagte er. »Wir schaffen das, ja, Dad?«, doch als Antwort hörte er nur das Heulen des Windes und das Huuh-huuh einer Eule. Kache schloss fest die Augen, um durch Willenskraft den Menschen heraufzubeschwören, den er jetzt am meisten brauchte – und den er sein Leben lang bekämpft hatte. Als er die Augen wieder öffnete und nach oben blickte, sah er einen kleinen Abschnitt ihres Pfades und seinen Vater, der mit einem Mann über den Schultern auf ihn wartete. Beide trugen Kampfuniform. Wortlos sah sein Dad ihm lange in die Augen, dann drehte er sich um und ging voraus. Und jedesmal, wenn Kache abrutschte oder zögerte – zitternd, schmerzgeplagt und übel vor Erschöpfung und der körperlichen Belastung –, wandte sein Vater sich um und wartete auf ihn, einen Ausdruck des Mitgefühls im Gesicht, den Kache in seiner ganzen Kindheit und Jugend nie gesehen – oder vielleicht auch nur nie bemerkt hatte.

Sein Vater führte ihn höher und höher, folgte einer engen Kehre nach der anderen, bis Kache sich auch die letzten Meter nach oben gekämpft hatte, über den Rand der Schlucht kroch und zusammenbrach. Er hörte Stimmen, Leos Gebell, und wollte wieder aufstehen, aber es fühlte sich so gut an, die Augen zu schließen, nur ganz kurz.

Als er die Augen wieder öffnete, blickte er in Nadias Gesicht und spürte ihre Hände an den Schläfen.

»Bist du in Ordnung? Ist alles okay?« Als er nickte, sagte sie: »Snag bringt Leo gerade zum Tierarzt. Er repariert das Bein.« Sie waren noch im Freien, sein Kopf lag in ihrem Schoß, sie hatte ihn mit einer Decke zugedeckt und gab ihm vorsichtig Wasser zu trinken.

»Du hast ihn gefunden?«, fragte sie.

Kache nickte. Sie fragte nicht weiter. »Dad …« Aber sein Vater war verschwunden. Kache setzte sich auf, um herauszufinden, ob er ihm wieder erscheinen würde, denn er wollte sich verabschieden. Er wollte ihm danken. Aber jetzt war er nirgends mehr zu sehen. Trotzdem, Snag hatte recht. Jetzt war er sich gewiss, dass das Blut seines Vaters auch in seinen Adern floss – seine blinde Hingabe an dieses Land, sein selbstgerechter Zorn, erwachsen aus dem unbeugsamen Streben nach Kontrolle und dem Willen, alles Notwendige zu tun, um die Menschen, die ihm am Herzen lagen, in Sicherheit und in der Nähe zu wissen.

70

Die Hände in den Jackentaschen vergraben sah Nadia zu, wie Kache das Benzin aus Wladimirs Motorrad abließ, die Maschine zur Schlucht rollte und über den Rand stieß.

Anfangs fühlte sie nur Erleichterung. Erleichterung, dass Wladimir tot war und Kache lebte. In den darauffolgenden Tagen wich die Erleichterung allmählich der Furcht. Sie musste der Kunsthochschule antworten. Seit ihrem Streit hatte weder sie noch Kache das Thema angesprochen. Sie wollte eine Lösung, die niemandem weh tat, aber die gab es nicht. Jede Entscheidung bedingte große Opfer – von ihr oder Kache oder von ihnen beiden.

Sie saßen sich an den entgegengesetzten Enden des Sofas gegenüber, Nadia las, und Kache checkte seine Mails auf dem Laptop. Ihre Beine waren umeinander und um Leo geschlungen, der schnarchte und sein geschientes Bein von sich streckte.

»Möchtest du mir vielleicht irgendetwas zeigen?«, fragte Kache.

»Wie meinst du das?«

»Nun, ich habe hier eine seltsame Mail von meiner früheren Freundin Janie. Ihre Freundin hatte sie an sie weitergeleitet und im Betreff geschrieben: ›Sieht aus wie Kache‹. Soll ich dir vorlesen, was sie dazu schreibt?«

Nadia spürte wie ihr im Nacken heiß wurde. »Wenn du willst.«

»Sie schreibt: ›Wow, Dein Ruhm verbreitet sich ja wie ein Virus. Ich hätte nie gedacht, dass Du so gut bist. Bin froh, dass Du wieder spielst. Siehst aus wie ein echter Mr Tatkraft.‹ Dann schreibt sie noch, wie froh sie ist, dass ich jemanden gefunden habe, und dass sie nächsten Monat heiratet.«

»Wer ist dieser Mr Tatkraft?«

»Lange Geschichte.«

»Verstehe.«

»Also … hier ist ein Link, den ich anklicken kann, aber ich dachte, vielleicht willst du mir vorher etwas sagen.«

»Ich wollte bis zu deinem Geburtstag warten, aber jetzt ist eine gute Zeit, ja?« Sie war schon dabei, sich zu ihm vorzubeugen, aber ihre Nervosität zwang sie, aufzustehen und in die Küche zu gehen. Dort fing sie an, das Frühstücksgeschirr abzuwaschen, ein Teil nach dem anderen, nahm sich Zeit, aus Angst, sich umdrehen und zu ihm gehen zu müssen.

Als sie das Wasser schließlich abdrehte, hörte sie gerade noch das Ende des Songs, den letzten Refrain:

Weil, Nadia, du hast mich entwirrt.
Nadia, eindeutig du,
Nadia, unbestreitbar du
Hast einen besseren Mann aus mir gemacht.

Dann spürte sie Kaches Hände an ihren Hüften, er drehte sie zu sich um und nahm sie in die Arme.

»Ich hatte ja keine Ahnung. Woher weißt du, wie man so was macht?«

Sie zuckte die Schultern, versuchte, nicht übers ganze Gesicht zu strahlen. »Du hast mir die Kamera gegeben.«

»Es ist, als ob … ich weiß nicht. Als sähe ich zum ersten Mal einen Sonnenuntergang in einem Gebäude gespiegelt. Als hätte ich noch nie zuvor eine obdachlose Frau gesehen. Als würde ich nicht nur sehen, was du siehst, sondern auch wie du es siehst. Selbst die Berge, und die Aufnahmen von mir bei der Arbeit. Wie hast du es geschafft, mich aussehen zu lassen, als wüsste ich, was ich tue?«

»Einfach so.« Sie lachte. »Jetzt du weißt es ja auch.«

»Und ich finde es toll, wie mein Holzhacken mit dem Rhythmus des Beats übereinstimmt, wie du es an manchen Stellen verlangsamt hast, und wie das Bildmaterial die Texte reflektiert, ohne übertrieben zu wirken.«

Wieder lachte sie, konnte sich nicht mehr zurückhalten. »Also, es gefällt dir?«

»Es haut mich total um.«

Sie schwiegen. Nadia genoss seine Umarmung, erfüllt von seinem Lob.

Kache lehnte den Oberkörper zurück, hob mit dem Finger ihr Kinn, so dass sie ihn ansah. »Nadia«, sagte er.

Sie wartete.

»Du hast recht, dass du auf die Kunsthochschule willst.« In dem Seufzer, der dann folgte, lag unendlich viel Traurigkeit.

Seine dunklen Augen waren tief wie die Schlucht. »Ich hätte nicht versuchen dürfen, dich davon abzuhalten. Du musst gehen. Und ich muss bleiben.«

Sie drückte das Ohr an die Stelle, wo sein Herz schlug, und nickte.

71

Sie vereinbarten, dass Leo bei Kache bleiben würde, und prompt folgte der Hund ihm an diesem Morgen zum ersten Mal nicht zum Melken in die Scheune. Als wüsste er, dass die gemeinsame Zeit mit Nadia begrenzt war. Kache verstand ihn gut, denn auch er hätte sich am liebsten neben sie gehockt und ihr beim Packen zugesehen. »Ruhig, Mooze, Mädchen«, sagte er zur Kuh, doch das Gleiche hätte sie auch zu ihm sagen können. Die Empfindsamkeit der Tiere war wirklich erstaunlich, so leicht wie sie menschliche Gefühle wahrnahmen. Schließlich beruhigten sich beide, Mooze und Kache, wobei der Zip-Zip-Zip-Zip-Rhythmus des Melkens ihm noch zusätzlich half.

In den vergangenen Monaten hatte Kache versucht, sich ein Leben auf dem Hof ohne Nadia vorzustellen. Es war ihm nicht gelungen. Aber er wusste, dass es schöne Augenblicke wie diesen geben würde, kleine Überraschungen hier und da, ein kurzes Aufblitzen von Glück. Nicht annähernd das, was sie gemeinsam erlebt hatten, keine ganzen Tage oder sogar Wochen, die einfach nur großartig waren. Doch es würde gute Momente geben – und er würde sie zu schätzen wissen.

Von draußen riss Kreischen und Quieken ihn aus den Gedanken. Er gab Mooze als Dankeschön einen liebevollen Klaps auf den Hintern und ging hinaus, um nachzusehen. Die Kanadakraniche waren zurückgekehrt, und sie hatten Freunde mitgebracht, bestimmt dreißig oder gar vierzig, und alle tanzten, schlugen mit den Flügeln, hüpften und drehten sich im Kreis. Kache blickte zum Haus, aber da war alles still.

Eine Weile sah er den Vögeln zu, dann konnte er sich nicht länger zurückhalten, stellte den Milcheimer ab und näherte sich, zunächst etwas befangen, den Tieren. Sie nahmen kaum Notiz von ihm, nicht zuletzt, weil er mit seinen langen, dünnen Beinen und Armen wohl nicht viel anders aussah. Er flatterte ein wenig mit den Armen, hüpfte ein paarmal. Obwohl er sehr musikalisch war, hatte er zwei linke Füße, schien aber für den Kranichtanz wie geschaffen. Jetzt breitete er die Arme ganz aus, schlenkerte mit den Beinen und hopste noch höher, und die Vögel gewährten ihm Einlass, nahmen ihn in ihren Kreis auf.

Plötzlich war Nadia neben ihm, in Lederjacke, engen Jeans und den schönen Stiefeln – der Kleidung einer Städterin. Sie flatterte mit den Armen, reckte den langen Hals, trat weiter vor, wirbelte umher, hüpfte. Dann rannten sie beide, hopsten und sprangen, armeschlagend, flatternd und kreischend. Sie tanzten und tanzten. Er breitete die Arme aus, sie tänzelte zu ihm hin, und sie hielten sich in den Armen, ihr weiches Haar streichelte sein Kinn. Die Vögel verloren das Interesse und flogen davon, aber Kache und Nadia verweilten in der Umarmung, mit klopfenden Herzen, lachend und weinend und um Atem ringend.

Er wollte sie daran erinnern, dass Kraniche sich lebenslang an einen Partner banden, aber dann würde sie ihn sicher daran erinnern, dass sie beide keine Kraniche waren.

Auf dem Flughafen zog Kache den Seidenschal, den er in Austin immer bei sich getragen hatte – gold, schwarz, kobalt, graugrün und rosa –, aus der Tasche. »Der hat meiner Mom gehört«, sagte er Nadia. »Er ist aus New York und das Einzige, was ich damals beim Weggehen mitgenommen habe. Ich möchte, dass du ihn hast.« Sie zögerte, nickte aber schließlich, und er wickelte ihn locker um ihren Hals. »Du wirst ihn zwar niemals für deinen Kopf brauchen, aber so macht er wirklich was her. Du siehst wie eine echte Städterin aus. Oh, und das hier.« Er gab ihr ein ledergebundenes Notizbuch. »Dein eigenes Tagebuch.«

Sie stellte sich auf die Zehenspitzen, schlang ihm die Arme um den Hals, er zog sie an sich, und sie küssten sich, bis ihr Flug aufgerufen wurde.

»Hast du die Ohrstöpsel und Armbänder? Jemand von der Schule holt dich ab, ja?« Sie nickte. »Und dein Handy ist aufgeladen?«

Sie nickte wieder, das schöne Gesicht tränenüberströmt. »Ich weiß! Ich hab mich daran erinnert, ein Wunder!« Sie sagte ihm, er solle gut auf Leo aufpassen, wie sehr sie, Nadia, ihn, Kache, liebte, und er sagte ihr, wie sehr er sie liebte. Und doch drehte sie sich um, ging und flog davon, und er blieb zurück. Er winkte so lange, bis ihr Flugzeug über den Wolken verschwunden war und er sie nicht länger sehen konnte.

Lettie, Snag und Gilly waren zum Abschiedsdinner mit Nadia auf den Hof gekommen und blieben noch ein paar Tage danach. An einem Abend bat Lettie Kache, sie mit dem Rollstuhl hinaus aufs Grundstück zu fahren, was er tat und sich dann neben sie auf einen Baumstamm setzte. Sie blickten zum Himmel, der selbst einen überzeugten Atheisten ins Wanken gebracht hätte, ob es da oben nicht vielleicht doch ein Himmelreich gäbe. Silbrige Wolkenschichten schoben sich übereinander, manche formten goldene Türme, und andere glichen einem Bouquet aus Rosa und Orange. Von überallher strömte das Licht, umsäumte und beleuchtete die Wolken von oben und unten und explodierte durch sie hindurch. Es war ein Himmel für alle Menschen, wo immer sie waren.

Sie saßen da und genossen den Anblick. Als Kache aufstand, um Lettie den Hügel wieder hinaufzuschieben, hielt sie die Hand hinter sich und sagte: »Das hier ist für dich«, aber als er etwas entgegennehmen wollte, war ihre Hand leer. Sie ergriff seine Finger und sagte wieder: »Das ist für dich. Dieser Ort bedeutet dir etwas, Kache.«

»Mehr als mir lieb ist, Granny«, erwiderte er.

»Das Gen hast du von mir.«

Er drückte ihre Hand. »Ja, sieht so aus. Wer hätte das gedacht. Ich bin angekommen.«

Zwei Tage später starb Lettie im Schlaf in dem von ihr und A. R. gebauten Blockhaus, genau so, wie sie es immer vorausgesagt hatte. In der folgenden Woche kamen die Leute aus Caboose auf ihren Hof. Es war ein wirklich schöner Sommertag, zwar windig, aber angenehm warm. Kaches Garten stand in voller Blüte, die Bucht glitzerte. Snag und Kache verstreuten ihre Asche auf dem Stück Land, auf dem sie schon Dennys, Bets' und Glenns und davor A. R.s Asche verstreut hatten.

Kache sang Letties Lieblingslied:

»Das Wasser ist breit,
Ich komme nicht rüber
Und habe auch keine
Flügel zum Fliegen.
Bau mir ein Boot,
Das zwei tragen kann,
Und beide sollen rudern,
Meine Liebe und ich.«

Seine Stimme versagte, und die Leute warteten geduldig, bis er sich wieder fing. Bei »Meine Liebe« hatte er zuvor immer an eine leibhaftige Person gedacht, mit der man gemeinsam im Boot saß und ruderte. Aber jetzt sah er, dass es vielleicht keine leibhaftige Person war, die einem über das hinweghelfen konnte, worüber man hinwegkommen musste. Vielleicht war es einfach die Liebe für diese Person.

»Und beide sollen rudern,
Meine Liebe und ich.«

Als Snag – Eleanor, wie sie jetzt offiziell genannt wurde – hörte, dass Kache das Lieblingslied ihrer Mutter anstimmte, fing sie an zu weinen, und Gilly nahm ihre Hand. Eleanor drückte Gillys Finger, hielt sie fest. Dann legte sie den Kopf an Gillys Schulter, so dass alle Leute aus Caboose es sehen konnten.

In eintausendsechshundert Meilen Entfernung ging Nadia zum ersten Mal über die Golden Gate Bridge. Die Kamera in der

Hand, filmte sie die großen rostroten Stahlträger von unten bis oben und oben bis unten, wo das kobaltblaue Wasser die Sonne und die elfenbeinfarbene Stadt – ihre Stadt! – vor einem wolkenlos blauen Himmel spiegelte. Menschen in Autos, Bussen, Taxen, Lastwagen und auf Fahrrädern fuhren an ihr vorbei, gingen zu Fuß Hand in Hand oder joggten in Gruppen. Lärm und Bewegung und Chaos. Sie ließ die Kamera sinken und nahm alles in sich auf, spürte die Vibration des Verkehrs unter ihren Füßen und fühlte sich dadurch mit ihm verbunden.

Ein Paar, das auf sie zukam, blieb stehen, und die lächelnde junge Frau bot Nadia an, sie kurz zu filmen. Nadia lehnte sich ans Geländer und winkte dem Paar. Eine Windbö erfasste den Seidenschal um ihren Hals, aber sie ergriff ihn und hielt ihn fest.

Die Frau gab ihr die Kamera zurück und sagte, noch immer lächelnd: »Eine Sekunde lang sah es aus, als wären Ihnen Flügel gewachsen.«

Später am Abend, in ihrem eigenen, winzigen Zimmer, aß Nadia das Take-out-Dinner vom Chinesen und schrieb in ihr Tagebuch, begleitet vom einsamen Spiel einer Violine, das durchs Fenster drang. Als sie fertig war, schloss sie das Buch und lauschte den wehmütigen Klängen, den ungeduldigen Autohupen und ohrenbetäubenden Sirenen, dem schmerzlich langen Kreischen der Bremsen eines haltenden Busses.

Ihr fiel der Filmclip ein, und sie lud ihn auf den Computer runter. Da war sie: Lachend, winkend, mit ihrer Stadt im Hintergrund. Und als der Schal, den Kache ihr gegeben hatte – Elizabeths Schal –, im Wind hinter ihr aufstieg und sich kurz auf beiden Seiten blähte, sah Nadia, dass die Frau recht hatte.

Dank

Vor langer Zeit schrieb ich einmal fünfzig Seiten eines Buches und legte sie dann zur Seite. Aus verschiedenen Gründen nahm ich die Arbeit daran erst zwanzig Jahre später wieder auf. Jenes Buch wurde schließlich dieses. Man kann mit Recht vermuten, dass sich in zwanzig Jahren viel Dankbarkeit angesammelt hat, die nun überschäumt, und sehr viel davon gebührt meiner Agentin Elisabeth Weed. Sie glaubte an diese Geschichte und nahm sich Zeit, sie mehrfach zu lesen, während der Roman Gestalt annahm. Gemeinsam mit ihrer Assistentin Dana Murphy gab sie mir sehr hilfreiche Hinweise.

Ich schätze mich glücklich, mit Jenny Meyer zusammenzuarbeiten, der tollen Agentin für Auslandsrechte, die es mir ermöglicht hat, Leser in anderen Ländern zu erreichen. Einen besonderen Dank an sie und ihren fleißigen Assistenten Shane King.

Eine tiefe Verneigung vor Dominique Raccah und dem großartigen Team bei Sourcebooks, besonders vor meiner hochgeschätzten Lektorin Shana Drehs, die mir als hell leuchtender Stern den Weg wies, und Anna Michaels für ihre kluge Führung. Und ein großes Dankeschön an Sabrina Baskey und Heather Hall, die jede Seite nach Fehlern durchkämmt haben.

Ich stehe tief in der Schuld bei meinen begabten Kritik-Partnern Laurie Richards und Chelo Ludden, die zahlreiche Entwürfe mit mir besprochen haben, und bei den großzügigen Menschen, die das Manuskript in verschiedenen Stadien gelesen haben und deren Kommentare für mich sehr wertvoll waren: Nancy Campana, Daniel Prince, Molly Eckler, Colleen Morton Busch, Amy Franklin-Willis, Suzanne Haley, Jan Aston, Shannon Barrow und Melanie Thorne. Ich bedanke mich auch bei der talentierten Gruppe befreundeter Autorinnen von »Book Pregnant« für ihre Unterstützung und ihren Rat bei allen Fragen rund ums Schreiben und das Verlagswesen. Und Diana Forster und Angelica Allen teilen sich den Preis dafür, mehr meiner Lesungen durchgestanden zu haben, als irgendjemand erleiden sollte.

Dank an Mark Madgett und Spencer Nilsen, alte Freunde, die mir eine sehr lustige Geschichte über einen Elchkopf erzählt haben, die mich zu Kaches und Dennys Eskapade mit Anthony inspiriert hat. Und ich bin Catkin Kilcher Burton verpflichtet, die meinen Ehemann Stan und mich in ihrer Hütte in Homer (die man über *Vacation Rentals by Owner* übrigens mieten kann, falls jemand Interesse hat) beherbergt hat, uns über den alten Hof der Familie führte und davon erzählte, wie sie dort aufgewachsen war – Jahrzehnte nachdem ich erstmals über ihre Großeltern und andere Bewohner von Homer etwas gelesen hatte, in dem Buch, mit dem alles anfing: *In Those Days: Alaska Pioneers of the Lower Kenai Peninsula*.

Während dieses Buch den ersten Anstoß gab, hatte ich das Glück, auch noch die Folgenden zu entdecken, die mir halfen, die Geschichte richtig zu verwurzeln und wachsen zu lassen: *Lost in the Taiga: One Russian Family's Fifty-Year Struggle for Survival and Religious Freedom in the Siberian Wilderness*, von Vasily Peskov; *In the Shadow of the Antichrist: The Old Believers of Alberta* von David Z. Scheffel; die Broschüren der Schüler der Nikolaevsk School, Nikolaevsk, Alaska, über die Speisen, Kleidung, Geschichte und Traditionen der Altgläubigen; *Kachemak Bay Communities: Their Histories, Their Mysteries* von Janet R. Klein; *Kachemak Bay, Alaska* von der Homer Foundation. Ein langer Nachmittag im Pratt Museum in Homer brachte mir noch mehr Details näher.

Ich bin mit einer liebevollen Familie und einem Kreis von alten und neuen Freunden gesegnet, die meine Arbeit in vielfacher Weise unterstützt haben. Eine Umarmung für jeden und jede von euch, und besonders für all meine Eltern: Jan Aston, Jan Beste, Jan Halverson und Stan Halverson Sr. (Ja, ich habe wirklich drei Mütter, die Jan heißen.) Für die Oma Alaska meiner Söhne, Carrie Prince. Und für diejenigen von euch, die ich jeden Tag vermisse: meinen Vater, Don Beste; meinen Stiefvater, Bill Aston; und meine schreibende Schwester, Elle Newmark. Danke euch allen.

Und schließlich, danke aus ganzem, übervollen Herzen meinen Kindern: Daniel Prince, Michael Prince, Karli Halverson und Taylor Halverson, die mir alles wert sind, und meinem Ehemann, Stan Halverson, der das alles möglich macht. Ich lernte ihn in der achten Klasse kennen, aber es dauerte bis zum zwanzigjährigen Jubiläum unseres Schulabschlusses, bis wir erkannten, dass wir füreinander bestimmt waren. Es scheint, als ob ich immer einen Zwanzigjahresplan brauche, wenn es darum geht, ein paar der großen Fragen im Leben richtig zu beantworten.